COMPAÑÍAS SILENCIOSAS

LAURA PURCELL

Purcell, Laura

   Compañías silenciosas / Laura Purcell. - 1a ed . - Ciudad Autóno-
ma de Buenos Aires : Del Nuevo Extremo, 2018.

   320 p. ; 23 x 15 cm.

   Traducción de: Gabriela Fabrykant.
   ISBN 978-987-609-714-7

   1. Narrativa Estadounidense.. I. Fabrycant, Gabriela, trad. II.
Título.
   CDD 813

© 2018, Editorial Del Nuevo Extremo S.A.
A. J. Carranza 1852 (C1414 COV) Buenos Aires Argentina
Tel / Fax (54 11) 4773-3228
e-mail: info@dnxlibros.com
www.delnuevoextremo.com

Título en inglés: *Silent companions*

Imagen editorial: Marta Cánovas
Traducción: Gabriela Fabrykant
Corrección: Mónica Piacentini
Diseño de tapa: WOLFCODE
Diseño interior: Dumas Bookmakers

Primera edición: abril de 2018
ISBN 978-987-609-714-7

Para Juliet

HOSPITAL ST. JOSEPH

El nuevo doctor la tomó por sorpresa. No es que hubiera nada inusual en su llegada: los doctores venían y se iban con bastante frecuencia. Pero este era joven. Era nuevo en la profesión, además de nuevo en el lugar. Irradiaba una luz que le lastimaba los ojos.

—¿Es ella la señora Bainbridge?

Lo de *señora* fue un gesto amable. No recordaba la última vez que había recibido ese trato. Sonó como una melodía de la que apenas se acordaba. Él levantó la vista de sus notas y le dirigió su atención.

—Señora Bainbridge, soy el doctor Shepherd. Estoy aquí para ayudarla, para asegurarme de que reciba el cuidado adecuado.

Cuidado. Quería ponerse de pie desde donde estaba sentada en el borde de la cama, tomarlo del brazo y guiarlo hasta la puerta. Este no era un lugar para inocentes. Al lado de la vieja rolliza que la cuidaba tenía un aspecto tan vibrante, tan vivo. La cal de las paredes blanqueadas todavía no había decolorado su cara, ni opacado el tono de su voz. En sus ojos vio un destello de interés. Eso la perturbó más que el cejo fruncido de la cuidadora.

—Señora Bainbridge, ¿me entiende cuando le hablo?

—Se lo dije —soltó la cuidadora—. No espere ninguna respuesta de ella.

El doctor suspiró. Sujetando sus papeles bajo el brazo, se adentró más en su habitación.

—Es algo normal. Sucede a menudo en casos de mucho sufrimiento. A veces el shock es tan intenso que el paciente pierde el habla. Podría tratarse de un caso semejante, ¿no le parece?

Las palabras gorgoteaban en su pecho. Su fuerza le hacía doler las costillas y los labios le hormigueaban. Pero eran fantasmas, ecos de cosas que habían sido. Nunca volvería a experimentarlas.

Él se inclinó hasta que su cabeza quedó a la altura de la de ella. Ella registró agudamente sus ojos, anchos y sin pestañar detrás de sus lentes. Pálidos anillos verde menta.

—Es curable. Con tiempo y paciencia. He visto pacientes curarse.

La cuidadora resopló con desaprobación.

—No se le acerque doctor. Es una paciente violenta. Una vez me escupió en la cara.

Con qué firmeza la miraba. Estaba lo suficientemente cerca para que ella alcanzara a olerlo: jabón carbólico, clavo de olor. Su memoria chispeaba como un yesquero. Pero se negaba a dejar que se encendiera la lumbre.

—No quiere recordar lo que le sucedió. Pero *puede* hablar. No inhaló tanto humo como para que le haya afectado el habla.

—No va a hablar, doctor. No es ninguna estúpida. Sabe dónde iría a parar si no la tuvieran aquí.

—Pero puede escribir… —Recorrió la habitación con la mirada—. ¿No hay nada para escribir aquí? ¿Usted *intentó* comunicarse con ella?

—Yo no le daría una lapicera.

—Una pizarra, entonces, y tiza. Hay en mi oficina—. Buscó en su bolsillo y le tendió una llave a la cuidadora—. Vaya a buscarlos. Ahora mismo, por favor.

La cuidadora tomó la llave frunciendo el ceño y se alejó por la puerta arrastrando los pies.

Estaban solos. Sintió sus ojos posarse sobre ella, ligeros pero incómodos, como el cosquilleo de un insecto trepando por su pierna.

—La medicina progresa, señora Bainbridge. No estoy aquí para someterla a *electroshocks* o prescribirle baños fríos. Quiero ayudar—. Inclinó la cabeza—. Debe estar al tanto de que pesan sobre usted… acusaciones. Hay quienes opinan que debería ser trasladada a un establecimiento con mayor vigilancia. O que tal vez ni siquiera debería estar en un manicomio.

Acusaciones. Nunca explicaron en qué se basaban los cargos, solo la llamaron asesina, y durante un tiempo había hecho honor a la reputación: arrojando vasos, arañando a las enfermeras. Pero ahora tenía su propia habitación y medicinas más fuertes, era un esfuerzo demasiado grande sostener el personaje. Prefería dormir. Olvidar.

—Estoy aquí para decidir su destino. Pero para poder ayudarla necesito que usted me ayude *a mí*. Necesito que me cuente qué sucedió.

Como si pudiese entender. Había visto cosas que escapaban a la comprensión de su pequeño cerebro científico. Cosas que negaría que fueran posibles hasta que no se le aparecieran a hurtadillas y presionaran sus manos gastadas y astilladas contra las suyas.

Se le formó un hoyuelo en la mejilla izquierda al sonreír.

—Sé lo que está pensando. Todas las pacientes dicen lo mismo, que no voy a creerles. Confieso que me topo con muchas ideaciones delirantes, pero pocas carecen de algún fundamento. Suelen formarse en base a alguna experiencia. Aunque suene fuera de lo común, me gustaría escucharlo: lo que usted *cree* que sucedió. A veces el cerebro se ve superado por la información que debe procesar. Da sentido al trauma en formas extrañas. Si puedo escuchar lo que le dice su mente, tal vez sea capaz de comprender cómo funciona.

Ella le devolvió la sonrisa. Pero una sonrisa desagradable, como las que ahuyentaban a las enfermeras. Él no se echó atrás.

—Tal vez podamos incluso sacarle fruto a su padecimiento. Cuando se ha sufrido un hecho traumático, a la víctima muchas veces le ayuda ponerlo por escrito. De una manera distanciada. Como si le hubiera sucedido a otra persona. —La puerta crujió. La cuidadora había vuelto con la pizarra y la tiza. El doctor Shepherd las tomó de sus manos y se inclinó hacia la cama, ofreciendo los útiles como un ramo de olivo—. Entonces, señora Bainbridge, ¿lo intentaría por mí? Escribir algo.

Dubitativa, estiró el brazo y agarró la tiza. La sintió extraña en la mano. Después de tanto tiempo, no sabía cómo empezar. Presionó la punta contra la pizarra y trazó una línea vertical. La tiza rechinó, produciendo un chirrido agudo y espantoso que le erizó los dientes. Entró en pánico, apretó demasiado. La tiza se partió en dos.

—Realmente pienso que le resultaría más sencillo con un lápiz. Fíjese, no es peligrosa. Está tratando de hacer lo que le pedimos.

La cuidadora lo miró con desaprobación.

—Lo hago responsable. Traeré uno más tarde.

Logró rayar algunas letras. Los trazos eran débiles, pero tuvo miedo de volver a usar la fuerza. Apenas visible sobre la pizarra había un "hola" tembloroso.

El doctor Shepherd la recompensó con otra sonrisa.

—¡Eso es! Siga practicando. ¿Cree que podrá ir progresando, señora Bainbridge, y hacer lo que le pedí? ¿Escribir todo lo que recuerda?

Tan fácil como eso.

Era demasiado joven. Demasiado fresco y esperanzado como para darse cuenta de que también a su vida le llegarían momentos que desearía borrar, años enteros de momentos insoportables.

Ella los había sepultado tan profundo que solo llegaba a alcanzar uno o dos. Lo suficiente para confirmar que no quería excavar el resto. Cada vez que intentaba recordar, *los* veía. Sus espantosas caras bloqueando el acceso al pasado.

Usó el puño de la manga para borrar la pizarra y escribió de nuevo. "¿Por qué?"

Él pestañeó detrás de sus lentes.

—Bueno… ¿Por qué piensa usted?

"Cura."

—Así es. —Se le volvió a formar el hoyuelo. —Imagine si pudiéramos curarla. Si pudiéramos sacarla de este hospital.

Dios lo proteja. "No."

—¿No? Pero… No lo comprendo.

—Se lo dije, doctor —acotó la cuidadora con su voz rasposa de urraca—. Ya hizo lo que le pidió.

Se cubrió con las sábanas y se quedó tumbada en la cama. Le latía la cabeza. Se llevó las manos al cuero cabelludo y presionó intentando sostener las cosas en su lugar. Se le erizaron los pelos de la cabeza afeitada. El pelo crecía, los meses pasaban y ella seguía encerrada.

¿Cuánto tiempo había transcurrido? Un año, supuso. Podría preguntarles, escribir la pregunta en la pizarra, pero tenía miedo de saber la verdad.

Ya debía ser hora de recibir sus medicinas, hora de mitigar el mundo.

—¿Señora Bainbridge? Señora Bainbridge, ¿se encuentra bien?

Mantuvo los ojos cerrados. Suficiente, suficiente. Cinco palabras había escrito, pero había sido demasiado.

—Tal vez le exigí demasiado por hoy —afirmó. Pero permaneció en la habitación, una presencia perturbadora al lado de su cama.

Todo esto estaba mal. En su mente empezaba a producirse un deshielo.

Al fin lo escuchó incorporarse. Tintinearon las llaves, la puerta crujió al abrirse.

—¿Quién es la próxima paciente?

La puerta se cerró y amortiguó sus voces. Sus palabras y sus pasos se alejaron por el pasillo.

Estaba sola, pero el aislamiento ya no la consolaba como antes. Sonidos que solían pasarle desapercibidos se volvían dolorosamente intensos: el ruido metálico de una cerradura, una risa lejana.

Agitada, enterró su cara debajo de la almohada e intentó olvidar.

* * *

La verdad. No podía dejar de pensar en ella durante las horas grises de silencio.

No recibían los diarios en la sala de día —al menos no cuando la dejaban entrar allí–, pero los rumores se las arreglaban para introducirse por debajo de las puertas y por las grietas de las paredes. Las mentiras de los periodistas habían llegado al manicomio mucho antes que ella. Desde que se despertó en este lugar había recibido un nuevo nombre: *asesina*.

Las otras pacientes, las cuidadoras, hasta las enfermeras cuando creían que nadie podía oírlas: torcían la boca y mostraban los dientes al decirlo, angurrientas. *Asesina*. Como si buscaran asustarla. *A ella*.

Lo que aborrecía no era la injusticia, sino el ruido. Las sílabas silbándole en el oído. *No*.

Cambió de posición sobre la cama y se abrazó con fuerza los brazos en piel de gallina, tratando de mantenerse entera. Hasta ahora había estado a salvo. A salvo detrás de las paredes, a salvo detrás de su silencio, a salvo merced a las drogas hermosas que ahogaban el pasado. Pero el nuevo doctor… Era el reloj que señalaba con un toque funesto que su tiempo había terminado. *Tal vez ni siquiera debería estar en un manicomio.*

El pánico se ensortijó en su pecho.

De vuelta a las mismas tres opciones. Guardar silencio y que se la presuma culpable. Destino: el patíbulo. Guardar silencio y que, por algún milagro, sea absuelta. Destino: el frío y amenazante mundo exterior, sin medicinas para ayudarla a olvidar.

Solo quedaba una última opción: la verdad. ¿Pero cuál era?

Cuando miraba hacia atrás, al pasado, las únicas caras que veía con claridad eran las de sus padres. A su alrededor se amontonaban figuras borrosas. Figuras llenas de odio que la habían aterrorizado y habían torcido el rumbo de su vida.

Pero nadie creería eso.

La luna llena proyectaba líneas plateadas que entraban por la ventana en lo alto de la pared, rozando su cabeza. Yacía allí, observándolas, cuando se le ocurrió la idea. En este lugar trastornado todo estaba patas arriba. La verdad estaba loca, fuera del alcance de cualquier imaginación sana. Y por eso la verdad era la única cosa que con total seguridad iba a mantenerla encerrada bajo llave.

Se deslizó desde la cama hacia el suelo. Estaba frío y ligeramente pegajoso. No importaba cuántas veces lo fregaran, el olor a orina flotaba en el aire. Se acuclilló junto a la cama y miró al fin en dirección a la sombra que atravesaba la habitación.

El doctor Shepherd había indicado que lo colocaran allí, el primer ítem de un paisaje inalterable: una simple mesa. Pero era un instrumento más para forzar la cripta y exhumar todo lo que había enterrado.

Con el pulso latiendo en su cuello reptó por la habitación. Por algún motivo se sentía más segura a la altura del suelo, agachada bajo la mesa, mirando entre las patas muescadas. *Madera.* Sintió escalofríos.

Ciertamente no había motivo para ser precavida en este lugar. Era inconcebible que alguien tomara un trozo de madera y…. No era posible. Pero a fin de cuenta nada de ello lo era. Nada tenía el menor sentido. Y sin embargo *había* sucedido.

Lentamente, se puso de pie y examinó la superficie de la mesa. El doctor Shepherd había dejado todos los útiles dispuestos para ella: papel y un lápiz grueso con la punta roma.

Acercó una hoja hacia ella. Miró en la penumbra el vacío de la hoja en blanco que esperaba por sus palabras. Tragó el dolor en su garganta. ¿Cómo podía revivirlo? ¿Cómo podía obligarse a hacerles eso de nuevo?

Volvió a mirar la hoja en blanco intentando divisar, en algún lugar dentro de esta enorme extensión de nada, a aquella otra mujer de tanto tiempo atrás.

THE BRIDGE, 1865

"No estoy muerta".

Elsie recitó las palabras mientras su carruaje se abría paso por caminos rurales haciendo saltar terrones de barro. Las ruedas producían un ruido húmedo y de succión. "No estoy muerta." Pero resultaba difícil creerlo, mirando el fantasma de su reflejo en la ventana salpicada por la lluvia: la piel pálida, los pómulos cadavéricos, los rizos eclipsados por tul negro.

Afuera el cielo era gris plomizo, de una monotonía que solo rompían los cuervos. Milla tras milla, el paisaje se mantenía inalterado. Rastrojales, árboles esqueléticos. "Me están enterrando", se dio cuenta. "Me están enterrando junto con Rupert."

No se suponía que fuera así. Tendrían que haber estado de vuelta en Londres a esta altura; la casa abierta, rebosante de vino y velas. Esta temporada estaban de moda los colores fuertes. Los salones estarían atiborrados de azul, malva, magenta y verde de París. Ella estaría allí en el centro de todo: invitada a cada fiesta, adornada con diamantes; colgada del brazo del anfitrión con su chaleco a rayas; la primera dama en ser acompañada hacia el salón comedor. La nueva novia siempre entraba primero.

Pero no una viuda. Una viuda huye de la luz y se sepulta con su dolor. Se convirtió en una sirena ahogándose en crepé negro, como la Reina. Elsie suspiró y clavó la vista en el reflejo hueco de sus ojos. Debía ser una esposa terrible, porque no anhelaba la reclusión. Sentarse en silencio a reflexionar sobre las virtudes de Rupert no aliviaría su pena. Solo la distracción lo haría. Deseaba ir al teatro, subirse a los ómnibus traqueteantes. Prefería estar en cualquier lugar antes que sola en estos campos sombríos.

Bueno, no exactamente sola. Sarah estaba sentada frente a ella, encorvada sobre un viejo volumen encuadernado en cuero. Su ancha boca se movía a medida que leía, susurrando las palabras. Elsie ya la despreciaba. Esos ojos bovinos, marrones como el barro, en los que no había ni una chispa de inteligencia, los pómulos prominentes, el pelo desgarbado que siempre se le escurría de la capota. Había visto dependientas en las tiendas con más refinamiento.

—Te ofrecerá compañía —había prometido Rupert—. Solo cuídala mientras estoy en The Bridge. Muéstrale algunas atracciones. La pobre chica no sale muy a menudo.

No exageraba. Su prima Sarah comía, respiraba y pestañaba. Cada tanto leía. Eso era todo. No tenía iniciativa alguna, ni aspiraba a mejorar su posición. Se habría contentado con su pequeño quehacer como dama de compañía de una señora lisiada, hasta que la arpía murió.

Como buen primo, Rupert la había acogido. Pero ahora era Elsie la que tenía que cargar con ella.

Hojas amarillentas con forma de abanico caían desde los castaños y aterrizaban sobre el techo del carruaje. *Pat, pat.* La tierra golpeando sobre el ataúd.

Una hora o dos y el sol comenzaría a ponerse.

—¿Cuánto falta?

Sarah despegó la vista de la página con los ojos vidriosos.

—¿Hmmm?

—¿Cuánto falta?

—¿…Para qué?

"¡Ay Dios!"

—Cuánto falta para que lleguemos.

—No lo sé. Nunca estuve en The Bridge.

—¿Cómo? ¿Tú tampoco has estado allí? —Era incomprensible. Para ser una familia antigua, los Bainbridge no se enorgullecían mucho de su morada ancestral. Ni el propio Rupert, a sus cuarenta y cinco años, albergaba algún recuerdo del lugar. Solo pareció acordarse de que poseía una finca cuando los abogados estaban ratificando su contrato nupcial—. No puedo creerlo. ¿Nunca fuiste de visita de pequeña?

—No. Mis padres hablaban a menudo de los jardines, pero nunca los vi. Rupert nunca mostró ningún interés por el lugar hasta que…

—Hasta que me conoció —completó Elsie.

Se tragó las lágrimas. Habían estado tan cerca de crear la vida perfecta juntos. Rupert se le había adelantado para poner la finca en condiciones de recibir a la primavera y al heredero que estaba por llegar. Pero ahora la había dejado a ella, que no tenía ninguna experiencia en cómo administrar una casa de campo, para afrontar el legado familiar y a un hijo en camino, sola. Se veía amamantando al bebé en una sala con las paredes enmohecidas, raídos tapizados verde arveja y un reloj lleno de telarañas sobre la repisa de la chimenea.

Afuera chapoteaban los cascos de los caballos. Las ventanillas empezaban a empañarse. Elsie estiró su manga y la frotó contra el vidrio. Imágenes lúgubres se sucedían atropelladamente. Estaba todo crecido y descuidado. Los restos de un muro de ladrillos asomaban entre el pasto como lápidas, rodeados de tréboles y helechos. La naturaleza se había emancipado, reclamando el lugar con arbustos silvestres y musgo.

¿Cómo era posible que el camino hacia la casa de Rupert estuviera en esas condiciones? Era un hombre de negocios meticuloso, bueno con los números, con sus cuentas balanceadas. ¿Por qué dejaría que una de sus propiedades degenerase en este desastre?

El carruaje traqueteó y se detuvo abruptamente. Peters maldijo desde arriba de la caja.

Sarah cerró el libro y lo dejó a un costado.

—¿Qué sucede?

—Creo que nos estamos acercando.

Inclinándose hacia delante, miró en la distancia tan lejos como pudo. Una ligera neblina se alzaba desde el río que corría paralelo al camino y tapaba el horizonte.

Ya debían estar en Fayford. Tenían la impresión de haber estado sacudiéndose por horas. La partida del tren en Londres, en medio del amanecer borroso y color whisky, parecía algo que hubiera sucedido una semana atrás, no esta mañana.

Peters hizo chasquear el látigo. Los caballos relincharon y tiraron de sus arneses, pero el carruaje solo bamboleó.

—¿Y ahora qué?

El látigo chasqueó de nuevo. Los cascos chapotearon en el barro. Golpearon con los nudillos sobre el techo.

—¡Hola ahí abajo! Van a tener que descender, señora.

—¿Y salir afuera? —repitió—. No podemos salir en medio de esta inmundicia.

Peters bajó de la caja de un salto, aterrizando con un ¡plas! Dio un par de pasos sobre el barro mojado, alcanzó la puerta y la abrió. La neblina entró y quedó suspendida en torno a la puerta.

—Me temo, señora, que no hay alternativa. La rueda se ha atascado. Lo único que podemos hacer es tirar de ella y esperar que los caballos hagan el resto. Cuánto menos peso haya en el carruaje mejor.

—Dos damas no deben pesar tanto.

—Lo suficiente para marcar la diferencia —dijo sin ambages.

Elsie refunfuñó. La niebla presionaba sobre sus mejillas, húmeda como el aliento de un perro, acarreando el aroma del agua y un fuerte y profundo olor a tierra.

Sarah guardó su libro y se recogió las faldas. Con las enaguas levantadas por arriba de los tobillos, hizo una pausa.

—Después de usted, señora Bainbridge.

En otras circunstancias, Elsie hubiera aceptado con gusto la deferencia de Sarah. Pero esta vez prefería no ir primero. La neblina se había espesado con una velocidad sorprendente. Apenas podía ver la figura de Peters y la mano que le tendía.

—¿Y los escalones? —preguntó sin mucha esperanza.

—No puedo desplegarlos en este ángulo, señora. Va a tener que saltar. Es poca distancia. Yo la atajo.

Toda su dignidad se veía reducida a esto. Lanzando un suspiro, cerró los ojos y saltó. Las manos de Peters tocaron su cintura por un instante y la depositaron en el barro.

—Ahora usted, señorita.

Elsie se apartó unos pasos del carruaje, no fuera a ser que los grandes pies de Sarah aterrizaran sobre su cola. Era como caminar sobre arroz con leche. Las botas patinaban y se le atascaban en ángulos extraños. No podía ver dónde pisaba; la neblina flotaba hasta la altura de sus rodillas, oscureciéndolo todo por debajo. Tal vez era mejor así, no quería ver el ruedo de su nuevo vestido de bombasí salpicado de inmundicia.

Más castaños aparecieron en parches que se abrían en la niebla. No había visto nunca algo así; no era amarillo y sulfuroso como el smog londinense, y no estaba suspendido, sino que *se movía*. Cuando las nubes grises y plateadas se apartaron, dejaron al descubierto un muro agrietado junto a la línea de árboles. Se le habían derrumbado muchos ladrillos, dejando agujeros abiertos como en una dentadura incompleta. A la mitad de la altura llegó a ver un marco de ventana podrido. Intentó aguzar la vista, pero las imágenes se disolvieron a medida que la niebla se interponía de nuevo.

—Peters, ¿qué es este edificio espeluznante?

Un grito se extendió por el aire húmedo. Elsie se dio vuelta de un salto, el corazón latiéndole con fuerza, pero sus ojos solo se encontraron con la neblina blanca.

—Con calma, señorita. —La voz de Peters—. Ya está bien.

Soltó el aire y lo miró filtrarse en la neblina.

—¿Qué sucede? No puedo verlos. ¿Sarah se cayó?

—No, no. La agarré justo a tiempo.

Debió ser lo más excitante que la chica había experimentado en todo el año. Tenía una broma en la punta de la lengua, pero entonces oyó otro sonido: más bajo y apremiante. Un gemido profundo y prolongado. Los caballos también debieron haberlo oído, porque se agitaron bruscamente en sus arneses.

—Peters, ¿qué fue eso?

El ruido regresó: grave y tétrico. No le agradó. No estaba acostumbrada a esos sonidos del campo, ni a las neblinas, y no abrigaba intenciones de acostumbrarse a ellos. Recogiendo la cola, volvió tambaleándose en dirección al carruaje. Se movió demasiado rápido. El pie se le patinó, perdió el equilibrio y se dio las escápulas contra el barro.

Elsie quedó tendida de espaldas, estupefacta. Un lodo fresco se le introdujo por el espacio entre el cuello y la toca.

—Señora Bainbridge, ¿dónde está?

El golpe la había dejado sin aire. No se había lastimado, ni creyó tener que preocuparse por el bebé, pero no lograba dar con su voz. Se quedó mirando hacia arriba las masas de aire blanco. La humedad se expandía por su vestido. En algún lugar, en una parte remota de su cerebro, se quejó por el daño que había sufrido su bombasí negro.

—¿Señora Bainbridge?

El gemido se volvió a escuchar una vez más, esta vez más cerca. La neblina se movía arriba de ella como un espíritu inquieto. Sintió una forma que se cernía sobre su cabeza, una presencia. Gruñó débilmente.

—¡Señora Bainbridge!

Elsie se estremeció al verlos, a pulgadas de su cara: dos ojos sin alma. Un hocico húmedo. Alas como las de un murciélago. La olfateó y luego mugió. *Mugió*.

Una vaca. Era solo una vaca, atada a una cuerda gastada. La voz le volvió envuelta en una marea de vergüenza.

—¡Fuera! Vete, no tengo comida para ti.

La vaca no se movió. Se preguntó si podría. No era un animal sano. Un cuello enjuto le sostenía la cabeza y moscas revoloteaban alrededor de sus costillas sobresalientes. Pobre bestia.

—¡Allí está usted! —Peters apartó la vaca con un par de patadas—. ¿Qué sucedió, señora? ¿Se encuentra bien? Permítame ayudarla.

Al cuarto intento logró levantarla. El vestido salió del lodo rasgado. Estaba arruinado.

Peters esbozó una sonrisa torcida.

—No es para preocuparse señora. No parece un lugar donde vaya a necesitar andar muy arreglada, ¿no es cierto?

Miró detrás de sus hombros, donde se perdían los últimos penachos de neblina. Ciertamente que no. El pueblo que se alcanzaba a ver no podía ser Fayford.

Una hilera de cabañas desparramadas al pie de los árboles, cada una con una ventana rota o una puerta desvencijada. Los agujeros en las paredes habían sido emparchados a las apuradas con barro y estiércol. En su intento patético por cubrir los tejados la paja mostraba manchas de moho.

—¡Con razón nos quedamos atascados! —Peters señaló en dirección al camino que conducía a las cabañas. Era casi un río marrón—. Bienvenida a Fayford, señora.

—Esto no puede ser Fayford —le contestó.

La cara pálida de Sarah apareció al lado de ellos.

—Me parece que lo es —soltó—. ¡Santo cielo!

Elsie solo pudo mirar boquiabierta. Ya era bastante malo estar atrapada en el campo, pero *¿en este lugar?* Se había casado con Rupert con la esperanza de elevar su posición social. Esperaba tener caseros bien alimentados y arrendatarios modestos.

—Quédense allí, señoras —dijo Peters—. Voy a sacar esta rueda antes de que vuelva la niebla.

Volvió sobre sus pasos pisando con cuidado en el barro.

Sarah se acercó a Elsie. Por una vez, Elsie se alegraba de su presencia.

—Me había imaginado paseos amenos por el campo, señora Bainbridge, pero me temo que este invierno vamos a tener que quedarnos adentro.

Adentro. La palabra era como una llave cerrando un candado. Esa vieja sensación de encierro de su infancia. ¿Cómo podría apartar su mente de Rupert si se veía obligada a quedarse adentro?

Supuso que habría libros. Juegos de cartas. No tardaría en hartarse de ellos.

—¿Te enseñó la señora Crabbly a jugar backgammon?

—Sí, y también… —Se quedó helada, con los ojos ensanchándose.

—Sarah, ¿qué sucede?

Giró la cabeza para evitar seguir mirando hacia las cabañas. Elsie se dio vuelta. Rostros deteriorados se asomaban a las ventanas. Gente miserable, en peores condiciones que la vaca.

—Deben ser mis arrendatarios. —Levantó la mano, pensando que correspondía hacerles alguna seña, pero le flaqueó el coraje.

—¿Deberíamos…? —Sarah titubeó—. ¿Deberíamos acercarnos para intentar hablar con ellos?

—No. Mantente alejada.

—¡Pero parecen tan desdichados!

Lo eran. Elsie revolvió su cerebro pensando de qué manera podía ayudarlos. ¿Presentarse con una canasta y leerles pasajes de la Biblia? ¿No era eso lo que hacían las mujeres ricas? Por algún motivo, creyó que no agradecerían el gesto.

Uno de los caballos relinchó. Oyó un insulto y al darse vuelta vio la rueda salir despedida violentamente del lodazal, salpicando de barro a Peters.

—Bueno —dijo, dirigiendo una mirada jocosa al vestido de Elsie—, ahora somos dos.

El carruaje avanzó un par de pazos. Detrás de este, Elsie vio las ruinas maltrechas de una iglesia. El capitel había desaparecido, dejando solo unos picos de madera astillados. El pasto de alrededor estaba ralo y amarillento. Alguien los vigilaba desde el pórtico.

Elsie sintió un burbujeo en la panza. El bebé. Colocó una mano en su canesú embarrado y usó la otra para agarrarse del brazo de Sarah.

—Volvamos al carruaje.

—Sí. —Sarah se lanzó hacia delante—. ¡Cuanto antes lleguemos a la casa mejor!

Elsie no logró compartir su entusiasmo. Si el pueblo era este nido de ratas, ¿con qué se encontrarían en la casa?

* * *

El río susurraba, un sonido ajetreado e incorpóreo. Un conjunto de piedras manchadas de musgo formaban un puente sobre el agua: de ahí debía tomar su nombre la casa.

No se parecía a ninguno de los puentes de Londres. En lugar de la arquitectura y la ingeniería modernas, Elsie vio unos arcos derruidos, bañados por la espuma y el rocío. Un par de leones de piedra descoloridos flanqueaban los postes a cada lado del agua. Le recordó los puentes levadizos, la Puerta de los Traidores de la Torre de Londres.

Pero el río no se parecía en nada al Támesis; no era gris o marrón, sino claro. Aguzó los ojos y por un instante logró ver debajo de la superficie. Formas oscuras que se arremolinaban. ¿Peces?

Cuando llegaron a la otra orilla, la vetusta casa del portero brotó como de la nada. Peters aminoró la velocidad, pero nadie se acercó a recibirlos. Elsie bajó la ventanilla, encogiéndose al sentir la resistencia de la manga húmeda contra su brazo.

—Siga avanzando, Peters.

—¡Allí! —gritó Sarah—. Allí está la casa.

El camino descendía a través de una cadena de colinas en la que el sol ya se estaba poniendo. Allí donde terminaba, rodeada por una herradura de árboles rojos y anaranjados, se alzaba The Bridge.

Elsie se levantó el velo. Vio una construcción baja de estilo jacobino con tres frontones, una linterna central y chimeneas de ladrillo. La hiedra trepaba desde los aleros y envolvía las torrecillas a ambos lados de la casa. Tenía aspecto de muerte.

Todo estaba muerto. Los parterres yacían postrados bajo la mirada sin vida de las ventanas, los setos marrones y acribillados de agujeros. Las enredaderas estrangulaban los canteros. Hasta el pasto estaba todo amarillento y ralo, como si una plaga se hubiera propagado lentamente por el suelo. Solo proliferaban los cardos, sus espinas color púrpura irguiéndose entre los guijarros.

El carruaje se detuvo en la entrada de grava, frente a la fuente que formaba el centro del conjunto en descomposición. Cuando la piedra todavía era blanca y las figuras esculpidas de perros que la coronaban eran nuevas, debió ser una bonita estructura. Pero hacía rato que no salía agua de los surtidores y la pila vacía estaba surcada por grietas.

Sarah volvió sobre sus pasos.

—Han salido a recibirnos —dijo—. Todo el personal.

La panza de Elsie rugió. Había estado demasiado ocupada mirando los jardines. Vio ahora a tres mujeres vestidas de negro que esperaban frente a la casa. Dos llevaban cofias y delantales blancos mientras que la tercera llevaba la cabeza descubierta, dejando ver una espiral de pelo alisado. Junto a ella estaba parado un hombre rígido y de aspecto formal.

Elsie se miró las faldas. Estaban manchadas como un viejo portón oxidado. El barro hacía pesado el bombasí y hacía que se le pegara a las rodillas. ¿Qué pensarían sus nuevos sirvientes al verla en ese estado? Hubiera estado más prolija y limpia en su ropa de obrera.

"Una señora debe presentarse a su personal de servicio. Pero esperaba no tener que hacerlo embadurnada de barro".

Sin aviso, la puerta del carruaje se abrió. Dio un salto. Un joven estaba parado frente a ella, su figura esbelta ataviada con un traje negro.

—Jolyon, eres tú. ¡Gracias a Dios!

—Elsie, ¿qué demonios sucedió? —Tenía el pelo castaño peinado hacia atrás, como para resaltar el asombro impreso en su rostro.

—Un accidente. La rueda del carruaje se atascó y me caí… —Gesticuló en dirección a su falda—. No puedo ver al personal en este estado. Mándalos de vuelta adentro.

Él titubeó. Se sonrojó detrás de sus bigotes.

—Pero… Resultaría un tanto extraño. ¿Qué debería decirles?

—¡No lo sé! ¡Diles lo que sea! —Oyó el sonido quebradizo de su propia voz y se sintió peligrosamente cercana al llanto—. Inventa alguna excusa.

—De acuerdo. —Jolyon cerró la puerta y se quedó quieto por un instante. Lo vio darse vuelta, la brisa levantándole un rizo de pelo a la altura del cuello—. La señora Bainbridge está… indispuesta. Tendrá que ir directo a su cama. Preparen el fuego y suban algo de té.

Se oyó un murmullo afuera, pero lo siguió el tranquilizante crujir de los pies sobre la grava volviendo sobre su pasos. Elsie respiró aliviada. No tenía que enfrentarlos, al menos no todavía.

De todas las personas, los sirvientes eran para Elsie los más prejuiciosos: envidiosos de la posición social del amo de la casa, tan entrelazada con la de ellos. El personal de la casa de Londres de Rupert la trató con desdén cuando llegó de la fábrica de fósforos. Su confesión de que no había tenido ayuda doméstica desde la muerte de su madre selló su desprecio. Solo el respeto hacia Rupert, y las miradas admonitorias de este, hacía que mantuvieran un mínimo de cortesía.

Sarah se inclinó hacia delante.

—¿Qué piensa hacer? Necesita cambiarse de inmediato, sin que la vean. Y Rosie no está aquí.

No, Rosie no había estado dispuesta a dejar su vida y su salario en Londres para vivir en este lugar alejado. Elsie no podía culparla. Y para ser honesta, estaba secretamente aliviada. Nunca se había sentido cómoda cambiándose frente a la criada de la señora, sintiendo esas manos extrañas sobre su piel. Pero pronto tendría que contratar a otra, aunque más no fuera para mantener las apariencias. No quería adquirir la reputación de una de esas viudas excéntricas que tanto abundan en la campiña.

—Confío en que me las arreglaré sin Rosie por el momento.

La cara de Sarah se iluminó.

—Yo podría ayudarla con los botones de la espalda. Soy buena con los botones.

Bueno, algo era algo.

Jolyon volvió a aparecer al lado de la puerta, la abrió y le tendió el brazo.

—El personal está todo adentro. Ya pueden bajar.

Elsie bajó con esfuerzo los escalones y aterrizó torpemente levantando la grava. Jolyon levantó las cejas ante el espectáculo del vestido.

—¡Santo Cielo!

Ella soltó su mano bruscamente.

Mientras él ayudaba a bajar a Sarah, se quedó mirando la casa. No revelaba nada. Las cortinas estaban echadas y las ventanas daban a una impenetrable pantalla negra. La hiedra ondeaba sobre las paredes.

—Vengan. Los baúles que enviaron por adelantado ya están en las habitaciones.

Subieron un tramo de escalones y abrieron la puerta. Antes de que atravesaran el umbral los recibió un fuerte olor a humedad que se abrió paso hasta las fosas nasales de Elsie. Alguien había intentado taparlo esparciendo una fragancia más suave. Había aromas de armario para la ropa de cama: lavanda y hierbas verdes.

Jolyon avanzó con la misma energía que exhibía en Londres, haciendo resonar sus pasos sobre un piso gris de baldosas romboidales. Elsie y Sarah se entretenían detrás de él, ansiosas por ver toda la casa.

La puerta daba directamente al Gran Salón, una caverna de antiguo esplendor. Resaltaban los detalles medievales: una armadura, espadas cortas dispuestas en abanico sobre las paredes y vigas de madera carcomida por gusanos en lo alto.

—¿Sabe que Carlos I y su reina se quedaron una vez aquí? —preguntó Sarah—. Me lo contó mi madre. ¡Imagíneselos, caminando sobre este mismo piso!

Elsie estaba más interesada en el fuego que ardía en una chimenea de hierro negro. Se acercó acelerando el paso y extendió sus manos enguantadas hacia las llamas. Estaba acostumbrada al carbón; había algo inquietante en el crepitar de la leña y en el olor profundo y dulce de su humo. Le recordaba a la madera de pinos que usaban en la fábrica de fósforos para hacer las cerillas. A la manera en que se partía bajo la sierra.

Miró para otro lado. A cada lado del hogar había una pesada puerta de madera con herrajes de hierro.

—Elsie. —Jolyon sonaba impaciente—. Están preparando un fuego en tu cuarto.

—Sí, pero quería… —Se dio vuelta y los músculos de la cara se le endurecieron como cera. Debajo de la escalera. No lo había visto hasta ese momento. Un cajón largo y angosto apoyado sobre una mesa en el centro de una alfombra oriental—. ¿Ese cajón es…?

Jolyon bajó la cabeza.

—Sí. Antes estaba en la sala de estar. Pero el ama de llaves me explicó que resulta más fácil mantener esta habitación ventilada y fresca.

Por supuesto: el olor a hierbas. Elsie se sobrecogió y sintió sus entrañas retorcerse. Quería recordar a Rupert sonriente y pulcro, como siempre se había presentado, y no expuesto como un muñeco sin vida.

Se aclaró la garganta.

—Ya veo. Y de este modo los vecinos no tendrán que deambular por la casa cuando vengan a ofrecer sus últimos respetos. —Volvía a asomarse esa desgana espantosa que se había apoderado de ella cuando se enteró de la muerte de Rupert, pero la hizo retroceder. No quería verse abrumada por la pena o la amargura. Solo deseaba pretender que nunca había ocurrido.

—No parece haber muchos vecinos. —Jolyon se apoyó en la baranda—. Solo ha venido el párroco hasta ahora.

Qué triste verdad era. En Londres, habría sido un honor para tantos hombres poder despedirse por última vez de Rupert. Lamentó de nuevo que no lo hubieran llevado de vuelta a la ciudad para que recibiese un funeral como era debido, pero Jolyon había dicho que era imposible.

Sarah se acercó al ataúd y miró en su interior.

—Se lo ve en paz. Merece estarlo, mi estimado. —Giró hacia Elsie y tendió su mano—. Acérquese, señora Bainbridge, y mírelo.

—No.

—Tranquila. Acérquese. Le hará bien ver cuán sereno está. Aliviará su pena.

Lo dudaba profundamente.

—No quiero.

—Señora Bainbridge…

Un leño explotó en la chimenea. Elsie aulló y saltó hacia delante. De sus faldas se desprendió una lluvia de chispas que se convirtieron en cenizas antes de alcanzar la alfombra.

—¡Dios mío! —Se llevó una mano al pecho—. Estos fuegos viejos. Podría haberme quemado.

—Difícilmente. —Jolyon se pasó los dedos por el pelo—. Tenemos que llevarte arriba antes de vengan los sirvientes y… ¿Elsie? Elsie, ¿me estás escuchando?

El salto para alejarse del fuego lo había hecho. Estaba lo suficientemente cerca para ver los picos del perfil de Rupert elevándose entre el satén blanco: la punta gris azulada de la nariz; las pestañas; rizos de su pelo entrecano. Era demasiado tarde para apartar la vista. Se acercó lentamente, dando cada paso con el cuidado con el que se hubiera acercado a una criatura durmiendo. Gradualmente la altura de la pared del ataúd fue cediendo.

En un instante se quedó sin aire. No era Rupert. En verdad no. Lo que yacía antes sus ojos era una imitación, tan fría y anodina como un efigie de piedra. El pelo estaba fijado en su lugar, sin rastros del rizo que siempre se le caía sobre el ojo izquierdo. Los capilares rotos que adornaban sus mejillas estaban cubiertos por un borrón gris. Hasta su bigote parecía falso, saliendo prominente de la piel seca.

Cómo le hacía cosquillas ese bigote. Lo sintió de nuevo en sus mejillas, debajo de la nariz. El modo en que se había reído siempre cuando él la besaba. La risa había sido el don de Rupert. Le parecía mal estar parada al lado de él en silencio y afectando solemnidad. Él no hubiera querido eso.

Mientras sus ojos descendían hacia su barbilla y los puntos de una barba incipiente que nunca crecería, notó pequeñas manchas azules en la piel. Le recordaron su infancia y agujas de coser, y chuparse el dedo con fuerza.

Evidentemente, eran astillas. ¿Pero cómo llegaron esas astillas a su cara?

—Elsie.— La voz de Jolyon sonó firme—. Subamos. Mañana habrá tiempo de sobra para despedirse.

Asintió y se frotó los ojos. No le costó mucho apartarse. No importa lo que pensara Sarah, mirar dentro de un ataúd en nada se parecía a decirle adiós a su esposo. El momento para eso había pasado con su último suspiro. Lo que tenían en el cajón era una pálida sombra del hombre que había sido Rupert Bainbridge.

* * *

Subieron dos tramos de escalones antes de atravesar las vigas del Gran Salón y salir a un pequeño descanso. Solo unas pocas lámparas estaban encendidas, iluminando parches de un aterciopelado empapelado rojo.

—Por aquí —dijo Jolyon, girando a la izquierda.

Elsie lo seguía levantando nubes de polvo con los pies y arrastrando sus faldas húmedas por la alfombra. El pasillo transmitía un aire de grandeza descuidada. Sofás tapizados acechaban contra las paredes, separados por bustos de mármol picados. Eran unas cosas horribles, la miraban con expresiones muertas, sombras trepando sobre sus pómulos y hundiéndose en las cuencas de sus ojos. No reconocía en ellos a ningún escritor o filósofo famoso. Tal vez eran los antiguos dueños de The Bridge. Recorrió sus caras impasibles buscando algún rastro de Rupert pero no pudo encontrar ninguno.

Jolyon giró a la derecha y volvió a girar a la izquierda. Dieron con una puerta en arco.

—Esta es la suite de huéspedes —explicó—. Pensé que estaría más cómoda aquí, señorita Bainbridge.

Sarah parpadeó.

—¿Una suite para mí?

—Así es. —Le devolvió una sonrisa apretada—. Ahí dentro está su baúl. Mi habitación está al final del pasillo, junto a las escaleras de servicio. —Hizo un gesto extendiendo el brazo—. La señora Bainbridge se quedará en una suite gemela en la otra ala.

Elsie arqueó las cejas. Una suite gemela. ¿A ese nivel había bajado?

—Qué emocionante. Seremos como mellizas. —Intentó morigerar la acidez del tono, pero temió no haberlo logrado.

—Iré a acomodarme —dijo Sarah incómoda—. Y luego vendré a ayudarla con su vestido, señora Bainbridge.

—Tómese todo el tiempo que necesite —dijo Jolyon—. Yo acompañaré a mi hermana a su habitación. Y más tarde disfrutaremos todos juntos de una cena tardía.

—Gracias.

Agarrando a Elsie del brazo, la arrastró de vuelta por donde habían venido.

—Tienes que dejar de tratar a Sarah como a una sirvienta —gruñó.

—De acuerdo, lo haré. Después de todo no hace ningún trabajo para ganarse la vida. Es una solterona que vive aquí de mi caridad, ¿me equivoco?

—Es la única familia que le quedaba a Rupert.

Elsie sacudió la cabeza.

—Eso no es verdad. *Yo* era la familia de Rupert. *Yo* era su pariente más cercano.

—Sin duda lograste convencerlo para que creyera eso.

—¿Qué demonios quieres decir con eso?

Jolyon se detuvo. Miró sobre su hombro para comprobar que no hubiera sirvientes deambulando entre las sombras.

—Lo siento. Fue grosero de mi parte. No es tu culpa. Pero creía que Bainbridge y yo nos habíamos puesto de acuerdo, antes del casamiento, sobre lo que sucedería exactamente en esta situación. Fue un acuerdo entre caballeros. Pero Bainbridge…

Una sensación desagradable le trepó desde el estómago.

—¿A qué te estás refiriendo?

—¿No te lo dijo? Bainbridge modificó su testamento un mes antes de morirse. Su notario me lo leyó.

—¿Qué decía?

—Te lo dejó todo a ti. Todo. La casa de Londres, The Bridge, su participación en la fábrica de fósforos. Nadie más obtiene beneficio alguno.

Por supuesto que lo hizo. Hace un mes fue cuando le dijo del bebé.

Pensar que, después de todo lo que había atravesado, había logrado casarse con un hombre considerando, con un hombre prudente, solo para perderlo. "Negligente", hubiera dicho mamá. "Igual que tú, Elisabeth."

—¿Acaso es extraño que cambiara su testamento? Soy su esposa y estoy embarazada de su hijo. ¿No es perfectamente natural la disposición?

—Lo habría sido. Si hubieran pasado uno o dos años no tendría ninguna objeción. —Agitando la cabeza, avanzó por el pasillo.

Ella intentaba seguirlo, incapaz de concentrarse en el camino que tomaba. Las paredes color vino tinto parecían inflarse como telones.

—No lo entiendo. Rupert actuó como un ángel. Esa es la respuesta a todas mis plegarias.

—No, no lo es. ¡Piensa, Elsie, piensa! ¿Cómo se ve? Un hombre a quien todos tenían por un soltero inveterado se casa con una mujer a la que le lleva diez años e invierte en la fábrica de su hermano. Cambia su testamento para hacerla su única beneficiaria. Luego, un mes después, está muerto. Un hombre que parecía fuerte como un buey, muerto, y nadie sabe la causa.

Se le formaron estalactitas en el pecho.

—No seas ridículo. A nadie se le ocurriría sugerir…

—Pues lo están sugiriendo, te lo aseguro. Y rumoreando al respecto. Piensa en la fábrica de fósforos. ¡Piensa en mi reputación! He tenido que capear esta tormenta de rumores yo solo.

Se tropezó. Por eso había querido que viniera al campo y se había negado a llevar el cuerpo de Rupert de vuelta a Londres para enterrarlo: para evitar el escándalo.

Recordó el último escándalo. Los oficiales de policía con sus cascos tomando declaración a los testigos. Los rumores que zumbaban detrás de ella como un enjambre de moscas y esas miradas hambrientas y punzantes. Años así. Tardaría mucho tiempo en desvanecerse.

—¡Por Dios, Jo! ¿Cuánto tiempo tendremos que quedarnos en este lugar el bebé y yo?

Él se estremeció. Por primera vez ella notó el dolor brillando en sus ojos.

—¡Maldición, Elsie! ¿Qué demonios te sucede? Te estoy hablando de una mancha en nuestro nombre, en el de la fábrica, y en lo único que eres capaz de pensar es cuánto tiempo estarás lejos de Londres. ¿Siquiera extrañas a Rupert?

Lo extrañaba como al aire.

—Sabes que lo extraño.

—Pues tengo que decir entonces que haces un buen trabajo ocultándolo. Fue un buen hombre, un gran hombre. Sin él habríamos perdido la fábrica.

—Lo sé.

Se detuvo al final del pasillo.

—Esta es tu habitación. Tal vez cuando te hayas acomodado tengas la decencia de enlutarte.

—¡*Estoy* de luto! —gritó—. Solo lo hago de una manera diferente a la tuya.

Lo empujó hacia un lado, abrió la puerta violentamente y la cerró de un portazo.

Cerró los ojos y echó la espalda hacia atrás apoyando las palmas contra la madera, hasta que exhaló y se dejó caer al suelo. Jolyon siempre había sido así. No debería tomarse a pecho sus palabras. Doce años más joven que ella, siempre había gozado de la posibilidad de sentir y llorar a su antojo. La que tenía que aguantar era Elsie. ¿Y no era su intención? ¿Proteger al pequeño Jolyon de lo que ella soportaba?

Después de unos minutos recobró el dominio de sí misma. Se restregó la frente y abrió los ojos. Una habitación limpia y luminosa se abría frente a ella, con ventanas a ambos lados, una que daba al semicírculo de árboles marrón rojizo que abrazaba la casa y la otra que miraba en ángulo hacia el ala oeste, donde estaba la habitación de Sarah. Sus baúles estaban apilados en una esquina. El fuego crepitaba en la chimenea y Elsie se sintió aliviada al ver un lavabo al lado de esta. Hebras de vapor subían desde el aguamanil. Agua caliente.

Oyó la voz de mamá, nítida en su oído. "Qué chica tonta, hacer tanto berrinche. Venga, lavemos todos esos malos pensamientos".

En cuanto pudo incorporarse se quitó los guantes y fue a lavarse la cara. Sus ojos irritados inmediatamente se sintieron mejor y la toalla que usó para secar su piel era maravillosamente suave. Cualesquiera fueran las fallas del lugar, no podía quejarse del ama de llaves.

Una pesada cama labrada en madera de palo de rosa se erguía contra la pared más alejada, tendida con ropa de cama color crema con bordados florales. Junto a ella había un tocador con su espejo de tres cuerpos cubierto con tela negra. Suspiró. Era el primer espejo que veía desde que partieron de la estación. Momento de evaluar el daño ocasionado por su caída en el barro.

Colocando la toalla de vuelta en su asa, caminó hacia allí y se sentó en la banqueta. Corrió la tela negra. Era una superstición estúpida: cubrir los espejos para que los muertos no quedaran atrapados. Lo único atrapado en el espejo eran tres mujeres rubias de ojos marrones, las tres en un estado lamentable. El tul le ondeaba sobre la nuca como un cuervo enjaulado. Rizos encrespados por el viento se enmarañaban alrededor de su frente y, pese a haberse lavado, tenía todavía un manchón de barro en la mejilla derecha. Se frotó hasta que desapareció. Menos mal que se había negado a ver a los sirvientes.

Lentamente, alzó los brazos cansados para sacarse la toca y comenzó la ardua tarea de soltarse el pelo. Sus dedos ya no eran tan diestros como antes, se había acostumbrado a que Rosie lo hiciera por ella. Pero Rosie y todas las comodidades de su vida pasada estaban a millas de distancia.

Una de las horquillas se atascó en un nudo y la hizo resollar. Dejó caer los brazos, enfadada desmedidamente por este infortunio menor. "¿Cómo pudo suceder esto?", le preguntó a la mujer desaliñada que tenía enfrente. Ninguna tenía respuesta.

El espejo era frío y cruel. No mostraba a esa novia bella y sonriente que disfrutaba quedarse mirando hasta hacía tan poco tiempo. De manera espontánea, una escena se elevó en su memoria: Rupert, parado detrás de ella esa primera noche y cepillándole el pelo. El orgullo en su rostro, flashes del cepillo de plata. Una sensación de seguridad y confianza, tan rara ahora que consideraba su imagen inversa. Podría haberlo amado.

El matrimonio había sido una relación comercial, cemento para asegurar la inversión de Rupert en la fábrica de fósforos, pero esa noche había mirado verdaderamente al hombre y se había dado cuenta de que podía llegar a amarlo. Con tiempo. ¡Ay, pero tiempo fue lo único que no tuvieron!

Un golpeteo en la puerta la sobresaltó.

—¿La ayudo con los botones? —La voz de Sarah.

—Sí, puedes pasar Sarah.

Sara se había cambiado el vestido de viaje por una bata que había visto mejores tiempos. El negro se había desteñido en forma despareja. Lucía apenas presentable, pero al menos se había recogido el pelo pardusco.

—¿Ha escogido un vestido? Puedo preguntarle a alguna las criadas si hay una plancha de hierro.

—No. Solo búscame una bata. —Si Jolyon quería que se enlutara, eso es lo que haría. Se comportaría del mismo modo como lo había hecho él cuando murió mamá. Eso le serviría de lección. Vería lo irritante e inútil que es tenerla todo el día llorando en su habitación.

El reflejo de Sarah jugaba con las manos en el espejo.

—Pero… La cena…

—No voy a bajar. No tengo hambre.

—Pero… Pero yo no *puedo* comer sola con el señor Livingstone. ¿Qué dirá la gente? ¡Apenas nos conocemos!

Irritada, Elsie se puso de pie y fue a buscarse una bata ella sola. *¿Realmente* había sido Sarah una dama de compañía? Debería haber aprendido a no ponerse a discutir con su señora.

—Tonterías. Habrás hablado con él en mi boda.

—Yo no estuve en su boda. La señora Crabbly se enfermó. ¿No lo recuerda?

—¡Oh! —Elsie se tomó su tiempo para sacar una bata de uno de los baúles y se arregló la cara antes de darse vuelta—. Por supuesto que no. Tendrás que disculparme. Ese día… —Bajo la vista y miró el algodón blanco que tenía entre las manos—. Todo sucedió en una confusión tan alegre.

Encaje de Honiton, flores de azahar. Nunca había pensado en ser una novia. Una se deshacía de esas fantasías después de los veinticinco. Para Elsie, la perspectiva parecía aún más improbable. Desesperaba de encontrar a alguien en quien pudiera confiar, pero Rupert había sido diferente. Arrastraba algo en el aire alrededor suyo, un aura de bondad innata.

—Comprendo —dijo Sarah—. Bueno, ocupémonos de ese vestido.

Elsie hubiera preferido cambiarse sola, pero no tenía opción. No se animaba a decirle a la prima de Rupert que tenía un abotonador: se suponía que solo lo usaban las prostitutas.

Sarah trabajó hábilmente, sus dedos bajando por la espalda y la cintura de Elsie como ligeras gotas de lluvia. El vestido cayó suavemente en sus manos.

—Que material tan fino. Espero que el barro pueda lavarse.

—Tal vez puedes hacerme el favor de bajarlo. Tiene que haber alguna criada que lo remoje en jabón sin decir nada, por una corona.

Sarah asintió. Dobló el vestido y lo abrazó contra su pecho.

—¿Y… el resto? —Lanzó una mirada tímida al armazón de aros, resortes y enaguas que aprisionaba a Elsie—. ¿Podrá arreglarse…?

—¡Oh, sí! —Con seguridad, colocó sus manos en las cintas que sujetaban la crinolina—. No siempre tuve criada, como sabrás.

El silencio y la quietud de Sarah le provocaron un hormigueo en todo el cuerpo. Sus ojos se habían clavado en la cintura de Elsie y se expandieron, oscureciéndose con un extraño brillo.

—¿Sarah?

Sarah se sobresaltó.

—Sí, señora. Me voy yendo entonces.

Elsie se miró el cuerpo, confundida. ¿Qué había sucedido para que se la quedara mirando absorta? De golpe y dolorosamente, se dio cuenta: sus manos. Se había quitado los guantes para lavarse la cara, dejando al descubierto sus manos en toda su ajada fealdad. Manos curtidas por el trabajo, manos de obrera. No las manos de una dama.

Pero antes de que el Elsie pudiera decir algo en su defensa Sarah abrió la puerta y salió.

HOSPITAL ST. JOSEPH

Apareció de la noche a la mañana. En cuanto despegó la cabeza de la almohada y se restregó los ojos legañosos, lo vio. Deforme. Malogrado.

Salió de la cama a los tumbos, abofeteando el piso frío con los pies. Estaba colgado frente a ella. Entrecerró los ojos. Le hacía daño seguir mirando, era demasiado claro, pero no se atrevía a apartar la vista. Amarillo. Marrón. Líneas y formas arremolinadas.

Había llegado sin que se diera cuenta. Si miraba para otro lado, ¿volvería a moverse? Aunque era mudo, parecía gritar, estrellarse dentro de su cabeza.

No podía volver a la cama; tenía que mantenerlo a distancia. La luz del día se filtraba por las ventanas altas, inhóspita y blanquecina como las paredes. Sus rayos reptaban por el suelo y pasaban por delante de ella. Al fin, la puerta se abrió con un chasquido.

—Señora Bainbridge.

Era el doctor Shepherd.

Sin darse vuelta, alzó una mano temblorosa y extendió el dedo índice.

—¡Oh! Ha visto el cuadro. —El aire se desplazó cuando se arrimó a su hombro—. Espero que sea de su agrado.

El silencio se prolongó.

—¿Le da algo de alegría al lugar, no? Pensé que, como no tiene permitido ir a la sala de día o al patio con las otras pacientes, apreciaría un poco de color. —Transfirió su peso al otro pie—. Esta es la dirección que está tomando el hospital. No confinamos más a nuestros pacientes en celdas sombrías. Este es un refugio para la recuperación. Tiene que haber cosas alegres, estimulantes.

Vio ahora lo que el artista había intentado capturar: una escena de cuarto de niños. Una habitación iluminada con luz natural en la que una madre arrullaba a un niño en una cuna. Su vestido era como un narciso y su pelo como una filigrana de oro. Había también unas rosas blancas dentro de un jarrón sobre una mesa al lado del bebé.

—¿Le causa molestia, señora Bainbridge?

Asintió.

—¿Y a qué se debe? —Sus zapatos rechinaron al girar para alcanzar la pizarra. El lápiz era mejor para que ella escribiera su historia, pero la tiza y la pizarra hacían más fácil la conversación. Las colocó en sus manos—. Cuénteme.

Otra vez. Estaba labrándola a cincel, pieza por pieza. Supuso que ese era su plan. Ir reduciéndola pulgada a pulgada; arrancarle una nueva confesión, un nuevo recuerdo hasta dejarla vacía.

Ya se le aparecían por la noche: sueños que eran en verdad flashes del pasado. Paisajes de sangre, madera y fuego. No los quería. ¿Cuánto más atrás en ese pasado sórdido tendría que sumergirse antes de que la considerara una desequilibrada y la dejara tranquila?

—¿No le gustan los colores? ¿No le levanta el ánimo y le recuerda tiempos mejores?

Sacudió la cabeza. *Tiempos mejores.* Asumía que ella los había tenido, en su pasado.

—Lamento haberle causado malestar. Créame que mi única intención era brindarle una alegría. —Dejó salir un suspiro—. Puede sentarse. Haré que se lleven el cuadro cuando hayamos terminado.

Con la mirada clavada en el suelo, volvió a la cama como pudo y se sentó, agarrando la tiza y la pizarra con tanta fuerza como si fueran armas. Como si pudiera defenderse con ellas.

—No se tome a pecho este pequeño retroceso —dijo él—. Estoy muy satisfecho con su progreso. Leí lo que escribió. Veo que ha seguido mi consejo y ha escrito como si los eventos le hubieran sucedido a otra persona. —No podía levantar la vista y mirarlo a la cara; su atención seguía intensamente concentrada en el cuadro, que todavía colgaba ahí. Las pinceladas, el marco. Él soltó una risita—.

La memoria tiene sus mañas. ¿No son graciosos algunos de los detalles que recuerda? ¡La vaca!

Alzó la tiza, todavía con torpeza. "La vaca no es graciosa".

Inclinó la cabeza.

—No era mi intención... Le pido disculpas. Estuvo mal de mi parte reírme.

"Sí".

Pero de hecho envidió la risita. Envió el hecho de que aún *pudiera* reírse.

Risa, conversación, música: todas esas cosas parecían reliquias, cosas que sus antepasados habían adoptado mucho tiempo atrás pero que no tenían ninguna relevancia para ella.

Miró de nuevo la mesa.

—Tiene la mirada clavada en la mesa. ¿Qué es lo que le molesta?

Le temblaron los dedos al escribir. "Madera".

—Madera. ¿No le gusta la madera?

La palabra conjuraba otros sonidos: el rechinar de una sierra, el ruido de un portazo.

—Interesante. Muy interesante. Por supuesto, después del incendio y de sus lesiones... Tal vez se deba a eso, ¿no?

Ella parpadeó sorprendida.

—Tal vez se deba a eso que no le guste la madera. Porque le recuerda el incendio. Porque es combustible.

¿El incendio?

Iba demasiado rápido. Vivía a una velocidad tres veces más rápida que su mundo drogado y submarino. ¿Sería por eso que sus brazos estaban llenos de cicatrices que no la dejaban mirarse en un espejo? ¿Había estado en un incendio?

—Aunque podría haber otras razones, por supuesto. He estado leyendo su archivo con detenimiento. —Reparó por primera vez en los papeles que llevaba bajo el brazo. Los desparramó por la mesa: su pasado allí tendido, expuesto, como un cuerpo en la mesa de autopsias—. Veo que se crió en una fábrica de fósforos. Originalmente fue propiedad de su padre, y cuando este falleció pasó a un fideicomiso hasta que usted y su hermano alcanzaron la mayoría de edad. Imagino que habrá visto una buena cantidad de madera y fuego en una fábrica de fósforos.

¿También eso? Nada era sagrado. Todo tenía que ser excavado.

La duda florecía en su pecho y él debió haberlo percibido, porque dijo:

—Confío en que comprenda que no es una curiosidad frívola lo que impulsa mi investigación. Ni tampoco es meramente el deseo de curarla, aunque tengo la esperanza de poder hacer eso también. El hospital y la policía me han encargado que escriba un informe. —Tomó dos papeles de la mesa y se acercó a ella—. Cuando llegó al hospital no fue posible interrogarla. Sus lesiones eran muy severas. —Le mostró el primer ítem: un recorte de diario con un grabado. Ofrecía la imagen difusa de una persona toda envuelta en vendajes, con manchas oscuras allí donde la sangre había traspasado la gasa—. Pero ahora que se ha recuperado físicamente, cuando no mentalmente, se ha vuelto un asunto de cierta importancia establecer la causa del incendio.

Estaba sugiriendo… ¿qué la momia en el grabado era *ella*? El pánico se apoderó de ella. El diario tenía fecha de hace más de un año. Había transcurrido todo ese tiempo y sin embargo recordaba poco más que una vaca y los rostros de unas figuras de madera pintadas.

El médico se sentó en la cama. Ella se echó para atrás. El calor de su cuerpo, su olor: era todo demasiado real.

—Se hallaron restos de cuatro cuerpos. Dos de las muertes ya han sido registradas. Es de las otras dos que necesitamos dar cuenta. —Se acomodó los anteojos—. Es muy probable que se abra una investigación judicial. Dada su condición actual, probablemente se me solicite que declare de parte de usted. Entenderá entonces por qué me veo obligado a presionarla para obtener información. Y encontrar la verdad. Quiero ayudar.

Seguía diciendo eso. A fuerza de repetirlo solo lograba que sonara falso. Presumiblemente, lo que quería realmente era sentar las bases de su carrera resolviendo su caso.

Pero aun si no confiaba en él, tenía razón en un punto: iba a ser necesaria una declaración. No importaba cuán doloroso resultara, tenía que insistir y tratar de recordar el resto, o corría el riesgo de terminar colgando de un nudo corredizo.

El patíbulo no hubiera debido asustarla. Sabía Dios que no le quedaban muchas razones para seguir viviendo. Pero el instinto, enterrado muy profundo dentro de ella, peleaba como un animal salvaje. No quería morir. Solo dormir, resguardada, en este lugar. Cobijada por las paredes blancas y las drogas.

Esquirlas de oro centellearon ante sus ojos. Sus anteojos. Se había inclinado sobre ella y miraba de cerca su cara.

—Puede que todavía no recuerde nada, pero estoy seguro de que podremos hacerlo juntos. Despertar esa parte de su mente que yace dormida.

Se alejó de él con un movimiento brusco que hizo rechinar la cama. Presionando la tiza contra la pizarra, empezó a escribir torpemente. Chirrido, chirrido. Esa era su voz ahora, al parecer: un sonido agudo y abrasivo, desprovisto de palabras.

"¿Dónde fue el incendio?"

Las cejas del doctor Shepherd se arquearon.

—¿No se acuerda del incendio? ¿De sus lesiones?

Imágenes vagas regresaban flotando. Recordaba mil insectos de dolor royéndole la espalda. Una rara impresión de enfermeras, olores a medicina. Estaba todo demasiado hondo. Tendría que remover capas y capas hasta poder llegar allí con alguna claridad.

Apoyándole una mano en el hombro, el doctor Shepherd le sacó la pizarra de entre los dedos. Por un instante, pensó que iba a tomar su mano. Pero luego se dio cuenta de que le estaba mostrando algo: le estaba mostrando la piel brillosa y jaspeada en su propia muñeca. Delicadamente, dobló la manga áspera de su bata. Manchas rosáceas se abultaban alrededor de su codo, deforme y arrugado como una fruta vieja. Cicatrices tan profundas que no se borrarían nunca. Sí, ahora lo veía. Eran quemaduras. ¿Cómo no se había dado cuenta antes?

—Esta fotografía fue tomada hace algunas semanas —dijo, soltando su brazo—. ¿Lo recuerda?

Recordaba el fogonazo y el humo, el estallido que parecieron producir dentro de su cabeza. Pero cuando él deslizó la fotografía sobre su regazo, no reconoció la cara que la miraba. Era una mujer —al menos el vestido a rayas y el pañuelo atado alrededor del cuello parecían sugerir que era una mujer—, pero su pelo era corto, brotaba en pequeños mechones de un cuero cabelludo manchado. Una piel

oscura e irregular cubría sus mejillas. Un ojo se hundía en el pár-
pado inferior.

Vio su propio nombre escrito al pie.

"Elisabeth Bainbridge. Detenida bajo sospecha de incendio pre-
meditado".

THE BRIDGE, 1865

Elsie se incorporó de un salto al oír que golpeaban a la puerta, incapaz de reconocer dónde se hallaba. La tarde gris se había fundido en el color carbón de una noche de otoño. El fuego ardía bajo en la chimenea. Una única vela iluminaba el tocador, un hilo sinuoso de cera descendiendo por uno de sus lados. La memoria le volvió con una sacudida: estaba atrapada en el campo; y Rupert estaba muerto.

Volvieron a golpear. Se estiró para alcanzar sus guantes de encaje y se los calzó.

—Entre —dijo con voz ronca. Sintió un gusto ranció en la boca. ¿Cuánto tiempo había dormido?

La puerta se abrió con un crujido. El metal tintineó contra la vajilla y una joven de baja estatura, que debía tener alrededor de dieciocho años, entró con una bandeja.

—Señora. —Colocó la bandeja sobre el tocador, encendió la lámpara de gas y la prendió usando la vela.

Elsie parpadeó. Sus ojos debían estar haciéndole una maña. ¿Podía realmente ser esta su criada? Estaba sucia de la cocina, el delantal tosco todo manchado de hollín. Su cara no era del todo ordinaria; tenía pestañas largas y carnosos labios rosados que habrían resultado agradables si no hubieran estado torcidos en una expresión impertinente. No llevaba cofia. Tenía el pelo oscuro peinado con una severa raya al medio y recogido detrás de sus orejas en un nudo.

¿Semejante criatura pasaba por una criada en esta parte del país? De haberlo sabido, no se habría preocupado tanto por propia apariencia más temprano.

—Señora —volvió a decir. Tarde, hizo una reverencia torpe. La bandeja traqueteó—. El señor Livingstone dijo que podría tener hambre.

—Oh. —No sabía decir si era cierto: la combinación de olores que emanaban de la bandeja despertaban en ella un apetito voraz y le producían náuseas en igual medida— Sí. Muy atento de su parte. Recibiré la bandeja aquí. —Acomodó la almohada detrás de su espalda.

La chica avanzó en dirección a ella. No tenía el andar esmerado de los sirvientes de Londres; su paso intrépido sacudió el tazón y derramó la sopa por los bordes. Después de depositar la bandeja sobre las piernas de Elsie con un ruido metálico sordo, retrocedió y flexionó las rodillas en una nueva reverencia.

Elsie no sabía si ofenderse o reírse. La chica era claramente una pueblerina.

—¿Y tú eres…?

—Mabel Cousins. La sirvienta. —Tenía una voz extraña; una mezcla del gangueo de clase trabajadora y el tono arrastrado de la gente del campo—. Señora.

A Elsie se le pasó por la cabeza que acaso Mabel no tuviera permitido normalmente subir a las habitaciones. Debían haber estado desesperados por un par de manos y enviaron a cualquiera. Por el modo en que miró la pila de ropa de Elsie en el suelo y el cuello de encaje de su bata, una creería que no había visto algo tan caro en su vida.

—¿Tú eres la criada? ¿O sirves en la cocina?

Mabel se encogió.

—Simplemente la sirvienta. Helen y yo. Somos las únicas.

—Bueno, entonces eres la sirvienta-todo-trabajo.

—Si usted lo dice, señora.

Elsie ajustó la bandeja en su regazo. El vapor se elevaba de la superficie de una sopa marrón amarillenta salpicada con hierbas. Al lado había un plato de carne asada y una sustancia grumosa color crema que parecía fricasé de pollo. Tenía hambre, pero la idea de la comida le revolvía el estómago. Haciendo una mueca, levantó la cuchara y la hundió en la sopa.

Se sorprendió al ver que Mabel seguía parada allí. ¿Qué demonios estaba esperando?

—Puedes retirarte, Mabel. No necesito nada más.

—Oh. —Al menos tenía la gracia de sonrojarse. Limpiándose las manos en el delantal, ofreció otra reverencia lastimosa—. Discúlpeme, señora. The Bridge no ha tenido una ama en casi cuarenta años. No estamos acostumbradas.

Elsie bajó la cuchara y dejó que la sopa se deslizara nuevamente en el tazón.

—¿De verdad? ¿Durante tanto tiempo? Qué extraño. Me pregunto por qué.

—Murieron unos sirvientes, creo. Hace mucho. Y la familia no quiso seguir viviendo aquí. Es lo que escuché decir en el pueblo, algo sobre un esqueleto que excavaron en tiempos del rey Jorge. ¡Un esqueleto en el jardín! ¡Imagínese!

A decir verdad, hasta tal punto reinaba la muerte en ese jardín que no resultaba tan sorprendente.

—Me lo imagino. Tú habrás crecido en el pueblo de Fayford, supongo.

La carcajada de Mabel la hizo dar un salto. La criada echaba hacia atrás la cabeza como una mujer ordinaria en una comedia musical.

Esto no podía ser. De ninguna manera.

—¿Te causo gracia, Mabel? —soltó en voz alta.

—Discúlpeme, señora. —Se frotó el ojo con la punta del delantal—. Es que nadie del pueblo trabaja aquí.

—¿Y eso a qué se debe?

—Le tienen miedo al lugar. Les causa espanto.

Un peso se posó sobre su cuello. ¿Superstición? ¿Premonición? Fuera lo que fuera, no quería que Mabel lo viese.

—Pues suena como una gran tontería. Solo se trató de un esqueleto. No hay nada de qué asustase, ¿no? —Mabel se encogió—. Puedes retirarte, Mabel.

—Sí, señora. —Esta vez sin hacer una reverencia, se dio vuelta, apagó la lámpara y salió por la puerta. No se molestó en cerrarla.

—¡Mabel! —llamó Elsie—. Apagaste la luz por error, no puedo ver…

Pero pudo oír ya los pies planos de Mabel que bajaban las escaleras golpeando con un ruido sordo.

No vino nadie a cerrar la puerta o retirar la comida. Desesperanzada, colocó la bandeja con la comida sin tocar en el suelo y se recostó sobre las almohadas.

Cuando se despertó, el cuarto estaba negro como un velo de luto. El fuego se había extinguido, dejando enfriar el aire. El olor de esa maldita sopa todavía impregnaba el aire, retorciéndole el estómago. ¿Cómo era posible que la criada la hubiera dejado allí pudriéndose y poniéndose fétida? Iba a tener que hablar con el ama de llaves por la mañana.

Fue entonces cuando lo oyó: un chirrido profundo, como una sierra cortando madera. Se quedó dura.

¿Realmente había oído eso? Los sentidos a veces engañan en la oscuridad. Pero entonces se oyó de nuevo. *¡Tris!*

No quería tener que ocuparse de otro problema esa noche. Seguro que si se quedaba envuelta en las sábanas con los ojos cerrados, el ruido desaparecería. *¡Tris!* Un sonido rítmico, abrasivo. *¡Tris, tris!* ¿Qué *era*?

Se tapó con el cubrecama hasta las orejas para amortiguar el ruido. Al fin cesó. Su cabeza se dejó caer bajo el peso del agotamiento. Probablemente fuera una tontería sin sentido, animales en el bosque. No conocía sus sonidos; había dormido siempre en la ciudad. Ahora estaba silencioso, y podía volver a dormirse…

¡Tris, tris! ¡Tris, tris! Se levantó de golpe, cada centímetro de su cuerpo electrificado. *¡Tris!* Dientes contra madera. Un raspar.

A ciegas, buscó su caja de fósforos debajo de la almohada. No estaba allí. Por supuesto que no estaba allí, aún no había desempacado. Sentía la mano vacía, vulnerable, sin la caja. Tenía que ser cuidadosa, no dejarse caer en una espiral de pánico.

Con la mitad del cuerpo cayéndose de la cama, tanteó en la oscuridad intentando encontrar la llave de la lámpara gas, un yesquero, lo que fuera. Sus dedos dieron solo con los charcos de cera endurecida de la vela derretida. *¡Tris, tris!*

La oscuridad era total; sus ojos se negaban a ajustarse. No era como Londres. No había farolas afuera. Se vio obligada a avanzar a tientas, gateando lentamente. La pierna del vestidor, una estructura redondeada, de alambre: un aro de su crinolina. La esquivó, los oídos en tensión a la espera del sonido. El silencio mismo se sentía pesado, cargado, como en alerta.

Apoyó la mano y sintió cómo se hundía en algo. Retrocedió dejando escapar un grito. Algo se rompió y un líquido empapó su bata. El olor a pollo y carne anunció que había gateado directamente hacia la bandeja con la comida.

¡Tris, tris! Elsie hizo a un lado la bandeja. Negro, nada más que negro frente a sus ojos. ¿Cómo podía salir de esa habitación?

Al fin entrevió una sombra gris. Avanzó hacia ella y sintió una superficie sólida. La puerta. Poniéndose de pie con esfuerzo, tanteó hasta dar con la manija y la abrió.

En el pasillo estaba más claro. Dio un par de pasos hundiendo los pies en la alfombra polvorienta. Pequeñas nubes de polvo se levantaban a medida que avanzaba.

No había nada que señalara el origen del ruido. Estaba todo en silencio. La luz de la luna entraba por la linterna y descendía en barras plateadas que hacían brillar los bustos de mármol.

¡Tris, tris! Elsie avanzó en dirección al ruido. Tenía que hacerlo cesar. No había manera de que pudiera dormirse si continuaba. *¡Tris, tris!* Se volvió más rápido, frenético. Sus pasos se le acompasaron al doblar hacia la escalera después de atravesar la galería. Estaba segura: venía de arriba.

Los escalones daban a un rellano angosto con las paredes blanqueadas. El último piso de la casa, tradicionalmente destinado a los sirvientes. Siguió el ruido por el pasillo, atravesando la linterna. La luz de faro de la luna disminuyó hasta un brillo mortecino. El suave piso alfombrado dio paso a frías baldosas. Tiritó, deseando haber traído consigo una manta. Se sentía pequeña, expuesta en algodón y encaje.

Paró para descansar e intentar orientarse. Delante de ella, un tenue círculo amarillo manchaba la pared.

¡Tris, tris! El ruido estaba cerca. Adelantó un pie y sintió algo rozarle la pierna.

—¡Maldita sea! —gritó. Se tambaleó, al borde de perder el equilibrio—. ¡Maldita sea, maldita sea!

Oyó unos pequeños chasquidos sobre las baldosas, pero no se atrevió a bajar la vista y mirar qué los causaba.

El ruido chirriante, serruchante estaba en todas partes alrededor de ella, como la voz de Dios. Y por debajo, un latido continuo. Pasos.

Un orbe amarillo apareció flotando en la oscuridad, avanzando en dirección a ella.

Elsie respiró hondo sin saber realmente para qué se preparaba.

El orbe se acercaba. Tras él se alzaba la figura de una mujer, su sombra la perseguía estirándose por las baldosas. La vio a Elsie, dejó escapar un soplido y todos quedaron de vuelta sumergidos en la oscuridad.

¡Tris, tris! De nuevo, algo terso y cálido le rozó la pantorrilla. Esta vez gritó.

—¿Señora Bainbridge? —Se oyó un ruido como de una tela desgarrándose, y luego el encenderse de un fósforo. El rostro de una mujer apareció en medio de un halo titilante. Había pasado la mediana edad y tenía la piel fruncida por las arrugas—. ¡Dios mío! ¿Es usted, señora Bainbridge, levantada a estas horas? Me dio un susto tan grande que soplé la vela.

Los labios de Elsie se batieron, intentando articular los sonidos.

—Salí… El ruido… —Mientras hablaba, comenzó de vuelta, ese terrible *¡tris, tris!*

La mujer asintió. Sus ojos se veían líquidos y amarillentos a la luz de la vela, como si los iris hubieran estado nadando en miel.

—Le mostraré el problema, señora. Sígame.

Se dio vuelta llevándose la vela. La oscuridad era tanto más aterradora después de un instante de iluminación. Con su fantasía cansada, Elsie imaginó que un segundo par de pasos le seguía los talones.

—Soy el ama de llaves aquí, señora Bainbridge. Mi nombre es Edna Holt. Esperaba poder presentarme en circunstancias más tradicionales, pero ya no tiene remedio. —Su voz era delicada y respetuosa, sin rastros del horrible acento arrastrado de Mabel. Elsie siguió su sonido, una soga que la sujetaba a un mundo de realidad y sirvientes, en vez de la fantasmagoría que se agitaba en su imaginación—. Espero que esté mejor, señora. Oí que se sentía indispuesta.

—Sí. Solo necesitaba un poco de sueño. Pero luego… —El ruido chirriante la interrumpió. Siseaba y raspaba. La señora Holt se detuvo al final del pasillo frente a unas escaleras de madera.

¿Qué podía ser? La sierra circular de la fábrica emitía un sonido vagamente similar, pero más rápido, como un staccato. Esto era más arrastrado. Como un rasguido lento, muy lento.

Algo se deslizó sobre sus pies, haciéndole cosquillas en las piernas al pasar. Se quedó boquiabierta. Una forma pequeña y oscura trepó por los escalones que tenía enfrente.

—¿Señora Holt, vio eso? —Dos ranuras brillantes de verde se materializaron al lado de la puerta a la que daba la escalera. Se le atoró la respiración en la garganta—. ¡Dios, ten piedad!

—Ya está —dijo la señora Holt con amabilidad. Pero no estaba mirando a Elsie, sus ojos estaban clavados en la puerta—. Ya está, Jasper. Baja.

Las formas comenzaron a cobrar sentido: Elsie vio un pequeño gato negro bajar la escalera de a saltitos y colocarse al lado de la señora Holt. Un *gato*. Nunca se había sentido tan estúpida.

—Creo que son ratas, señora. O puede que sean ardillas. Algún roedor. El pobre Jasper se vuelve loco.

El gato daba vueltas describiendo un círculo de protección alrededor de ellas, refunfuñando en lo profundo de su tráquea. Sus pelos y cola frotaban contra sus faldas.

—Bueno —dijo Elsie recobrando la voz—, haremos que algún hombre suba a mirar. Si hay un nido, mejor despacharlo cuanto antes.

—Ah, pero ese es el problema, señora. —Con la mano libre, la señora Holt extrajo un manojo de llaves de su cinturón y las sostuvo delante de ella—. La buhardilla fue cerrada con llave hace años, antes de que yo empezara a trabajar aquí. Ninguna de estas llaves abre esa cerradura.

—¿Quiere decirme que no hay manera de entrar? —El ama de llaves asintió con la cabeza—. Pues alguien tendrá que derribar la puerta con un hacha. No podemos dejar que esas criaturas hagan un nido allí. ¡Imagínese lo que podrían hacerle a la estructura de la casa! Todo el lugar podría venirse abajo.

La vela baileteaba con su respiración. No podía adivinar la expresión de la señora Holt.

—No se haga mala sangre, señora. No pueden haber causado mucho estrago. Solo las he escuchado en las últimas semanas. A decir verdad, solo desde que vino el señor.

Ambas mujeres quedaron calladas. De pronto, Elsie tomó conciencia del cuerpo, tres pisos abajo, acaso exactamente en el mismo punto en el que sus pies se arqueaban para alejarse del frío de las baldosas. Se abrazó a sí misma.

—¿Y qué dijo el señor Bainbridge al respecto?

—Más o menos lo mismo que usted, señora. Iba a escribir a Torbury St. Jude para pedir que enviaran a un hombre… No sé si llegó a hacerlo.

Todas las cartas no enviadas, las palabras no pronunciadas. Era como si Rupert se hubiera retirado de la fiesta en medio de un baile. Sentía con dolor la necesidad de que viniera e hiciera todas las cosas simples, de que le sacara el peso de los hombros.

—En ese caso, señora Holt, revisaré su biblioteca por la mañana y veré qué encuentro. Si no tengo suerte, escribiré yo misma.

El ama de llaves titubeó. Cuando habló, lo hizo con una voz infinitamente más suave, una caricia verbal.

—Muy bien, señora. Ahora mejor que la acompañe con la lumbre de vuelta a su cama. Sabe Dios que mañana va a ser un día largo y cansador.

Elsie se preguntó por un instante a qué se refería. Cuando cayó en la cuenta, fue como un estallido: habían estado esperándola a ella. Mañana enterrarían a Rupert.

Se le combaron las piernas. La mano libre de la señora Holt rápidamente la sostuvo del codo.

—Tenga cuidado, señora.

Al mismo tiempo, percibió su bata humedecida por la sopa y la salsa contra sus piernas, y la pequeña lengua del gato lamiéndola. Repugnante.

Recordó el desastre que había hecho en su habitación, y luego el que había hecho antes con Jolyon. Sus párpados se volvieron insoportablemente pesados.

—Creo que tiene razón, señora Holt. Será mejor que vuelva a acostarme.

* * *

El cielo despejado era de un azul frío y severo. Los árboles se mecían continuamente a merced de un viento fresco. Una hojarasca verde, amarilla y marrón yacía desparramada sobre los senderos, crujiendo a medida que las ruedas el carruaje se abrían paso entre ella. Elsie estaba asombrada con lo lejos que podía ver en la distancia, aun sumergida bajo su velo de luto. No había partículas de hollín en el aire; ninguna cortina de humo de carbón amortiguaba la luz. La desconcertaba.

—Sí, es el día perfecto para Rupert —dijo Sarah con un suspiro—. Ajetreado y claro, como él. —Su cara larga y equina lucía peor que el día anterior, demacrada y ojerosa, después de haber permanecido toda la noche sentada al lado del cuerpo de Rupert.

Elsie se arrepentía de no haberlo velado ella. En el Gran Salón, ubicado en la planta baja de la casa, no habría padecido el ruido rechinante; Sarah no mencionó que lo hubiera oído. Y Rupert se merecía un velatorio. No fue su intención desatenderlo, pero con el bebé en su vientre, se había vuelto egoísta en pos de su propio confort. Sueño, fuego y un asiento cómodo se habían vuelto cosas vitales en su vida diaria.

Apoyó la cabeza contra la ventanilla. La tierra lucía mejor bajo la luz del sol. Divisó alerces y olmos creciendo entre los castaños, y una ardilla que se cruzó por el camino a los saltos. Se paró un instante sobre sus patas traseras para mirar pasar el cortejo fúnebre y luego trepó raudamente al tronco más próximo.

Adelante iba un paje con una bandeja con plumas negras de avestruz sobre la cabeza. Luego los llorantes con crespones en los sombreros que les llegaban hasta la cintura.

—Montaste un espectáculo espléndido en su honor. —Elsie estrechó la mano de Jolyon, ansiosa por disolver la tensión entre ellos—. Te estoy agradecida.

—No es más de lo que se merecía.

El cajón de Rupert resplandecía desde el coche. Pobre Rupert, atrapado para siempre en ese lugar lúgubre. Vigilado para toda la eternidad por esa iglesia espantosa con medio campanario. Cuando se casaron, Elsie jamás dudó de que pasarían la eternidad enterrados lado a lado. Ahora tal vez tendría que revisar su plan.

A medida que los carruajes se detenían, Elsie se sintió aliviada al ver que ningún aldeano se había asomado a la ventana, aunque también la sorprendió. En el lugar de donde ella venía un funeral era un espectáculo. Aquí parecía no ser una ocasión memorable.

Jolyon agarró su bastón.

—Es momento de bajar. —Su capote negro se agitó mientras bajaba los escalones y ofrecía su mano, primero a Elsie y luego a Sarah.

Se sintió frágil al tocar el suelo; ligera como una de las ramitas que se volaban alrededor del patio de la iglesia. No sabía cómo comportarse.

Mamá se había puesto desbordadamente emocional cuando murió Papá. Al recordar sus sollozos estremecidos, Elsie se sintió inmediatamente fracasada como esposa. Era incapaz de llorar. Había pasado esos días manteniendo a distancia la conciencia de la muerte de Rupert, como una daga apoyada contra su garganta, temiendo dejar que se hundiese en ella y trajera consigo comprensión. Sus únicas sensaciones eran el aturdimiento y la náusea.

La condenada de Sarah rompió en llantos en el momento en que se acomodó en el otro brazo de Jolyon. El espectáculo de sus lágrimas llenó a Elsie de un enojo que no podía justificar.

—Señor Livingstone, señora Bainbridge, señorita Bainbridge, mi más sentido pésame.

Elsie hizo una reverencia al párroco. A través de la redecilla del velo distinguió a un hombre joven de pelo trigueño. Tenía una nariz y un mentón largos que sugerían una buena ascendencia, pero la estola que llevaba estaba mugrienta y grisácea.

—Solo había tenido hasta ahora el gusto de conocer al señor Livingstone. Mi nombre es Underwood, Richard Underwood. — Una voz elegante, que articulaba cada letra. ¿Qué hacía un hombre semejante entre los funestos habitantes de Fayford? Tenía que tener contactos que pudieran conseguirle un mejor destino. Cuando dobló las manos sobre un libro de plegarias y lo sostuvo contra su abdomen, Elsie notó los agujeros en las mangas de su sotana—. Antes de que comencemos, señoras, tengo que preguntarles si se sienten en condiciones de asistir a la ceremonia. No es motivo para avergonzarse si prefieren descansar en casa.

Sarah prorrumpió en un nuevo estallido de lágrimas.

—Bueno, bueno, señorita Bainbridge —dijo Jolyon—. ¿Se siente…? ¿Preferiría…? Es como dice el señor Underwood. ¿Preferiría quedarse en el carruaje? —Miró por arriba del hombro a Elsie en busca de ayuda. Ella apenas insinuó una sonrisa de superioridad. Seguramente hubiera deseado tener una hermana con una sensibilidad más pronunciada.

El señor Underwood intervino.

—Querida señorita Bainbridge, confórtese. Le ofrezco mi brazo. —La separó de Jolyon con tanta delicadeza que Elsie se convenció: era un caballero. Lentamente, se llevó a Sarah—. Puede sentarse en la casa parroquial hasta que se recupere. Mi criada le preparará un té. ¿Sales? ¿Tiene sales?

Con la voz entrecortada, Sarah respondió algo que Elsie no alcanzó a oír.

—Muy bien. Ya está, ya llegamos. —Su casa era una de las casuchas insalubres que invadían el cementerio, un lugar poco acorde a un párroco. Casi que la preocupaba que Sarah se sentase allí durante toda la ceremonia; parecía un lugar en el que una podía contagiarse la fiebre tifoidea.

—Ethel, busca la banqueta. Te encargo que cuides de esta mujer. Prepárale un té dulce.

Una vieja huesuda y a la que le faltaban algunos dientes apareció en la entrada.

—Pero es lo último que…

—Estoy al tanto de eso, Ethel —dijo cortante—. Ahora, haz lo que te pido.

Refunfuñando, la mujer se llevó a Sarah adentro y cerró la puerta.

El señor Underwood volvió hacia donde estaban ellos, aparentemente impasible.

—Fue muy amable de su parte, señor. Se lo agradezco —dijo Jolyon.

—No es necesario. Señora Bainbridge, ¿no tenemos que preocuparnos por usted, no?

—Respondo por sus nervios con mi vida —respondió Jolyon.

Underwood la estudió con interés. Sus ojos eran anchos pero extrañamente caídos; parecían mirar siempre de cerca.

—Muy bien. Ahora, señora Bainbridge, me dirigiré a la puerta de la iglesia para recibir el cajón. Primero entrará el cajón y luego los dolientes.

Asintió. Era todo lo que podía hacer.

Los portadores del ataúd lo cargaron sobre sus hombros y avanzaron. El viento se coló bajo el terciopelo negro, ondeándolo al ritmo de los pasos. El escudo de armas de los Bainbridge flameó en destellos: azul, dorado, azul, dorado, y un hacha.

Tiró del brazo de Jolyon.

—Necesito sentarme.

Lápidas con inscripciones toscas castigadas por el tiempo flanqueaban el sendero que conducía a la puerta de la iglesia. Tres tumbas contiguas llevaban el nombre "John Smith" y fechas separadas por apenas dos años. Otro par, cerca de un rosal, llevaban la inscripción "Jane Price, 1859".

Elsie mantuvo la vista baja. No quería ver a los dolientes que bajaban de sus carruajes ni cruzarse con sus miradas compadecientes. Hacía apenas unos meses había caminado en la dirección contraria, cubierta en seda y flores de mirto y acompañada por el repiqueteo de campanas nupciales. Había mirado su vestido blanco despidiéndose para siempre de la señorita Livingstone. Allí estaba la señora Bainbridge, una nueva criatura, recién nacida.

"Polvo eres y polvo serás". Qué rápido giraba la rueda de la fortuna. La mujer que ahora entraba a la iglesia detrás de este cajón, ¿quién era? ¿Livingstone, Bainbridge? Tal vez ninguna de las dos. Tal vez no era alguien que Elsie quisiera conocer.

* * *

—Fue una ceremonia magnífica. —Un hombre gordo tomó su mano y la presionó contra su bigote. Despedía un fuerte olor a tabaco.

—Sí, sencillamente… magnífica —repitió por enésima vez—. Gracias por venir. ¿Gustaría llevarse una tarjeta recordatoria?— Liberó su guante del apretón húmedo del hombre y tomó con él una tarjeta de bordes negros. Y luego pasó al siguiente.

Causaban una impresión ridícula: estos hombres de la gran ciudad con sus sombreros encintados, sus voces rebuznantes y sus cigarros, apiñados en un cementerio decrépito. ¿*Qué* pensarían de su morada familiar y de su esposa obrera?

El sol se había tornado violáceo, pero ella seguía desfilando de acá para allá entre la fila de desconocidos, agradeciéndoles. Distribuyendo la vida de Rupert, comprimida en un árido conjunto de hechos impresos en una tarjeta monocroma.

En afectuosa memoria de
Rupert Jonathan Bainbridge.
Quien partió a mejor vida el 3 de octubre de 1865,
en el cuadragésimo quinto año de su vida.
Enterrado en la cripta familiar, Iglesia de Todos los Santos, Fayford.
MEMENTO MORI

Jolyon hacía su parte, pasando de grupo en grupo, aceptando sus condolencias. Era a *él* a quien habían venido a ver los invitados. Muy pocos la conocían a ella. ¿Advertirían realmente si se escabullera? Tal vez debería ir y buscar a su antigua acompañante, la vaca raquítica. Al menos esa criatura miserable había mostrado algún interés en ella.

Se quedó parada un instante, mirando absorta entre las cuadrículas de su velo. Pájaros cuyo nombre desconocía graznaban en los árboles de detrás. Gordos e inquisitivos, se parecían a las palomas de Londres salvo por el color beige. Atrevidos carroñeros negros. ¿Grajos? ¿Grajillas? ¿Cuervos? Nunca había sabido realmente la diferencia. Otro que no pudo reconocer –una urraca– le gritó desde el pórtico. Su cola color cobalto apuntaba hacia la más mísera de las lápidas: torcida, devorada por cardos y líquenes.

—¿Preguntándose por las lápidas? —La voz la hizo sobresaltarse. Giró y vio al señor Underwood parado discretamente a su lado. Tenía las manos metidas debajo de la sobrepelliz; o tenía frío, o estaba escondiendo los agujeros de las mangas.

—Sí, en eso estaba. Parece haber muchas con los mismos nombres.

—Así es —suspiró—. Y no importa qué le diga a mi feligresía, las sigue habiendo. La gente... Bueno. A usted no necesito edulcorárselo, señora Bainbridge. Ha visto cómo es el pueblo. La gente no tiene esperanzas. No tienen ni siquiera la esperanza de que sus bebés vivan, así que reutilizan los nombres. Esas de allí. —Sacó una mano y señaló en dirección a las Jane Price que había visto más temprano—. Esas dos niñas vivieron al mismo tiempo. La mayor estaba enferma y la pequeña nació con problemas. Murieron con un mes de diferencia.

—Qué terrible. ¡Pobres niñas! Al menos su familia las recordó con sendas lápidas.

—Magro consuelo.

—¿Eso cree? ¿Ha estado alguna vez en Londres?

Su ceño se frunció.

—En algunas ocasiones. Antes de ordenarme.

—Habrá visto entonces los cementerios de la ciudad. Pozos de seis metros de profundidad, un ataúd apilado arriba de otro, todo lleno hasta la superficie. Lugares espantosos. He oído que los cuerpos son profanados, incluso desmembrados, para hacer lugar para los cadáveres frescos. De modo que me parece todo un consuelo poder yacer en la propia parcela bajo una piedra con un nombre, aun si es un nombre prestado. Hay cosas mucho peores que un padre puede hacer.

La miró detenidamente, estudiándola de nuevo.

—Sin duda.

Elsie consideró prudente cambiar de tema.

—Mi criada me contó que un esqueleto fue hallado en mi propiedad, años atrás. ¿Sabe por casualidad si está también enterrado aquí, señor Underwood?

—¿A cuál esqueleto se refiere?

Parpadeó sorprendida.

—No lo comprendo.

—Ha habido… más de uno —admitió—. Es una casa muy antigua, señora Bainbridge. No hay razones para alarmarse.

Las palabras de Mabel cobraron más sentido en ese momento. Sería absurdo que las sirvientas evitaran la casa por un único esqueleto, pero podía comprender que múltiples descubrimientos las ahuyentaran. Nadie querría toparse con un montón de huesos mientras realizaba sus labores.

—No estoy alarmada, solo… sorprendida. Mi difunto esposo no sabía mucho acerca de la historia de la casa.

—Es una historia extraña. La finca fue dejada vacía durante y después de la Guerra Civil. Luego, con la Restauración, la familia empezó a utilizarla de vuelta. Pero nunca por períodos prolongados. La familia Bainbridge tenía el mal hábito de perder a sus herederos, y a menudo la casa pasó a segundos hijos que nunca regresaron a tomar posesión de ella.

—Qué triste.

—Sus negocios lo habrán impedido, supongo. —Dobló sus brazos—. Hay muchos documentos en Torbury St. Jude; sería un gusto alcanzarle algunos si le interesa.

Sonaba como una historia desagradable de folletín. Lo último que quería era ponerse a leer una historia de muerte y esqueletos. Pero el señor Underwood parecía tan resuelto en su ofrecimiento que no tuvo coraje para rechazarlo.

—Se lo agradeceré mucho.

Se quedaron en silencio observando las tumbas. No había flores de invernadero adornando el suelo, solo los cardos con sus espinas. Sus flores violeta se desvanecían, convirtiéndose en jirones de escasas semillas.

—Si me permite, señora Bainbridge —dijo al fin—, voy a ir a buscar a su prima por usted. Confío en que ya se habrá recuperado.

—Sí, espero que así sea. Gracias. —Inclinó la cabeza mientras él se alejaba con pasos largos, el flequillo rubio rebotándole en las sienes.

La urraca se había echado a volar. Ella se quedó mirando hacia el pórtico, la vista fija en el sitio en el que se había posado, pensando en las pequeñas Jane Price. El velo se agitó en la brisa e hizo que pareciera que las tumbas ondulaban. Como si la estuvieran saludando.

* * *

Elsie se despertó de mal humor. Por segunda noche consecutiva, no había dormido bien. El exasperante chirrido había vuelto a comenzar, aunque solo duró una hora. Después de que cesara había yacido inquieta, intentando extraer de su mente alguna manera de ayudar al pueblo, y recordando al pobre Rupert en la cripta helada.

La cama era demasiado grande sin él. Aunque no era del tipo de esposa que duerme acurrucada a su esposo, había algo reconfortante en la presencia de Rupert debajo de las sábanas y en el crujido ocasional que producía al darse vuelta. Sin él, el otro lado del colchón se extendía frío y siniestro. Demasiado espacio, demasiadas oportunidades para que otra persona se metiera.

Desesperando de cualquier ayuda venidera de parte de las sirvientas, se vistió sola y se las arregló para colocarse su toca de viuda antes de descender a la planta baja.

Las palabras del señor Underwood todavía la perturbaban. Tenía que haber algo que pudiera hacer por Fayford. No había visto a ningún niño, pero a juzgar por el estado de la vaca debían ser piel y huesos. Quién sabe qué horrores domésticos afrontaban. Pero si los padres tenían miedo a los Bainbridge y a su casa llena de esqueletos, difícilmente podría golpear a su puerta con sus canastas de benevolencia y una sonrisa condescendiente. Sería mejor...

Un cúmulo de partículas flotaba en el aire frente a ella, haciéndola toser. Paró y bajó la vista para mirar los escalones. Sus faldas negras habían levantado una nube de polvo: no era polvo común, era algo más denso. Se agachó y pellizcó una partícula entre el pulgar y el índice. Parecían granos de sal gruesa beige.

Se llevó los dedos a la nariz. Sus fosas nasales brillaron con olores que la llevaron de vuelta a la fábrica. Algo nítido y limpio: linaza. Y por debajo, un aroma más profundo, como a nuez. Estornudó. Sí, era aserrín.

¿Aquí?

Aserrín, fósforo, el girar de la hoja de corte...

Se apresuró a removerlo y sacudió sus faldas. No quería tener ni un rastro de eso encima.

Tal vez fuesen las vigas que sostenían el techo, cayéndose a pedazos como todo lo demás en The Bridge. Tendría que preguntarle más tarde a la señora Holt.

Seguía parada cuando la escalera empezó a bambolearse: estaba por desmayarse. Sujetándose de la baranda, bajó los últimos escalones tambaleando. "Respira, respira".

A veces sucedía de esa manera. La cosa más ínfima la arrojaba atrás en el tiempo, resucitaba memorias y la reducía al estado de una niña asustada.

Con la sangre bulléndole en las orejas, llegó hasta el Gran Salón y aspiró hondo, agotada. Ahora estaba allí, segura.

El pasado ya había tomado demasiado de ella. No dejaría que se llevara también sus años de adultez.

Usó la puerta que estaba a la izquierda del hogar y se dirigió al comedor. Jolyon y Sarah ya estaban sentados a la mesa de caoba, el brocado dorado y diente de león en la pared proyectando una sombra pálida sobre su piel. Tomaron las servilletas de sus regazos y se pusieron de pie en cuanto entró.

—¡Allí estás! —Jolyon se frotó la boca.— Me temo que comenzamos sin ti. No estábamos seguros de si bajarías.

El reloj de pie dio la hora.

—Supongo que debo seguir con mi vida habitual.— Su voz tembló. Se desplomó en la silla que Jolyon corrió para ella justo a tiempo.

Las sirvientas aguardaban junto al aparador, la desprolija Mabel y una mujer mayor que debía ser Helen. Era robusta y de aspecto alegre, la cara sonrojada en un permanente tono frutilla: sin duda el efecto acumulado de muchos años manipulando agua caliente. Unos mechones pelirrojos se le escapaban de la copia en las sienes. Elsie adivinó que rondaría los cuarenta años.

Un hombre alto de pelo canoso supervisaba a las dos criadas. Daba la impresión de no haber sonreído nunca en su vida.

Jolyon sirvió café mientras Helen servía pan tostado con huevos revueltos y arenques, pero el olor a aserrín le había revuelto el estómago. Tomó su tenedor y hurgó en la porción blanda de huevos.

—La señorita Bainbridge me estaba contando del rato que estuvo en la casa del párroco.— Jolyon levantó las colas de su levita y se sentó a su lado.

Sarah se ruborizó hasta las raíces de su pelo ralo.

—¿No fue muy generoso de su parte, señora Bainbridge, acogerme de ese modo, siendo que estaba tan atareado?

—Sí.

—Él me parece un tipo superior de hombre —observó Jolyon—. Diría que no está criado para la iglesia, en todo caso no para una parroquia en Fayford.

—Ciertamente no —farfulló Sarah, acalorándose con su tema—. Dejó una familia rica y una importante herencia para intentar hacer algún bien. Su padre lo desheredó completamente, pero tenía algún dinero suyo. Lo usó para establecerse en Fayford. ¿Oyeron alguna vez algo tan noble?

Elsie se llevó un bocado de comida a la boca y masticó despacio. Fue un error: la textura del huevo le dio arcadas.

—¿Se encuentra bien, señora Bainbridge?

—Sí, sí. —Se acercó la servilleta a la boca y discretamente escupió el huevo—. ¿Y usted cómo está? ¿Se recuperó de sus mareos de ayer?

—Sí, gracias. Hoy me siento mucho más fuerte.

—Me alegra oírlo. Imagino que estará harta de los funerales, luego de las muertes de la señora Crabbly y de sus padres.

—Sí. —Sarah tomó un tembloroso sorbo de su té—. Aunque no asistí al entierro de la señora Crabbly. Era terriblemente anticuada en esas cuestiones. Se hubiera retorcido en su tumba de saber que había una mujer en su funeral. Pero mis padres…— Clavó la vista en su taza.

—Rupert no me contó mucho acerca de sus padres —dijo Elsie de modo considerado.

—Bueno, no es mucho más lo que puedo contarle. Creo que Rupert los conoció más de lo que jamás lo hice yo. Me entregaron al cuidado de la señora Crabbly cuando tenía ocho años, para que me instruyera como dama de compañía. Nunca fuimos ricos, sabe, en nuestro lado de la familia. Algo que ver con una vieja pelea entre mi abuelo y su padre. Así que todos trabajamos. Mis padres no tuvieron mucho tiempo para dedicarme. —Elsie tomó otro sorbo de té, como para darse fuerzas—. Y luego fallecieron. No había dinero para un funeral. No habría podido enterrarlos si Rupert no hubiera… Ha sido siempre tan generoso conmigo. —Su voz se espesó—. Ojalá…

Avergonzada, Elsie tomó su tenedor y desmenuzó un arenque. Comenzaba a arrepentirse de haber tratado a la chica tan frívolamente. Sarah podía ser sosa, pero había sufrido.

—Lo siento mucho.

Jolyon se aclaró la garganta.

—La entendemos, señorita Bainbridge. —Evitó cruzar su mirada con la de Elsie—. Nosotros también perdimos a nuestros padres a una edad temprana.

Sarah sacudió la cabeza, el pelo escapándosele del moño.

—No sirve de mucho afligirse por ello. Pero pueden ver por qué me sentí tan agradecida hacia el señor Underwood y su sirvienta por haber cuidado de mí. ¿Saben que el señor Underwood me convidó del último te que le quedaba? Me sentí mal al aceptarlo. Sus alacenas estaban tan desprovistas. Solo un poco de azúcar, pero nada de leche.

—¡Leche! —Elsie pinchó triunfalmente un pedazo de arenque—. Por supuesto, esa es la respuesta. ¡Así es como puedo ayudar al pueblo! Jolyon, tienes que hacer averiguaciones. Voy a adoptar la vaca.

Jolyon resopló en su café.

—¿Qué vaca?

—La vaca que vi de camino aquí. Pobre bestia vieja, se la veía exhausta. Cuanto más pienso en ello, más creo que estaba pidiéndome ayuda. Si compro la vaca, puedo traerla aquí para que se mejore y engorde, y entonces producirá leche. Podemos hacer queso. Y puedo ofrecerles leche y queso gratis a los aldeanos.

—¡No seas sonsa, Elsie! —Apoyó su taza.— ¿Por qué no hacerles simplemente una visita con una canasta?

—Resultaría menos condescendiente de ese modo. ¿No te parece?

Jolyon alzó las manos.

—¡Qué importa lo que yo diga! Estoy seguro de que harás lo que quieras. Pero tendrás que pedirle al señor Stilford, aquí presente, o a la señora Holt que hagan esas averiguaciones por ti. Yo regreso a Londres en el tren de esta tarde.

—¡Esta tarde!

—Me temo que sí. Hablando con los caballeros en el funeral, caí en la cuenta de lo urgente de ciertas cuestiones de negocios.

—Pero… —¿Cómo podía abandonarla, dejarla sola con Sarah?— ¿Cuándo estarás de regreso?

—Creo que no lo estaré por un buen rato. —Sus labios se comprimieron; ella advirtió que había cosas que no podía mencionar en presencia de Sarah.— Lo siento, Elsie. Pero tengo que regresar. Es por el bien de la fábrica.

¿Cómo podía rebatir eso? Ella, que tanto había dado por ese lugar.

—Por supuesto. Por supuesto, comprendo.

* * *

Cuando el carruaje de Jolyon partió, en medio de una polvareda de grava, Elsie quedó abatida. El lugar se sentía aún más grande y vacío sin él. Dio vueltas por su habitación y por el salón de verano pero no pudo encontrar nada en qué entretenerse.

Nubes grises se congregaban afuera. El viento azotaba los árboles. Hasta la luz en el interior de la casa se había puesto tenue y difusa. No podía oír más que el tic del reloj, el crujir de las paredes y una sirvienta cepillando una chimenea en algún lugar del primer piso.

No le gustaba estar sola en esa casa: sentía que la casa la observaba, detectando sus movimientos dentro de sus paredes del modo como ella podía sentir al bebé agitarse en su vientre.

No auguraba nada bueno. Necesitaba compañía, no importaba cuán insulsa. Después de dos horas de aburrimiento, recorrió el pasillo morado, pasando junto a todos los espantosos bustos de mármol, hacia la habitación de Sarah.

Golpeó una vez y al entrar encontró a Sarah acurrucada en su cama con un libro y el gato de la señora Holt, Jasper. La habitación era notablemente igual la suya, solo que, como había dicho Jolyon, en espejo. Los árboles que se mecían fuera de las ventanas eran un tesoro de oro y bronce; el lado de Elsie daba a los cobres, los rojos quemados.

—¡Oh, señora Bainbridge! No la esperaba. —Sarah colocó un señalador en su libro y se incorporó avergonzada. Jasper se limitó a mirarla; no renunció a su lugar en la cama—. Lo siento. ¿Me necesita?

—Sí. De hecho, me disponía a explorar la casa y quiero que me acompañes.

—¿Explorar? —Los ojos marrones de Sarah se ensancharon—. Pero, ¿no deberíamos…? Quiero decir… Supongo que a la señora Holt no le molestará, ¿no?

—¿La señora Holt? ¿Qué le incumbe a ella? Esta es *mi* casa. Puedo hacer lo que me dé la gana.

—Sí. Supongo que sí. —Por un momento, la ancha boca de Sarah quedó floja. Tal vez se le pasó por la cabeza, como se le pasó a Elsie, que había sido desplazada de la herencia. Pero luego un pensamiento más feliz pareció inspirar a Sarah, porque sonrío y dijo:

—Esta casa ha pertenecido a mi familia durante mucho tiempo. Es la única parte de ellos que todavía tengo. Una conexión. Me gustaría mucho explorarla.

Elsie le tendió su mano enguantada.

—Ven, entonces.

Sarah dudó. Elsie de repente recordó haber expuesto sus manos toscas la noche que llegaron: palmas del color y la textura del chicharrón. Trató de que la vergüenza no se le notara en la cara.

—¿A qué le temes?

Con una expiración rápida, Sarah dio un paso al frente.

Comenzaron por la planta baja. The Bridge era mucho más grande de lo que habían imaginado. Parecía plegarse sobre sí misma. Saliendo del Gran Salón, en el lado opuesto a la chimenea donde Elsie se había calentado la primera noche, encontraron una sala de estar con paneles de madera oscura hasta la altura de los hombros. Un empapelado azul grisáceo cubría el resto de las paredes; a Elsie el motivo le recordó a acianos muertos. Era una sala fría, llena de urnas de mármol y tapices.

—¿Quién querría retirarse aquí? —preguntó—. Apuesto a que hay asilos para pobres decorados con más calidez.

La sala de estar daba a un vasto espacio rosa talco lleno de instrumentos. Había un arpa moteada apoyada contra la pared, como intentando salir. Una de las cuerdas estaba cortada. Elsie recorrió con sus ojos las cortinas color rosado que impedían que entrara la luz del día. El cielorraso estaba repulgado como los bordes del glaseado de una torta.

Sarah se abalanzó sobre el piano de salón, lo abrió y presionó una tecla. Un penacho de polvo se alzó con la nota.

—Sé tocar el piano —dijo—. Solo piezas pequeñas. A la señora Crabbly solían gustarle. Puedo tocar para usted esta noche.

Una prueba de lo abatida que se sentía Elsie era que realmente tuviera ganas de oírla tocar.

Le seguía una sala de naipes decorada de verde. Una cabeza de ciervo embalsamada se cernía sobre ellas desde la pared, su cornamenta arrojando sombras como las ramas de un árbol.

—Qué macabro. —Elsie frunció su nariz.

—¿Realmente piensa eso? —Sarah alzó la vista hacia la cabeza montada. El pelaje estaba sucio. Las pestañas marrones estaban cuidadosamente separadas, resaltando las canicas color de ébano dentro de las cuencas—. Hay cierta belleza en ello. Por lo común, este amigo habría estado pudriéndose, y en cambio está acá, todavía majestuoso. Preservado para siempre.

—¿Atrapado en The Bridge por el resto de sus días? No puedo envidiarle eso.

El ciervo marcaba el final del ala; no había otra salida más que volver a atravesar la sala de música y la de estar. Cuando regresaron al Gran Salón, la criada pelirroja salía de la puerta de paño verde que daba al área de los sirvientes.

—¡Helen! —La criada se detuvo en seco al escuchar la voz de Elsie—. ¿Tú eres Helen, verdad? —Asintió con la cabeza sin hablar y dobló las rodillas en una reverencia muy superior a las de Mabel—. Helen, ahora que el funeral ha terminado, quiero que descubras los cuadros en el segundo piso. Y en cualquier otro lado donde los haya. La señorita Bainbridge y yo queremos ver los retratos. ¿Puedes hacer eso por mí?

—Sí, señora.

—Excelente.

Haciendo nuevamente la reverencia, Helen giró y se fue por la puerta de paño. Escucharon sus pasos a través de las paredes subiendo por la escalera caracol. Elsie y Sarah subieron los escalones más anchos y alfombrados reservados para la familia.

—Más temprano aquí había aserrín—dijo Elsie mirando con atención.— Parece que se ha ido.

El primer piso arrancaba bien, con una sala color de miel contigua a una sala de billar en el ala occidental. Pero cuando se dirigieron al ala oriental, Elsie sintió un escalofrío de náuseas apoderarse de ella. Un sexto sentido le anunció lo que estaban a punto de ver.

—¡Oh, mire qué encanto, señora Bainbridge! —Sarah entró como un rayo, dejándola apoyada contra el marco de la puerta—. ¡Mire el pequeño cuarto de niños!

Un niño podría haber estado jugando allí ayer. Estaba impecable. El empapelado con motivo floral no mostraba signos de vejez y la alfombra, una cretona clara en rojo y amarillo, había sido sacudida y limpiada. Un caballo mecedor ocupaba el centro de la habitación, orgulloso y resplandeciente, con pequeñas manchas blancas en sus ancas. Sarah lo empujó y rio como una niña cuando se movió sobre sus rueditas verdes.

Elsie recorrió la habitación con la mirada. El caballo no era el único juguete. Un grupo de muñecas estaban acomodadas alrededor de un juego de mesa en miniatura con todos los utensilios necesarios para tomar el té. En el suelo, al lado de ellas había un arca de Noé de madera con todos los animales. Una pantalla alta se alzaba frente al hogar. Dentro del alcance del calor había una cuna ribeteada con tiras de una tela color limón. Haciendo juego con ella había también una cama de hierro para un niño mayor cubierta con una colcha de retazos. Se le cerró la garganta.

—Atrás hay una pequeña aula —dijo Sarah.

—Creo que he explorado lo suficiente por hoy.

Regresó sobre sus pasos hasta llegar a la galería y contempló el Gran Salón desde lo alto. Las banderas grises y negras bailaron ante sus ojos. Ay Dios, no podría hacerlo. Como tampoco podría ir a Oxford y rendir exámenes. No podría ser una madre común para un bebé común.

Todos esos juguetes y esos recuerdos de la infancia. Tal vez era diferente si habías crecido feliz, con memorias de tu padre haciéndote saltar sobre sus rodillas y tu madre besándote las lágrimas. Pero para Elsie no había nada más que miedo. Miedo por el bebé. Miedo *al* bebé.

Jolyon había salido bien, se recordó a sí misma. Pero fue más fácil para él siendo varón. ¿Y si el bebé de Rupert nacía nena? No podía amar a una hija que se le pareciera. No podía soportar mirar en el espejo de su pasado sin que se le retorciera el estómago.

—¿Señora Bainbridge? —Sarah se acercó a su lado.— ¿Se siente mal?

—No. Solo… agotada.

—¿Seguimos explorando mañana?

—No hay mucho más para ver. La biblioteca y el salón de verano están en el mismo piso que nuestras habitaciones, podemos ir allí en cualquier momento. Quedaría solamente… —El ceño se le tensó con el recuerdo de la buhardilla. La otra noche y ese sonido raspando detrás de la puerta, inaccesible. ¿Qué había sido?

Le resultaba imposible creer que hubiesen sido ratas. No un sonido como ese. Quería saber la verdad. Levantando una mano, se sacó un prendedor de la toca. Dos rizos rubios cayeron.

—¿Señora Bainbridge?

—¿Te gustaría verme forzar una cerradura?

* * *

De día, el pasillo del tercer piso parecía menos inquietante. Era un lugar completamente diferente de aquel en el que se había encogido de miedo. Las baldosas holandesas revelaban su color cobre y claqueteaban bajo sus botas. Notó manchas de humedad y pequeñas rajaduras en las paredes que no había visto antes.

—No le creo, señora Bainbridge. Se está burlando de mí. No puede realmente forzar una cerradura.

Elsie sonrió.

—Ya verás. Soy una mujer sumamente ingeniosa. —Torció el broche con sus dedos enguantados. Había pasado mucho tiempo desde la última vez que había hecho algo así. Hoy en día ya no había puertas cerradas en la fábrica.

Se oyó un golpeteo en las baldosas detrás de ellas. Giró la cabeza y vio a Jasper corriendo para unírseles.

—¡Ay, que Dios lo bendiga! —Sarah se detuvo para esperarlo. Cuando Jasper la alcanzó se frotó en su pierna y le arrancó un suspiro a su vestido.

—Qué afortunada eres, Sarah. Has encontrado un amigo fiel aquí. —Era extraño, pero parecía imposible atravesar ese pasillo sin que apareciese el gato. ¿Estaba protegiendo algo? ¿O su llegada significaba que la señora Holt andaba cerca? Una cosa era dejar que Sarah la viera forzar la cerradura y otra muy diferente, hacerlo frente al ama de llaves—. Vamos ya. Apúrate. Tenemos que hacer esto mientras todavía haya buena luz.

Vio la puerta al final del pasillo. Tres escalones bajos que daban a una barrera de madera astillada. No parecía muy firme. No veía cómo podía contener un nido de ardillas o ratas. Sus dientes rapaces la habrían roído de lado a lado.

Estaba a punto de subir los escalones cuando Jasper se le adelantó maullando.

—¡Muchacho tonto! —Se paró frente a la puerta como había hecho esa noche, los ojos verdes brillando, y maulló. Elsie se volvió hacia Sarah—. Tal vez sea bueno tenerlo aquí con nosotras. La señora Holt cree que puede haber algún tipo de roedor viviendo allí. —Sarah se estremeció—. No tengas miedo. No pueden hacerte daño. Y el gato los matará.

—No creo que pueda presenciar eso. Odio a los ratones.

—Bueno. Quédate aquí, entonces, mientras yo me ocupo de la cerradura. Entraremos Jasper y yo. —Se detuvo un instante. Esperaba no estar a punto de descubrir otro de esos esqueletos a los que se había referido el señor Underwood—. Debo confesar que tengo curiosidad por saber qué clase de bestias se esconden allí. No creerías el ruido que hacen.

—¡Oh! Pero es que lo he oído, por la noche. *¿De aquí* es de dónde viene? —Sarah miró la puerta con los ojos bien abiertos. Algo en su expresión hizo que el estómago de Elsie se contrajera— ¿Podría… podría una animal *producir* ese sonido?

Jasper maulló y arañó la puerta. Era una imitación apagada del *¡tris!* que se escuchaba de noche. Pequeñas líneas blancas marcaban la pared donde la había maltratado a lo largo del tiempo.

—¡Jasper, sal de aquí!

El gato la miró, sus ojos esmeralda inescrutables, su pata delantera suspendida en el aire. Y luego volvió a arañar la puerta. Crujió y quedó entreabierta.

Sarah retrocedió.

—¡Mire! Está abierta.

Elsie no podía creer su suerte.

—La señora Holt debe haber escrito a Torbury St. Jude para que enviaran a un cerrajero. No esperaba que fuese tan diligente. —Volvió a colocarse el broche debajo de la toca—. Voy a entrar a explorar.

Ninguna criatura se escabulló al abrir la puerta: era un buen signo. Subió algunos escalones y se paró al lado de Jasper echando una mirada adentro. El aire estaba estancado y pesado. No había ratas, ardillas, ni esqueletos a la vista; solo baúles y muebles viejos. Una capa de polvo gruesa como terciopelo cubría todas las superficies.

—Sarah —la llamó—. Parece bastante seguro. —Tosió y estornudó—. Algo polvoriento, pero seguro.

Empujó la puerta y la miró volver sobre sus quicios con un prolongado quejido. Esperaba que Jasper entrara como un rayo delante de ella, pero en cambio se dio vuelta y salió disparado por donde habían venido. Se rio y volvió a toser.

—Gatos. ¿Qué criaturas perversas, no?

Se introdujo otros cuatro escalones, levantando una nube de polvo con el dobladillo. La buhardilla daba la impresión de que el tiempo se había detenido durante siglos. Telas de araña adornaban los rincones pero ningún insecto se retorcía en ellas; estaban todos muertos en capullos o marchitos y disecados. Junto a la pared más alejada había tumbado un reloj que ya no daba la hora. La esfera estaba destrozada y las manecillas colgaban en un ángulo raro. Sábanas holandesas cubrían formas cuadrangulares que parecían ser retratos.

Caminó hacia una mesa al lado de la ventana embadurnada. Estaba tapada por pilas de libros con las páginas amarillentas. El polvo oscurecía los títulos. Con la punta de un dedo recorrió sus lomos. Algunos volúmenes que estaban en la base de las pilas tenían las tapas limpias. Tratados de jardinería de hacía dos siglos. Algunos cuadernillos forrados en cuero que parecían ser diarios. El *Herbario completo* de Culpeper y la *Historia general de las plantas* de Gerard.

—¡Sarah, ven aquí! —Intentó no inhalar tanto polvo al llamarla—. No hay ratones. Pero sí libros.

La cara larga de Sarah apareció a través de la puerta.

—¿Libros?

—Sí, si aún puedes leerlos. ¡Antigüedades llenas de moho! Algunos de estos deben estar aquí al menos desde la conquista normanda.

Sarah avanzó temerosa hasta donde ella estaba.

—¡Santo cielo! —Con reverencia, tomó los volúmenes con la punta de los dedos. Algunas páginas tenían aureolas de humedad, otras estaban tan finas y amarillentas como la piel de una cebolla—. Recetas. Ingredientes. Una lista de cuentas de un herrador. ¡Oh, mire esto! ¡Mil seiscientos treinta y cinco! ¿Puede creerlo? —Limpió el polvo de la tapa—. "El Diario de Anne Bainbridge". Dos volúmenes. ¡Debe ser uno de mis antepasados!

—No debió ser una persona muy interesante, si sus diarios han estado aquí pudriéndose durante doscientos años —observó Elsie. Extendió un pie y probó el entablado del piso. Crujía pero resistía—. Me pregunto qué habrá debajo de estas sábanas. —Retiró una de un tirón. El polvo se levantó en una explosión. Las dos contuvieron la respiración con una mueca. Cuando el aire se despejó, reveló una mecedora y un pequeño estuche que parecía la botica de viaje de un médico. Elsie lo abrió. Frascos de vidrio con tapas de corcho—. Debe haber habido un boticario en la familia —dijo—. Los residuos en el fondo parecen de hierbas.

Sarah se dio vuelta con un libro apretado contra su regazo.

—A ver. —Dio dos pasos hacia Elsie… y soltó un alarido.

Elsie soltó el frasco que tenía en la mano. Estalló contra el piso y al romperse dejó salir un olor mohoso y subterráneo.

—¿Qué? ¿Qué sucede?

—Hay algo allí… Ojos.

—Ay, no seas ridícula… —Su voz fue cediendo a medida que seguía la mirada de Sarah.

Sarah tenía razón. Unos ojos verde amarronados acechaban entre las sombras al fondo de la habitación. Una sábana blanca cubría la mayor parte del rostro, pero alcanzaba a ver las pupilas, devolviéndole una feroz mirada escudriñadora.

—Un cuadro. Es solo un cuadro, Sarah. Mira, no parpadea.

Elsie se abrió paso por la buhardilla, empujando trastos y haciéndolos a un lado. El vestido le quedó gris del polvo que iba levantando a su paso con el dobladillo. Los ojos pintados se encendieron a medida que se acercó, como saludando a una vieja amistad.

Elsie tomó el extremo de la sábana que cubría el retrato y tiró de ella. La tela se enganchó al correrse y finalmente se soltó con un ruido de desgarro.

—¡Oh! —gritó Sarah—. Es… Es…

"Soy yo", pensó Elsie con horror.

Era una niña, de nueve o diez años. Nariz de botón y labios apretados. Ojos que al mismo tiempo invitaban y desafiaban a acercarse. Estaba mirando el rostro de la niña que había sido: la niña a la que le habían arrancado su infancia.

"¿Cómo?" Su mente trastabilló y se detuvo. El rostro que tenía delante de sus ojos no era otro que el suyo, y sin embargo no sentía ningún parentesco con él. "Vete", quería gritar. "Vete, te tengo miedo".

—No es un cuadro —dijo Sarah—. Quiero decir… Está pintado, pero no es un lienzo. Parece sostenerse solo. —Depositó el libro, se adelantó y estiró la cabeza para mirar detrás de la figura—. Ah, no. Es plano, pero tiene un soporte de madera, ¿ve?

El campo de visión de Elsie se expandió. El rostro se redujo en proporción y vio a la niña pintada de cuerpo entero. La figura le llegaba a la cintura, estaba retratada en tamaño real, vestida de verde oliva con ribetes dorados. Un delantal de tisú le ondeaba entre las piernas. No tenía el pelo rubio como Elsie; era castaño rojizo y lo tenía recogido en lo alto de la cabeza en una especie de pirámide, adornada con cintas y cuentas naranjas. Con una mano sostenía una canasta con rosas y hierbas a la altura de la cintura. La otra la tenía levantada apretando una flor blanca contra su corazón. No era de este siglo; tal vez ni siquiera del siglo pasado.

—Curioso. —Sarah apoyó una mano en el contorno de un hombro. Los colores se habían desteñido con el tiempo y había pequeñas rayas en la madera—. Es como si alguien hubiera recortado la figura de una pintura y la hubiera montado sobre una lámina de madera.

—¿No te…? ¿No te recuerda a alguien?

Sarah se mordisqueó el labio inferior.

—Un poco. Alrededor de los ojos. Debe ser algún antepasado de los Bainbridge. No debería sorprendernos si se parece un poco a Rupert.

—¿A Rupert? —repitió incrédula. Pero luego lo vio: como un susurro filtrándose a través de la madera rajada. "Se parece a mí y a Rupert." El corazón se le detuvo. ¿Era así como se vería su bebé?

Sarah recorrió con la mano el borde de madera del brazo.

—Es hermosa. Tenemos que llevarla abajo. Pongámosla en el Gran Salón. Tal vez podamos cargarla entre las dos. Si la… ¡Ay! —Dio un salto hacia atrás. Una astilla de madera le había perforado la palma.

—Ven aquí. —Con cuidado, Elsie tomó los dedos de Sarah entre los suyos enguantados—. Aprieta los dientes. Uno, dos… ¡tres!

La astilla salió entera. Gotas de sangre empezaron a brotar de la herida; Sarah se la llevó a la boca y empezó a chupar.

—Estas antigüedades se caen a pedazos —dijo Elsie—. Mejor dejémosla donde está.

—¡Oh no, señora Bainbridge, se lo suplico! Muero de ganas de tenerla en la casa.

Elsie sintió un escalofrío.

—Bueno, pero tendrás que pedirle a un sirviente que la baje por ti —dijo a regañadientes—. Tienen la piel más gruesa.

Detrás de ellas, el entablado crujió.

—¡Maldita sea!

Elsie se dio vuelta de un salto. Mabel, la sirvienta, yacía doblada al lado de la puerta.

—¡Santo cielo! ¿Qué estás haciendo, Mabel?

—*Yo* no hice nada. ¡El entablado cedió y se tragó mi pie!

—¡Dios mío! —Sarah se abalanzó hacia ella, olvidándose de su propia herida—. ¿Te lastimaste? ¿Puedes sentir el tobillo?

—¡Ay si puedo sentirlo! Duele una bestialidad. —Mabel contuvo un chorro de dolor—. Señorita.

Tomándola cada una de un brazo, Elsie y Sarah deslizaron sus hombros bajo las axilas de Mabel y tiraron de ella con fuerza hasta liberarla. Un olor brotó del agujero en el entablado; algo que apestaba a cenizas húmedas y descomposición.

Sentada en el piso, Mabel se estiró para tocarse el tobillo.

—Atravesó completamente las medias. Por poco no pierdo la maldita pierna.

—Será mejor que busquemos a la señora Holt —dijo Elsie—. Seguro tendrá un emplasto para que te apliques. ¿Pero qué hacías siguiéndonos, Mabel, si se puede saber?

Mabel acercó el mentón al pecho.

—No quise hacer nada malo. Esta puerta no estuvo abierta nunca desde que llegué. Me intrigó qué había adentro. Y entonces oí a la señorita Sarah gritar. Pensé que necesitaba ayuda… Y así es como se me agradece —agregó con amargura.

—Yo te lo agradezco mucho —dijo Sarah—. Ven, te envolveré la falda alrededor de la herida. Mantenla apretada hasta que podamos sujetarla con algún vendaje. —Se movió con suavidad, pero Mabel siguió gimiendo de dolor—. ¡Qué extraño que hayas aparecido justo en este momento! La señora Bainbridge y yo estábamos por ir a buscarte. Queríamos tu ayuda para bajar al salón nuestro nuevo descubrimiento.

—¿Qué descubrimiento? —Sarah señaló la figura de madera. Mabel alzó la vista y echó la cabeza hacia atrás—. ¡Qué diablos! ¿Qué es eso?

—Mabel —dijo Elsie—, entiendo que te has lastimado, pero eso no es excusa para que sigas hablando de ese modo. Te pido que recuerdes en compañía de quién te encuentras.

—Disculpe, señora —balbuceó, pero no sonó muy contrita— Es solo que... nunca antes vi algo así. ¿Qué es eso, un cuadro?

—No, creemos que es algún tipo de adorno para el suelo. Una figura de pie. Algo a mitad de camino entre una estatua y una pintura.

—No me gusta. —Mabel endureció la mandíbula—. Me mira raro. Me pondría los pelos de punta una cosa así.

—Tonterías —dijo Elsie—. No es diferente a los retratos que cuelgan en el pasillo.

—Lo es —insistió Mabel—. Es desagradable. No me gusta.

Elsie sintió un hormigueo en la piel. Ella también lo encontraba siniestro, pero no iba a admitirlo frente a una sirvienta.

—No es necesario que te guste. Solo se te está pidiendo que lo muevas para la señorita Sarah y lo limpies.

Mabel puso mala cara. Como si acudiera en su defensa, un borbotón de sangre fresca brotó del tajo en su tobillo.

—Así no creo que pueda limpiar, ¿no le parece?

Elsie suspiró.

—Supongo que va a ser mejor que llame a Helen.

* * *

Helen observó la figura de madera, las manos apoyadas en sus caderas anchas. Se le formaron arrugas al lado de los ojos al aguzar la vista entre el polvo.

—¿Es nuevo esto, señora?

—¿Nuevo? —respondió Elsie—. No, creería que es bastante viejo.

—No, señora. Quise decir nuevo en la casa. Estoy segura que el señor tenía algo así.

70

Se le acalambraron los músculos de los hombros. Escuchar hablar de Rupert de ese modo, como si todavía estuviera presente, todavía a cargo de la casa.

—Nunca me mencionó un objeto semejante. No teníamos uno en Londres, y si encontró uno aquí… Bueno, no he visto otro en ningún lugar de la casa, ¿tú sí?

Helen se encogió y levantó la figura.

—No puedo decir que lo haya visto, señora.

—¿Qué te hace suponer entonces que el señor Bainbridge tenía uno?

—Era un hombre amable, el señor Bainbridge —dijo Helen mientras maniobraba la figura de madera esquivando el agujero en el piso y a través de la puerta de la buhardilla—. No se daba aires. Solía conversar conmigo mientras yo limpiaba la biblioteca. Un día me habló de unas figuras de Ámsterdam, similares a esta. Me dijo que estaba investigando sobre ellas en un libro.

Ya afuera en el pasillo, Elsie aplastó su crinolina contra la pared para hacer lugar.

—¿En serio? No me figuro por qué se interesaría por el tema.

—Yo tampoco, señora. No le pregunté, porque sencillamente supuse que tendría una.

Rupert siempre había tenido una mente activa, curiosa. Eso fue lo que lo condujo a la fábrica de fósforos de los Livingstone. Amaba el progreso y las nuevas invenciones. No se había dado cuenta de que también le interesaba el pasado.

Las palabras de Helen la hicieron sentirse mejor con la propuesta de bajar la extraña figura de madera. Podía ser inquietante, pero era otro lazo con Rupert. Tal vez él mismo se habría entusiasmado con la figura, si hubiera abierto la buhardilla.

—¿Mencionó el señor Bainbridge qué eran estas figuras, Helen?

—Las llamó compañías. Compañías silenciosas.

Los labios de Elsie se crisparon. Miró por el pasillo hacia donde Sarah ayudaba a la renqueante Mabel.

—¿Escuchaste eso, Sarah? Helen dice que es una compañía. La señora Crabbly podría haberse ahorrado su dinero. Tu especie ha sido reemplazada por estatuas de madera.

—¡Qué malvada eres! —dijo Sarah riéndose—. Me gustaría ver un pedazo de madera mullir almohadones, leer poesía, tocar el piano y preparar gachas. Si lo hiciera, yo misma me conseguiría una.

Helen estiró la manga de su blusa hasta cubrirse los nudillos y se cargó a la acompañante bajo el brazo. Yacía horizontalmente como si se hubiera desmayado.

—Por este lado —dijo Elsie—. La señorita Sarah la quiere en el Gran Salón. Ten cuidado de no ponerla demasiado cerca del fuego. Puede recibir a nuestros invitados cuando lleguen.

—¿Invitados, señora?

Hizo una mueca.

—Tienes razón. Supongo que no vamos a tenerlos por un tiempo.

—¡Oh! —Sarah se detuvo en el pasillo delante de ellas—. Señora Bainbridge, ¿le molestaría volver? Lo siento mucho... Me dejé uno de los diarios. Con el accidente de la pobre Mabel, olvidé recoger el segundo tomo. Muero de ganas de leer la historia de mi antepasado.

Elsie miró sobre su hombro. No quería seguir yendo de un lado a otro; ya se sentía agotada por el esfuerzo del día.

—¿Es necesario que sea ahora? Estoy... —Paró, confundida. La puerta de la buhardilla estaba cerrada. No la había oído cerrarse—. Helen, te dije que dejaras la puerta de la buhardilla abierta —la retó—. Sabe Dios que necesita airearse bien.

—Yo no la cerré, señora.

—¿No la cerraste? ¿Cómo explicas eso entonces? —Señaló hacia atrás.

Helen vació sus mejillas rojas.

—Lo siento, señora. No recuerdo haberlo hecho.

¿*De dónde* habría sacado estas sirvientas la señora Holt?

—Iré a abrirla yo misma —suspiró—, y de paso traeré el libro de la señorita Sarah.

—Muchísimas gracias, de verdad. Si puede dejarlo en mi habitación se lo agradeceré sobremanera —dijo Sarah desde donde estaba—. ¡Podría tener un registro de la visita de Carlos I! Me llevaré a Mabel para que se acueste. Si encuentra a la señora Holt...

—De acuerdo, de acuerdo. Buscaré también a la señora Holt. —Regresó con pasos marcados e irritados, la crinolina rebotando detrás de ella. ¿Qué sentido tiene ser la señora de la casa si tienes que hacer tú misma todo el trabajo?

Recordando cómo Jasper había abierto la puerta apoyando su pata, extendió la mano mientras se acercaba a la buhardilla. Su palma chocó contra la madera; el hombro retrocedió ante el impacto. Gruñó y volvió a intentarlo, esta vez con un poco más de fuerza. La puerta no cedió.

—¿Qué? —agarró la perilla e intentó hacerla girar para un lado y para el otro. Estaba trabada—. ¡Maldición!

Algo debía haber hecho que el pestillo se trabara, por eso se había atascado antes. Tendrían que buscar a alguien para remplazar el mecanismo, o hacer una puerta entera nueva. Otro trabajo para hacer.

Agotada, Elsie volvió sobre sus pasos y comenzó el largo descenso a la planta baja. La verdad es que no se sentía del todo bien. Debía ser la casa, tirándole encima todo su peso. Después de hablar con la señora Holt, se retiraría a descansar.

Pasó por al lado de Helen en el Gran Salón, que estaba acomodando a la acompañante junto a la ventana.

—Pensé en colocarla aquí —Helen sonrió—, para que pueda mirar hacia afuera. —Ladeó la cabeza—. Se parece un poco a usted, señora, ahora que la miro.

Bajo una luz más intensa, el parecido entre la chica de madera y Elsie *era* todavía más pronunciado. Le hizo sentir un cosquilleo en el cuero cabelludo.

—Un poco. ¿No es extraño? —Dándole una última vista, cruzó hacia el ala occidental y desapareció por la puerta de paño del área de los sirvientes.

De este lado de la pared, el aire estaba espeso con una mezcla de olores a jabón, ceniza y grasa quemada. Un laberinto de paredes desnudas y piedra conducía a las entrañas de la casa, el camino iluminado apenas por la luz de aceite.

La habitación de la señora Holt estaba marcada "Ama de llaves" en letras blancas. Elsie golpeó la puerta. Era la segunda vez en el día que llamaba a la puerta pidiendo permiso en su propia casa.

—Entre.

Entró en una habitación con una atmósfera que le recordaba a la sopa de arvejas. Una única lámpara ardía sobre un escritorio, arrojando un brillo anémico sobre los papeles y gabinetes de la señora

Holt. El ama de llaves se dio vuelta en su silla de madera y, al ver a su señora, se puso de pie.

—Señora Bainbridge, discúlpeme. No esperaba su visita. Por favor, entre.

Sobre una pequeña mesa había una tetera y unos pocillos blancos y azules. Elsie se sentó aliviada. Le daba vergüenza admitir su agotamiento pidiendo una taza de té, pero deseaba que la señora Holt le ofreciera una.

—Estaba por ir a verla —confesó la señora Holt mientras acomodaba los papeles en su escritorio—. Acabamos de recibir una entrega de Torbury St. Jude y quería consultarle acerca de los menús que bosquejé.

—Estoy segura de que serán perfectamente adecuados. Llevaremos una vida tranquila, la señora Sarah y yo, hasta que regrese el señor Livingstone.

—No dudo que así será, señora. Pero no es razón para privarse de disfrutar de su comida.

—Tiene mucha razón. De hecho, señora Holt, ya que estoy aquí… Hay un asunto que necesito discutir con usted.

—Dígame, señora.

Solo tenía en frente a la señora Holt, que la miraba con esos ojos enturbiados y amarillos, ¿por qué sentía como si le estuvieran apuntando a la cara con una luz furiosa? Tragó, no sabiendo cómo empezar. No era algo para avergonzarse, se recordó a sí misma. El bebé había sido concebido en forma honesta, por más no planeado que pudiera parecer.

—En poco tiempo nos hará falta… personal adicional. Sin embargo, Mabel me ha dado a entender que ningún habitante de Fayford estaría dispuesto a trabajar en esta casa.

—Ah. —Las arrugas en el rostro de la señora Holt se hicieron más profundas. Elsie le indicó con la cabeza que podía sentarse—. Es una situación muy extraña, señora. Ha habido un largo conflicto entre el pueblo y la familia. Un conflicto que, creo, se remonta hasta la Guerra Civil. Creen que una de nuestras damas era una bruja, o alguna tontería similar.

Elsie se quedó mirando el mantel y sus pequeñas coronas de flores bordadas. Cuando Mabel dijo que el pueblo le tenía miedo a la casa, se había imaginado fantasmas y duendes, no una bruja. Pero todos sabían que en esa época las mujeres podían ser acusadas de brujería, y lo eran a menudo, por todo tipo de cuestiones.

—¿Ha intentado aunque sea reclutar gente en Fayford, señora Holt?

—Sí, lo he intentado. Pero el caso de la familia Roberts tampoco me lo hizo sencillo, sabe. Uno de ellos fue sirviente en la casa a comienzos de siglo, y sufrió un accidente desafortunado.

—¿A qué se refiere con un *accidente*?

La señora Holt presionó una mano contra su pecho y se ajustó un prendedor.

—Nadie sabe bien cómo sucedió. El pobre hombre se cayó de la galería al Gran Salón. Se rompió el cuello, por supuesto. Una gran tragedia. Pero algunos de los Roberts sostienen, aun hoy, que fue empujado.

—¿Empujado por quién?

—Bueno, ese amo de la casa en particular perdió a su esposa poco tiempo después. Hay una historia según la cual el hombre ese, Roberts, había sido un admirador de la señora… Sabe cómo siguen esas historias. —La señora Holt blandió una mano en el aire. La carne de su mano parecía piel de pollo—. Un marido celoso tomándose venganza.

—¡Por Dios! Ese pueblo parece lleno de historias, y todas son sobre nosotros.

La señora Holt sonrió.

—Gente de campo, señora. Necesitan algo con qué entretenerse las noches de invierno. Pero no se preocupe. Estoy segura de que encontraré excelentes trabajadores en algún otro lado, para su casa así como para su jardín.

—Esperemos que así sea. —Aclarándose la garganta, continuó—. Verá, tengo mis razones para ser quisquillosa con el personal. Pronto, mejor dicho, cuando llegue la primavera, habrá… Tengo razones para creer que habrá… —El calor le subió a la cara. No había forma delicada de decirlo.

—¿Se refiere a…? ¡Bendita sea, señora Bainbridge! ¿Me está diciendo que está en estado?

"Estar en estado". No había escuchado esa expresión en años. Una frase hecha, pero que despejó el engorro.

—Sí, el bebé llegará en mayo. —Fue desconcertante ver brotar lágrimas de los ojos de esa mujer mayor. Incómoda, continuó—. Voy a necesitar niñeras, y también una nueva criada personal para mí. Tengo la intención de ir a Torbury St. Jude y visitar el Registro Civil. ¿Fue a través de este que encontró a Mabel y Helen?

La señora Holt abrió la boca. Y luego la cerró.

—No tenía… No tenía un buen salario para ofrecer, señora. Y en el estado de abandono en que estaba la finca, no residiendo aquí la familia y sin posibilidades de progreso… —Cambió de posición en la silla—. Me pareció mejor emplear dos chicas del asilo para pobres, señora.

—El asilo para pobres —dijo con tono inexpresivo. Por supuesto, eso explicaba tanto. —Supongo que no tenían ningún tipo de entrenamiento formal.

La señora Holt se sonrojó.

—Helen sí.

—¿Y cuál fue el motivo exacto por el que dejó de servir?

La señora Holt jugueteó de nuevo con su prendedor.

—No investigué sobre ello, señora.

—Debo decir que estoy sorprendida de que haya podido considerar aptas para ser empleadas en mi casa a mujeres como estas. Usted no sabía nada de sus caracteres. ¿Cómo determinó si eran honestas? ¿Y cómo puedo yo confiar en ellas y permitir que se acerquen a mi bebé? Mabel es una pésima influencia. Dejó restos de comida pudriéndose en mi habitación. El lenguaje que usa, su incapacidad hasta para hacer una reverencia. ¡No puedo arriesgarme a que mi criatura copie ese comportamiento!

—No puedo más que disculparme. Hablaré con ellas, señora. No están acostumbradas a servir a un ama y tal vez haya sido muy blanda con ellas, en el pasado. —Respiró hondo—. Pero su desempeño con la limpieza y en la cocina me resultó bastante satisfactorio.

—Desearía poder decir lo mismo. La cantidad de polvo en el pasillo morado es descomunal. Encontré hasta *aserrín* en la escalera, ¿puede creerlo? ¿De dónde podría haber salido? Algunas alfombras parece que no hubieran sido sacudidas nunca, lo que me resulta aún más incomprensible después de ver el cuarto de niños impecable.

La señora Holt dio un respingo.

—¿El cuarto de niños?

—Sí. Es la única habitación que agradezco no tener que arreglar. Está prácticamente preparada para recibir a mi criatura.

La señora Holt la miró con extrañeza.

—Quizás haya habido alguna confusión. Las chicas rara vez entran en el cuarto de niños.

—Me temo que está equivocada. Hasta han estado sacándole brillo al caballo mecedor y organizando tés de muñecas.

—¡Vaya! —La señora Holt sacudió la cabeza—. No tenía idea. Helen me dijo que tenía miedo de entrar a la habitación. Todo estaba cubierto con fundas.

—No esta mañana. Venga, se lo mostraré. —Se puso de pie.

La señora Holt también se levantó de la silla, agarrando las llaves que colgaban de su cintura.

—Yo casi nunca subo allí —confesó—. Los sirvientes… la escalera de servicio da al rellano que está justo frente a la habitación, si no le importa.

—En absoluto. Soy bastante capaz de subir por la escalera de servicio.

Elsie habló valientemente, pero tuvo motivos para arrepentirse. No había suficiente lugar para su crinolina; se atascaba y tuvo que ir tirando de ella de escalón a escalón como una pesada cola.

Salieron al rellano que había cruzado con Sarah más temprano ese día. Siguió a la señora Holt hacia la puerta. De nuevo, esa sensación tensa e inquieta la mantuvo cautiva. "Es solo un cuarto de niños", se dijo a sí misma. "No necesitas llorar."

La señora Holt hizo tintinear las llaves que llevaba en la cintura e introdujo una en la cerradura. Se oyó un clic cuando el mecanismo giró.

—Pero no estaba cerrada con llave cuando… —No podía ser. Sencillamente no era posible.

La habitación aireada y perfectamente ordenada había desaparecido. Las ventanas estaban cubiertas por cortinas harapientas que solo dejaban pasar unas chispas de luz. Las muñecas no estaban. El arca no estaba. Quedaban algunos baúles de juguetes, pero cubiertos por una capa de polvo de incontables años. Amplias sábanas blancas, como las de la buhardilla, formaban bultos donde antes estaban el caballo mecedor y la cuna. La pantalla del hogar y la cama de hierro estaban plagadas de manchas de óxido.

La señora Holt no habló.

—Yo… No es… —Las palabras se le agolparon en la boca, pero no podía articular ninguna. ¿Cómo podía ser? Se acercó dando zancadas a la cuna y agarró una sábana—. Aquí mismo había una hermosa… —Respiró con dificultad. Al deslizar la sábana, brotó una nube con olor a moho y alcanfor. La forma de la cuna seguía allí, pero las delicadas colgaduras estaban roídas por polillas y manchadas.

—No creí que las chicas se ocuparan mucho de la habitación —dijo con prudencia la señora Holt—. Es un ambiente triste. Solo se abre alguna vez al mes para darle una barrida, desde que se fueron los pequeños.

Elsie le clavó la mirada. Había visto ese cuarto de niños espléndido. No podía haberlo imaginado. Sarah estaba allí con ella, había empujado el caballo.

—¿Cómo? ¿Qué dijo? ¿Los pequeños?

La señora Holt cambió de posición y se oyó el ruido metálico de las llaves.

—Sí, los pequeños. Dios los bendiga.

—¿Los pequeños de quién?

—Del amo y la ama. Los padres del señor Rupert. Él fue el tercero, o al menos eso fue lo que me dijeron.

Elsie se apoyó en la cuna. Crujió.

—¿Llegó a conocer a los padres de Rupert? ¿Antes de que murieran?

—Sí, señora. Los conocí. —De repente, parecía más vieja y profundamente triste—. Trabajé para ellos en Londres. En ese entonces, yo era apenas una muchacha. Vi venir al mundo al señor Rupert. —La voz se le volvió ronca—. Él fue el primero de los bebés que nació ya fuera de The Bridge. Los otros murieron antes de que se mudaran; eso fue lo que me dijeron. Esa fue la razón por la que se mudaron a Londres. —Esquivó su mirada—. Se imagina lo que debe ser eso, vivir en una casa donde han perdido una criatura.

—¿Los otros hijos *murieron*? —Elsie miró la cuna decrépita y sintió una punzada en el estómago. Soltó su extremo y se meció, vacía. Por Dios, qué herencia fatídica para su bebé: una madre nerviosa y un cuarto de niños signado por la muerte—. Señora Holt, no quiero importunarla, pero... —Dio un paso dubitativo hacia ella—. Usted fue una de las últimas personas en ver a mi marido con vida. Nadie me ha dicho exactamente cómo murió. No me escribió que estuviera enfermo. ¿Falleció de repente?

La señora Holt sacó un pañuelo y se secó los ojos.

—Ah, señora. Fue un shock para todos nosotros. Se lo veía fuerte y sano, tal vez un poco preocupado. Yo tenía la sospecha de que no estaba durmiendo. ¡Pero no parecía alguien que fuera a morir!

—¿Y luego? —Contuvo la respiración.

—Helen lo encontró. Soltó un alarido que nunca voy a olvidar. Me heló hasta los huesos.

—¿Pero *cómo*? ¿Cómo murió?

—En paz, señora, no se angustie. Se fue en paz. Acostado en su cama, bien abrigado.

—¿No en *mi* cama?

—No, no. En el dormitorio de al lado. El médico cree que fue su corazón. Pueden fallar súbitamente, dijo. A veces las personas tienen un corazón enfermo durante toda su vida y no lo saben hasta que... Bueno, *ellos* no llegan a saberlo nunca.

De modo que ese corazón que era tan cálido y generoso se había consumido a sí mismo. Suspiró.

—Espero que no haya sufrido mucho. Noté unas astillas en su cuello. ¿Tiene idea de cómo llegaron allí?

La señora Holt frunció el ceño.

—¿Astillas? No lo sé, señora. A veces los embalsamadores hacen cosas raras. Pero cuando Helen lo encontró no parecía haber habido ningún forcejeo. Una convulsión repentina, tal vez. Tenía los ojos abiertos. —Una lágrima salió de su ojo y confluyó con otra en una de sus arrugas—. Vi sus ojos abiertos, señora. Y los cerré por él. Dios nos perdone, qué mundo es este.

—Un mundo cruel para los Bainbridge. —Elsie pensó por un instante—. Pero, señora Holt, dijo que estuvo presente cuando Rupert nació en Londres. ¿Cómo fue qué terminó aquí?

Se secó los ojos con unos golpecitos y dobló el pañuelo mirándolo.

—Fue a pedido del señor.

—¿El padre de Rupert?

—Sí. —Dudó. Elsie intuyó que estaba escogiendo sus palabras con cuidado—. Me tenía aprecio. Lo ayudé con su esposa. Estaba muy mal, la pobre. Nunca se recuperó del parto. Antes de que la perdiéramos, empezó a tener ideas muy extrañas sobre este lugar. Solía decir cosas con una especie de… tristeza salvaje.

—¿Qué quiere decir con ideas extrañas?

La señora Holt sacudió la cabeza.

—No lo sé. No llegaba a comprender el sentido de lo que decía. Hablaba sobre el cuarto de niños y también mucho sobre el caballo mecedor. Era todo un sinsentido. Pero después de que murió, esos pensamientos empezaron a aquejarlo también al señor. Fue por eso que me pidió que viniera. Dijo que su mujer descansaría mejor sabiendo que había alguien vigilando la casa. —Un rastro de sonrisa se insinuó en las comisuras de su boca—. Yo no quería irme. No quería alejarme del pequeño Rupert justo cuando estaba aprendiendo a caminar. Pero el señor me convenció, finalmente.

—¿Cómo lo hizo?

Se rio.

—Con halagos. Halagos y sobornos, ¿de qué otra manera? Para una chica tan joven, ser ascendida a ama de llaves… No es una oportunidad para rechazar. No si quieres mantener a tu madre cuando sea grande. El señor Bainbridge era un hombre duro y extraño, pero hizo el comentario más curioso. No lo he olvidado desde entonces. "Esa casa necesita a alguien joven y puro", me dijo. "Alguien bueno. Sin rencor. Tú debes ser su ángel, Edna". Cómico, ¿no? Pero me conmovió. Desde ese día he tratado siempre. He tratado de ser el ángel que él creyó que era.

Elsie se mordió el labio de nuevo. Sentía la piel caliente y en carne viva.

—No, no es cómico. ¿Pero por qué Rupert no vino a vivir aquí con usted cuando murió su padre? Hubiera sido lo lógico.

—Me habría encantado. —La señora Holt miró con cariño la figura del caballo bajo su mortaja—. Pero quedó a cargo de la familia materna. Gente de la ciudad. No tenían tiempo para hacer escapadas al campo.

—¿Pero durante todo ese tiempo no sintieron nunca curiosidad por ver la casa?

—Bueno, eran familiares de su madre. Sabían que los otros pobres retoños habían muerto aquí, y cómo se obsesionó ella con el lugar. Creían que no les perdonaría que trajesen a su otro hijo de vuelta aquí.

Parecía absurdo que nadie hubiera intentado reclamar la casa durante todo ese tiempo. Ningún pariente lejano al acecho.

—Es asombroso lo desafortunada que puede ser una familia. Tres hijos y no queda nada.

La señora Holt se aclaró la garganta.

—Excepto...

Excepto su propio bebé. Colocó una mano sobre su panza. Le volvieron las náuseas.

—He sido muy negligente, señora Holt. Toda esta charla sobre la familia de Rupert me hizo olvidar mi cometido original. Vine a decirle que Mabel se lastimó la pierna. Me estaba siguiendo en la buhardilla.

—¿La *buhardilla*, señora?

—Sí. Y me olvidaba de otra cosa. Quería agradecerle. Fue muy amable de su parte haber escrito después de nuestra conversación, pero me temo que la persona que consiguió va a tener que regresar. La puerta se volvió a trabar.

La señora Holt la miró como si le hubiera crecido una segunda cabeza.

—No entiendo...

—La puerta —repitió Elsie—. La puerta de la buhardilla. Usted consiguió que viniera alguien de Torbury St. Jude a abrirla y se volvió a trabar. Necesito que les escriba otra carta.

—Pero... no puedo. Creo que debe haber alguna confusión.

—¡Por todos los cielos! ¿Por qué? ¿Por qué no puede hacer que vuelva la misma persona?

La señora Holt se encogió.

—Porque, señora, yo no escribí a Torbury St. Jude.

THE BRIDGE, 1635

¡Qué día propicio para comenzar mi nuevo diario! Josiah ha vuelto a casa antes de lo esperado y trae las mejores noticias.

Jane estaba rizándome el cabello corto alrededor de la frente cuando escuché un ruido de galope sobre el puente.

—¡Para! —dije—. Escucha. Es Josiah.

—No, no puede ser el señor todavía. No estará de vuelta hasta la semana próxima.

—Es él —insistí—. Estoy segura.

Me miró con esa expresión a la que me he acostumbrado. La mano le temblaba a un costado, como si ansiara hacer el viejo signo contra la brujería. Pero se quedó callada mientras yo me paraba y salía disparada de la habitación hacia el salón de verano. Afuera se había levantado neblina. Esforcé los ojos para mirar por la ventana con la certeza de que aún podía oírlo: el latido del corazón de mi marido. Unos colores flameaban entre la masa de nubes. Presioné la frente contra el vidrio para ver mejor. Sí. Un pequeño rectángulo ondeando azul y amarillo, entrando y saliendo de la niebla. Nuestro estandarte.

El ruido de galope se intensificó y se convirtió en un paso firme de cascos.

—¡Lo sabía! —grité, corriendo de vuelta a mi habitación—. El heraldo está abajo. Haz los preparativos.

Jane saltó como una coneja.

—¡Bendita sea! —Colocó un collar de encaje sobre mis hombros y se puso sus sobremangas de lienzo—. Mejor que baje a la cocina a avisarles. ¿Quiere que termine su pelo, mi ama?

—No, no hay tiempo. Josiah querrá hablar conmigo inmediatamente. —Su mirada se retrajo—. Quiero decir, espero que quiera hacerlo. Suele ser así.

Aunque hago todo lo que puedo para ocultárselo, Jane se asusta cada vez que mi don se manifiesta. No puedo negar que es extraño. Siempre he oído cosas, sentido cosas. Pero no es hechicería cuando leo los pensamientos de Josiah, salvo que el amor sea un hechizo. Simplemente lo conozco de pies a cabeza.

No me demoré mucho después de que Jane se fue de la habitación. Revisé una última vez las cintas de mi tocado, salí corriendo por el pasillo y bajé las escaleras de a dos escalones. Al pasar por el primer piso grité para avisarle a Hetta que su padre había llegado. Tendría que haber ido a buscarla en persona, pero fui egoísta. Quería a Josiah todo para mí.

Hice que los sirvientes encendieran un fuego en el comedor. La luz danzaba sobre la tapicería y resaltaba los hilos dorados. Pensé que Josiah querría algún refrigerio después de su viaje así que me aseguré de que hubiera vino especiado y un conjunto de pequeños platos a su gusto: pan, queso, carnes frías y una bandeja de pasteles. Se veía sumamente apetecible sobre nuestra nueva mesa de caoba. Pero cuando mi esposo entró de repente, gotas de lluvia sobre su jubón y el manto de lana despidiendo vapor, no le prestó atención a la comida. Avanzando directamente hacia mí, puso sus manos a ambos lados de mi cintura y me levantó en el aire.

—¡Qué alegría encontrarte, mi amor! —Me bajó y me dio un beso intenso—. ¿Adivinas por qué regresé?

—Apuesto a que son buenas noticias de la corte. Nunca te vi sonreír tan ancho.

Sus ojos resplandecieron.

—Y con buenas razones, Anne. ¿No puedes adivinar? —Sacudí la cabeza—. Viene. El rey viene. —Debo haberme puesto pálida, porque su risa tronó—. No *ahora*, encanto. Tendrás tiempo de sobra para prepararte. El rey y la reina harán una parada aquí en su procesión de verano.

Por un momento solo pude agarrarme de su mano enguantada.

—¡Santo Dios! Es… extraordinario. Qué honor. Es todo lo que queríamos, para lo que hemos trabajado tanto. ¿Cómo lo lograste?

¿Habrán sido los pétalos de crisantemo que puse en su vino para la suerte? ¿Las hojas de laurel bajo su almohada para la intuición? Porque mientras Josiah se esfuerza por mantener a nuestra familia en la corte yo también estoy trabajando, ocupada en mi despensa. Seré la última persona en despreciar la fuerza de las plantas.

Riéndose de nuevo, se sacó los guantes y se sentó a la mesa.

—Lo hemos logrado juntos, Anne. Te dije que esta casa era solo el comienzo.

Me lo *ha* dicho. Desde que amasamos la plata para construir esta gran finca rural, Josiah ha estado insistiendo en que The Bridge sería la base de nuestra fortuna. Pero no pensé que sucedería tan pronto.

Levantó una lonja de pan y le dio un mordisco.

—Nos hemos hecho un nombre ahora. Este año se quedarán una noche, pero quién sabe el año que viene. Si logro obtener un título… Por ventura seremos invitados a las navidades en la corte. Por ventura le gustarás a la reina y te ofrecerá un lugar en su entorno.

Ni en mis sueños más osados había imaginado eso.

—Mientras el rey te tenga en estima, no tengo nada más que desear.

—¡No refrenes tus sueños, Anne! —Agarró una jarra de vino—. ¡Quién sabe cuán alto lograremos escalar! Haremos bajar a los chicos, les mostraremos qué muchachos magníficos y fornidos tenemos: un día podrán servir al rey como ayudas de cámara o caballeros ujieres.

—¿Crees que podría considerarlos?

—¿Quién sabe? No hay límite para el éxito que puede alcanzar una familia. Con las conexiones de mi madre y tus habilidades, nos forjaremos una reputación. ¡Mira a los Villiers!

—No —dije bruscamente—. No seremos como los Villiers. — Hizo una pausa en su comida y me miró. Intenté esbozar una sonrisa, pero fue muy pequeña—. Recuerda lo que le sucedió al duque.

Tiró la lonja de pan de vuelta en el plato. Tenía migas enganchadas en la barba.

—No te inquietes, Anne. No pretendo convertirme en el próximo duque de Buckingham. Dudo que haya habido alguna vez un tipo más inútil y vanidoso en Inglaterra. Todo cuanto quiero decir es que ha establecido una marca. No era nadie al nacer y cuando le llegó su fin era más rico que el propio rey. Todo es posible. Y considero nuestro deber conseguir todo lo que podamos para nuestros chicos.

—Les escribiré en seguida para avisarles. ¡Van a necesitar ropas nuevas! Sabe Dios cuánto han crecido. Tendremos que tomarles las medidas de nuevo.

Josiah se rio por lo bajo.

—¡Podría escribir una mascarada para que interpreten delante de la reina! —Siempre deseé experimentar la pompa y el teatro de una mascarada de corte. Dicen que la reina misma baila en esas ocasiones, envuelta en los disfraces más lujosos.

—Sí. Me lo puedo imaginar a James subiendo al escenario a recitar un poema.

—Y Hetta podrá ser la ninfa que…

Josiah se aclaró la garganta. Tomó otro trago de vino.

—Aún no he decidido cuánto protagonismo quiero que tenga Henrietta María en esta visita.

El estómago se me contrajo, como me sucede siempre que alguien habla de mi hija. Josiah nunca la llama por su nombre cariñoso, Hetta; es siempre formal, siempre la llama Henrietta María.

—¿Qué quieres decir? Estará involucrada tanto como los chicos, ¿no?

—Mientras estemos tanteando con la pareja real, haciendo todo lo posible para impresionarlos, creo que sería mejor no llamarles la atención sobre su pequeña… aberración.

Una náusea de culpa me inundó. Me ordené a mí misma no perder la compostura, no responder demasiado rápido. Pero no pude contenerme.

—¡No hay nada de malo en ella!

—Sabes que eso no es cierto.

El pánico me atacó como una urticaria; estaba segura de que, de alguna manera, vería a través de mí. Vería la verdad.

—No veo por qué debería afectar su papel en la visita. Es nuestra hija. Merece todas las ventajas para su futuro que podamos brindarle, tanto como los chicos.

—Lo pensaré. —Con la rapidez con la que se desplazan las nubes en un día ventoso, su ánimo cambió. La sombra del deseo oscureció sus ojos—. Suficiente por ahora. Ven, siéntate a mi lado. ¡Por Dios, Anne, cómo te he extrañado!

* * *

En la primera oportunidad que se presentó, corrí a ver a Lizzy. Había sido mi nodriza y crió a todos mis hijos. Me había acompañado en todos los momentos importantes de mi vida. Quería hacerla partícipe de mi alegría: esto representaba la cumbre de nuestros logros. Pero me dejó sumamente disgustada.

Encontré a Lizzy y a Hetta inclinadas sobre unos libros en el aula. *Aula* la llamo yo, pero cuando entré parecía más una guarida de hadas que un lugar de aprendizaje. Macetas con plantas cubrían todas las superficies. Cestos rebosantes de hiedras y pervincas derramando su follaje sobre los estantes de libros. No es un ambiente sobrio y propicio para la concentración, pero Hetta se niega a ocuparse de sus estudios si no está rodeada de verde.

Hoy estaba leyendo el *Herbario completo* de Culpeper, su libro favorito. No creo que sea una coincidencia su interés por el mundo de la naturaleza. No con esos ojos: mezcla de marrón, verde y amarillo, como una tisana; ni con ese pelo, que se ruboriza con todos los tonos del otoño.

Lizzy se puso de pie para saludarme, pero Hetta solo me dedicó esa media sonrisa tímida que nunca le llega a los ojos. No es su culpa, por supuesto. Es culpa mía. Una medida incorrecta, una palabra atorada. Ella no es responsable por mis equivocaciones.

—Hetta, cariño —dije—. ¿No quieres ir a dibujar un rato? Mamá necesita hablar con Lizzy.

Obediente, se mudó al banco de la ventana. Sacó sus lápices, papel, y se sentó mirando la hoja en blanco.

—Va a dibujar flores —adivinó Lizzy con una risita—. Ella siempre con sus flores. —Se volvió a sentar en la mecedora, ajustándose la gorguera negra sobre los hombros—. ¡Mírala! ¿No ves cada día un poco más de Mary en sus facciones?

Es lo que yo querría, sin duda. Pero se siente extraño adivinar los rasgos de mi hermana muerta en esta niña tímida y silenciosa. Mary siempre estuvo llena de vida.

—Hay un parecido notable, es cierto.

—Pero, ¿querías hablar conmigo en confidencia? ¿Qué noticias hay?

Finalmente solté la sonrisa en mi cara.

—Oh, Lizzy. Tengo noticias *maravillosas*. Soy la mujer más feliz del mundo.

Sonrió como sonríe siempre que estoy feliz.

—¿De qué se trata, mi niña? No me digas que… —Sus ojos se clavaron en mi panza—. No, no es eso. Un milagro es suficiente.

—¡No! —acaricié los pliegues de mi canesú—. Mucho mejor. Josiah ha vuelto. Me dijo que me prepare. ¡El rey y la reina vienen en el verano! ¡Se quedarán un día aquí!

La sonrisa se marchitó en sus labios.

—¿Aquí? ¿El rey y la reina?

—¡Sí! —Junto a la ventana, Hetta había empezado a dibujar, la cabeza inclinada hacia un lado. Bajé la voz—. ¿Qué sucede, Lizzy? ¿Por qué pareces tan disgustada?

Apretó mi mano; sus dedos huesudos presionaron los míos.

—Oh, me alegro mucho por *ti*, querida. O eso creo… —Sacudió su cabeza gris—. ¿Puedo decirte la verdad?

—Siempre.

—Pienso que no van a ser bien recibidos en el pueblo.

El pueblo: no había reparado en eso. Esos hombres estropeados de Fayford, con sus ropas ajedrezadas. No logré que me agraden. Cuando compramos esta tierra para construir The Bridge, les ofrecí a los trabajadores un bálsamo para sus manos cortadas. Me rehuyeron con aborrecimiento. Desconfían de mi habilidad con las plantas, me miran recelosos, así que he mantenido distancia desde entonces. Con un don como el mío, mejor ser cuidadosa. Acusaciones espurias podrían dañar mucho más que mi orgullo.

—Los aldeanos pueden ser insolentes con la nobleza, Lizzy, pero con su rey…

—No ellos. No tienen respeto por el rey. ¿No te has preguntado por qué no aceptan a nuestra familia? El señor sirve a un rey que drenó los pantanos, y todos temen que dentro de poco quiera recaudar la tasa de los buques.

—¡Patrañas! Ese impuesto no se aplica a nosotros. No somos un distrito costero.

—Eso ya no importa. —Lizzy encorvó los hombros contrariada—. Han propuesto extender la tasa de los buques a todos los condados. ¿Te imaginas? No quiero ni pensar la escena en el pueblo si eso llegara a ocurrir. Le arrojarán vegetales a su majestad cuando pase delante de ellos.

—¡No se atreverían! Ya basta, Lizzy, me estás alarmando.

—Solo digo la verdad.

—Pues tendré que encontrar una manera para traer a la corte aquí sin hacerlos pasar por Fayford. Pero la verdad es que no veo por qué debería hacerlo. Es el pueblo del rey. Es *su* país. —El lápiz de Hetta se detuvo. Respiré hondo y continué—. No creo que el rey Carlos tenga intenciones de recaudar la tasa de los buques. No puede andar tan pobre de bolsillos. Josiah me estuvo contando del nuevo techo que pintarán en la Casa de los Banquetes y de los proyectos de la reina para su casa en Greenwich.

—Oh sí —dijo con amargura—. Seguirá gastando dinero en sus caprichos. Eso es lo que enoja tanto a la gente.

La miré de forma diferente.

—Suenas como si estuvieses de acuerdo con los puritanos de Fayford, Lizzy.

—No puedo decir que me guste la idea de que la familia real se aparezca aquí. Sabes —murmuró— que ella es una arpía papista.

—¡Lizzy! —Hetta alzó la vista. Incliné la cabeza y volví a bajar la voz—. La reina podrá ser católica, pero no es ninguna arpía. No deberías andar diciendo esas cosas. ¿Tengo que recordarte que mi hija lleva el nombre de la reina Henrietta María?

—No me gusta —repitió Lizzy—. Que se pasee por la casa entonando sus conjuros papistas y demás sinsentidos. Especialmente delante de una criatura tan susceptible.

—¿Qué quieres decir? Hetta no es ingenua, solo muda. No venderá su alma al Papa solo porque vea a una reina católica refinada.

—Aun así. Una criatura inocente, ¡en la misma casa! ¡Y el rey! ¿Acaso no sabes lo que la gente comenta sobre él y el duque de Buckingham?

—No veo por qué esos rumores…

—¿Quién podría tolerarlo? Una papista y un sodomita bajo el mismo techo que nuestra preciosa niña.

—¡Suficiente! —Me incorporé con tanta vehemencia que la silla rechinó. Hetta se quedó congelada, la punta del lápiz temblando sobre el papel—. Muérdete la lengua, Lizzy —refunfuñé—. No lo permitiré, no en mi casa. Es tu rey. Te referirás a él con respeto.

El rostro de Lizzy se cerró.

—Sí, señora.

Había vuelto a hacerlo. La traté como una amiga y luego la rebajé de vuelta al rol de sirvienta. Siempre hago eso, y sé cómo la ofende. ¿Pero qué otra cosa podía decirle?

Dependemos del rey. Josiah es de buena familia —su madre era una condesa viuda antes de casarse con su padre sin título nobiliario—, pero solo la recompensa del rey puede establecer el nombre de los Bainbridge. Solo el rey puede hacer caballero a mi esposo, que es lo que tanto ansía. No puedo, *no puedo* permitirme tener a alguien en mi hogar diseminando tan vil traición. Hace menos de un año oí acerca de un hombre al que le cortaron las orejas por criticar a la familia real. ¿Qué quiere Lizzy, que tenga que sentarme a ver que le hagan eso?

THE BRIDGE, 1865

Eran dos.

Elsie miró a una y a otra intentando descubrir una pista en sus inescrutables rostros de madera. Una sonreía con su sonrisa cómplice de pequeña niña; la segunda, el intruso, era un niño vestido para trabajar en el campo. Miraba hacia la derecha, apoyado sobre un bastón de pastor. El pelo negro le asomaba por debajo de la gorra, enmarcando una cara tostada y sombría.

—¿Quién eres? —preguntó en voz alta, como si el niño pudiese contestarle.

Había algo desagradable en él. Parecía poco confiable, díscolo.

—¿De dónde viniste?

¿Lo habría encontrado Helen en la buhardilla? Pero no, la buhardilla había quedado cerrada con la puerta trabada. ¿O no? Su mente tambaleaba. Después del asunto extraño del cuarto de niños, no podía estar segura de nada.

Parpadeó con la esperanza de que al abrir y cerrar los ojos, rápidamente el niño gitano desapareciera y solo quedara la pequeña niña con las flores parada junto a la ventana. Pero no funcionó. El niño seguía firme en su lugar.

Perturbada, se dio vuelta y caminó hacia las escaleras. Por ahora evitaría mencionarle a nadie este nuevo acompañante, al menos hasta no estar segura. Ya se había puesto en ridículo frente a la señora Holt.

¿Podía ser la pena haciéndole ver cosas? La pena producía efectos extraños en la mente, la gente siempre lo decía. Pero después de todo lo que había sobrellevado, parecía improbable que la muerte de Rupert pudiera ser el peso que la desbalanceara.

Sus faldas iban levantando nubes de polvo a medida que subía la escalera; las ignoró, ignoró la pátina de aserrín que arrastraban con ellas. Evitaría pensar en el pasado, concentrándose en la tarea que se había propuesto: ir a la biblioteca y escribir para que enviaran a un hombre a arreglar la buhardilla.

La biblioteca estaba en el segundo piso. Se llegaba por el pasillo que comunicaba su suite con la parte posterior de la casa. Elsie no se había molestado en visitarla aún. En su mente, la biblioteca era dominio de los hombres, un ambiente saturado de tabaco y pensamientos profundos.

Esta puerta no puso objeciones; se abrió dócilmente, deslizándose sobre la alfombra gastada sin impedimentos. Puso un pie en el umbral y sintió escalofríos. Era como cruzar la entrada de una tumba. Y al igual que una tumba, la biblioteca estaba oscura y el aire viciado, contaminado por el olor de hojas rancias.

Cruzó la alfombra dando zancadas hacia un trío de ventanas y corrió las cortinas que llegaban hasta el suelo, tosiendo a causa del polvo que cayó de las cenefas. Una luz perlada invadió la biblioteca. Afuera, los árboles se veían más ralos que antes; parches de su follaje llameante se habían apagado, cayendo sobre la grava. Los canteros estaban llenos de cardos. El invierno se avecinaba con rapidez.

Se dio vuelta para mirar la puerta. Seguía entreabierta, eso era un buen signo. No estaba volviéndose loca. En cuanto a los escalofríos, su causa era evidente: un hogar vacío se abría a su derecha, exhalando ráfagas de aire frío a medida que el viento bajaba por la chimenea.

Ahora que las cortinas estaban abiertas, veía que el ambiente era diferente a como se lo había imaginado. "Biblioteca" era un nombre pretencioso para lo que era meramente una recámara poco profunda, curvada en un extremo, con tal vez cinco o seis estanterías colocadas contra la pared. Un robusto escritorio pulido ocupaba un rincón, mirando a la chimenea y con una lámpara con pantalla verde que colgaba sobre el espacio para escribir.

Se acercó al escritorio y se sentó. La silla era comodísima, inmediatamente se sintió aliviada en su espalda y sus piernas.

Miró los útiles que había sobre el escritorio. El tintero estaba abierto, el mango de la pluma saliéndole del pico. *Rupert*. Se había sentado aquí: la pluma estaba lista para su mano izquierda. Sus piernas habían tocado esta silla de cuero chirriante y resbalosa. Y, sin embargo, no quedaba nada de su calidez.

Lo extrañaba terriblemente. Lo extrañaba y lo odiaba. ¿Cómo había podido abandonarla? Se suponía que iba a ser su salvador, su recompensa, el hombre rico que entró un día a la fábrica y se enamoró por debajo de su posición social. No podía hacer frente sin él a los días que tenía por delante. No podía criar una criatura y lidiar con todos esos recuerdos tempestuosos. Lo *necesitaba*.

Las lágrimas nublaron sus ojos mientras revisaba un cajón detrás de otro, abriéndolos de un tirón. Las correderas crujían y las manijas metálicas tintineaban. Tenía que mantenerse ocupada, tenía que escribir a alguien para hacer arreglar el agujero en la buhardilla. Había un montón de cosas que hacer antes de que The Bridge estuviera en condiciones de recibir a un bebé.

Los cajones rebosaban de manojos de papeles. Tendría que revisar cada uno para saber hasta qué punto habían avanzado los planes de Rupert. El tétrico cuarto de niños tendría que ser renovado por completo, de eso estaba segura. Tal vez hasta lo cambiaría de sitio. No soportaba imaginarse a su bebé en la habitación donde habían muerto los hermanos de Rupert. Había espacio suficiente para acondicionar un cuarto de niños diurno y uno nocturno, sin mencionar…

Las manos se le paralizaron.

Algo destelló al fondo de un cajón. Se inclinó más. Allí, de nuevo. Pequeñas chispas desparramadas sobre un forro verde. Metió la mano y cerró los dedos alrededor de una bolsa de terciopelo. Se sentía pesada. La sacó y la dejó caer con un golpe sordo sobre el escritorio.

La bolsa se veía vieja pero no raída; adornada, más que carcomida por el tiempo. Estaba diseñada para cerrarse con un cordel, pero un rollo de papel sobresalía manteniéndola abierta. Elsie no dudó: volcó la bolsa y vació su contenido sobre el escritorio.

El brillo la hizo reclinarse hacia atrás en la silla. Un haz arcoíris enroscado. Extendió un dedo para tocarlo y sintió la solidez de las joyas a través del guante.

—No puede ser —suspiró, levantándolo. Pero lo era: un collar cargado de diamantes.

Las gemas capturaban la luz desde cien ángulos diferentes, encendiéndose como un fuego blanco. Brillantes glaseaban la cadena hasta llegar al centro, donde diamantes de corte marquise formaban un arco centelleante. De este colgaban tres enormes gotas en forma de pera, cada una de las cuales parecía valer más que toda la casa.

Maravillada, depositó el collar sobre el escritorio y se quedó mirándolo. La cadena parecía antigua, pero los diamantes estaban impecables. No veía una sola mancha; solo ese fulgor caliente y blanco que fundía los colores en los bordes.

¿Y el papel enrollado? ¿Qué era? Lo sacó de la bolsa y lo alisó.

Mi amada esposa,

Agito mi varita como un mago y… ¡voilá! ¡Mira lo que llegó de la bóveda del banco en Torbury St. Jude!

Puedo imaginarme tu cara al abrir este paquete. ¿A qué no sabías que estabas uniéndote por matrimonio a una familia con tales reliquias? Los diamantes de los Bainbridge han sido legados por generaciones. La leyenda dice que el primer caballero los sacó del río con su caña de pescar. Mi padre los guardó bajo llave cuando murió mi madre y desde ese momento no había vuelto a verlos. ¡Cómo deben lucir alrededor de tu hermoso cuello! Tan solo lamento no haberlos conseguido a tiempo para la boda.

Me encontré con que hay más trabajo por hacer en The Bridge de lo que habíamos anticipado. Además de los costos de redecoración y jardinería —que van a ser sustanciosos—, temo ahora que vamos a tener que contratar un cazarratas. Las últimas noches me ha mantenido en vela un terrible ruido que viene de la buhardilla. El ama de llaves no tiene la llave y en mi intento de forzar la cerradura solo logré lastimarme. Después de escribirte enviaré a buscar un cerrajero para ver qué hay ahí dentro. Si el gato no elimina la plaga, tendré que emplear a otro hombre.

Quédate tranquila que no permitiré que pongas un pie en la casa hasta que no sea digna de ti y de nuestro querido pequeño extraño. Los echo de menos a ambos y espero impaciente tu próxima carta.

Tuyo por siempre,
Rupert

Las manos no paraban de temblarle. El papel se sacudió violentamente. De repente se desgarró, y Elsie comenzó a llorar.

THE BRIDGE, 1635

Nada ansío más que la promesa de la primavera. El clima fue espantoso durante toda la Cuaresma y luego en Pascua la iglesia se inundó. Josiah escribe que la corte ha suspendido sus festividades hasta Pentecostés. Verdaderamente no puedo reprochárselo. Estos días se han parecido más a sombrías tardes de noviembre que a días de primavera. Sabe Dios qué voy a hacer si las cosas no mejoran para agosto. Si el rey no puede cazar en el bosque y la reina no puede disfrutar de los jardines, será un desastre.

Esta tarde pude salir a los jardines por primera vez en semanas. El sol brillaba, pero los árboles no tenían brotes ni se oían cantar a las alondras. Mi Hetta estuvo trabajando en su jardín de hierbas medicinales. Estaba encantadora con su sombrero de paja, concentrada en su trabajo, sus pequeñas tijeras cortando los tallos muertos —¡chic, chic!— y haciéndolos emanar su aroma a tierra. La miré con placer. Parecía un lirio a la sombra; su piel pálida y la gasa de venas al costado sus ojos. Una niña tan frágil y delicada: mi hermana Mary labrada en porcelana.

Intenté evitar que el olor de las hierbas revolviera mi memoria, pero no pude controlarlo. Cerré los ojos y me dejé transportar a aquella noche, a esa tisana preparada bajo una luna llena. A mi cara nebulosa reflejada en el fondo de la taza. La culpa permanece, como el aroma de manzanas caídas pudriéndose en el huerto. Tal vez estuvo mal interferir con el orden natural de las cosas, pero no puedo arrepentirme. No puedo arrepentirme de *ella*.

Harris estaba de rodillas ocupándose del jardín de nudo, podando los arbustos con precisión y rastrillando la grava de color. Los vientos fuertes desparramaron todo, así que le hice rediseñar los trazos. Le pedí formas nuevas en los setos o al menos en el parterre –ángeles y flores de lis para una hija de Francia–, pero duda que pueda darles su forma acabada para agosto.

—Compre arbustos ya crecidos —le dije—, y recórtelos.

Mi sugerencia pareció resultarle graciosa. Sin embargo, prometió hacer su mayor esfuerzo en los próximos meses. En lo que respecta a mis pedidos de plantación, se mostró sumamente terco.

—Las rosas y los lirios no crecen a la par —dijo, sacándose la mugre de debajo de sus uñas retorcidas—. No van juntas.

—Ya sé eso. No necesitamos que *crezcan* a la par, solo las quiero juntas en el jardín. Una rosa para el rey de Inglaterra, un lirio para la princesa de Francia.

—Un lirio me las puedo arreglar. Hay que enterrar los bulbos bien profundo, en un lugar frío y con sombra. Pero si se prolonga mucho este clima húmedo, se van a estropear.

—¿Y qué hay de nuestros rosales? —lo interrogué—. ¿No van a florecer este año?

Extendió los brazos con un suspiro exasperante, como si no fuese su trabajo ocuparse de que eso suceda.

—Pleno sol, señora. Necesitan pleno sol y el suelo escurrido para florecer. Consígame algo de eso y yo tendré sus rosas.

Tenía miedo de perder los estribos, así que me llevé los puños a la cintura y miré en dirección a Hetta. Había parado de trabajar y estaba parada sobre la tierra mirando por encima de las colinas verdes, como esperando algo. Pequeñas flores blancas le envolvían los zapatos; ramitas rebeldes parecían estirarse para abrazarla.

—Hetta —la llamé—. Sal de allí, cariño. Vas a romper tu vestido.

Obedeció pero sin mirarme. A su lado oí las pequeñas tijeras haciendo ¡*chic, chic*! No cortando nada. Cortando el aire.

—Y lo de los cardos —dijo Harris—, no puedo permitirle que lo haga. Son una maleza, señora. Deles media oportunidad y tomarán todo el jardín.

—El cardo es el símbolo de Escocia. El símbolo de los reyes Estuardo.

—Son una maleza —repitió—. Invasora y voraz. Avanza a costa de todo. —Sentí un enfriamiento súbito. El clima distaba de ser clemente a fin de cuentas—. Sí, tiene que plantarlos en algún lado, hágalo en el terreno de la señorita. Al menos allí harán menos desastre.

Debo confesar que tenía razón. En lo que al daño se refiere, quiero decir. No me llamaría la atención que *él* fuese incapaz de controlar el avance de una mala hierba, pero sé que mi Hetta sí puede. No he visto una planta que no pueda domesticar o hacer crecer, desde la hierba de San Pedro y las grosellas que crecen en el jardín de la cocina hasta la uña de caballo y la artemisa que planta para nuestros dolores. Fui yo quien le enseñó a plantar, pero me ha superado. Me ha superado ampliamente a sus cortos ocho años.

A veces pienso que debe ser la tisana fluyendo por sus venas lo que hace que sus plantas florezcan. Ha heredado más que la buena apariencia de Mary, pues era mi hermana mayor la que visitaba a las mujeres sabias y me instruía en sus métodos.

—Hetta, Hetta, cariño. —Levanté mis faldas y me abrí paso hacia ella entre las ramas sin podar. No me miró hasta que no apoyé mi brazo sobre su hombro—. Tengo que pedirte un favor. —Olvidándome de la tierra, me acuclillé hasta estar a su altura—. ¿No plantarías unos cardos para mí en tu terreno?

Parpadeó. Su cabeza se inclinó hacia un lado como si no entendiera.

Dudé. Josiah me prohibió hablar de la visita real delante de Hetta, pero la subestima. Como suelo decir, solo es muda, no una pobre idiota. Oye hablar a los otros. Debe hacerse una idea de lo que está sucediendo.

—La razón por la que te lo pido es que el rey y la reina van a estar de visita. El cardo es uno de los símbolos del rey, ¿comprendes?

Asintió con la cabeza. El tocón rosado y malformado de su lengua se movió y un sonido brotó de su garganta. Más parecido a un balido que al habla.

Me sentí vacía por dentro. Ver esa lengua es como ver un vestido que arruiné o una carta que borroneé. Volví a oír las palabras de Josiah: "su aberración". Mary jamás hubiera cometido un error semejante.

Arrastrada por la culpa, dije:

—De hecho, cariño, podrías incluso ayudarme en más de una manera. Tengo que preparar una cena muy refinada para el rey. Voy a necesitar romero, salvia y tomillo para aderezar. Albahaca, y tal vez también algo de perejil. Cebollas, membrillos, nabos. —Llevaba la cuenta con los dedos—. ¿Crees que podrás arreglártelas para cultivar esas cosas?

Una sonrisa apareció en su rostro y me elevó el corazón. Con la sonrisa de Hetta, no hacen falta palabras: te desarma con el arco de los labios y sus suaves hoyuelos. ¿Cómo pueden decir que es un demonio el que le impide hablar? ¿Cómo puede pensar eso la gente?

—Muy bien. —Acaricié su mejilla. Su olor, tan dulce y floral, y la sensación de su piel, sedosa como pétalos—. Buena niña. Anota todo lo que necesites y el señor Harris se encargará de conseguirlo.

Al menos ahora estará involucrada en la gloria del día, no importa qué ordene Josiah.

Sus palabras me persiguen: "su aberración". Parada en mi despensa, intentando triturar mi remordimiento con mano y mortero, la vuelvo a ver: esa lengua. La expresión de Josiah.

Creo que sabe.

Nunca temió a mi poder. Siempre se tomó las hierbas y los brebajes para la suerte sin hacer preguntas. Pero cuando la mira a Hetta, es como si no viera la flor, sino solo el suelo barroso a sus pies. Como si viera mis manos embadurnadas de tierra.

THE BRIDGE, 1865

El día estaba claro y crujiente como una manzana mientras el carruaje volvía traqueteando de la ciudad lleno de paquetes. Fragmentos del cielo lavanda se divisaban entre las ramas peladas de los árboles.

—Son tan hermosas. ¿Puedo mirarlas una vez más? —Sarah estiró su mano vendada. Un rastro de sangre brotaba a la superficie. Aunque se había cortado con el acompañante hacía ya una semana y que la herida era pequeña, no mostraba signos de estar curándose.

Elsie le alcanzó el paquete.

—Ten cuidado, o tendremos que dar la vuelta y llevarlas a que las limpien de nuevo.

—Mantendré el vendaje alejado de las gemas. Mire, solo necesito una mano para desenvolverlas. —Sarah retiró cuidadosamente el material y suspiró como una adolescente enamorada—. Nunca supe que teníamos diamantes en la familia.

Después de que el joyero de Torbury St. Jude lo limpiara y puliera, el collar de diamantes brillaba más radiante que nunca. Las gotas en forma de pera destellaban en tonos canela, blancos y azules a medida que la luz se filtraba por la ventanilla del carruaje.

Elsie apartó la mirada. Cada vez que miraba el collar pensaba en la carta de Rupert, su querida voz llegándole desde ultratumba. *Quédate tranquila que no permitiré que pongas un pie en la casa hasta que no sea digna de ti.* Si tan solo hubiera sabido.

—Rupert escribió que estuvieron guardados bajo llave en la bóveda del banco hasta que él llegó a The Bridge.

—No me sorprende. —Sarah se humedeció los labios—. Cuando pienso en mis antepasados usando ese collar… ¡Tal vez hasta lo usó Anne Bainbridge, cuyo diario estoy leyendo! Estos diamantes podrían haber tocado su piel, podrían haberse movido con ella. Solo imaginárselo ya es demasiado maravilloso.

De nuevo los antepasados. Cada vez que Sarah los mencionaba, Elsie sentía otra punzada de culpa. La chica había perdido a su familia y ahora tenía que soportar que la viuda de su primo se llevara toda su herencia. De haber encontrado los diamantes por accidente, Elsie *tal vez* habría considerado dejárselos a Sarah. Pero la carta de Rupert dejaba en claro sus deseos. No podía desprenderse de su último regalo.

—Pero, señora Bainbridge, usted no podrá usar diamantes hasta que no termine su año de luto. Es una gran pena. Desearía tanto poder verlos a diario.

—Agradezco que *puedas* verlos. Después del episodio con la señora Holt, estaba empezando a temer que me hubiera vuelto loca.

—No se está volviendo loca. —Sara volvió a envolver el paquete—. ¿Alguna vendedora la trató de loca hoy?

—Por suerte no. —Elsie tenía que admitir que la excursión la había animado. En medio del trajín de Torbury St. Jude, entre los tenderetes, los afiladores y los carruajes yendo y viniendo de la estación, era difícil pensar en asuntos sombríos. Visitó a un carpintero, a un albañil y a un pañero para discutir sus planes para la casa. Luego, como el período de semiluto de Sarah estaba llegando a su fin, fueron a encargar nuevos vestidos para ella en gris y lavanda. Elsie seguiría de negro, pero eso no le impidió encargarse algunas prendas nuevas para su panza cada vez más grande.

—Pasé toda mi vida con una persona mayor —continuó Sarah—. Créame, conozco los signos de una mente que comienza a divagar.

—¿Incluyen hacer encargos irresponsables para reparar la casa y gastar fortunas en nuevos vestidos?

—¡Ciertamente no! Si se está volviendo loca —dijo Sarah revisándose la mano herida—, yo también lo estoy.

Incapaz de contenerse, Elsie se estiró y tomó a Sarah de la muñeca.

—¿Tú los *viste*, verdad? ¿Viste las muñecas y los animales en el cuarto de niños?

—Sí. ¡Eran hermosos! No hay manera posible de que... —La dificultad le frunció el ceño—. No lo entiendo. Parece todo una broma monstruosa. Pero la señora Holt no es el tipo de mujer que se divertiría de esa manera. Puede que haya sido un malentendido, que la haya llevado a una habitación diferente.

—Parece poco probable. ¿Por qué habría dos cuartos de niños? ¿Por qué sería uno un espejo espantoso del otro?

—Tenemos suites gemelas —señaló Sarah. Distraída, se mordió el mechón de pelo que le colgaba cerca de la boca.

Fayford tenía mejor aspecto a la luz del sol. La calle de barro se había secado formando una huella. Algunos de los aldeanos habían salido de sus cabañas. Elsie los saludó con la mano. Se corrieron el flequillo en señal de reconocimiento, pero notó que empujaban a sus hijos escuálidos de vuelta adentro, como si quisieran protegerlos de un mal de ojo. Con todas sus supersticiones, probablemente pensaran que las viudas traían mala suerte.

—Sarah, ¿y qué hay del segundo acompañante? ¿Tú también lo viste?

—El niño gitano. Sí, se lo dije.

—¿Estás segura?

—Sí, son dos.

¿Pero cómo?

Estaban entrando al puente, flanqueados por los leones de piedra. Elsie sufrió un temblor involuntario mientras cruzaban el agua.

—Tendré que hablar con Helen. Pero supuse que de encontrar otro me lo diría. Nunca he visto sirvientas tan descuidadas.

Pasaron deprisa frente a la casa del portero y empezaron a descender las colinas hacia The Bridge. Arriba, las nubes se desplazaban velozmente, proyectando sombras sobre el césped. Los jardineros que había contratado estaban afuera. Algunos estaban podando arbustos, otros estaban arrodillados en los parterres arrancando las flores muertas.

Los caballos se detuvieron delante de la casa. A través de la ventana, vio las siluetas de los acompañantes esperando en el Gran Salón. Dos acompañantes.

El mayordomo que nunca sonreía, el señor Stilford, abrió la puerta del carruaje y desplegó los escalones con una eficiente secuencia de ruidos metálicos. En cuanto tocaron la grava, se dio vuelta para hablar con Peters.

—Encontrará una nueva carga al llevar los caballos al establo, señor Peters. Parece que tienen una acompañante.

Con cuidado de que no se le enganchara la crinolina, Elsie descendió hacia donde estaba parado él sobre la grava.

—¿Una acompañante?

—Su vaca ha llegado, señora.

Casi se había olvidado. Acercándose de vuelta al carruaje, tendió la mano a Sarah y la ayudó a bajar.

—Es la vaca, Sarah. Mi pequeña vaca adoptada. Pasaremos una tarde alegre instalándola. —Agradecía no tener que volver a entrar a la casa—. ¿Podrías llevar las cajas adentro? —le preguntó a Stilford—. Nosotras iremos a verla.

Con una mano sujetando a Sarah y la otra recogiendo sus faldas, se abrió paso entre los montones de tierra y las herramientas que dejaron los jardineros en dirección al establo detrás de la casa. Era una herradura de construcciones de ladrillo decrépitas. La pintura de las puertas se descascaraba en rizos verde oscuro. Había un reloj montado en el techo, pero las manecillas colgaban inmóviles marcando las diez menos cuarto. Hasta la veleta se había quedado fija a causa del óxido apuntando hacia el este.

La vaca no se veía fuera de lugar al lado de estos objetos en ruinas. Estaba parada al lado de un hombre que la llevaba de la correa, su gran cabeza negra colgando abatida.

—¡Oh! —La voz de Sarah escaló un tono—. El señor Underwood la trajo.

Efectivamente era el señor Underwood: Elsie no lo reconoció a primera vista. Estaba vestido diferente: pantalones de tweed y una chaqueta combinada, claramente de segunda mano, que colgaba de su alto marco. Un sombrero de ala ancha y corona baja le aplastaba el flequillo a la altura de la frente.

—Señora Bainbridge, señorita Bainbridge. —Apretó sus manos—. Es un placer. Espero que la señorita Bainbridge se haya recuperado desde su desfallecimiento la última vez que nos vimos.

Las mejillas de Sarah refulgieron.

—Oh, sí. Perfectamente recuperada.

Cuando él sonrió, ella soltó una absurda risita.

Así eran las cosas pues.

—Pero parece que se ha lastimado la mano.

Sarah se tocó el vendaje.

—Fue solo un rasguño. Muy atento de su parte haberlo notado.

—Tengo que agradecerle que haya escoltado a mi protegida hasta The Bridge —se metió Elsie—. Muy amable de su parte. Aún no ha alzado su cabeza para mirarnos. —El pobre animal no parecía esperar nada del futuro más que miseria—. La alimentaremos bien y se pondrá sana en un santiamén. Necesitará un nombre también.

—Besty —sugirió Sarah—. O Daisy.

—¡Por todos los cielos! Ten algo de imaginación. Algo más poético.

—Por el momento no se la ve muy poética —acotó Underwood.

—¡Al contrario! Es un alma atormentada que sale del purgatorio para entrar en el paraíso vacuno, si no es una blasfemia expresarse así, señor Underwood.

Una sonrisa se insinuó en sus labios.

—¿Sería como la Beatrice de Dante, entonces?

Elsie no sabía de quién estaba hablando, pero le gustó cómo sonaba el nombre.

—Beatrice la vaca.

—Pues espero que sus esperanzas sean tan grandes como su nombre.

Peters apareció y tomó la correa de la mano de Underwood. Con un leve chasquido de su lengua instó a Beatrice a seguirlo hacia uno de los compartimientos.

—Me alegró mucho cuando la señora Holt me comentó su plan de adoptar la vaca —dijo Underwood—. Los aldeanos normalmente se resisten a cualquier trato con la casa. Pero con el invierno acercándose, finalmente entraron en razón.

—¡Ya lo creo! Ofrecí un precio bastante alto por un saco de huesos. —En cuanto pronunció esas palabras se arrepintió. Sonaba igual que su padre.

—Lo sé, señora Bainbridge. Fue muy generoso de su parte ofrecerse a comprarla, soy consciente de eso. Pero no debe tomarse a pecho sus pequeñas excentricidades. La gente pobre puede ser muy orgullosa.

Elsie pensó en las chicas de la fábrica de fósforos, en los dedos avaros de papá.

—No en Londres —dijo.

* * *

Elsie llevó al señor Underwood al primer piso. Pensó que sería beneficioso traer al párroco cerca del cuarto de niños. Su presencia podría hacer desaparecer… lo que sea que fuera. Eso que estaba haciéndoles ver a ella y a Sarah cosas que no estaban allí.

Con Mabel cumpliendo reposo, la casa estaba cada vez en peores condiciones. Elsie encontró un puñado de astillas en el rellano de la escalera y marcas largas y profundas en el piso, como si hubieran arrastrado algún objeto pesado. Por suerte el salón del primer piso estaba presentable y agradablemente cálido gracias al sol de la tarde.

Elsie señaló en dirección a un sofá forrado en seda amarillo narciso e invitó a Underwood a tomar asiento. Sin muchas esperanzas de que funcionara, tocó una campanilla para el té.

—Qué habitación exquisita, señora Bainbridge. Me encantan las mariposas enmarcadas. ¿Pero quiénes son sus amigos?

Elsie siguió su mirada.

—¡Oh!

Parados a cada lado del fuego menguante estaban los dos acompañantes.

¿Pero no estaban hace un instante…? ¿No los había visto en el Gran Salón?

La niña lucía dulcemente arrepentida, presionando la rosa blanca contra su pecho como rogando indulgencia. Pero no el niño; sus ojos torvos se cruzaron con los suyos en un gesto desafiante.

Sarah se sentó frente al señor Underwood.

—Los encontramos en la buhardilla hace algunos días. Son unos objetos curiosos, ¿no? La criada debe haberlos subido al salón.

¿Pero por qué haría eso Helen? ¿Fue ella, acaso, la que marcó el piso arrastrándolos?

—Sin duda son obra de una gran habilidad artística —contestó Underwood—. Casi parece que pudieran hablar.

Sarah se rio tontamente. Elsie intentó imitarla pero le salió un resoplido forzado.

—Es que me siento un poco sola, dando vueltas en este lugar vetusto. Estas figuras son mis huéspedes hasta que tenga permitido recibir a otros de verdad. Pero si alguna vez le cuento que empezaron a hablarme, señor Underwood, cuenta con mi permiso para llevarme al manicomio.

Sonrió con gentileza.

—Lamento enterarme de que se siente sola. En la iglesia será siempre bienvenida con los brazos abiertos. Venga este domingo.

Inesperadamente, la garganta se le cerró llena de lágrimas. Bajó la vista y se miró las manos. Por primera vez desde que había enviudado se sintió capaz de gritar y aullar como mamá.

—Lo haré. Supongo que debe resultar extraño que aún no haya ido, pero no me sentía... No estaba en condiciones de ir. Pero hoy recibí algún aliento. Los aldeanos parecían casi amigables cuando pasamos frente a ellos.

—Por supuesto. Es todo gracias a –ejem– Beatrice. Le conté a todo el mundo su plan de alimentarla y donar la leche. No ha estado lo suficientemente saludable como para producir leche en años. Un poco de leche y manteca harán una gran diferencia en la vida de los aldeanos. Especialmente en los niños.

—Sin duda. Haría más si estuviera en mis manos. Emplearía a gente del pueblo. ¿Usted sabe por qué se niegan a trabajar para mi familia? ¿Es solo a causa de esos esqueletos de los que hablamos? La señora Holt mencionó también un accidente con un sirviente, hace muchos años.

—Pues... —Él hizo una pausa, moviendo los dedos involuntariamente sobre sus labios—. Parece ser una mezcla de leyendas populares y superstición. Me olvidé de buscar esos documentos que le mencioné, señora Bainbridge, pero recuerdo que había algunas tonterías sobre una presunta bruja.

Sarah se inclinó hacia adelante con interés.

—¡Podría tratarse del diario que estoy leyendo! Anne Bainbridge, mi antepasado. Tenía un talento con las hierbas y preparaba brebajes para la buena suerte. Parece haber pensado que tenía un poder. ¿Los aldeanos creyeron realmente que era una bruja?

El señor Underwood suspiró.

—Es muy probable, señorita Bainbridge. La gente no era racional en aquella época. Y su familia tuvo mala suerte con sus sirvientes. Muchos murieron en accidentes, y evidentemente el pueblo necesitaba a alguien a quien culpar... —Mantuvo las manos en alto.— Así es como nacen los rumores. Pero tengo esperanzas en que, con educación, podremos erradicar la superstición en el lapso de una generación. Debo admitir, señora Bainbridge, que mis opiniones son un poco radicales. Creo que todo niño debería acceder a una educación, independientemente de sus circunstancias. Debería otorgárseles las herramientas que necesitan en este mundo.

—No podría estar más de acuerdo. —Se acordó del pequeño Jolyon con su ábaco, sacando la lengua de tan concentrado. Se le hizo un nudo doloroso en el pecho—. Tal vez debería fundar una escuela aquí.

La sonrisa que le iluminó el rostro al señor Underwood fue tan amplia y genuina que por un instante pudo ver por qué Sarah lo admiraba.

—¿Usted me ayudaría?

—En cuanto pueda. La señorita Bainbridge está más cualificada para la tarea. En menos de un mes ya no estará de luto y puede hacer muchas cosas que no serían apropiadas para una viuda.

—¡Ay, sí! ¡Permítame ayudarle, señor Underwood! —Sarah juntó las palmas en un aplauso, pero el vendaje amortiguó el sonido—. Creo que es una idea maravillosa. La señora Crabbly me dejó una pequeña herencia, y me encantaría hacer una donación. Tenemos que ayudar a los niños.

De repente, las lápidas se le volvieron a aparecer frente a los ojos. Enterradas bajo un nombre prestado. Esas pequeñas niñas... No se iba a quedar todo el dinero de Rupert para su propio bebé. Había otros niños: desprotegidos, vulnerables.

Pensar en ello le dio náuseas. Un sabor agrio le inundó la boca. Se puso de pie abruptamente. Las cosas temblaron, volviéndose inciertas y movedizas.

—¿Podrían... disculparme? Tengo que... ir a ver qué sucede con ese té.

Por el rabillo del ojo vio fugazmente a la primera acompañante. Nunca se había parecido tanto a ella. Su propia cara, mirándola.

Tuvo que apurarse a salir de la habitación antes de descomponerse.

Una baranda de madera recorría la galería acordonando el vacío sobre el Gran Salón. Elsie tenía que caminar todo el trayecto doblando en ángulo recto para llegar al excusado. Normalmente no presentaba ninguna dificultad, pero la náusea hizo que la distancia pareciese inmensa. Estiró la mano y se apoyó en la baranda. Crujió. Pensó en el sirviente del que le habló la señora Holt, cayéndose hacia su muerte, y retiró la mano.

El entablado de madera gimió en el otro extremo de la galería. Helen venía corriendo hacia a ella en dirección contraria, las mejillas rojas como manzanas. Los lazos de su cofia estaban desatados y flameaban sobre sus hombros.

Elsie tomó aire.

—Helen, ¿dónde está la bandeja con el té?

—Lo está preparando la señora Holt, señora. —Helen trotó los últimos pasos, el mentón temblándole sobre el collar del vestido—. Espero que me perdone, pero quería hablar con usted... a solas.

Justo entonces se oyó la risita nerviosa de Sarah desde el salón. El rostro de la acompañante volvió a colarse en su mente.

—Helen, alcánzame un orinal. Rápido.

* * *

Después de expulsar su carga y tomar un vaso de agua, Elsie recobró la noción de dónde se hallaba. Helen la había sentado sobre el paño gastado de la mesa de billar con los pies colgando del borde. A través de la pared, podía oír el tintineo de las cucharitas contra la porcelana en el salón. La señora Holt debía haber servido el té finalmente.

—Le dije a la señora Holt que me quedaría aquí con usted, por un rato, en caso de que... tenga que ir de vuelta. —Helen hablaba en voz baja, continuamente echando vistazos hacia la pared—. No tengo mucho tiempo, señora. ¿Puedo hablarle ahora?

Elsie no estaba de ánimo para lidiar con el personal de servicio, pero Helen la había rescatado de vomitar y desmayarse en el pasillo. Se sentía en deuda y no podía negarle un oído abierto.

—Sí, puedo hacerme un momento. Continúa, por favor.

—Quería... —Helen hizo una pausa, desconcertada. Bajó la vista y se puso a jugar con su delantal—. No sé realmente cómo empezar, señora. Solo... La señora Holt me dijo que estuvo en el cuarto de niños.

Un calor le trepó por el cuero cabelludo.

—Sí.

—¿Vio usted...? —Otra vuelta al delantal.— ¿Vio usted algo, señora?

Elsie se agarró del borde de la mesa de billar. Tenía que ser una broma. La señora Holt debía haberse ido de lengua contando su reacción al ver el cuarto de niños, y ahora la sirvienta se estaba burlando de ella.

El ama de llaves de la casa de Rupert de Londres había embaucado una vez a Elsie convenciéndola de servir la cena a las dos de la tarde para hacerla quedar como una persona ordinaria frente a los invitados. Los sirvientes se daban cuenta de que solo tenía dinero del comercio, como lo llamaban. Carente de educación, la consideraban un blanco legítimo.

—¿Qué sería, exactamente, lo que debería haber visto allí?

Esperaba oír la descripción que le había hecho a la señora Holt de la cuna y los juguetes. Pero, en cambio, Helen dijo:

—Algo escrito.

—*¿Algo escrito?*

Helen soltó el delantal.

—No debería haber dicho nada. Por favor, señora, olvídese de lo que dije.

—¿Has visto *tú* algo escrito en el cuarto de niños, Helen?

Hizo un frenético gesto de silencio.

—¡Que no la oiga la señora Holt! Detesta que hablemos de estas cosas. Hasta se compró un gato negro para demostrar que las supersticiones son tonterías. Pero desde que llegó el señor ha habido algo... extraño aquí.

Si estaba actuando, era buena. Tenía las manos nerviosas de una mujer alterada.

Elsie escogió sus palabras con cuidado.

—Tengo entendido que fuiste tú la que encontró al señor Bainbridge cuando murió. Es perfectamente natural, Helen, que te sientas tan tensa después de una muerte en la casa. Tal vez...

Helen asintió con la cabeza.

—Yo pensé lo mismo, señora, porque Mabel nunca lo vio. Y como hay tanto alcanfor como para matar un gato en ese cuarto de niños, pensé que tal vez los gases me habían dado vértigo. Pero el señor... Él también lo vio.

Elsie se tambaleó en el borde de la mesa.

—¿Algo escrito?

—No... No exactamente. La única que ve lo escrito soy yo. En el polvo. Como si hubieran pasado un dedo. Lo del señor fue diferente. Él vio los alfabetos de madera, formando una palabra.

—¿Qué palabra, Helen? ¿Pudiste leerla?

—Oh sí. La señora Holt me enseñó las letras. —No pudo disimular su orgullo—. Mabel no sabe las letras.

—Olvídate de eso. ¿Cuál era la palabra? ¿Qué decía?

Helen hizo una mueca.

—"Madre". Decía "madre".

THE BRIDGE, 1635

No estoy ni por lejos lo organizada que quería estar para la visita real. En Whitsun cayó nieve —¡*nieve!*—, lo que hizo imposible cualquier viaje. Y la implacable helada destruyó la mayor parte de mis plantas. Va a haber que volver a sembrar todo, o reemplazar lo que se pueda por flores ya crecidas. ¡Gracias a Dios que los viveros de Londres se las arreglaron para enviarnos rosas y lirios! Rezo para que podamos mantenerlas vivas por los próximos tres meses. Otra pequeña clemencia fue que la huerta de hierbas de Hetta sobrevivió. Esos pequeños brotes verdes probaron ser de lo más resistentes y los tallos azul grisáceo de los cardos crecen sanos.

Las rampantes expectativas de Josiah aumentan mi ansiedad. Ya está haciendo planes para agregar una nueva ala a la casa. Esta mañana vino a mi habitación mientras me vestía trayendo un paquete envuelto en seda.

—¿Qué es eso? —le pregunté a su reflejo en el espejo. Tuve la sensación de algo frío detrás de mí, algo resplandeciente y helado.

—Es un regalo, mi bella dama. —Apoyó su mano en mi hombro—. ¿Adivinas qué es?

—¿Es una joya para usar cuando recibamos al rey y a la reina? ¿Un... collar?

Soltó una risita.

—Mi pequeña profetisa.

Empezó a desenvolver el paquete. Entorné los ojos, concentrándome en la sensación de sus manos sobre mi cuello. El collar tintineó y rozó mis clavículas. Nítido, frío. Se sentía como un collar de nieve.

—Abre los ojos —dijo Josiah riéndose—. Lizzy, corre la cortina, tu ama es medio ciega.

Oí la cortina deslizarse y lentamente abrí los párpados.

Había adivinado el objeto, pero no la calidad. Los diamantes rodeaban mi cuello y descendían hasta mi pecho. Terminaban en un arco del que colgaban tres gotas en forma de pera. Cada una de las piedras era clara y pura como el agua. El collar podría haberle pertenecido a la mismísima reina.

—¡Josiah!

Vi su rostro en el espejo. Resplandecía de orgullo.

—Esto pasará a nuestros descendientes, Anne. A la mujer de James y luego a la mujer de su hijo. Toda gran familia necesita una reliquia. Estos serán los diamantes de los Bainbridge.

Mis labios se separaron. Tenía en la punta de la lengua decir que ya tenía las joyas de su madre pero había una pesadez, una tirantez en la atmósfera que me previno de hacerlo.

—Son muy bellos. ¿Podemos…? —Le lancé una mirada a Lizzy y bajé mi voz. —¿Podemos permitírnoslo, amado mío?

Frunció el ceño.

—¿Por qué habrías de preocuparte por algo así? Pronto cobraremos las rentas de mitad de verano.

Rentas que habíamos tenido que adelantar el trimestre anterior, recordé.

—Por supuesto. —Los diamantes descansaban pesados sobre mi pecho. Al moverlos contra mi piel se sentían dolorosamente fríos—. Perdóname, es solo que… ¡nunca tuve algo tan refinado! La verdad es que me da un poco de miedo.

No podía dejar de recordar lo que me había dicho una vez Mary sobre los diamantes, muchos años atrás.

—Alejan el mal de ojo —me dijo—. Te protegen de la magia más oscura.

¿Era por eso que Josiah me los colocó alrededor del cuello? ¿Sospechaba que mi despensa albergaba algo más que simples hierbas?

Sintiéndome intranquila, me toqué la garganta y miré su reflejo en el espejo.

Sus mejillas se elevaron al sonreír.

—Tendrás que acostumbrarte a las mejores joyas, mi bella dama, como será acorde a tu posición como mi esposa. Deseo ver esos diamantes sobre tu persona todos los días.

Algo del hielo de los diamantes contagió su voz. No meramente un deseo: una orden.

Detrás de él, Lizzy estaba parada junto a la ventana, una mano arrugada apoyada sobre su clavícula, como si ella también hubiera sentido el frío trepando por su piel.

Tragué. Los diamantes se movieron.

—Como desee, mi amo.

* * *

Hoy hice un viaje a Torbury St. Jude. El clima aún dista de ser cálido, pero al menos está más seco. El agua de la inundación ha cedido y los caminos están transitables. Recorrimos con el carruaje las distancias entre las tiendas, porque en la calle todavía quedaban algunos charcos grasientos y el viento azotaba los callejones con suma violencia.

—Ya tengo la nueva mantelería —le dije a Jane, comprobando con los dedos la lista que tenía en la cabeza—. En este mismo momento están puliendo la platería. Los vestidos deberían llegar de Londres el mes que viene.

—La señora Dawson parecía escandalizada de que no los hubieras encargado en su tienda —dijo Jane.

Lo estaba la pobre. ¿Pero qué esperaba? Esto no es un baile del condado. ¡El rey y la reina, santo Dios! Van a esperar terciopelo cortado a la última moda, el encaje más exquisito.

—No puedo preocuparme por la señora Dawson en este momento —dije—. Tendré tiempo suficiente para dedicarle más adelante. Por el momento, mi única preocupación es complacer a la reina Henrietta María.

—Mi ama, la señora estará sin duda encantada con toda la decoración fastuosa y las mejoras que hizo en su habitación. Es suficiente para hacerle dar vueltas la cabeza.

Sonreí orgullosa.

—Se ve bien para *nosotras*, Jane. Pero ella es la reina. Creció en el castillo de Saint-Germain-en-Laye. Va a ser necesario un enorme esfuerzo para impresionarla. Le gustan las curiosidades, cosas extrañas que ninguna otra persona vio. —Miré por la ventanilla. El opresivo cielo lechoso realmente le daba un aspecto sombrío a nuestro pequeño pueblo. El caballo levantó la cola y descargó sus excrementos. Suspiré—. ¿Dónde voy a encontrar cosas exóticas *de ese tipo* en Torbury St. Jude?

—Quizás un poco más adelante siguiendo por este mismo camino, mi ama. Hay un establecimiento del que oí hablar en el mercado.

Me di vuelta para mirar la tienda que señalaba Jane sobre la mano izquierda. Era un lugar pequeño, retirado de la hilera despareja de edificios que demarcaban la calle. El piso de abajo estaba hecho de ladrillos; el de arriba, eran vigas viejas y yeso.

—¡Alto! —ordené. Los caballos se detuvieron. Cuando cesó el repique de los cascos oí el cartel de la tienda rechinar a merced del viento. No pude adivinar la imagen, pero creí ver las palabras "artículos elegantes" pintadas sobre la ventana con parteluz—. Jane, no conozco este lugar. ¿Hace cuánto que está aquí?

Sonrió.

—Creí que conocía todo, mi ama.

Dejé pasar su descaro. La verdad era que el negocio me daba una sensación rara que no podía traducir en palabras. Sabía que no sería capaz de pasar de largo sin entrar a verlo. Había algo allí, algo importante...

Solo había sentido algo semejante en una ocasión anterior: fue ese día helado de enero, hace nueve años, cuando abrí el viejo libro de cuero de Mary en mi despensa y recité sus palabras sobre unas hierbas machacadas. Fue exactamente la misma sensación de aprensión y certeza.

—Entremos. —Golpeé el techo. El lacayo bajó de un salto e intentó abrir la puerta. No quería ceder. Puse mis dedos en la manija e intenté ayudarlo, pero era como si el viento se hubiera convertido en una mano de piedra que presionaba contra mí. Cerrándome el paso.

Hice mi mayor esfuerzo y empujé. La puerta cedió, abriéndose con tanta fuerza por el mismo viento que golpeó contra el cuerpo del carruaje. Me desplomé en los brazos del lacayo.

—¿Está bien, mi ama?

Estaba avergonzada pero ilesa. Las faldas se me habían desarreglado; el viento tironeaba de ellas y arrancó una cinta de mi pelo. La vi volar hacia el olvido gris del cielo.

—Estoy perfectamente bien. Jane, tendrás que acompañarme del brazo hasta la puerta.

Agradecí la robustez de Jane y su cintura ancha de campesina. Debimos parecer una extraña pareja, agachando nuestras cabezas y batallando contra el viento; Jane en su sucia túnica verde y yo envuelta en satén y encaje.

El viento convertía todo lo que tocaba en instrumentos. Desde atrás nos llegaba el tintineo de los arneses de los caballos, llamándonos de vuelta; adelante, el cartel crujía al balancearse. Su crujido se hacía más intenso con cada paso, hasta que finalmente se dejaron de oír los caballos.

Jane abrió la puerta de la tienda embistiéndola con uno de sus anchos hombros y haciendo sonar una campana.

—Usted primero, mi ama. —Prácticamente me empujó hacia dentro. No le di importancia, porque me alegraba estar a cubierto.

Un hombre bajo y calvo se levantó de golpe en cuanto entramos. Un gastado jubón rojizo se extendía sobre su panza. Tenía uno ojos pequeños y calientes —ojos de cerdo, pensé—, que se agitaron al vernos.

—Buenos días, damas. Me dieron un buen susto.

—Sepa disculparnos. Entramos casi empujadas por el viento.

—¿Corre brisa afuera?

Jane cerró la puerta de un portazo detrás de nosotras. La campana volvió a sonar.

—¿Brisa? ¡Es un verdadero vendaval!

—No me digan. —Sonrió, parecía haber recuperado la compostura—. En ese caso, imagino que les vendrá bien un refrigerio. Permítanme buscar el vino y unas ciruelas acarameladas. En esta tienda todo cliente recibe el trato de una duquesa.

Arriba de su hombro izquierdo colgaba un espejo dorado ornamentado con querubines y flores. Mi reflejo me devolvió la mirada, completamente desaliñada. Lejos estaba de sentirme como una duquesa.

Mientras buscaba el vino, tuvimos tiempo de echar una mirada a nuestro alrededor. La tienda resultó ser mucho más grande de lo que parecía desde afuera, y cada pulgada del lugar estaba lleno de curiosidades. Las paredes estaban tapadas con vitrinas polvorientas con objetos de piedra y cristal detrás del vidrio turbio. Aves embalsamadas de climas exóticos con plumas de colores radiantes nos miraban amenazadoramente. Del techo colgaba un esqueleto como nunca antes vi, una extraña criatura con un largo cuerno, como si fuera un unicornio, solo que saliéndole de la nariz. Hasta el aire mismo olía raro, cálido y especiado.

—Gracias —dije, tomando mi copa de vino del tendero. Noté que le temblaba la mano—. Me sorprende que no nos hayamos cruzado con su tienda antes. ¿Es nuevo en Torbury St. Jude?

—Acabo de llegar. —Ofreció la bandeja con las ciruelas acarameladas. Jane se apuró a agarrar una y se la metió entera en la boca—. Me llamo Samuels. He pasado mis días viajando por el mundo, señora, y aquí me tiene ahora, con todas estas rarezas expuestas ante usted.

Era buen vino. Otro producto de importación, sospeché.

Deslicé mis dedos por un gabinete y tiré de una lengüeta de terciopelo unida a un cajón. Se abrió. Hileras e hileras de huevos de aves se extendían ante mis ojos: azules, moteados, algunos minúsculos, otros del tamaño de una manzana. Las joyas de la naturaleza. Ni los diamantes de la corte podían rivalizar con tesoros tan raros y delicados como estos.

—Debe ser muy difícil desprenderse de su colección. ¿Estos objetos no son cada uno un recordatorio de su viaje?

—Hay recuerdos que uno no quiere guardar. —Su rostro se endureció por un momento—. Aparte de eso, me gusta compartir lo que he encontrado. La gente siempre quiere alguna curiosidad para mostrarle a sus amigos.

Con delicadeza, tomé una ciruela acaramelada. Los gránulos de azúcar se me pegaron a los dedos.

—Confieso que estoy aquí en una misión semejante. En agosto recibiremos unos invitados ilustres.

—¡Ah! Por este lado entonces, señora. Le mostraré el marfil. Piezas exquisitas, sin igual. Cualquier invitado quedará embelesado.

Me llevé la ciruela a la boca y lo seguí.

Fue una media hora ajetreada, escogiendo y eligiendo en ese arcón de tesoros del mundo. Encontré tulipanes secos montados en marcos y un cañón mecánico que disparaba balines. Me dejé llevar, lo confieso. Me sentí bastante avergonzada cuando me di vuelta y, en la penumbra de velas, vi a otro cliente esperando.

—¡Oh! —exclamé—. Le ruego me disculpe. —Me di vuelta hacia el señor Samuels—. Creo que ya he mirado suficiente por hoy, y veo que estoy estorbando sus negocios.

Sus pequeños ojos siguieron los míos. Por un momento, pensé que estaba asustado. Pero entonces se rio.

Pude ver mi error: no era un cliente lo que estaba parado en el rincón sino un tablero pintado a imitación de una persona. Estaba tan espléndidamente realizada que a primera vista no se notaba que era una pieza de arte. Retrataba a una mujer descansando con la mano apoyada en la cadera. Las sombras en su rostro estaban pintadas en los mismos ángulos en los que hubiera pegado la luz desde la ventana de la tienda.

—Se me ha adelantado —dijo el señor Samuels—. Me dirigía a mostrarle estas piezas. —Caminó hacia el objeto. A la luz de la ventana pude ver gotas de sudor en su frente—. Estas falsificaciones pueden engañar al más avispado de nosotros. ¿Sabe lo que significa *trompe l'oeil*?

—¿Una trampa para el ojo?

—Exactamente. Un engaño lúdico. Acérquese. —Señaló el hombro de la figura recortada. Su dedo estaba suspendido a una pulgada de la madera—. ¿Ve los bordes biselados? Hacen que no se vea chato. —Me asomé a mirar la parte de atrás. Seguía sorprendida de ver que no era sólido. No era una persona real y sin embargo sentía que no podía tocarla, que no podía mirarla a la cara—. Tengo más de estas figuras para mostrarle. Niños cargando frutas. Criadas, barrenderas. Una dama con un laúd.

—¿De dónde vienen?

—Estas las obtuve en Ámsterdam. Las llaman "compañías silenciosas". —Se aclaró la garganta—. A esos holandeses, señora, les encantan sus pequeños engaños. No solo los tulipanes los vuelven locos. Tienen cajas de perspectiva, comida falsa y hasta casas de muñecas mejor equipadas que el palacio de un duque.

Me volví hacia Jane.

—¿Parecen un buen entretenimiento, no? Me imagino a los invitados lanzando un pequeño grito al toparse con las figuras. Un momento de shock, seguido de risas y conversación.

—No sé si Su Majestad querrá que la tomen por sorpresa —dijo Jane.

El señor Samuels me miró con un nuevo respeto.

—¿Su Majestad, dice? ¿La Reina?

Me ruboricé de nuevo, pero esta vez con placer.

—Sí. Tendremos el enorme honor. Entiende por qué es tan importante que elija…

Extendió una mano. Los dedos eran gordos como salchichas y estaban marcados por el clima.

—Sí, sí —me interrumpió—. Necesita lo mejor de lo mejor. Permítame recomendarle humildemente estos objetos. —Volvió a señalar en dirección a la figura pero sin dejar que su mano hiciera contacto con ella. Deduje que debía tratarse de un artículo caro, demasiado precioso para tocar.

—No se parecen a nada que haya visto antes. Sin duda lo consideraré.

—¿Qué es lo que habría que considerar, señora? Son exactamente lo que necesita para deleitar a su majestad. —Había algo de súplica en su voz, en sus ojos. Tal vez el negocio no estaba marchando tan bien como esperaba.

—Ya me estoy llevando una buena cantidad de artículos —dije, tratando de hacer un recuento de lo que llevaba gastado. Algo así de raro seguramente excedería mi presupuesto—. Debería consultar a mi esposo antes de…

—Su esposo seguramente le dará el mismo consejo que yo. Dudo que otro hombre en Inglaterra haya visto objetos como estos.

Pensé en Josiah, en la intensidad con la que anhelaba el reconocimiento del rey.

—Tal vez queramos uno o dos…

—Pero eso disminuirá el efecto. Vamos, la dejaré llevarse toda la colección.

Normalmente hubiera desconfiado de una persona tan desesperada por colocar su mercancía, pero quería los extraños juguetes del señor Samuels. Me estaban llamando, mirando, tentándome con sus ojos pintados para que me los llevara.

—No estoy segura de si…

—Por un precio especial. —Sonrió—. Le prometo que no encontrará mejor método para sorprender a la Reina. Nunca se olvidará de los acompañantes.

Los compré todos.

THE BRIDGE, 1865

—Sus ojos se movieron.

—¿Qué? —La lapicera de Elsie se sacudió y salpicó la página de tinta. Arruinada: su carta al constructor estaba arruinada—. ¿Qué quieres, Mabel?

Después de dos semanas de reposo en cama, Mabel había retomado la limpieza y otras tareas livianas. Elsie tendía a creer que estaba en condiciones de hacer mucho más. Exageraba su desgracia arrastrándose de un lado a otro como un chico con un pie zambo.

Hoy estaba parada en la puerta abierta de la biblioteca, la postura torcida, favoreciendo su pierna sana. En la mano derecha tenía agarrado un trapo sucio y había rastros de mocos en su nariz.

—La cosa. Sus ojos se movieron y me miraron.

Elsie apoyó la lapicera.

—¿Qué cosa? —preguntó. Pero ya sabía. Era como si hubiera estado la última quincena esperando que esto sucediese.

—La cosa de madera.

—¿El acompañante?

—Sí, esa cosa. —El sudor rociaba la delgada línea de pelo que le asomaba debajo de la cofia. La garganta le funcionaba—. No volveré a limpiarlo. Sus ojos se movieron.

Las palabras acudían a su mente; mil observaciones mordaces. No podía pronunciar ninguna.

—¿El niño gitano?

Mabel sacudió la cabeza.

—La otra.

—Muéstrame.

Bajaron las escaleras en silencio, rígidamente, como marionetas. El viento chiflaba por las grietas del entablado y arrojaba hojas contra las ventanas. Desde detrás de la casa, Beatrice emitió un mugido triste.

Helen estaba esperando en el Gran Salón, sus puños aferrando con fuerza un trapo.

—Los han movido de nuevo —dijo Elsie, mirando las marcas en el piso—. ¿Por qué insisten en moverlos a cada rato?

—*Nosotras* no los movimos —gritó Mabel.

Los dos acompañantes estaban de pie junto al hogar. *Había* algo diferente en el niño, pero no podía precisarlo. La miraba altaneramente, ligeramente de soslayo. Se estaba burlando de ella, desafiándola a advertir el cambio.

Algo… El ángulo de su cara… Se sacudió de encima el pensamiento. No había ningún cambio. Las pinturas *no* cambian, era una fantasía ridícula.

La pequeña niña seguía exactamente igual a como Elsie la recordaba: la rosa blanca presionada contra su pecho; su sonrisa traviesa y la seda verde oliva. Sus ojos marrón verdosos todavía transmitían la misma calidez de expresión. No se habían movido.

Soltó el aliento.

—No aprecias el buen arte, Mabel. La destreza del pintor es hacer que los ojos parezcan posarse en ti, no importa dónde estés parada. Ve arriba y camina entre los retratos. Observarás lo mismo.

—No estaba caminando. No moví un músculo. Yo estaba quieta allí y *se deslizaron*.

Era demasiado horrible para imaginárselo. Se *negaba* a imaginárselo, o a darle más entidad que a esas historias ridículas de los sirvientes.

—¿Helen lo vio?

—No, señora —dijo Helen con voz ronca. Estrujó el trapo—. Pero…

—Déjame adivinar: ¿viste algo escrito?

—No. Me sentí… extraña. Como si alguien estuviera vigilándome.

—Todas hemos sentido eso, Helen. Probablemente fue Jasper. —Se alejó de los acompañantes—. Creo que Mabel debería volver a la cama. Claramente no está bien todavía. Y ya que estamos aquí, Helen, preferiría que guardaras al niño en el lugar de donde lo sacaste. La señorita Sarah solo pidió poner a la niña en exhibición.

—Lo pondré en el sótano si quiere, señora. Seguimos sin poder entrar a la buhardilla.

—Sí, precisamente estaba escribiendo a Torbury St. Jude para que envíen a alguien a abrir la buhardilla cuando Mabel me interrumpió con esta tontería. Llévate al niño gitano al sótano que yo regresaré a mi carta.

Estaba yendo hacia las escaleras cuando la detuvo la voz de Mabel.

—¿Qué hay de la otra?

—La señorita Sarah quiere a la acompañante niña, Mabel. Haz que se ocupe de limpiarla Helen si te da miedo.

—No. —Mabel apuntó con su dedo embadurnado de mocos—. Esa otra.

Sobre la alfombra oriental donde había yacido el ataúd de Rupert se alzaba una nueva acompañante.

Una mujer mayor sentada en una silla. Era peor que el niño gitano; no ya despreciativo, sino decididamente maliciosa. Llevaba una cofia blanca y un cuello negro. Entre los brazos sostenía una criatura que parecía una muñeca, de una rigidez y palidez contranaturales.

—¿De dónde salió eso? ¿Por qué… por qué pintaría alguien algo semejante? ¡Esa cara! —Sus palabras resonaron en el salón y rebotaron de vuelta hacia ella.

Helen se estremeció.

—*Llévatelo* de aquí, Helen. ¿Dónde demonios lo encontraste?

Los labios de Helen temblaban.

—Aquí, señora. Aquí mismo, esta mañana.

THE BRIDGE, 1635

Supe desde el momento en que me desperté que este iba a ser un día conflictivo: estaba escrito en el aire húmedo. Barbacanas de nubes bloqueaban la luz y una tensión silenciosa se cernía sobre los jardines. El calor era opresivo. Durante todo el día ansié que las nubes se descargaran y aliviaran mi dolor de cabeza, pero siguieron mirando amenazadoramente desde allí arriba, henchidas. Afuera no se mueve nada; no corre una brisa.

Si sigue así, para cuando lleguen el rey y la reina estaremos todos sofocados y malhumorados. ¿Cómo vamos a lucirnos en nuestros bellos atuendos con el sudor derramándose de nuestras caras? ¿Quién va a querer comer cisne asado? ¡Ay, si tan solo cediera este clima!

Josiah me ha hecho sentir melancólica a propósito de la visita. Se me acercó en cuanto terminó la cena y despachó a las sirvientas.

—Necesito hablar contigo —dijo. El gesto de su mandíbula, las líneas en su frente hablaban por él.

—Has decidido acerca de Hetta —dije.

—Sí. —Se recorrió el largo de la barba con una mano—. Anne, no te va gustar lo que tengo para decir.

—Entonces no lo digas. Cambia de opinión.

Suspiró.

—No puedo. Es para mejor. Henrietta María podrá asistir al banquete. Ha trabajado arduamente para ello. Pero en lo que hace al resto de los entretenimientos… la respuesta es no.

Mis manos se cerraron en forma de puños. Sabía que tenía que elegir mis palabras con cuidado, pero no era dueña de mis emociones. Esa sensación calurosa y hormigueante se hinchó dentro de mí y me inundó los ojos de lágrimas.

—Es muy joven —continuó—. No estoy seguro de que fuese adecuado, incluso si…

—Estás avergonzado de ella —dije.

Vaciló por un instante. Fue suficiente.

—Siento pena por su…

—¡Ella es un milagro! Las parteras dijeron que nunca volvería a dar a luz, no después de Charles. Y sin embargo aquí está. Tu única hija, Josiah. Un milagro.

—Soy consciente de eso. Nadie creía que pudieras volver a quedar embarazada. Tal vez por eso ella tiene sus… sus dificultades.

Detrás de sus palabras oí la acusación que está siempre a punto de hacer erupción: es culpa mía que a Hetta no le haya crecido la lengua. Mi útero fue incapaz de engendrar una criatura completa. Hubo algo deficiente; ya sea en mí o en la mezcla.

—¡Ella está tocada por Dios! —grité. Me miró. Solo una mirada y fue suficiente para encender mi ira—. ¿Piensas que no? ¿Piensas lo contrario?

Alzó las manos rindiéndose. Se estaba cansando de mí.

—Cálmate. Por supuesto que no pienso que Henrietta María esté poseída por un demonio. Estás dejándote llevar por tus emociones.

—No es cierto. ¡Eres tú el que quiere esconder a mi hija!

—Todo el mundo la verá en el banquete, Anne. No voy a *esconderla*, pero es mi deber protegerla. —Empezó a pasearse por la habitación, el cuero de sus botas rechinando al caminar—. La iremos presentando en sociedad de a poco. Aún no está preparada. Es demasiado salvaje, demasiado aniñada. La hemos consentido dejándola andar por la casa como se le antoja. Eso tiene que terminar. Necesita ser instruida.

—¿Instruida?

—En los modales de la corte. Pero no hay tiempo para entrenarla antes de la visita. Y no podemos permitirnos un paso en falso. ¡Ni uno! No oso ni imaginarme las consecuencias. ¿Te gustaría verme expulsado de la corte por las meteduras de pata de Henrietta? Todo tiene que ir a la perfección.

Mi temperamento se crispó por debajo del crujir de sus botas. Porque ya no oía el cuero rechinante: oía árboles en la noche, desplegando sus ramas sobre una figura envuelta en un manto que recogía hierbas; un mortero machacando; misterio y tentación en las palabras de un antiguo hechizo.

—Pareces estar insinuando que nuestra hija no es perfecta.

—Sabes que no lo es.

Me dejó sin aliento. ¿Cómo podía Josiah decir algo así de su propia hija? Creo que nunca lo odié tanto como en ese instante.

—Esta noticia le va a romper el corazón —le dije.

—Pues se lo diré yo mismo, si tú no quieres hacerlo. ¿Dónde está ahora?

—En el jardín.

Caminé hacia la ventana. Quería verla en paz antes de que él hiciera añicos sus esperanzas. Todo afuera se veía extraño. Las plantas irradiaban un brillo antinatural bajo el cielo tormentoso. Mis flamantes setos en forma de flor de lis se habían transformado en lanzas de un verde fulgurante; las rosas, en coágulos de sangre. Detrás de ellos, mi Hetta estaba arrodillada en el suelo, ocupándose de sus hierbas. Podía ver sus tobillos manchados de verde. No me importaba. Su rostro estaba lleno de luz a pesar de las nubes. Se la veía feliz; sonrió al saludar con la cabeza y levantar la mirada en dirección a…

—¿Quién es ese? —La voz de Josiah tronó sobre mi hombro.

Maldije para mis adentros.

—Es ese niño gitano de nuevo. Es hora de que reciba una buena paliza. Le advertí que se mantuviera alejado.

—¿Lo ves? ¿Lo ves ahora? —Gesticuló hacia fuera de la ventana— ¡Jugando con gitanos! Es exactamente de lo que estoy hablando.

Me volteé con vehemencia, demasiado enojada para contradecirlo.

—Me ocuparé del asunto —dije, y me fui de la habitación ofendida.

Mis pies retumbaron en la escalera. ¡Maldito sea ese gitano y su insolencia! ¡Maldito sea por hacer pensar mal de ella al padre de la pobre Hetta!

Salí impetuosamente a los jardines. El aire era como un mal aliento. Con razón las plantas no florecían; hasta el suelo estaba pálido, seco y agrietado.

Lizzy no estaba a la vista por ningún lado. ¿Qué podía estar haciendo, que había dejado a Hetta sola de esa manera?

—¡Hetta! ¿Te está molestando ese niño?

Se incorporó de un salto y vino a tomarme la mano. Su palma estaba sucia, pero sin sudor. La humedad que nos extenuaba a mí y a los jardines no había hecho mella en ella.

—¿Qué sucede?

Hetta sonrió, mansamente. Sus párpados aletearon y me di cuenta de que estaba mirando mis diamantes. Extendió su pequeña mano hacia mi cuello.

—Ahora no, Hetta. Tienes las manos sucias. Puedes mirar mi collar más tarde. —Aparté su mano y miré al niño con furia. Se mantuvo firme en su sitio, el mocoso malsano—. Y tú… No deberías estar aquí. Ya lo sabes bien. Es tu última advertencia.

Tarde, se quitó la gorra de la cabeza.

—Por favor, señora. Solo vine buscando trabajo.

—Los gitanos no trabajan… —empecé, pero Hetta me tiró del brazo. Hizo una de las señas que usamos entre nosotras. "Caballo"—. ¿Robó mi caballo?

Sacudió la cabeza con vehemencia. Sus labios se fruncieron en un gesto de frustración, como hace siempre que no logra hacerse entender. "Caballo. Niño. Caballo".

El niño se soltó. Le habló en su lengua gitana embaucadora. Sonaba diabólica; una mezcla maléfica de todas las lenguas. Pero ella pareció entenderle, porque asintió y gruñó.

—La señorita Henrietta María… —Me miró, sus ojos negros como el carbón—. La señorita piensa que podría dejarme trabajar aquí. Con los caballos.

Me pregunté cómo sabía eso; cómo se atrevía a pretender que entendía a Hetta cuando yo no lo hacía.

—No te dejaría acercarte a menos de cien yardas de mis caballos —le espeté—. Te los robarías.

Hetta me soltó la mano.

—Por favor, señora. Mi pueblo es bueno con los caballos. Ahora que su senescal nos ha expulsado de los terrenos comunales, ¿qué vamos a hacer? ¿Cómo voy a comer?

Hice una pausa. Realmente parecía digno de pena, agachándose todo andrajoso. Hetta me hizo una seña de nuevo. "Nada".

—Ya sé que no tienen nada, Hetta. No es mi culpa.

No, no era eso. "Chico. Nada".

—No hemos robado nada —dijo calladamente. Los ojos de Hetta se encendieron y por un instante le envidié al niño ese poder. ¿Qué comunión era esa que compartía con mi hija, *mi* creación? No lo quería cerca de ella—. En todos estos años que hemos vivido en el terreno comunal durante el verano nunca le hemos robado nada.

—Eso puede ser cierto. Pero pronto tendré a los caballos del rey en mi establo, ¿entiendes? ¿Cómo puedo tomar ese riesgo? ¿Qué diría si un gitano se llevara su caballo? Lo haría responsable a mi esposo. Nos arruinaría.

Hetta extendió sus manos.

—Necesitará de manos extra —dijo—. Para la visita del rey. Muchas manos en los establos. No dará abasto.

—Pues en ese caso emplearé a hombres, no a un niño gitano.

Hetta dio un pisotón. Para mi asombro, puso sus manos en mi pierna y me dio un empujón.

Mi temperamento se encendió. Ya no estaba en los jardines de The Bridge sino en casa, años atrás. Mary estaba abalanzándose sobre la bandeja de confituras, empujándome a un lado. Riéndose mientras me caía. La furia se concentró en mi mano y me quemó.

El ruido de piel contra piel fue más fuerte que cualquier grito. Respiré hondo. La huella de mi mano quedó impresa en rojo en la mejilla de Hetta. Nunca antes le había pegado.

Nunca olvidaré el ultraje ardiendo en sus ojos, una pasión rayana en el odio.

—¡Oh Hetta! Por favor perdóname. No quise… ¡No puedes pegarme! Estás muy terca hoy.

Furtivamente, mis ojos buscaron la ventana. Gracias a Dios Josiah no estaba ahí. No vio a mi hija actuar como la ruda que la acusaba de ser.

—No fue mi intención causar problemas, señora. —El niño se puso la gorra de nuevo—. Solo quería trabajar. Ya me voy. Adiós, señorita Henrietta María.

De los labios de Hetta brotó un sonido espantoso, como el llanto de un animal herido. Corrió detrás de él y lo agarró de su manto. No puedo decir qué sucedió entre ellos. Él hablaba resignado en su idioma pagano y ella le respondía con señas que nunca antes había visto. Finalmente lo dejó ir.

Hetta volvió a su huerta de hierbas y se puso a recortar los cardos. No me miró, pero la vi de perfil. El resentimiento había desaparecido de su rostro. Todo lo vital se había ido, dejando nada más que pena.

Mi corazón se estrujó en el pecho. Ni siquiera sabía aún que tenía prohibido participar de la mascarada. La miré agacharse sobre el terreno y regar el romero con sus lágrimas. Puntos oscuros aparecieron en el suelo reseco, filtrándose lentamente hacia las raíces.

El corazón de ninguna madre podría soportar ese espectáculo. Hubiera sido lo suficientemente terrible con una criatura normal, gimiendo y lloriqueando. Pero la vista de mi pobre niña muda, tan silenciosa en su miseria, quebró mi resolución como el peso de una torcaza a una rama débil.

—Espera —lo llamé. El niño gitano se detuvo y paró las orejas. Arriesgué otra mirada a la ventana: despejada—. Espera.

THE BRIDGE, 1865

—¿Mabel? ¿Mabel, puedo entrar? —Elsie abrió la puerta.

Con la buhardilla clausurada y la casa vacía, las sirvientas habían adquirido la costumbre de dormir en las habitaciones de huéspedes del ala occidental, en el tercer piso. Eran dormitorios modestos pero agradables. El piso estaba cubierto de alfombras azules. De las paredes colgaban pequeños grabados, dándole un aire hogareño. Un lavabo y una tina se apiñaban cerca del fuego. Era un lugar generoso y confortable para una chica acostumbrada a la austeridad del asilo para pobres, mejor que cualquier habitación de servicio, pero Mabel yacía rígida en la cama, tapada con las mantas hasta la barbilla. Su cara estaba consumida, poseída.

—¿Mabel?

—¡Oh, es usted, señora! —exclamó. Sus pupilas se encogieron hasta recobrar su tamaño normal—. Perdón. Me confundí y pensé que era… Me había quedado dormida.

—Discúlpame. No fue mi intención causarte un sobresalto. —Elsie se sentó en un ángulo de la cama—. ¿Cómo te sientes?

Mabel hizo una mueca. Se pasó una mano por su pelo oscuro y enredado.

—Estremecida, señora. A usted se lo puedo decir, me dio escalofríos.

—Debo admitir que yo también me sentí un poco extraña. —Bajó la vista. *Extraña* era una manera suave de decirlo. Desarmada, abierta, expuesta eran palabras más precisas. El miedo le arrancaba tantas cosas a una persona: se le había olvidado—. Creo que voy a llamar al médico. La herida en tu tobillo podría haberse infectado.

—No es una infección lo que me está trastornando. Lo *vi*.

—No dudo que lo hiciste. —Hizo una pausa. Un recuerdo le refluyó como un fuego líquido. Lo vio de nuevo: los ojos rojos y los labios abiertos y ajados—. Mi madre, Mabel, tuvo tifus. ¿Sabes lo que es?

Mabel inclinó la cabeza.

—Pobre mujer. Cómo ardía. Una vez le sentí la cabeza y pensé… —Se le quebró la voz—. Pensé que se estaba quemando viva. Desde adentro. —Las piernas de Mabel se sacudieron bajo las sábanas—. Ya era terrible que su cuerpo padeciera tanto. Pero peor aún fue el tormento que padeció su alma, por las cosas que vio. No voy a entrar en detalles. La enfermedad pobló de demonios la habitación. Ella los veía con absoluta claridad, pero no estaban allí. Yo estaba sentada a su lado. No había nada allí. Pero para ella era muy, muy real.

—No me estoy volviendo loca, señora. Y no tengo fiebre.

—No. —Juntó las manos e intentó serenarse. La imagen de su madre seguía impresa a fuego en la parte posterior de sus ojos—. Pero me gustaría estar segura, por si acaso. Hasta que no estemos seguras, Helen se ocupará de tus faenas. Sarah puede darle una mano en lo que sea necesario.

—No puedo quedarme sentada aquí haciendo nada, señora. A solas, pensando en esas *cosas*.

Elsie pensó por un instante. La generosidad de la señora Holt debía ser contagiosa, porque la primera idea que se le ocurrió fue tan alocadamente caritativa que la desconcertó.

¿Debería brindarle a Mabel la oportunidad de convertirse en algo mejor que una chica de asilo?

Seguía siendo reacia a poner a Mabel cerca de una criatura pequeña. Pero tal vez, si invertía tiempo en ella ahora, podía hacerla mejorar como criada antes de que llegara el bebé. Educación, ¿no fue eso lo que dijo el señor Underwood?

Tomó aire y se lanzó.

—Bueno, mientras te recuperas, ¿te interesaría entrenarte en tareas menos arduas?

—¿Como qué, señora?

Fue como rumiar limaduras oxidadas, pero se las arregló: logró poner su mejor sonrisa y decir:

—Me hace falta una criada personal.

—¿Una qué?

—Una criada personal. Alguien que me arregle el pelo, me traiga el desayuno, me prepare un baño. Tendrías también que poder lavar y remendar. Dime, ¿*tú* limpiaste el barro de mi bombasí el día que llegué?

—Sí, señora. Tenía más barro que un chiquero.

Lo dejó pasar.

—Bien. Muestra que tienes aptitudes. ¿Te gustaría instruirte desde cero, Mabel? Te será beneficioso en el futuro. Una chica con habilidades no tendría por qué quedarse en The Bridge para siempre.

Las pestañas de Mabel aletearon.

—¿Cuidar toda su ropa y sus cosas lujosas? ¿Su collar de diamantes?

—Sí.

—Una criada personal —repitió Mabel con asombro—. ¿Es una de *esas*, no? ¿Esas sirvientas sofisticadas de las que habla Helen?

—Sí, la posición es la de una sirvienta superior. Bastante más alto que tu posición actual.

Mabel sonrió, todos los rastros del susto se habían evaporado.

—Está bien, señora. Lo haré.

HOSPITAL ST. JOSEPH

Estas drogas eran más fuertes que las anteriores. Sintió que ocupaban su torrente sanguíneo mientras avanzaba pesadamente por el pasillo junto al doctor Shepherd.

Las formas y los rostros se derretían ante sus ojos. A todas partes a donde girara veía las mandíbulas flojas y las bocas húmedas de los idiotas. Chillaban como brujas, se cernían sobre ella y luego se alejaban de nuevo. Espantosos fantasmas rondaban por el lugar con la misma seguridad que el hedor de la orina.

—Es más beneficioso, ¿no cree? —preguntó—. Caminar hace que la sangre fluya. No veo ninguna razón para que no disfrute de los mismos beneficios que los otros pacientes, bajo mi supervisión. No han probado nada en contra de usted, después de todo.

Otra de sus prescripciones "útiles". Era más una penitencia que un regalo. El encarcelamiento nunca fue un verdadero castigo: eran las personas con las que debía estar. Los lunáticos eran los peores; balbuceando, parloteando, gimiendo. Algunos ni siquiera podían controlar sus vejigas. Por eso arrojó su cena sobre la anciana y le dejó a la enfermera un ojo morado junto con el plato. No fue nada personal. La única forma de obtener privacidad y un sueño tranquilo era ser calificado de "peligroso". Significaba una celda oscura y acolchada durante unos días, pero también una medicación más fuerte. Un trato justo, pensaba ella.

—Pero debo tener cuidado de no fatigarla demasiado. Esperaba que pudiéramos tener una pequeña conversación con la pizarra, una vez que volvamos a su habitación, señora Bainbridge. Si le parece conveniente.

¿Conveniente? Ella tenía la idea de que estos modales eran un recurso suyo, construidos para despertar el lado social y gentil de su carácter. Si todavía quedaba uno.

Los aromas servían como puntos de referencia. Las gachas quemadas le indicaron que estaban cerca del comedor; jabón, agua fría y miedo señalaron los baños. Cuando olió ropa de cama rancia y sintió que sus pies crujían contra los listones de madera del suelo, supo que estaba de vuelta en su propia celda. Fue casi como volver a casa.

El mundo parecía borroso cuando se derrumbó en su cama. Las paredes blancas ondulaban. El doctor Shepherd le ofreció la tiza y la pizarra. Cuando trató de tomarlos, sus manos parecieron vacilar ante sus ojos, ralentizadas por las drogas.

–Siga acostada si lo necesita, señora Bainbridge. Mientras pueda escribir, puede escoger cualquier posición que prefiera.

No había otra opción; no tenía energía para erguirse.

—Varios acontecimientos interesantes han ocurrido en su historia. Me gustaría concentrarme en uno en este momento. Usted ha escrito que su madre murió de tifus. ¿Su padre, creo, murió antes que ella? —Asintió—. ¿Y cómo murió?

La cara de Pa intentó manifestarse ante ella, pero no lo permitió. Cerró los ojos con fuerza.

—¿Señora Bainbridge? ¿Recuerda cómo murió?

La tiza chirrió al escribir "No". Él se aclaró la garganta.

—Imaginé que ese podía ser el caso. Verá, señora Bainbridge, soy de la opinión de que su silencio actual no fue simplemente provocado por el incendio en The Bridge. Creo que esto se ha estado desarrollando por un buen tiempo. De hecho, creo que la enfermedad puede haber comenzado con su padre.

Sus ojos se abrieron de golpe. Ella volvió la cabeza sobre la almohada, miró su forma vacilante.

—Sí. Lamento decirle que la forma en que murió su padre fue extremadamente angustiante. Ocurrió menos de dos meses después del nacimiento de su hermano. —Lo oyó hacer un crujido de papeles, aunque no podía concentrarse con claridad—. La policía estuvo involucrada. Usted misma hizo una declaración. —Una pausa—. Debería... ¿Debería leérselo?

Era como si le hubiera congelado cada gota de sangre en las venas. No podía moverse, así que solo parpadeó, pero él pareció tomarlo como un asentimiento.

—Elisabeth Livingstone de la Fábrica de Fósforos Livingstone, Bow, Londres. Doce años de edad. Soy la hija del difunto. He estado ayudando a los trabajadores en la fábrica desde que era una niña. En la tarde del 2 de agosto, como a las 3 del reloj, estaba atando paquetes de varillas cuando percibí fuego en el piso de la fábrica. Era un pequeño incendio, ubicado junto a la sierra circular. No vi cómo comenzó el fuego. Conociendo el peligro de incendio en una fábrica corrí para extinguirlo, pero no tenía una manta o arena para ayudarme. Traté de abatir las llamas con las manos y resulté lastimada. No creo haber gritado "Fuego". Otro trabajador debe haberlo hecho. Poco después, vi al difunto corriendo hacia mí con un balde de agua. El agua cayó del balde y él debió haberse resbalado. Yo estaba ocupada con mis heridas. Oí un sonido como el chirrido de un zapato, luego un ruido metálico. Levanté la vista y me di cuenta de que el difunto había caído en la sierra circular".

Dejó pasar un momento, respetuoso. Cómo desearía que no lo hubiera hecho: en el silencio lo escuchó de nuevo, ese sonido espantoso.

—Algo horrible para cualquiera que sea testigo, creo—dijo al fin—. Más aún una niña de doce años.

No tenía idea.

El doctor Shepherd comenzó a caminar. Ella se sintió aliviada; el sonido de sus pasos reemplazó el rugido dentro de sus oídos.

—Por su historia, creo que este evento desequilibró de algún modo a su madre. ¿Lo recuerda?

Ella asintió.

—¿Estaba ella, quizás, como enloquecida de dolor?

Ah, mamá, leal hasta el final. Cómo lo amaba. Lo vio en su peor momento, sin embargo aún lo amaba —lo amaba mucho más de lo que amaba a Elsie.

Otro asentimiento.

—¿Y no cree, señora Bainbridge, que la misma circunstancia desafortunada la haya afectado de manera similar? ¿Que puede haber habido una tendencia dentro de su familia? No lo olvide, también sufrió una pérdida terrible. Y otras le siguieron.

Lo irónico era que *no había* perdido la razón por completo. Cada sentimiento, todo lo que era bueno y puro en su mundo había sido destrozado, y aun así ella era más fuerte que esos miserables que se orinaban encima en el pasillo. Lo sabía.

—La locura, como lo llamamos, se manifiesta de muchas maneras. La gente no siempre llora y grita como dice que lo hizo su madre. Pero sí parece darse en algunas familias, según he observado, particularmente a través de la línea femenina. Histeria; de útero a útero. La sangre enferma saldrá. No hay forma de esconderse de esto, me temo.

Lentamente, dejó que la pizarra y la tiza cayeran de sus manos.

Podía sentir el pasado avanzando sigilosamente sobre ella, como un río que trepa sobre sus riberas bajo la lluvia; lamiendo gradualmente su barbilla, llenando su boca.

No hay forma de esconderse de esto, me temo.

Él tenía razón sobre eso. Ahora que había empezado a contar su historia, ya no había ningún lugar donde esconderse.

THE BRIDGE, 1865

El Adviento trajo consigo un decidido empeoramiento del clima. La neblina se abatía sobre las colinas y empañaba las ventanas. Cada vez que se abría la puerta principal, el viento entraba en ráfagas con el aroma plateado de la lluvia. Pero Elsie le había prometido al señor Underwood que empezaría a asistir a los servicios de nuevo, y no podía romper una promesa hecha al párroco, especialmente cerca de la Navidad.

En octubre, en el funeral de Rupert, apenas se había fijado en el estado de la Iglesia de Todos los Santos. Concentrada en la espantosa presencia del ataúd y del cuerpo atrapado adentro, Elsie había dejado que el entorno se desdibujara en una nada indistinta. Pero ahora vio a la estructura tomar una forma sólida alrededor de ella. Estaba en un estado deplorable. Fría, húmeda y desesperadamente necesitada de reparaciones.

El banco de la familia estaba adelante de todo. Elsie y Sarah llegaron un poco retrasadas y tuvieron que sortear un par de hileras de aldeanos harapientos para tomar su lugar. Todos los desdichados miraban, pero ninguno miró a Elsie a la cara; lanzaban miradas furtivas, de reojo, bajo la cobertura de sus párpados. Tal vez seguían pensando que la viuda traía mala suerte.

Por suerte, el banco de los Bainbridge estaba dentro de su propio compartimento, protegido en la parte trasera por un biombo de madera. La estructura estaba llena de agujeros y Elsie tuvo que sacudir el polvo del banco antes de animarse a sentarse en él.

—Gusanos —susurró Sarah, frunciendo la nariz.

La puerta del compartimento se cerró detrás de ellas con un ruido seco. Elsie sintió escalofríos. Encerrada en un compartimento de madera con gusanos: no era muy diferente a ser enterrada viva.

Los gusanos no eran la única incomodidad. Telas de araña cubrían los arcos y una gotera incesante caía del techo. Aunque los alféizares de las ventanas estaban decorados con ramas de acebo de los jardines de The Bridge, el lugar tenía un aspecto lúgubre, nada menos festivo. Y estaba impregnado de un olor mineral, aceitoso y húmedo.

Sarah miraba a sus alrededores con expresión de malestar. Seguía llevando un vendaje en la mano. El boticario de Torbury St. Jude dijo que la herida no estaba infectada, pero Elsie tenía sus dudas. Habían pasado casi dos meses ya. ¿No debía haber formado costra al menos?

—¿Te sientes un poco indispuesta, Sarah?

—Sí… Es esta iglesia. Pienso en mi pobre primo Rupert, descansando para siempre en un lugar tan tétrico.

Las lágrimas le impidieron responder.

Cuando era pequeña, a Elsie le gustaba ir a la iglesia. Era un lugar que le permitía ingresar en una atmósfera más elevada, respirar un aire más elevado. Pero en algún momento –debe haber sido cerca de cuando murió Papá– sus sentimientos cambiaron. La iglesia se convirtió en una lupa gigante enfocada en su cara y con una multitud de personas mirando a través de ella. Hoy no era muy diferente. Los pobres de Fayford podían esquivar su mirada, pero estaban alertas a su presencia, como sabuesos olfateando sangre.

Todo se desarrolló según la rutina habitual: se entonaron himnos, se leyeron pasajes del Evangelio, el señor Underwood expresó algunos pensamientos, y se encendió la primera vela de Adviento. Hacia el final, Sarah estaba temblando de frío. Elsie oyó su voz temblar sobre las estrofas de "Roca de la eternidad". Estiró el brazo con la intención de posarlo alrededor de los hombros de Sarah, pero una sacudida en la boca del estómago la detuvo en seco.

Sarah la miró, los ojos bien abiertos.

—¿Señora Bainbridge?

Se llevó la mano a la blusa y lo sintió de nuevo debajo de los botones: algo adentro, pateando hacia afuera.

—¿Es el bebé?

—Sí. Se está despertando.

Sarah sonrió. Sin pedir permiso, posó su palma sobre la panza de Elsie.

Una sensación curiosa: el calor de Sarah en la superficie de su piel; el bebé presionando sobre el lado húmedo y resbaloso en el interior. Horrible, a decir verdad. Un Bainbridge afuera, otro encerrado detrás de una capa de carne, y ella reducida a esa delgada barrera, una pared a través de la cual podían comunicarse.

Bajó la vista y miró la mano enguantada de Sarah, gris, sobre el crespón negro de su vestido. Tenía la extraña sensación de que no era su panza, que ya no le pertenecía. Era solo un cascarón. *Ella* era un cascarón, y otro cuerpo, un cuerpo extraño, estaba creciendo adentro.

* * *

Elsie decidió regresar a The Bridge caminando. El movimiento, pensó, pondría su sangre a circular y disiparía la extraña sensación de invasión. Helen aceptó acompañarla. Sarah estaba más muerta que viva a causa del frío y la pierna de Mabel no podía soportar tanta distancia, así que llevaron el carruaje con la señora Holt.

Durante el servicio había llovido, dejando las pisadas resbaladizas y el suelo enlucido con hojas muertas. Los caracoles salían a la superficie para estirar sus cuellos. Una o dos veces, Elsie tuvo que pisar el pasto mojado al costado del camino para evitar aplastarlos.

—¡Válgame Dios, señora, Mabel va a tener que cambiarle la ropa en cuanto lleguemos! —dijo Helen—. No sería bueno que se agarrara un resfrío, no en su condición.

—Gracias, Helen. Me aseguraré de que lo haga. —Sentía los tobillos fríos y entumecidos. Otro par de medias arruinado. Solo rezaba que su crespón no se arrugase en el aire húmedo.

Sus botas pisaron a un ritmo discordante cuando cruzaron el puente con los leones de piedra. Un sutil vapor blanco se alzaba desde el río. Trasladó su mente de vuelta a la fábrica de fósforos. Si cerraba los ojos podía imaginarse el olor a fósforo, persiguiéndola. Detestaba ese olor, pero de alguna manera le hacía falta; estaba íntimamente ligado a su casa, a Jolyon.

¿Qué estaría haciendo Jolyon ahora? Haciendo arreglos para incorporar nuevas chicas a la sala de inmersión, tal vez, y preparándose para ausentarse antes de Navidad. En cuanto volviera a The

Bridge se sentiría de nuevo como ella misma. Este intermedio sin él la había perturbado. No era natural para ella estar separa de él.

Helen se aclaró la garganta.

—¿Señora?

—Sí, Helen.

—¿Puedo hacerle una pregunta?

Elsie agachó la cabeza para esquivar los dedos goteantes de una rama.

—Cómo no.

—¿Qué le sucedió a sus manos, señora?

—¿Qué quieres decir?

—Sus manos. Nunca la había visto sacarse los guantes. Pensé que tal vez… se las lastimó.

Sintió que le picaban y latían debajo de los guantes de encaje negro; ecos de las manos de la propia Helen; callosos, con las articulaciones inflamadas y manchas incrustadas en la piel.

—Tienes razón, Helen. Hubo un accidente. Sufrieron quemaduras.

Helen silbó entre sus dientes.

—Qué mala suerte. Nunca se puede tener suficiente precaución con el fuego, señora. Conocí a una mujer en Torbury St. Jude hace algún tiempo. El vestido de su pequeña hija se prendió fuego con una vela y de repente estaba toda envuelta en llamas.

Elsie sintió el frío calándole los huesos.

—¿Es mucho más lejos desde aquí?

—No, no mucho. Dos curvas más y verá los jardines. —Helen se limpió la humedad de la cara con el dorso de la mano. El aire frío y húmedo hacía que su piel se viese aún más rosada—. Pero mientras estamos aquí afuera, me preguntaba… ¿ha vuelto al cuarto de niños?

—En absoluto. No he tenido ocasión de ir allí.

—Oh. —Una breve pausa—. ¿Puedo preguntarle otra cosa, señora?

—¡Por Dios! Pensé que esto era un paseo, no un interrogatorio.

—Perdóneme, señora. Solo me preguntaba si contaríamos con más ayuda cuando llegue el bebé. Es que entre lo del ascenso de Mabel, los lienzos nuevos y las demás tareas, no tendré tiempo para tomar un respiro.

"O para hacer tantas preguntas".

—Naturalmente, voy a contratar niñeras para el bebé. Tengo planeado hacerlo el Día de la Anunciación. Por el momento tengo otros gastos.

Debían estar acercándose ahora; alcanzaba a oír el sonido de las podadoras en los jardines.

Con suerte, estarían dentro de la casa antes de que se largara a llover de nuevo. Las nubes se estaban colocando en formación, listas para atacar. Con el sol brillando detrás de ellas, relucían en un gris de bronce de cañón.

—Va a ser mejor que mandemos a los jardineros a sus casas por hoy —dijo—. Se mojarán demasiado si siguen trabajando con este clima.

Helen arqueó las cejas.

—No sabía que habían venido los jardineros hoy.

—Por supuesto que vinieron. ¿No los oyes? Escucha.

Helen sacudió la cabeza.

—Están cortando las flores marchitas y podando los arbustos. ¿En serio no puedes oírlos? —El sonido se estaba volviendo más intenso, como una cuchilla contra una piedra de afilar. *¡Chic, chic!* Elsie dejó de caminar y posó su mano en el brazo de Helen obligándola a detenerse—. Allí.

Helen parpadeó. Parecía una tonta. Elsie nunca había visto semejante cara de tonta; se preguntó si Helen la practicaba.

—Olvídate.

Tal como había prometido Helen, después de dos curvas los jardines aparecieron a la vista. El follaje perenne se veía vívido contra el fondo del cielo. Elsie divisó a un cuervo que saltaba de un arbusto muerto a otro, pero a ningún jardinero. Estarían trabajando del otro lado.

—Ojalá no se sienta muy abatida esta Navidad, señora —dijo Helen—. Con lo del pobre señor y todo… La primera Navidad siempre es difícil.

—Sí.

—El señor era apenas unos años mayor que yo. Es tan cruel…

De todos los sirvientes, Helen era la que más mencionaba a Rupert. Tal vez fuese la cercanía de edad, como decía ella, o que hubiese sido ella la que encontró su cuerpo.

—Pareces haberle tenido afecto a tu amo, Helen. Me alegra oírlo.

Esbozó una media sonrisa.

—Siempre me trató con mucha amabilidad. Era generoso de su parte prestarle atención al personal.

Sabía Dios que los de Londres no merecían su atención. Eran unos ingratos rencorosos, por más eficientes que fuesen.

—También me contaba pequeñas cosas de su día —continuó Helen—. Como cuando leyó ese libro y encontró las cartas en el cuarto de niños.

De nuevo el cuarto de niños. Elsie se estremeció: una gota cayó de una rama y le chorreó por la espalda.

—Tienes que abandonar esa fantasía, Helen. Ya me dijiste que el señor Bainbridge supuso que las cartas habían sido dejadas de esa manera por el ocupante anterior. *No* creía que hubiese sido un fantasma.

—No —admitió—. Pero él no sabía que yo las había acomodado una semana antes y las había dejado todas dentro de una caja. Y nunca vio las cosas escritas en el polvo. "Madre", decía ese día. Siempre había sido una oración completa. —Elsie no quería oír esa oración, pero claramente Helen se la iba a decir. —"Madre, me lastimó", decía.

No pudo responder.

Estaban acercándose a la casa. Elsie pasó por al lado de los arbustos salpicados por el rocío. Largaban un olor verde y musgoso. Seguía oyendo esas podadoras, y el sonido empezó a rallarle los nervios.

Cuando llegaron a la altura de la fuente de piedra, Helen volvió a abrir la boca.

—¿Qué cree que es entonces, señora, lo que me deja esos mensajes escritos?

—Es Mabel —le respondió irritada—. Te está gastando una broma. Escribe esas palabras y luego pretende que no las ve. No podría ser más simple.

—¿Mabel? Pero si no puede leer ni su propio nombre, señora, mucho menos… —El final de la oración de Helen desapareció en un soplido.

Elsie se dio vuelta de golpe para mirarla.

—¿Qué? ¿Qué sucede? —El rosa se había esfumado de sus mejillas. Hasta sus labios estaban pálidos—. ¿Te encuentras bien?

Helen extendió un dedo, señalando.

Elsie no quería ver. No quería que sus ojos siguieran la dirección de ese dedo, pero se dejarían llevar, lentamente, sin su volición, entrenados por un instinto fatal.

La niña de madera estaba parada mirando desde la ventana de la sala de naipes. Sombras como de ramas le oscurecían la cara. Eran cuernos. Estaba justo debajo de la cabeza de ciervo embalsamada. Pero no fue eso lo que capturó el ojo el Elsie: fue la ventana a la izquierda.

El rectángulo con una mano embarrada estampada en el vidrio.

—Tal vez los jardineros…

—No. —Helen tragó—. Mire, la huella está del lado de adentro.

Tenía dificultades para respirar. El bebé se movía, daba volteretas en su panza. Mientras tanto, el aire seguía repicando con el sonido de esas malditas podadoras: ¡chic, chic!

Elsie se sacudió a sí misma. "Una montaña de un grano de arena." Es lo que hubiera dicho mamá. Mabel o la misma Helen podrían haber dejado la marca por accidente.

—Tonterías. No puedes ver desde aquí si la huella está del lado de adentro o de afuera.

Elsie avanzó con más determinación de la que sentía. La voz de Helen se sumaba a la suya propia que le decía que parara, pero ya era incapaz de cambiar el curso. Sus pies se movían sin ella, la habían dejado atrás.

Otro paso y la huella quedó más cerca, haciéndose nítida. Demasiado pequeña. No podía haber sido un jardinero. Era la mano de un niño.

Se detuvo justo antes de la ventana, tan cerca que su respiración empañó el vidrio. Cuando este se desempañó, vio el reflejo de su propio rostro superpuesto a las facciones de madera de la acompañante. Solo que no era su cara. Estaba pálida y deformada, afeada por el miedo.

Temblando, Elsie se sacó el guante y apoyó su palma contra la mano de barro. Helen tenía razón. La huella estaba del lado de adentro.

—¿Llega a ver, señora? ¿Hay algo escrito?

Abrió la boca para responder cuando un parpadeo, un pequeño movimiento al otro lado del vidrio, llamó su atención. Retrocedió.

—¿Señora? ¿Se encuentra bien?

Logró asentir con la cabeza: se había quedado muda.

La acompañante ya no miraba hacia los jardines. Miraba directamente, la mirada fija y sin pestañar, en el alma de Elsie.

Mabel no estaba mintiendo. Sus ojos *se movían*.

* * *

Ráfagas de viento soplaban por el pasillo morado. Las lámparas de gas se enardecían con un rugido y sacudían las sombras sobre el empapelado. Elsie estaba acurrucada en su chal, encogiéndose sobre el hombro de Sarah. Nunca antes se había sentido tan abrumada, tan *engullida* como en esta casa.

—Este —dijo Sarah. Extendió un dedo hasta dejar la yema suspendida a un par de centímetros del cuadro—. ¿La ves? Detrás de las faldas de la mujer.

Era una pintura barroca, en un estilo similar al de Vermeer. Una mujer rubia rolliza con los ojos cansados estaba sentada frente a una pajarera. Tendía su mano a un gorrión dentro de la jaula. La luz les pegaba desde la izquierda y caía de lleno sobre la cara de ella. Era linda, aunque un poco mofletuda. Llevaba el pelo trenzado con cintas de color coral, a tono con el manto ribeteado de piel que le cubría los hombros. Unas faldas color crema caían desde su cintura, y agarrándose de ellas había una niña. Una niña con un aire sobrenatural y ese aspecto raro, como de marioneta, que prevalecía en los retratos de niños de esa época temprana. Ella no miraba al gorrión, sino que tenía la mirada clavada en la cara de la mujer.

El vértigo la inundó.

—Es *ella*, Sarah, es ella. Es la misma niña, la acompañante.

¡Tris!

Los dedos de Elsie se aferraron a la manga de Sarah, arrugando la tela lavanda.

—¿Oyes eso?

—Son los constructores —dijo Sarah en voz baja.

Elsie tragó una bocanada. El aire invadió sus pulmones, agrio por el olor a pintura. Por supuesto, no era el sonido que oía de noche y que tanto le recordaba a una sierra. Era una sierra *de verdad.* Decoradores de verdad, que habían venido para poner su casa presentable.

—Por supuesto. Lo había olvidado.

Sarah volvió a la pintura.

—Yo también pensé que se parecía a la acompañante. Tal vez un poco más chica. Pero lo más interesante es esto. Mire la inscripción en el marco.

—Mil seiscientos treinta —leyó Elsie.

—Sí, y el nombre: *Anne Bainbridge con su hija Henrietta María.*

—Henrietta María.

—La llamaban Hetta.

—¿Cómo lo sabes?

—¡Es uno de mis antepasados! Hetta, el niño gitano, los acompañantes: todos aparecen en el diario que encontramos en la buhardilla. La pobre Hetta era muda. A la madre le habían dicho que ya no podía tener más hijos, pero tomó unas hierbas y Hetta nació con la lengua malformada. ¡Pobre niña! Sabe cómo era en esa época, pensaban que los niños con problemas eran malditos. Creció excluida de todo. Era solo una niña dulce y solitaria… *No puedo* creer… Incluso suponiendo que sus ojos se hayan movido…

—Se movieron.

—Bueno. —Las cejas de Sarah se juntaron. Nunca se había reído; Elsie le estaba eternamente agradecida por ello. Sarah abordaba la cuestión como si fuese un complejo problema aritmético que había que resolver—. Supongamos que la figura de madera está canalizando el espíritu de esta Henrietta María Bainbridge, ¿se deduce de ello que su intención sea hacernos daño? No lo creo. —Sacudió la cabeza—. Hetta solo quiere a alguien que la cuide. Un amigo. Estaba tan sola. Sé lo que se siente.

Elsie se estremeció.

—¿A esto hemos llegado ahora? ¿Estamos hablando de fantasmas y posesión de espíritus?

—¿No cree en los espíritus? —Sarah parecía asombrada, como si Elsie hubiera dicho que no creía en los colores—. Puedo asegurarle que son reales, señora Bainbridge. Los he visto. Un mesmerista venía a lo de la señora Crabbly, y un médium, para contactar a su difunto esposo. Todas las viejas ricas de Londres lo hacen. Es bastante seguro. Es una ciencia. No hay nada que temer.

¿Por qué, entonces, le latía tan rápido el pulso?

—¡*Tengo* miedo! Me dan miedo el niño gitano y la mujer acompañante con el bebé en su regazo. Hay algo en ellos que no está bien, algo… malo.

—Tal vez lo que vio en el vidrio era la mano de Hetta pidiéndonos ayuda. Deberíamos intentar entrar en contacto con ella. He leído un libro sobre sesiones de espiritismo. Una vez intenté contactarme con mis padres.

Elsie gruñó.

—¡En el nombre de Dios, no! Tienes que dejar de hablar de la acompañante como si fuese una niña de verdad. Le ordené a la señora Holt que la pusiera bajo llave en el sótano junto a los otros.

—No es tan absurdo como suena. Fue una niña real. El cuadro y el diario lo prueban. Estoy tratando de recordar qué sucedía en la última entrada del diario que leí… El esposo de Anne le daba su collar de diamantes, de eso me acuerdo. ¿Sabía que lo encargó especialmente para la visita de Carlos I?

—No sé qué relevancia puede tener eso ahora.

—Supongo que ninguna… ¡Ah sí! A la pobre Hetta le prohibían asistir a una mascarada de corte. Su padre temía que lo avergonzara.

Elsie respiró hondo e intentó ocultar su irritación.

—Dudo que un espíritu se tome la molestia de aparecérsenos por una mascarada de corte que se perdió hace doscientos años.

—No —dijo Sarah, considerándolo—. Tiene que haber otra razón. Tendré que terminar de leer el diario. ¡Si tan solo hubiera agarrado el segundo volumen antes de que se trabara la puerta!

—El hombre está trabajando en la puerta en este mismo instante. En cuanto termine, iré a buscar el libro y veremos si encontramos alguna pista.

Había una salida, solo tenía que mantener su terror bajo control por un poco más de tiempo. En dos semanas sería Navidad. Llegarían sus nuevos vestidos y Jolyon estaría aquí. Traería budín de ciruela, naranjas tachonadas con clavo de olor y paquetes envueltos en cintas de colores; toda la calidez y la energía que le hacían falta. "Todo estará bien una vez que Jolyon esté de vuelta", se dijo a sí misma.

Y entonces oyó el grito.

—¡Mabel! Sonó como si hubiese sido Mabel.

Se abalanzaron sobre el pasillo en dirección a la galería de la linterna. La señora Holt y Helen subieron volando las escaleras para alcanzarlas. Helen todavía tenía el delantal mojado y un sacudidor de ropa en la mano. Lo blandía como un arma.

—¡Señora Bainbridge, señora Bainbridge! ¿Qué sucede? —La señora Holt parecía impactada.

—No sabemos —dijo Sarah—. Creemos que fue Mabel, en el piso de arriba.

Los pies de todas hicieron retumbar los escalones. Elsie casi no tenía aire y la blusa le apretaba debajo de las axilas, pero logró llegar primera al rellano. Dio tres pasos antes de chocar con una forma que iba lanzada en la dirección contraria.

—¡Mabel, Mabel! —La chica tenía un aspecto casi salvaje. Le chorreaban lágrimas por la cara. Elsie la agarró de los hombros y la sostuvo firme—. ¿Qué sucedió?

—¿Cómo fue capaz de hacerme eso? ¿Cómo? —Sus puños golpeaban contra el pecho de Elsie—. ¿Cómo puede ser tan malvada? ¡Oh, oh!

—¿Qué? ¿De qué estás hablando?

—¡Usted sabe bien qué hizo! —Las rodillas de Mabel cedieron; se desplomó en el piso—. No fue nada gracioso. Me asusté tanto… —Se largó a llorar.

Elsie la soltó y miró desconcertada a Sarah, y luego a la señora Holt, y luego a Helen.

—Helen, ¿puedes intentar hablar con ella, a ver si logramos entender de qué está hablando?

Helen dejó el sacudidor en el suelo. Con vacilación, colocó una mano sobre el hombro de Mabel.

—Calma, calma. ¿Qué sucedió? ¿Fue de nuevo…? —Bajó la voz hasta un susurro— ¿Viste otro?

—¡Fue… ella! —Mabel casi ni podía hablar—. *Ella* lo puso en mi habitación. ¡Sabe que los odio! Es todo parte de una broma.

Un hormigueo se propagó por la piel de Elsie.

—¿Qué hay en tu habitación, Mabel?

—¡Como si no lo supiera! ¡Una de esas *cosas*!

Elsie miró a Sarah.

—No. No es posible. La señora Holt puso todos los acompañantes en el sótano bajo llave. Yo misma la vi hacerlo.

—A este no. A este no lo había visto antes.

La sangre latía en sus oídos.

—No. Me niego a creer eso.

Firme en su determinación, Elsie se alejó por el pasillo con ímpetu. Lo vería con sus propios ojos. Les demostraría que estaban equivocadas.

La puerta se abrió sin resistencia, dejando a la vista la cama angosta de Mabel, el lavabo y los grabados sobre la pared.

Estaba parada en la tina.

Una mujer robusta, cepillándose el cabello. Su vestido era del color de los pepinillos encurtidos. Llevaba puestas una sobremangas de lienzo sucias y un delantal que le caía hasta los tobillos. Ostentaba una expresión provocadora mientras se cepillaba los extremos de su pelo marrón ondulado, alisándolo por detrás con la otra mano. Era una mirada seductora pero en cierto modo hostil.

—Pues sigue con lo que estabas haciendo —dijo con voz ronca. Estaba exaltada por su propia bravuconada—. Muévete, si vas a hacerlo. ¡Muévete, maldita seas, muévete!

Los ojos permanecieron quietos. Pero en el borde de su percepción oyó el sonido de las cerdas desgarrando el aire seco. Brotó un aroma a rosas, espeso y agobiante. De repente hacía mucho calor.

Su mente no podía soportarlo. Girando como un trompo, dio un portazo y corrió de vuelta por el pasillo. Sus piernas se negaban a moverse a su velocidad habitual. Estaba lenta, agobiada por el bebé. Vulnerable.

Las otras estaban esperando en el rellano. Habían logrado sentar a Mabel en una silla. Tenía la cara seca y muy pálida.

—Estaba bajo llave —dijo la señora Holt—. Juro que estaba bajo llave. La señora Bainbridge no tiene la llave, Mabel. No entiendo realmente cómo pudo haber sucedido.

—Mabel —Elsie intentó mantener la voz firme, pero le patinaba de una manera rara, incontrolable—. Todas ustedes. Quiero que piensen, que piensen con mucho cuidado. ¿Quién ha estado en la casa? Han estado albañiles y peones. Los jardineros. Quiero que hagan una lista. Alguien, en algún lugar, por alguna razón, no está gastando una broma. Dejando huellas de manos en las ventanas y...

—Entrecerró los ojos, distraída por un destello de luz—. Mabel, ¿tienes puestos mis diamantes?

El color invadió las mejillas de la criada.

—Los estaba manteniendo calientes, señora. Es lo que Helen me dijo que hacen, en las casas lujosas. ¿No es cierto, Helen? Mantener calientes las perlas de la ama.

—¿Manteniéndolos calientes? —exclamó Sarah—. ¡Buena excusa! La señora Bainbridge ni siquiera puede usarlos mientras esté de luto.

Elsie había estado todo el día montada sobre una cresta de ansiedad. Tarde o temprano tenía que romperse. La ira se propagó a través de su miedo y la tomó con las dos manos.

—¡Sácatelos! —gritó—. ¡Sácatelos inmediatamente!

Con nuevas lágrimas saliéndole a borbotones, Mabel forcejeo en la base de su cuello, pero la cadena estaba enredada con el pelo.

—¡Si no te los sacas en este mismo instante te echaré de esta casa!

Helen metió sus manos fuertes e irritadas. Desabrochó el enganche y retiró el collar. Mechones del pelo de Mabel seguían enredados en la cadena.

—No quise hacer nada malo —farfulló Mabel, meciéndose—. No quise hacer nada malo, no me merecía esa cosa en mi habitación.

Hubo un estallido y luego se oyó un fuerte grito en el ala oriental.

Los ojos de Elsie se cruzaron con los de Sarah.

—Parece que han abierto la puerta de la buhardilla haciendo palanca —susurró—. Ve y busca la segunda parte de ese diario.

Sarah salió de inmediato.

La señora Holt caminaba de un lado a otro apretándose las manos.

—¡Válgame Dios! ¡Qué lío! Y todavía hay que terminar de lavar la ropa...

Elsie miró a Mabel, que temblaba en los brazos de Helen. Se sentía un poco más calma ahora, ligeramente avergonzada de la dureza de sus palabras.

—Mira, Mabel, puedes pensar lo que quieras, pero yo no puse a esa acompañante en tu habitación. Estoy empezando a odiarlos tanto como tú.

Mabel alzó la vista hacia ella, pero no pudo descifrar su expresión.

Sarah regresó corriendo, sin aliento y con las manos vacías. Tenía un aspecto raro. Pálida y tiritando como un galgo.

—Sarah, ¿qué sucede? ¿El libro no estaba allí?

—No es eso. El libro estaba allí… —Tragó aire—. Ella no quiso que me lo llevara. Sentí que la pobre alma no quería que lo leyera.

—¿De qué estás hablando?

—Estaba allí. —El mentón de Sarah tembló—. Hetta estaba en la buhardilla.

* * *

Hacía el suficiente frío como para que hubiera nevado, pero Peters y Stilford no paraban de sudar en el patio, dejando caer las hachas una y otra vez. *¡Clonc, clonc!* Pieza a pieza, trozo a trozo, la madera se iba astillando, primero marrón, luego blanco gusano, fibrosa y más difícil de cortar. Peters descansó por un momento, una mano apoyada en la cadera. Una miscelánea de partes del cuerpo yacía delante de él: cabezas de madera, manos de madera amputadas.

Elsie estaba apiñada con Sarah y las sirvientas junto a la puerta de la cocina, abrigada con su manto más pesado. Hubiera deseado ser un hombre. Si tuviera la fuerza para levantar un hacha lo haría; cortaría en pedazos la cara de ese niño gitano. Pensó en la sierra circular de la fábrica de fósforos, las astillas recién cortadas escupidas por sus dientes. Un escalofrío recorrió su cuerpo.

—¡Es una verdadera lástima! —se quejó Sarah—. ¡Son antigüedades! Mi antepasado Anne Bainbridge las compró en 1635. ¿No podríamos haber intentado venderlos al menos?

—¿Quién va a gastar una fortuna por una banda de muñecos que le van a poner los pelos de punta? —lanzó Mabel—. Tendrían que estar mal de la cabeza, señora.

Sarah se mordió los labios. Estaba disconforme y eso incomodaba a Elsie. Por justicia, los acompañantes pertenecían a un descendiente sanguíneo de los Bainbridge, no a una intrusa, a un Bainbridge por matrimonio. Estaba destruyendo el legado familiar de Sarah. ¿Pero qué otra cosa podía hacer? ¿Dejar que siguieran apareciéndose por toda la casa como muñecos sorpresa, dándoles un susto de muerte a todas?

—La leña extra nos vendrá bien en el invierno —aportó la señora Holt.

A Elsie le picaba la piel.

—No. No quiero quemarlos dentro de la casa. No creo que sea… inteligente.

—¿Puedo dárselos a los aldeanos entonces, señora? ¿En Fayford?

El hacha silbó de nuevo a través del aire, seguida por el ruido de la madera cayendo.

—Creo que lo mejor va a ser que los quememos aquí, en el patio.

La señora Holt no respondió, pero Elsie oyó su pequeño chisteo de protesta.

¿Estaba siendo insensata? Parecía un poco absurdo ahora que los acompañantes yacían desmembrados sobre los adoquines: la reacción nerviosa de una mujer estresada. Y, sin embargo, los caballos estaban intranquilos, las orejas pegadas a la cabeza y los ojos girados mostrando el blanco. Beatrice la vaca se mantenía bien en el fondo de su establo, masticando otra brizna de heno de su fardo. Los animales sabían. Los animales siempre sentían estas cosas.

—Ahora sí —dijo Peters jadeando. El sudor se le metió en los ojos—. La última.

Todas giraron las cabezas para mirar a la que Sarah llamaba Hetta. Serena, en silencio y sola, contemplaba los restos masacrados de sus compañeros; su sonrisa tranquila, la rosa blanca contra el pecho.

Elsie no se creyó capaz de mirar a Peters hachar a esta última. ¿Cómo sería ver los rasgos de esa cara, tan parecida a la suya cuando era niña, fracturada? El pasado amputado, y luego ardiendo en llamas.

Peters dio un paso hacia delante.

—¡No! —Fue Sarah—. No, por favor. ¡No podemos! No a Hetta. Ya ha sufrido demasiado.

Elsie giró la cabeza para que el borde de su tocado ocultara de su vista a Sarah y a la acompañante.

—No tenemos opción, Sarah. Hay algo en estas cosas, algo… malo.

—¿Cómo sabe que es algo malo? Solo sabe que la asustan.

La mano del niño sobre la ventana, el deslizarse de esos ojos...

—Sí, me asusta. Y eso es razón suficiente. ¿Qué crees que le están haciendo a mi bebé todos estos sustos y sobresaltos?

—Pero Hetta es mi antepasado. Leí sobre ella, siento que la conozco. —La voz de Sarah pasó de la súplica a la desesperación—. ¿Y si está tratando de contactarse con nosotros? ¿Si me está pidiendo que repare una injusticia? ¡No puedo fallarle!

¿No era eso lo que decían? Que los asesinados no podían descansar y erraban en busca de justicia. Elsie sabía con certeza que eran tonterías. Debió haber sido esa vieja señora Crabbly la que le llenó la cabeza a Sarah de esas ideas. Mesmerismo, ¡lo que faltaba!

—Señorita Sarah —dijo la señora Holt—, si me permite el atrevimiento... He vivido en esta casa desde que era joven. Nunca tuvimos ningún fantasma.

Helen se sorbió la nariz.

—¡Pero tú no eres pariente de Hetta! —Había una energía fanática en Sarah—. No intentaría comunicarse *contigo*. Ella y yo somos iguales. Por favor, déjeme quedármela. Al menos hasta que termine el diario.

Un sonido salió de la pila de acompañantes: un crujido seco, como de vigas asentándose. Tenía que tomar una decisión. Pronto sería de noche.

—Hágalo —susurró Mabel—. Hágala cortar en pedazos y que quemen a todos esos malditos.

La señora Holt se volvió rápidamente.

—¡Mabel!

Elsie suspiró. El mundo estaba lleno de ellas, lo había estado en el pasado y lo seguía estando: niñas pequeñas, tristes y solitarias. *Ya ha sufrido demasiado.* ¿Sarah estaba hablando de Hetta, o de sí misma?

Elsie ya le había sacado a Sarah su casa y su collar de diamantes. No había dudas de lo que Rupert hubiera querido que hiciera ahora.

—Sarah puede quedarse con Hetta, si es tan importante para ella. Pero óiganme bien, la quiero bajo llave en la buhardilla, no en la casa, y de ningún modo cerca de mi bebé.

—¡Oh gracias, gracias, señora Bainbridge! —chilló Sarah—. Sé que está haciendo lo correcto. —Dos círculos rojos le dieron vida a sus mejillas. Los ojos le brillaban como la escarcha.

—En la buhardilla, ¿entiendes?

—Sí, sí. La tendré en la buhardilla, eso no es ningún problema.

Sarah tomó a Hetta como si la estuviera arrancando de las fauces de la muerte. La sostuvo con el lado pintado contra su cuerpo pero la mano lesionada le impedía maniobrar con ella.

—¿Quién puede ayudarme a subirla?

Mabel y Helen dieron un paso atrás.

—¡Por todos los cielos! —exclamó la señora Holt. Hizo tintinear su manojo de llaves y abrió la puerta de la cocina—. Venga, señorita Sarah. Mis chicas le han tomado miedo hasta a su propia sombra.

No más entraron a la cocina, Elsie sacó una caja de fósforos de su bolsillo. Peters tendió su mano pero ella sacudió la cabeza. Quería prenderles fuego ella misma.

—Al fin —dijo Mabel para adentro.

Elsie se acercó a la pila de madera. Se levantó viento y su velo se infló como una nube de humo oscuro. Tuvo una visión de sí misma, parada allí, solemne, vestida de negro.

Los acompañantes eran un rompecabezas de partes: el pelo del niño gitano, desollado; el bebé horriblemente rígido, cortado por la mitad. No podían asustarla ahora. Sacó un fósforo y lo rasgó contra el papel de lija.

Una chispa, un fulgor azul, y luego la llama naranja. El calor le picó a través de los guantes. Contempló la luz oscilar en la brisa, sintiendo el poder en sus dedos, listo para desatarse de golpe con solo hacer contacto. Ya podía oler el humo.

—¡Hágalo, señora! —la instó Helen.

Dejo caer el fósforo.

La madera chasqueó y la pila estalló en una llamarada. Un ojo la miró entre el centellar de una llama. Se derritió, sangrando por la mejilla, los colores corriendo.

THE BRIDGE, 1635

Pensé que había hecho lo correcto. Pensé que todo estaba bien.

El niño gitano, que se hace llamar Merripen, se ha acomodado en los establos. Ha hecho un juramento solemne de que no dejará las puertas sin trabar ni será cómplice en forma alguna de los ladrones de su estirpe. Sé cómo es esa gente.

Desde que cedí ante su amigo, Hetta ha sido todo dulzura y luz, subiendo y bajando las escaleras con sus spaniels corriendo detrás de ella, segando hierbas para la cocina y maravillándose con mis diamantes. Me sorprendió su júbilo, pero también me sentí orgullosa de ella. Pensé que se había sobrepuesto a su desilusión como una dama. Supuse que se habría contentado con tener a su amigo trabajando para nosotros. "Qué bien la ha manejado Josiah", me dije a mí misma. ¿Cómo podía saber? ¿Cómo podía imaginarme que ni siquiera se lo había dicho?

Todo comenzó cuando llegaron los chicos. El clima estaba sofocante, incómodamente cargado. Las urracas cantaron toda la mañana, graznando sus secretos. Pero mis hijos estaban de buen ánimo. Bajaron del carruaje aterrizando sobre sus piernas desgarbadas y se dieron palmadas en los hombros el uno al otro.

James lideró el camino hacia el Gran Salón. Henry se cernía detrás de él. Ha dado un estirón este año, está alto y delgado como un junco, como uno de los retoños de Hetta. ¡Y Charles! No puedo creer que Charles haya salido de mi cuerpo. Está ancho, fornido y con la fuerza de un mastín. Con razón causó tanto daño al salir; con razón la partera dijo… Pero eso no importa ahora.

Rebosábamos de abrazos, de noticias que contarnos. La cena transcurrió en una confusión feliz y ruidosa; Hetta sonrió todo el tiempo. Después de comer, le mostró a sus hermanos los preparativos para la mascarada: escotillones y palancas, plataformas en forma de nubes. Intentó una pirueta y James la alzó en brazos y la hizo volar alrededor de un bastidor pintado como un cielo azul.

Fue entonces cuando apareció un hombre trayendo unas cajas de la tienda del señor Samuels.

—¡Más cosas! —Josiah se hacía el escandalizado, pero vi que estaba satisfecho con cada una de las elecciones que había hecho.

—Vamos a asombrar a la reina con nuestras curiosidades — dije—. The Bridge será la mayor atracción que jamás haya visto.

Esta vez eran las personas falsas, las figuras de madera que el señor Samuels llamaba sus compañías silenciosas. ¡Qué maravillas son! La mujer de la tienda estaba allí, acompañada por varios otros: un niño que dormía, una dama con un laúd, un caballero con su amante sentada en el regazo.

—¡Sangre de Dios! ¿Has visto alguna vez algo así? —Charles se acercó y tocó uno con su mano regordeta—. ¡Una persona salida directamente de un retrato!

Hetta soltó un fuerte alarido de deleite, como un perro al ver a su amo. Fue hacia donde estaba Charles y se quedó mirando las figuras, el asombro estampado en su cara. Mientras los chicos hablaban, zigzagueó entre los tableros de madera, recorriendo los bordes con sus dedos.

—¡Hola! —dijo Henry—. Henrietta María está jugando a las escondidas.

Así pasamos el día mientras los sirvientes trabajaban para poner la casa en perfectas condiciones: corrimos de un lado a otro como niños colocando a los acompañantes en los lugares más extraños, jugando a asustarnos entre nosotros.

—Tienen que verse reales —dije—. Quiero que la gente se tropiece con ellos y se sobresalte. Quiero que el rey se tope con un acompañante y tenga que pedirle disculpas.

Descubrimos miles de recovecos y rendijas, rincones perfectos donde colocarlos. A medida que la luz bajaba, las figuras me observaban desde sus escondites y parecían sonreír con satisfacción y complicidad. Prometían darle a la reina la sorpresa de su vida.

—Será un triunfo —dijo Josiah entre risas—. Todo el asunto será un triunfo.

Se había hecho bastante tarde, pero ninguno de nosotros estaba en condiciones de aplacarse con una hora de lectura antes de la cena; estábamos excitados, sumamente nerviosos. En menos de cuarenta y ocho horas recibiríamos a la realeza en nuestra casa. El lugar estaba cobrando vida de un modo que nunca habíamos experimentado. Nos habíamos preparado todo lo que pudimos. Ahora no había nada que hacer más que esperar.

—¿Cuándo ensayamos para la mascarada? —dijo James, pálido y ansioso a la luz de la vela—. Practiqué los pasos que me mandaste pero querría hacerlo aquí.

—Mañana —le dije—. Los actores llegan mañana.

—*El triunfo del amor platónico*. ¿Suena muy bien, no? —Henry se acarició el puño de encaje— No pretende competir con las piezas del señor Jones, pero estoy seguro de que a la reina le gustará. ¿Vas a bailar, Charles?

Los tres chicos estallaron de risa. Solo he visto a Charles bailar en dos ocasiones desde que era un niño pequeño: no es un espectáculo trazado para inspirar orgullo materno. No tiene sentido del ritmo ni gracia, y su figura robusta lo hace casi cómico.

Charles toleró la burla, aunque pretendió enfurecerse y blandió un puño en dirección a su hermano.

—¡Cómo te gustaría verlo! Pero no tengo intenciones de espantar a la reina. Me pavonearé por el salón y pronunciaré mi discurso, eso es todo. ¡Pero qué discurso!

Estaba tan ocupada riéndome con los chicos que no vi a Hetta escabullirse hacia donde estaba sentado Josiah en la silla frente al fuego. Fue recién cuando lo escuché hablar que me di vuelta y la vi parada al lado del apoyabrazos, tirando de su manga.

—¿Sí, Henrietta María? ¿Qué quieres? —Parpadeó con sus ojos grandes, verdes astillados de dorado y marrón a la luz del fuego—. Te estoy prestando atención, ¿qué es lo que quieres?

Tendría que haberme dado cuenta en ese instante. Tendría que haber prestado atención a las sombras que le trepaban por la cara y al extraño, alarmante silencio. Pero me quedé sentada allí, muda, y los miré; miré a Hetta señalarse el pecho, sus ojos vivos de expectativa.

—¿Qué piensas? —le dijo Charles desde donde estaba—. ¡Habla más alto, pequeña Hetta!

Los chicos se rieron a carcajadas de nuevo.

—¡Déjala en paz, Charles! —grité, pero solo los hizo reír más fuerte. Estaban tan excitados que se habrían reído hasta de la muerte en persona.

—¡Va en broma, madre!

—Realmente no entiendo lo que Henrietta María está tratando de comunicar —dijo Josiah—. ¿Tú tienes idea, Anne?

Lentamente y con cuidado, Hetta se puso en puntas de pie y ejecutó una pirueta perfecta, los brazos en un arco sobre su cabeza. Fue una imagen de ensueño, parecía una bailarina del ballet de la corte francesa. No sabía que podía bailar así. Pero no me llenó de placer ni de orgullo de madre. Vi la luz en su rostro y la expresión de culpa en el de Josiah y todas las piezas encajaron en su sitio.

—¡Quiere saber cuál es su papel! —exclamó Henry—. ¿Qué papel tendrá Henrietta María en la mascarada, padre?

"No", pensé. "No de esta manera. No frente a sus hermanos". Pero Josiah lo hizo de todas formas. Agitó la bebida en su vaso y dijo, muy tranquilo:

—Henrietta María no participará de la mascarada.

Ella cayó sobre las plantas de sus pies. No pude mirarla a la cara. Clavé la mirada en los abismos que se abrían entre los leños del fuego, deseando que me engulleran.

—¿Ni siquiera un papel menor? —La voz de Charles, demasiado ruidosa y jovial—. Estoy seguro de que podemos insertar alguna parte para ella. ¡Mientras no sea un papel con diálogo!

James y Henry se rieron a carcajadas.

—Es demasiado joven —dijo Josiah—. Todavía es demasiado joven para estas cosas. Participará del banquete y luego se irá a acostar.

Los chicos habían estado lejos durante demasiado tiempo: no reconocieron la amonestación en el tono de su padre. Ebrios de su propio humor, siguieron proponiendo ideas.

—Podría interpretar un cupido.

—El amor es ciego, ¿por qué no puede ser mudo?

—Qué actúe en la antemascarada si no.

—¿De demonios, dices? ¿Hay demonios pequeños?

—Oh sí, son los más feroces. El señor Jones siempre los hace salir de una nube de humo.

—¿Pero no hace eso con los enanos de la reina?

—Sí, pero los buenos enanos siempre escasean. Por eso digo, siempre se puede disfrazar a una niña y pintarle una barba.

—¡Ya sé! La meteremos en el desfile de fieras. A la reina le encanta coleccionar personas extrañas y curiosas.

—Te aseguro que no hay nada más curioso que mi hermana.

—¡Ya basta! —Josiah derramó su bebida al incorporarse en la silla—. Ya basta, todos ustedes. —Su gruñido atravesó el barullo y atravesó mi piel—. ¿Qué es todo este palabrerío vil? Pensé que se habían convertido en hombres ya.

Los chicos inclinaron sus cabezas, escarmentados.

—Solo estábamos…

—No importa, Henry. Pronto estarán aquí el rey y la reina, ¿entienden? No permitiré que mis hijos anden comportándose como imbéciles.

—No, padre.

—Dije que Henrietta María no se quedará para el entretenimiento. Asunto terminado.

Habría podido soportarlo si ella hubiese dado un pisotón, si hubiese gritado o me hubiese empujado como intentó aquel día. Pero no hizo nada. Se dejó caer de rodillas junto al fuego y cruzó las manos sobre su regazo. No lloró. No se movió. Se quedó mirando el fuego, como había hecho yo antes, la vista fija en algo escondido en sus profundidades.

Todos se retiraron a sus habitaciones, pero ni Lizzy ni yo pudimos mover a Hetta. No logramos hacer que nos mirara. Parecía haberse transformado en una de las figuras de madera, tal era la ausencia de expresión de su cara en blanco.

—¿Y si probamos con sus diamantes? —sugirió Lizzy.

Los coloqué alrededor de su delgado cuello sin obtener ningún resultado. Solo resplandecieron contra su piel, alternando tonos rojos y naranjas.

Tuvimos que dejarla allí mirando cómo los leños se reducían a pilas de cenizas. Mi hija, sola en la oscuridad con las llamas agonizantes.

* * *

No puedo dormir. En mis oídos resuenan melodías que se niegan a apagarse, repitiéndose una y otra vez, una y otra vez. Cuando cierro los ojos veo satén color champagne, tafetán escarlata y encaje con hilos de oro. Mi cuerpo se siente como si aún estuviera bailando. Sé que mi corazón aún lo está haciendo. Josiah tenía razón: fue un triunfo.

Llegaron poco después del mediodía, con sus heraldos y caballeros de armas abriendo el camino. Una vista magnífica: una tenue columna de caballos, armaduras, bordeando el río y descendiendo por las colinas. Los puritanos de Fayford no interfirieron con la procesión, pero tampoco salieron a vitorearla. Me había preparado para eso. Contraté gente del pueblo de Torbury St. Jude para que agitaran banderolas y dieran las debidas muestras de lealtad. Lo hicieron de manera convincente.

Desde unas barcazas sobre el río tronó una fanfarria cuando la pareja real cruzó el puente. Las grajillas se dispersaron asustadas por el estampido de los cascos. Vino de un rojo rubí manaba de la fuente, derramándose desde la boca del perro de piedra y golpeteando sobre el cuenco.

Encontré al rey más bajo de lo que esperaba, y también más delgado; casi delicado. Vestido todo de negro, tenía una barba puntiaguda y ojos adormilados. Parecía mayor a su edad. Alrededor de su cuello brillaba la única tregua de color en su sobrio atuendo: un collar de filigrana de plata, delicado y fino como una telaraña.

¡Y ella! Estuve a punto de desmayarme al ver la figura menuda de la reina descender de su caballo. Era deslumbrante y alegre y completamente contagiosa; riéndose, cantando y hablando todo el día. Su pelo resplandecía como azabache, sus ojos oscuros bailaban. Lizzy la llamó una hechicera papista y puede que lo sea, porque un rato en su compañía embrujaba los sentidos.

Nos dimos un festín sentados a las mesas de caballetes que habíamos dispuesto en el Gran Salón. Huevos de codorniz, salmón, crestas de gallo, batatas, dátiles y alcachofas servidos en platos de oro; todo sazonado a la perfección con las hierbas de Hetta. Recién entonces me di cuenta de lo duro que había trabajado.

Había estado muy solemne y correcta en su comportamiento desde la noche en que Josiah le prohibió participar en la mascarada. Durante todo el banquete estuvo sentada mirando con expresión curiosa cómo comían y conversaban los integrantes de la corte. Esperaba que se riera e intentara tocar los rizos saltarines de las damas, pero no hizo nada de eso. Se limitó a ladear la cabeza como un gorrión y observar. Desearía poder descifrar el enredo de sus pensamientos. Desearía poder leer, como nuestro Creador, la mente de la niña que engendré. ¿Cómo es que puedo oírlo a Josiah pero no a ella?

No pareció disfrutar del banquete: con su lengua pequeña y malformada, la comida rara vez es para ella una gran fuente de disfrute. Y, sin embargo, cuando vino Lizzy para llevarla a acostarse, la expresión más inusual se apoderó de sus rasgos. Se fue con una sonrisa atornillada a la cara, ¡pero qué sonrisa! Fue como una ráfaga de aire frío, no su habitual rayo de luz solar.

No me preocupó mucho en ese momento qué estaría haciendo arriba en su habitación. Como una mujer desalmada, estaba demasiado ocupada disfrutando yo misma para reparar en ello. Pero ahora, las imágenes me llenan los ojos de lágrimas: la pequeña niña silenciosa sentada con su gorrión mientras los chillidos de las risas y las notas de la música se elevaban hasta ella desde el piso de abajo. Pobre criatura. No debería haber sido ella la abandonada como una leprosa: debería haber sido yo.

Todo lo que quería era una hija para tener a mi lado, una compañera mujer que llenase el vacío que había dejado mi hermana Mary. La quería con tanta ansia que no me importó por qué medios engendrarla. Fui *yo* la que se chamuscó los dedos con brujería; yo la que mezcló brebajes y tomó en sus manos el poder de Dios. ¿Por qué debería Hetta ser castigada por mi codicia?

Se perdió los acróbatas en la galería de la linterna, los equilibristas balanceándose sobre el Gran Salón en sus disfraces relucientes. No vio los fuegos artificiales elevarse hacia el cielo y explotar sobre los jardines. No pudo unirse a nuestra algarabía y sorpresa cuando los acompañantes silenciosos causaron a nuestros invitados un sobresalto detrás de otro. Pero tal vez no fue malo que se perdiera la mascarada.

Hasta que no empezó la representación no me di cuenta cómo la casa se había transformado en un antro pagano lleno de ninfas y sátiros. Mi carroza de conchas se deslizó hacia el escenario en el Gran Salón y bailé mi danza con los diamantes refulgiendo en mi pecho. Sirenas se pavoneaban en vestidos diáfanos entonando sus cantos. Una lluvia de pétalos caía desde la galería. El aire estaba espeso por el agua de azahar ardiendo. ¿Qué hubiera pensado Lizzy si hubiera visto eso? ¡Ni qué decir los puritanos de Fayford!

Quizás *haya* algo retorcido, quizás haya algo que está mal en esta corte de un lujo sin límites. ¡Pero ay, es tan embriagador! Y ahora que lo he experimentado, no sé cómo podré vivir sin ello.

Siento los ojos pesados de tanto escribir. Cada vez que me dejo llevar se me aparece la antemascarada: los magos malignos y sus ayudantes brincando en una cueva tórrida. Horrendas criaturas: extraños hombres atrofiados con cabezas desproporcionadas. Carcajadas flotando a través del humo naranja. Si llego a quedarme dormida con estas imágenes tendré pesadillas espantosas.

Me escandalizaron los fenómenos de la reina, lo admito. No había visto nunca cosas semejantes, cosas contranaturales y en cierto modo obscenas. Me atrevería a decir que no deberían existir, que no deberían *ser*, pero luego recuerdo a Hetta y me avergüenzo. Porque, para la gente, es el mismo demonio que los desfiguró a ellos el que mutiló la lengua de mi hija.

¿Pero quién puede comparar a Hetta con una de esas criaturas malditas? No son bellas; son extrañas y deformes. Sobre todo el que nunca se quitó la máscara pero acechaba las danzas con su lasciva careta roja, retozando como un miriópodo y asustando a mis invitados. Puedo verlo cuando cierro los ojos, moviéndose con agilidad entre los bailarines, su cuerpo enano tragado por las ráfagas de humo.

Afuera se están formando bancos de nubes, espectros grises contra el negro de la noche. Parece que finalmente tendremos lluvia. Detrás de los árboles amenaza tronar y a lo lejos, en dirección a Fayford, veo la ramificación de un rayo crepitar en el cielo. Si llueve demasiado fuerte, tal vez la corte no pueda partir. Tal vez se queden con nosotros.

Suenan los truenos. Mi imaginación agitada oye un llanto que se alza desde la noche. Pero no hay nada, ni siquiera un zorro afuera de mi ventana.

Los relámpagos inundan la habitación de una luz blanca. Veo mi rostro en el espejo, fugaz, asustado. "Hetta no se parece en nada a esos fenómenos", le susurro, antes de soplar mi vela. "No se les parece *en nada*."

THE BRIDGE, 1865

Sarah se sentó al piano y se puso a tocar torpemente con una mano melodías festivas. La ventana detrás de ella estaba abierta, dejando entrar un aire gélido. Los dedos le temblaban sobre las teclas.

—Cierra la ventana, Sarah. Pareces helada.

Su mirada se alzó sobre la tapa del piano.

—Me gusta el aire. Me gusta sentir como si estuviera… afuera. —Sonaron algunas notas discordantes. Bajó la vista para volver a mirar las teclas.

O sea que Sarah también lo sentía: esta extraña presión; el calor sofocante y empalagoso que impregnaba la casa. El olor, también. Desde la hoguera que Elsie no podía sacarse el olor a quemado de las fosas nasales. Le recordaba al bebé de madera, cortado en dos, sin ira ni dolor en sus ojos, solo esa horrenda y escalofriante mirada en blanco.

Suspiró y volvió a trabajar en el envoltorio del regalo de Jolyon. Al menos pronto llegaría su querido muchacho trayendo noticias de Londres, del mundo racional. ¿Qué opinaría de las mejoras que había hecho en The Bridge? El nuevo empapelado del cuarto de niños ya estaba listo: un fondo color maíz, con pájaros y ramas al estilo oriental. La sala de estar tenía nuevos paneles de madera decorados con redondeles dorados. Pero lo mejor era que había dado instrucciones a los jardineros para que colocaran grandes abetos en macetas distribuidas por los jardines y colgaran faroles de ellos. De niño, Jolyon se quedaba mirando los escaparates de las tiendas en Navidad con los ojos abiertos, embelesado por las velas y los juguetes mecánicos.

Ahora finalmente, tenía plata para gastar en ese tipo de frivolidades. Iba a brindarle a su hermano la Navidad que se merecía.

Estaba ajustando una cinta cuando el piano emitió una nota aguda que resonó en las molduras del cielo raso y quedó flotando por su cuenta, patética y frágil, hasta extinguirse.

—Señora Bainbridge —susurró Sarah—. Señora Bainbridge, mire.

Se quedó congelada. El sudor de sus manos hacía que el papel de envolver se le pegara a los guantes. Levantó la vista pulgada a pulgada, preparándose para algo horrendo.

Era un gorrión. Solo un pequeño gorrión posado en la tapa del piano. Inclinaba la cabeza de lado a lado mirándolas. Dos pequeños ojos negros oscilando arriba de su pico.

—Es hermoso. —Mantuvo la voz baja, tratando de no espantar al pájaro—. Más vale que no lo vea Jasper.

Sarah sonrió.

—¿Le quedan algunas migajas? Podemos desparramarlas por el piano para que las vaya recogiendo.

Elsie miró la mesita que tenía al lado. El plato estaba salpicado de pedacitos de torta; serían una docena, más o menos.

—Me quedan. Pero no quiero levantarme y asustarlo.

El gorrión dio unos saltitos hacia delante. Llevando las alas hacia atrás, infló el pecho y abrió su delicado pico, listo para cantar.

En ese preciso instante golpearon tres veces a la puerta principal. Rápido como un dardo, el gorrión salió volando por la ventana abierta. Una pluma marrón solitaria quedó meciéndose en el aire hasta que se depositó sobre el piano.

—¿Quién podrá ser? —Elsie se asomó a la ventana e intentó mirar alrededor de la masa de ladrillos del ala oriental. Solo alcanzó a ver el camino de entrada: no había ningún carruaje.

—Puede que sea… —empezó a decir Sarah con vacilación—. Puede que sea el señor Underwood.

—¿El señor Underwood? No recuerdo haberlo invitado.

—No. —Sarah bajó la tapa sobre las teclas del piano—. No lo hizo. ¡Ay, lo siento mucho, señora Bainbridge! Fui yo. Yo lo invité.

—Oh. Ya veo.

—Es solo que…

—Podrías haberlo mencionado. —Se sintió empujada a una situación incómoda. En cierta manera –aún no estaba segura cómo– había sido insultada—. No estoy preparada para recibir invitados.

—Es que no lo invité en calidad de invitado. —Sarah se había quedado parada y empezó a alisarse el pelo con nerviosismo—. Más como un… consejero.

Otro trío de golpes, más rápidos esta vez.

—¿A qué te refieres?

—Quiero consultarle acerca de Hetta.

El temor se retorció en el estómago de Elsie.

—Sarah…

—Pensé que tal vez él sabría qué hacer. La iglesia practicaba exorcismos, en el pasado.

Exorcismo. La palabra era gutural, demasiado atrás en la garganta. Decirla en voz alta era como tener arcadas, como hablar en lenguas demoníacas. ¿Qué estaba *pensando* Sarah?

—No puedes estar pensando seriamente en pedirle que practique algún tipo de ritual.

—¡No! Oh no, no creo que Hetta necesite un ritual de desvanecimiento ni nada por el estilo. Solo quiero su consejo.

Sonó el timbre de la casa.

—Evidentemente, nadie piensa ir a atender la puerta —dijo Elsie—. Más vale que lo haga yo misma.

Se sintió aliviada de tener una excusa para salir de la habitación y huir de la intensa expresión en el rostro de Sarah. Al menos el señor Underwood la enderezaría. Era un hombre de fe, pero no de superstición, pensó.

El Gran Salón estaba deslucido y frío. El fuego, aunque prendido, no tiraba bien. Ninguna luz caía sobre las espadas ceremoniales ni sobre la armadura; estaban grises y apagadas. Ráfagas de aire entraban por la puerta principal. Underwood estaba parado en el umbral sosteniendo una larga caja.

—Buenos días, señora Bainbridge. Disculpe que me haya tomado el atrevimiento de entrar. Toqué el timbre, pero la puerta estaba entornada y encontré esto sobre los escalones.

—Debe ser mi nuevo vestido. Estuve esperando toda la semana que lo enviaran de Torbury St. Jude.

—Justo a tiempo para la Navidad. Qué afortunada. —Entró y colocó la caja sobre la alfombra oriental. Ella se arrodilló –una tarea nada sencilla esos días, con la panza creciéndole– y pasó una mano por el paquete. No tenía ninguna tarjeta, ni etiqueta, solo una cinta oliva y dorada.

El señor Underwood se quitó el sombrero. Le había aplastado el pelo rubio contra el cuero cabelludo.

—¿Por casualidad está la señorita Bainbridge? Recibí una nota de su parte, pidiendo hablar conmigo. Debo decir que me alarmó un poco. Su mensaje sonaba… confuso.

—Está en la sala de música. —Elsie seguía con la mirada clavada en el paquete. Sentía un ansia de confesarlo todo: contarle sobre las astillas en el cuello de Rupert, sobre el cuarto de niños, sobre la buhardilla, la huella, los ojos. Pero hablar de esas cosas las convertía en una farsa. No puedes explicar el miedo; solo puedes sentirlo, rugiendo a través del silencio y paralizando de un golpe tu corazón—. Siento que es mi deber advertirle, señor Underwood, que la señorita Bainbridge desea discutir con usted sus creencias. Son…. poco convencionales. Solía trabajar para una señora muy mayor y muy fantasiosa. Por lo que tengo entendido era parte de algún tipo de círculo espiritista.

—Ah.

—Espero contar con su apoyo cuando digo que con este tipo de cosas hay que ser… cauta.

—Por su puesto. Si bien la iglesia no niega la existencia de espíritus, está encarecidamente en contra de cualquier intromisión en ese ámbito. Recuerde a la bruja de Endor y la maldición que cayó sobre el rey Saúl por haber consultado médiums.

Le vino en recuerdos fragmentados la escuela dominical: el rey Saúl, desesperado por el consejo de su profeta Samuel, pidiéndole a la mujer que lo resucitara. "¿Por qué me has inquietado haciéndome venir?"

Pero lo perturbador de la historia era que la mujer lo había hecho. Había sido posible.

Elsie se aclaró la garganta.

—Debe entender que Sarah es particularmente susceptible a estos farsantes mesmeristas y médiums. Sus padres murieron

cuando ella era chica. Y no tener una familia la hace vulnerable…
¿Puedo confiar en que intentará disuadirla de estos medios temerarios, con delicadeza?

—Tiene mi palabra. —Levantó la vista desde donde estaba arrodillada en el piso. Él la miró suavemente, casi tiernamente, temió—. Es como le comenté una vez: quiero educar al pueblo de Fayford y erradicar supersticiones como esa.

—Estuve pensando, señor Underwood, sobre Fayford. Mi hermano viene de Londres para pasar las fiestas. Si usted pudiera recomendar a algunas chicas capaces del pueblo, podría convencerlo de que se las lleve como aprendices. El salario no es alto, pero todas nuestras chicas reciben educación. Dos horas por día, como mínimo. Tendrán empleo, comida y un techo sobre sus cabezas. Un techo seco, sin goteras. Y ropa como la gente. Al final de su período de entrenamiento habrán aprendido un oficio. ¿Qué le parece?

—Creo que es el mejor regalo que podría recibir. —Una sonrisa beatífica le iluminó el rostro—. De hecho, se me ocurren ya algunas chicas que reúnen las condiciones. Sus padres no deberían poner objeciones a su fábrica. Es a esta casa a la que le tienen miedo. Lo cual me recuerda… —Sacó de su bolsillo interior un fajo de papeles marrones atados con un cordel—. Registros de la ciudad. Una lectura más bien árida, me temo, pero algunas cosas podrían interesarle.

Miró el cordel, atado con fuerza. Así sentía también su pecho. *Es a esta casa a la que le tienen miedo*. Estaba empezando a pensar que tenían razón. El fajo de papeles podría ofrecer algunas respuestas, pero, pensándolo bien, también cabía la posibilidad de que le contara cosas de las que no quería enterarse.

—Muy generoso de su parte haberse acordado. ¿Me haría el favor de dejarlos en la sala de música cuando hable con Sarah? Me sentaré más tarde a leerlos con detenimiento.

Él le tendió su mano.

—Acompáñeme. Podemos ir y persuadir juntos a la señorita Bainbridge para que se olvide de estas fantasías. Entre los dos, estoy seguro de que podemos hacerla entrar en razón.

Vaciló.

—Gracias. Pero… yo ya lo he intentado con Sarah. Creo que sería mejor que hablara con usted a solas, sin mi interferencia. Después de todo, estos asuntos espirituales requieren cierto grado de confidencialidad.

Dejó caer su mano y la colocó detrás de su espalda.

—Sí, por supuesto. Sabia observación la suya, señora Bainbridge. —Miró por encima de su hombro—. ¿Esa es la sala de música?

—Esa es la sala de estar. Doble a la derecha al salir. No puede errarle. Dudo que haya visto alguna vez un cuarto tan rosa.

Esbozó una reverencia.

—Muchas gracias. La dejo abrir su paquete.

Lo miró irse caminando, las colas de su abrigo harapiento balanceándose al ritmo de sus pasos.

Cambiando de posición de las piernas, adoptó una postura más cómoda y se preparó para abrir la caja. Un nuevo vestido podía resultar ser exactamente la distracción que necesitaba. Este sería su vestido más fino, su atuendo para el día de Navidad.

No fue fácil desatar la cinta con los guantes pero lo logró. Sus dedos encontraron los bordes de la tapa, sudando de anticipación. Crepé y bombasí, trenzado con seda. Tres piezas, adornado con flecos y borlas. No podía esperar a verlo. Quitó la tapa de la caja.

Y gritó.

Cintas de tela negra amontonadas con hojas muertas. Tallos de cardos con las espinas manchadas de sangre coagulada. En medio de todo eso descansaba algo negro, blanco y peludo, salpicado de pequeñas moscas. Distinguió bultos de carne y huesos machacados. Venas como madejas de seda roja. Luego las orejas caídas, los ojos cerrados. La piel de la frente embadurnada de sangre. La cabeza de una vaca.

La cabeza de Beatrice.

El hedor le quedó atrapado en la garganta y le dio arcadas. Cayó sobre su espalda y se alejó como un cangrejo, las manos rechinando contra el piso. Estaba al borde del vómito, pero no podía sacarle los ojos de encima a la caja. "Beatrice. Pobre Breatrice".

Su cabeza chocó contra un objeto duro. En un estado de pánico absoluto, giró de golpe. Hetta estaba parada detrás de ella, todavía sonriendo, la rosa presionada contra su pecho.

—No, no.

Arrojándose hacia delante, derribó a Hetta, que cayó al piso estrepitosamente. Logró ponerse de pie. La piernas le temblaban como gelatina pero de algún modo las forzó a subir las escaleras, de a dos escalones. Las faldas se le engancharon a la altura de los tobillos. Se tropezó y se levantó. No tenía idea de dónde estaba yendo, solo que tenía que subir y subir. Hasta el techo, si era necesario. Poner la mayor distancia posible entre ella y esa horrenda vista...

Vagamente, oyó al señor Underwood entrar al Gran Salón y decir su nombre. Luego el ruido ahogado del shock de Sarah. Pero no podía detenerse. Ese aroma a rosas la perseguía, haciéndose más espeso con cada paso.

Paró de golpe a un escalón del rellano. Cortándole el paso había otra cara chata de madera. Un nuevo acompañante, pero que pudo reconocer.

Un bigote como un cepillo de alambres le colgaba arriba del labio. El pelo alisado con aceite de Macasar, un único rizo cayendo sobre el ojo izquierdo. Capilares rotos esparcidos por las mejillas. Y los ojos... La expresión de tormento en los ojos le heló la sangre.

—Rupert.

No podía ser. Cerró los ojos. Si seguía mirando se volvería loca. Pero lo seguía viendo; lo sentía, cerca de su cara. Acercándose.

—¡No, no!

Retrocedió dos escalones. La cola del vestido se le enroscó en los tobillos como una soga. Presa del pánico, sacudió los pies para liberarse y pisó el vacío.

Tres fuertes golpes. Y luego no hubo más que negro.

THE BRIDGE, 1635

Esta mañana oí a un hombre gritar por primera vez en mi vida. No fue un sonido que desee volver a oír: gutural, bochornoso, recorrió desde el patio del establo hasta lo alto de la torre de la linterna.

Me desperté bañada en un sudor helado. Josiah estaba acostado a mi lado, mirando el techo con el mismo horror que yo sentí en toda mi piel. La memoria se abatió sobre nosotros con un tremendo golpe: el rey y la reina. ¿Y si les había sucedido algo malo? ¡Dios Todopoderoso no lo permita!

El espantoso ruido había venido de afuera. Hizo ladrar a los perros. Salté de la cama y corrí hacia la ventana. El vidrio estaba salpicado de gotas de lluvia y no podía ver con claridad. Una niebla diáfana había quedado suspendida en el aire después de la tormenta de anoche. Los charcos hervían al calor de la mañana.

—¿Qué ocurre? —exigió saber Josiah.

La respuesta no vino de mí; brotó de ese lugar donde se incuban los sueños, donde el conocimiento llega ya formado.

—Alguien ha muerto. Un trozo de vida ha abandonado esta casa.

En un instante estaba levantado, la colcha arrojada sobre la cama y sus pies descalzos golpeando el entablado. Lo vi tomar su espada antes de salir corriendo al pasillo.

No éramos los únicos despiertos. Los invitados se paseaban en sus ropas de dormir, con cara de sueño y los pelos enredados de anoche. En cuanto Josiah los vio, adoptó un aire de calma.

—No se alarmen. Les ruego que vuelvan a sus camas. Yo me ocuparé de encontrar la causa de este alboroto.

Balbucearon, restregándose los ojos. Cansados como se los veía, no parecían inclinados a obedecerle.

Bajé un tramo de la escalera detrás de Josiah, desesperada por ver que los chicos estaban bien. Los encontré reunidos junto al cuarto de niños con Lizzy, todos con una palidez mortuoria. El gorrión de Hetta chillaba desde adentro. Se me erizaron los pelos en la nuca. Mary me había dicho una vez que los gorriones transportan las almas de los muertos.

—No sabemos a qué se debe la conmoción —les dije—. Su padre ha ido a ocuparse de ello.

—¿Ama? —Lizzy intentó llamar mi atención pero evité mirarla a la cara. Una mirada, y sabía que perdería el control de mi compostura.

—Ahora no, Lizzy.

Tenía que mantener sin fisuras la fachada de ama, mantenerme al mando. Me volteé para mirar a los niños. Aunque se había acostado más temprano, Hetta parecía más exhausta que sus hermanos. Le toqué la frente. Ardía.

—Vuelvan a la cama —ordené—. Todos ustedes, de vuelta a la cama.

Los chicos refunfuñaron. No les hice caso; no podía detenerme a discutir con ellos. Una extraña energía me agitaba, una especie de excitación con náuseas. Me fui por donde había venido con la intención de calmar a los invitados.

Crepitando por debajo de todos los miedos en mi mente estaba aquel que podía nombrar: la peste. En Londres había habido temperaturas abrasadoras y ya había reportes de enfermos. Ahora mi hija ardía de fiebre. Recé a Dios que no fuera la peste.

Perdimos a Mary a manos de la enfermedad del sudor. La gente me decía que era una muerte amable y rápida, pero no estuvieron allí. Si mi hermana murió una muerte amable, no me atrevo a imaginarme una cruel.

Por la mañana estuvo bien. Y, sin embargo, mientras nos vestíamos lo sentí por primera vez: esa sensación de anticipación en la que con el tiempo he aprendido a confiar por encima de mis otros sentidos. Nuestras miradas se cruzaron y supe que Mary también lo sintió. Al mediodía ya estaba postrada.

Comenzó con temblores. Luego vino el calor, abrasándole la piel, chorreando de ella en riachos de sudor. Antes de que rompiera el alba, su mandíbula estaba rígida. Se había ido. Muerta a sus cortos veinte años.

Mis pies descalzos hicieron crujir los juncos en el piso. Asaltada por los recuerdos de Mary, no vi a Jane subir por las escaleras. Choqué con ella y ambas caímos hacia atrás, parpadeando, desorientadas.

—¡Oh, mi ama, discúlpeme! —Tenía mala cara. Me di cuenta de que llevaba despierta más tiempo que nosotros. Había estado levantada, atendiendo a sus labores, antes de que se oyera el grito.

—¡Jane! Jane, dime qué ha sucedido.

Se largó a llorar.

Se lo arranqué pieza por pieza. No necesité ir yo misma al establo, oler la sangre y ver las moscas con mis propios ojos; estaba todo allí brillando en las pupilas de sus ojos.

Había un caballo muerto en los establos. No solo muerto: mutilado. Le habían podado la cola y la habían clavado en la puerta, sus crines habían sido atacadas por un frenesí de tijeras. El mozo de cuadra encontró una veintena de laceraciones en la piel, como marcas de conteo talladas en un árbol.

—¿Cuál caballo, Jane?

—¡Ay… mi ama! —sollozó.

—¡No mi yegua gris!

Jane sacudió la cabeza. Entreví la verdad reflejada en sus mejillas mojadas.

—Peor.

—No. No me digas que…

—¡El caballo de la reina! —gritó.

Mis piernas cedieron; me desplomé sobre la pared y me deslicé hacia abajo, directo hasta el piso.

—¿Pero quién haría algo así? ¿Los puritanos?

—No lo sé mi ama. No lo sé. Mark dice que falta alguien en los establos.

—¿Quién?

—Un niño. Un niño gitano. ¡Ni enterada estaba que tuviéramos uno! No sé qué estaría pensando al aceptar a una bestia sucia y despreciable de esas.

Se me heló la sangre. Merripen. Había sido Merripen.

Cómo, no lo sé. No sé de dónde podría un niño de nueve o diez años sacar la fuerza para cometer ese acto infernal. ¿De dónde, en su mente joven, podría brotar un impulso tan horrendo?

¡El caballo de la reina! ¡De la *reina*!

Mi cabeza se parte de dolor. Es culpa mía, mía. Estamos arruinados. La corte no volverá nunca a poner los pies en este lugar. Josiah…

¡Oh Dios! Josiah se va a enterar. Va a saber lo que hice, va a saber que destruí la ambición de su vida con mi estúpido capricho. ¿Puede un matrimonio soportar eso? ¿Puede soportarlo mi corazón?

Dios, perdóname en mi infamia. Desearía que *hubiese* sido la peste.

THE BRIDGE, 1866

Elsie se despertó con tres explosiones de dolor. La primera en la parte baja de la espalda, horadando hasta sus muslos. Otra en el cráneo, punzando cerca de la coronilla e irradiando desde allí hacia su cara. Sentía el labio hinchado donde su diente había perforado la piel.

Pero estas lesiones no eran nada comparadas con la tercera: los zarpazos desgarradores en su vientre.

Empezaron suave, pulsando sus cuerdas interiores y aumentando el ritmo sin tregua hasta hacerla gritar. Quien fuera que la estaba cuidando presionó contra sus labios una gasa mojada en un líquido amargo y de olor agrio. Sintió un torrente de sangre hirviendo entre sus piernas y cayó hacia atrás exhausta.

Durmió sin soñar. Algo se cernía en los bordes de su conciencia —como se cierne un ave carroñera sobre un animal moribundo, esperando para abatirse sobre él—, pero no atacó.

Estaba atrapada en un caleidoscopio siempre cambiante: olía el olor fuerte y rancio a piel sin lavar y sangre coagulada; sentía el sabor de los aloes y el aceite de castor; oía la voz de Jolyon y otra que no reconocía. Solo recogió unas pocas oraciones, pero fueron suficientes.

—¿Madera? ¿Adentro de ella?

—Allí adentro con el bebé. La pobre criatura tenía el cuerpo astillado. Nunca he visto algo así.

"El bebé".

Había desaparecido. Amputado. No podía sentir sus movimientos o el burbujeo en su interior.

"No soy más dos. Estoy sola".

La navidad debía haber llegado y pasado, porque cuando trepó de la niebla una mañana gris vio a Sarah sentada en la habitación, vestida con sobriedad, comiendo un surtido de fiambres que tenían aspecto de sobras. Mabel estaba ocupada con el armario y llevaba el nuevo uniforme que Elsie recordaba haberle comprado como regalo de Navidad.

Sintió un gusto horrible en la boca. Gimió.

—Mi tónico. Denme... —"Drogas". No le importaba cuál fuera: opio, morfina, cloral.

Sarah se sobresaltó al oír su voz. Limpiándose la boca con una servilleta, se acercó rápidamente a la cama y tomó la mano de Elsie. Había perdido peso, lo que hacía que su cara se viera más larga y equina que nunca. Tenía sombras alrededor de las cuencas, los iris reluciendo de lágrimas sin derramar.

—Tónico —volvió a decir Elsie. La respiración le ardía en el pecho. En un instante más el dolor vendría a su encuentro; lo sentía crecer, reuniendo sus fuerzas.

Sarah sacudió la cabeza.

—El doctor dijo que no te diéramos tanto.

—¡El doctor! Nunca ha sentido algo así.

—Dice que tienes que comer. Puedo darte pan y agua, o caldo de carne.

—No tengo hambre. —Su lengua ansiaba el sabor astringente del opio; su cabeza imploraba sueño. Ahora le dolía, acusando el esfuerzo de pensar en objetos dentados y tratar de machacarlos en recuerdos. Quería gritar, pero sabía que le dolería aún más—. Por el amor de Dios, dame el tónico.

—El doctor...

—El doctor es hombre. Es incapaz de comprender este dolor.

Las lágrimas se derramaron sobre las mejillas amarillentas de Sarah. Apretó la mano de Elsie con tanta fuerza que le dolió.

—Oh, señora Bainbridge. Lo lamento tanto. Hubiera sido un pedacito de Rupert, ¿no es cierto?

El dolor la inundó de nuevo, pero no en su estómago.

—¿Dónde está? ¿Dónde está mi bebé?

—Con su padre. El señor Underwood fue muy generoso. Bautizó al pequeño extraño y lo puso a descansar en la cripta familiar. No debió haberlo hecho. Será nuestro secreto.

Un pequeño extraño. Crecido en secreto, enterrado en secreto, siempre en la oscuridad. Elsie sintió su boca abrirse como una herida en carne viva.

—Pero entonces… ¡nunca lo veré!

—Quisimos esperarla, pero estaba tan enferma. No pudimos demorarlo más. —Sarah cambió de posición. Su corsé crujió—. Puedo contarle cómo era. Era muy pequeño. Delicado. Apenas pudimos ver que era un varón.

—¿Y… astillado?

—¿Quién le dijo eso?

—¡Entonces *es* verdad! Pensé que había oído a Jolyon decirlo en un sueño, o eso esperé. Sarah, ¿cómo pudo…?

Sarah sacudió la cabeza.

—No puedo decirle cómo. Ni el doctor sabe. Solo sé lo que vi.

—¿Qué fue lo que… viste?

Sarah apartó la mirada.

—Por favor, señora Bainbridge, no quiero hablar de eso. No me obligue.

—*Eso* es mi hijo.

—Su piel tenía astillas —susurró Sarah, cerrando los ojos—. En todo el cuerpo.

Las imágenes intentaban formarse pero Elsie no las dejaba, no podía soportarlas.

—Su nombre. ¿Con qué nombre lo bautizaron?

—Edgar Rupert.

—¿*Edgar*?

Sarah parpadeó.

—¿Tiene… algo de malo? El señor Livingstone dijo que era el nombre de su padre.

—Sí. —Se hundió de nuevo contra la almohada, sintiendo náuseas—. Lo tiene.

Mabel cerró el armario. Presionando su cuerpo contra las paredes, se deslizó por la habitación y salió por la puerta.

—¿Se enojó mucho Jolyon?

—¿Enojarse? ¡Dios la bendiga, señora Bainbridge! ¿Por qué iba a enojarse? No ha mostrado otra cosa que preocupación.

Sin duda debía ser cierto, pero seguramente lamentaría esta oportunidad perdida tanto como Elsie. Había perdido al heredero, al futuro del negocio familiar. Lo había perdido en un momento de… ¿De qué? "No, mamá, no de descuido". Algo peor, algo que acechaba en el fondo de su mente.

—Beatrice —dijo con la voz entrecortada—. Beatrice. —La mano de Sarah se puso rígida debajo de la suya—. Oh Sarah, dime que me lo imaginé.

—No puedo. La pobre criatura. El vestido… ¿Qué sucedió, señora Bainbridge? No fueron ni diez minutos que la perdí de vista.

—Lo habían entregado. El señor Underwood… Dijo que encontró el paquete sobre los escalones de la puerta principal.

—Sí, me lo contó. ¿Pero qué hacía usted en lo más alto de las escaleras?

Un dedo frío le atravesó el corazón.

—Oh Dios. ¿Lo viste? ¿Sigue allí? ¿Qué hiciste con él?

—Cállese, cállese. —Sarah intentó mantener las manos firmes, pero ella también estaba temblando—. ¿Se refiere a Hetta?

—No. A Rupert.

Sarah bajó las manos con un grito.

—¿A *Rupert*?

—Había uno de él. —Cerró los ojos, intentando ahuyentar el recuerdo, pero fue en vano—. Un acompañante de Rupert, Sarah. Se veía… Oh Dios, se veía tan desgraciado.

—¡No! No, debe estar equivocada, señora Bainbridge. Eso no está en la casa. Nadie ha visto eso.

—Estaba arriba de todo, al final de la escalera.

—¡Por Dios! —Los labios de Sarah temblaban, pétalos de rosa marchitos a punto de caer—. No fue mi intención… Lo siento tanto, señora Bainbridge. Usted sabe que yo nunca hubiera puesto a Hetta en el Gran Salón. Estaba en la buhardilla, lo juro. Estaba bajo llave en la buhardilla, no entiendo cómo pudo… —Se quedó muda. Los músculos de su cara se tensaron como si estuviera peleando con una emoción—. Sucedió en el diario. En el diario de Anne. Un caballo fue mutilado, justo después de que ella compró los acompañantes.

Y estoy empezando a pensar que tal vez Anne… fuese una bruja, después de todo. Escribe sobre unas pociones que tomó para concebir a Hetta… Tal vez es eso lo que Hetta está intentando hacer: advertirnos sobre el poder de su madre.

Elsie cerró los ojos. Cada centímetro de su cuerpo le punzaba. Estaba empezando a desear no haberse despertado. El sueño era sencillo, seguro.

—Sarah, ¿mencionaste algo de todo esto a Jolyon? ¿O al señor Underwood?

—Sí. —Su tono se endureció de repente—. Le dije a su hermano y le supliqué al señor Underwood que practicara un exorcismo. No me creyeron. Hablaron entre ellos, y luego me hicieron ver al médico.

—¿Y el médico qué dijo?

—Oh, me dio una medicina horrible. Lo preocupó más esto. —Sarah levantó la mano, que seguía vendada—. La piel se ha puesto blanca y suave alrededor de la herida. Piensa que está infectada.

Una infección haciéndola ver cosas. Los hombres de la profesión médica siempre tenían alguna explicación, pero esta era insuficiente. Elsie no tenía ninguna infección, tampoco las sirvientas. ¿Cómo podía explicar racionalmente lo que *ellas* vieron?

—Lo peor de todo —Sarah levantó la voz— es que quieren separarnos. El señor Livingstone la llevará a usted de vuelta a Londres a fin de mes.

—¿A Londres? —Los ojos de Elsie se abrieron de golpe. En ese momento, Londres sonaba tan lejano como el Paraíso.

—A convalecer. Dice que un cambio de lugar le va a resultar beneficioso.

—¿Y qué sucederá contigo?

Sarah luchó con todas sus fuerzas para no llorar.

—Los hombres dicen que estoy nerviosa. Piensan que el viaje sería demasiado estresante para mí y que es mejor que me quede aquí a descansar. Sin usted.

Elsie resopló.

—¿Descansar? ¿En esta casa?

—Solía amar esta casa. Pensaba que era mi lugar. Hasta que… —Sarah la miró a los ojos, suplicante—. No sé qué hacer, señora

Bainbridge. Usted estará en Londres y yo aquí sola, con… Lo que sea que eso es. Lo que sea que *son*. Dígame qué hacer.

—Quémala. Quema a Hetta.

Sarah vaciló.

—¿Cómo quemó usted a los otros?

—Sí.

—¿Los *quemó*, después de que me llevé a Hetta?

—Por supuesto.

Sarah se había llevado las manos a la cabeza y estaba soltándose el pelo de las horquillas distraídamente.

—¿Está *segura* de que los quemó?

—¡Por supuesto que estoy segura! Peters y las sirvientas me vieron hacerlo.

—¡Dios mío!

—¿Qué? ¿Sarah? ¿Qué sucede?

—Han vuelto, señora Bainbridge. —Su voz se quebró—. Los acompañantes están todos de vuelta en la casa.

THE BRIDGE, 1635

No creo que haya habido jamás una desgracia como la nuestra. Apenas puedo respirar del desánimo que se apodera de mi espíritu, la culpa que no puedo quitarme.

Una y otra vez, esa mañana da vueltas en mi mente. Recuerdo el silencio conmocionado en toda la casa; cómo los miembros de la corte ya no estaban alegres sino graves, severos como jueces. Oigo la humillación chillar dentro de mi cabeza mientras la reina sollozaba. Ella amaba ese caballo. Por supuesto, le dimos mi yegua, pero cuán insuficiente era en comparación con la criatura de sangre fina que acababa de perder. Parecía el caballo de una mujer pobre. Se fueron cabalgando con una doble guardia, dejándonos solos en The Bridge. Solos con el escarnio de nuestro fracaso.

Mi desgracia es doble. No solo he fallado a mi rey, sino a mi señor y esposo, la más querida de mis esperanzas. Él no estaba al tanto de mi traición, al menos no de su naturaleza. Vino a verme en cuanto se fueron y me tomó de las manos. Cuando me miró a la cara, vi que la suya estaba demacrada y estremecida, como si los músculos mismos le temblaran de miedo.

—Anne, debes decirme la verdad. —No podía hablar—. Sé que nunca lo mencionamos, pero debemos hacerlo ahora. Ha llegado el momento.

Mi mente culpable voló directamente a Merripen.

—Josiah...

—Sé que siempre has visto cosas. Que sientes cosas, antes de que sucedan. Esas tisanas que me diste... pensé que eran un regalo de Dios. Pero dime de verdad...

—¿Qué te diga qué?

Se le hizo difícil empujar las palabras por su garganta.

—Tuviste una hija. Dijeron que te sería imposible dar a luz a otra criatura, pero tuviste una hija. Escalé más rápido en la corte que cualquier otro hombre de mi posición. ¿Fueron las hierbas? ¿O…?

Sé que me sonrojé, consciente de mi transgresión, de haber trazado mi límite demasiado cerca de la llama del pecado.

—¿Cómo puedes preguntarme algo así?

—Sé que no cometerías ese acto horrible y perverso que tuvo lugar en los establos —continuó de manera apresurada—. ¿Pero crees que podrías haberlo causado accidentalmente? —Echó una mirada a mis diamantes. Destellaron al tragar—. No lo sé. ¿Es posible que alguna fuerza oscura tenga su ojo puesto sobre ti?

—¡Josiah! —grité.

—Respóndeme, Anne. Porque miré a ese animal y no puedo creer que haya sido obra de manos humanas.

Así que se lo dije. Le conté la insoportable y miserable verdad: que fue la estupidez de su esposa, no su astucia, lo que hizo que un demonio se abatiera sobre él.

No me ha hablado desde entonces.

Soy incapaz de reunir las fuerzas para llorar. No me agravia su odio. Nada puede arder más que el desprecio que siento por mí misma. Me arranqué los diamantes relucientes, avergonzada de pensar cuánto gastó mi pobre Josiah, cuánto invirtió en mí.

Está confinado en el campo ahora; no puede aparecerse en la corte. Sus conocidos ya no responden sus cartas. No tiene nada que hacer más que ir de aquí para allá pisoteando como un oso enjaulado, disparar a nuestros urogallos y pelearse con los aldeanos mientras nos preparamos para la cosecha. No quieren trabajar en nuestra tierra después de lo que sucedió. Temen que los gitanos nos hayan maldecido.

Dios quiera que los sirvientes no los sigan. Por ahora parecen dispuestos a quedarse y deleitarse con los chismes, pero a fin de cuentas solo podemos fiarnos de que Lizzy permanezca con nosotros. No es que Lizzy esté *muy* contenta; con cada mirada me reprocha haberle ocultado lo de Merripen. Mi querida Lizzy, es incapaz de aceptar que soy una dama grande ya. No se da cuenta de cuántos secretos caben en mi corazón traicionero.

La casa está silenciosa como una tumba. Sin invitados, ni decoradores, y sin siquiera mis hijos para alegrar la pesadumbre. Hace años, colocamos a los niños en hogares nobles para que pudieran aprender cómo administrar grandes fincas. Ahora están de vuelta con ellos, pero no creo que los parientes de Josiah estén dispuestos a quedárselos por mucho más tiempo. Es un riesgo estar asociado con nosotros.

Tampoco Hetta es el consuelo que una vez fue. Mientras estaba sentada hoy en el Gran Salón, fue desgarrador verla saltar entre esas figuras de madera, como si las perspectivas de nuestra casa y nuestra familia no se hubieran hecho humo a su alrededor.

He pasado casi nueve años de mi vida anhelando nada más que su sonrisa, pero hoy no podía soportarla.

La miré jugar con los tableros pintados, como es capaz de hacer durante horas, y desaté el torrente perverso de mis pensamientos. Pensé que habría debido ser feliz hoy, de no haber sido por ella y su amigo gitano. Habría debido estar ingresando al servicio de la reina. Pero Hetta era la razón, la única razón, de que nadie más en The Bridge pudiera sonreír hoy.

—¿Cómo puedes? —estallé—. ¿Cómo te atreves a sonreír y jugar de esa manera? Sabes bien lo que pasó.

Inclinó la cabeza hacia uno de los acompañantes, como si hubiera hablado. Y siguió jugando.

Mi furia escaló. Dios me perdone, sé que estuve mal, sé que es solo una niña. Pero no pude contenerme.

—¡Escúchame! ¿Acaso no entiendes lo que esto significa para nosotros?

Debería hacerlo. Pero parece que no alcanza a comprenderlo del todo. Quizás *no puede*.

—¡Merripen! —grité, arrastrada hasta el final de mi aguante—. ¡Tu amigo Merripen nos ha hecho esto!

La sonrisa se le cayó del rostro, rápido como un telón bajando.

—Ha matado al caballo de la reina —le dije—, porque expulsamos a su gente de los terrenos comunales. Ha hecho a tu padre tremendamente infeliz.

Miró al acompañante más cercano y luego a mí.

—¡Me obligaste a emplear a ese pagano y ahora nos ha arruinado, nos ha arruinado para siempre!

No pude leer su expresión. Abrió la boca y, por un momento salvaje, pensé que de hecho iba a hablar. Entonces huyó de mí.

Oí sus pies golpeteando sobre las escaleras tan rápido como la lluvia, tan rápido como cayeron mis lágrimas. Me dejé caer en mi silla, sintiéndome como un bribón.

Hetta era la única que quedaba sin odiarme. Y ahora la he alejado de mí.

En algún lugar en la distancia tronó. No sé cuánto tiempo he estado aquí sentada lamentando mi destino, rogando por la fortaleza para continuar. Pero la tormenta debe haberse acercado, porque la luz se ha nublado y el salón se ha sumido en una penumbra magullada de color gris amarillento. Gotas de lluvia golpean la ventana. Una acompañante, la barrendera, me mira.

Su mirada se ha vuelto ignominiosa, degradante; como si conociera todos los secretos de mi alma.

He ordenado que sean devueltos al señor Samuels a primera hora de la mañana. Todos los objetos finos, devueltos. No soporto tener su tesoro en mi casa por más tiempo. Odio cada pieza.

* * *

Algo muy curioso sucedió hoy. La carreta regresó de Torbury St. Jude con mis sirvientes, pero los objetos seguían amarrados.

—¿Qué es esto? —ladré—. Les ordené que dejaran todo en lo del señor Samuels.

—Lo sé —dijo nuestro hombre Mark—, y le pido disculpas, mi ama, pero no estaba allí.

Miré a Jane.

—¿Qué quiere decir? ¿El señor Samuels se negó a aceptar la entrega?

—No —dijo con voz temblorosa—. No, no es eso. —Líneas de confusión le fruncieron el ceño—. La tienda… no estaba allí.

¿Cómo podía ser? Una tienda que apenas el pasado mes de junio estaba tan repleta y bien abastecida.

—¿Qué? ¿La tienda está vacía?

—No, señora. —Su voz era alta ahora, cercana al llanto—. *No estaba allí.* La tienda. Debemos haber recorrido el lugar una docena de veces, pero lo juro... Es como si nunca hubiera existido.

Solo pude mirarla boquiabierta. ¡Chica estúpida! Nunca escuché algo así. Si ella misma había entrado a la tienda conmigo. ¡Las tiendas no desaparecen!

Quizás esté enferma; ciertamente hay algo mal en ella, porque ha estado toda temblorosa desde que regresaron.

Tendré que ir a la ciudad a arreglar yo misma el asunto, y pronto. Hasta entonces no puedo desprenderme de nuestros acompañantes bastardos. Cubro sus rostros con sábanas pero sé que siguen allí, observando. Como si supieran lo que sucedió. Como si les causara gracia.

THE BRIDGE, 1866

—Mis diamantes. ¿Dónde están mis diamantes? —Elsie rastrilló su joyero, desparramando cadenas y perlas sobre el tocador.

—Elsie. —Jolyon sonaba cansado. Se reclinó contra el poste de la cama—. Deja eso. Tienes que descansar.

—Pero no puedo encontrar mis diamantes.

—Ya aparecerán.

—Rupert quería que yo los tuviera. —Escarbó más rápido. Había perdido a Rupert. Había perdido al bebé. No perdería también los diamantes.

—Elsie.

—No estoy histérica, Jo. Rupert también lo oyó. Me escribió una carta, pero no puedo... —Buscó entre las pertenencias esparcidas sobre el tocador. Nadie lo había limpiado durante su convalecencia. La superficie tenía una capa de ese polvo grueso y beige—. No puedo encontrarla en este momento.

—Necesitas calmarte. Estás hablando como si no fueras tú. Has estado muy enferma.

Enferma. Una palabra ridículamente inadecuada.

—Esto no es un trastorno nervioso. ¡La madera dentro de mí! Y Sarah vio a los acompañantes —susurró—. Ella también los vio.

—Esta no eres tú, Elsie. Tú no eres una chica neurótica.

—Entonces, ¿por qué no me concedes el favor de creerme? —Sin aviso, estalló en lágrimas.

Jolyon se arrimó a ella en el tocador y le puso una mano en el hombro, trayendo consigo su familiar olor a hojas de laurel y lima. Sus dedos temblaron sobre su clavícula. No estaba acostumbrado a verla llorar. Todos estos años ella había ocultado sus penas de él, se había mantenido firme, fuerte. Pero ahora una esclusa dentro de ella se había abierto y no podía cerrarla de nuevo.

—Lo que me pides que acepte, queridísima hermana... es imposible. ¿Lo entiendes, verdad?

Todo marchaba muy bien para él. Su traje bien planchado, su corbata y sus zapatos lustrosos proclamaban su lugar en un mundo de orden y sentido, números y negocios. No sabía lo que era fermentar aquí a merced de un miedo malicioso y sin nombre.

—No estoy echándote la culpa —continuó Jolyon—. No creo que hayas inventado todo. Mi pobre corazón, has sido cruelmente engañada.

Ella lo miró fijamente.

—¿Qué quieres decir, engañada?

—Considéralo. ¿Podría una persona matar a una vaca y entregarla a tu puerta sin testigos? *Alguien* debería haber visto algo. ¿No notó Peters que Beatrice faltaba? ¿Qué hay de los jardineros? ¿Y dónde estaban las criadas durante todo ese tiempo? ¿Por qué no respondieron a la puerta?

—No piensas que...

Un pensamiento se estaba formando, aglutinando recuerdos como un emplasto recoge inmundicia. *Las criadas.*

Él retiró la mano de su hombro y se la pasó por el pelo.

—Para ser honesto contigo, creo que las sirvientas te gastaron una broma. Quizás no querían que fuera tan lejos.

—No... Ellas no lo harían.

—En la fábrica te deshiciste de todos los sirvientes después de la muerte de mamá —dijo con suavidad—. No estás acostumbrada a manejar a este tipo de personas. Sería bastante sencillo para las criadas mover cosas, mantener ocultas otras de esas figuras de madera. Escribir en el polvo. Considéralo. Podrían haber orquestado cada movimiento.

Era demasiado horrible para creerlo.

—Pero... ¿por qué?

Él se encogió de hombros.

—Les molestas. Tu mera presencia en la casa. Su trabajo era fácil y no rendían cuentas a nadie. Ahora, con un ama y la perspectiva de un bebé... Seguramente al principio creyeron que era divertido, pero luego cruzaron la raya.

¿*Serían capaces* dos mujeres de poner en acción su rencor de esa manera? ¿Masacrar a una vaca y destrozar un vestido solo para desquitarse con ella? A Elsie le costaba imaginárselo. Y sin embargo...

¿Mabel no se había llevado el carruaje de vuelta a casa de la iglesia ese domingo antes de Navidad? Tuvo tiempo de sobra para colocar a Hetta y dejar la huella en el vidrio. Fue Mabel la que vino corriendo a decir que los ojos de Hetta se habían movido, Mabel que gritó sobre la acompañante en su tina. Podría haberla metido en la tina ella misma.

—No, eso no lo explica todo. Vi cosas, Jolyon. Vi un par de ojos moverse y oí a esa en la tina, ¡cepillándose el pelo!

—¿Lo hiciste? —preguntó calladamente—. ¿O alguien plantó esa idea en tu mente? Has estado enferma y afligida, muy susceptible a la sugestión. Tal vez las sirvientas te indujeron. Sabían que tu imaginación asustada haría el resto.

Experimentó una sensación de ardor en el pecho al recordar a Mabel, de pie junto al armario, con aire culpable mientras Elsie y Sarah lloraban por el bebé.

Miró a Jolyon, su rostro tan querido brumoso a través de sus ojos empapados.

—Pero... ascendí a Mabel.

—Y ella te ha traicionado, mi pobre corazón. Apostaría a que también se llevó tus diamantes. Ella tiene la llave de la caja, ¿verdad?

Chico inteligente. Nada se le escapaba. Se había vuelto más fuerte que ella, más agudo. Y allí estaba ella, una completa idiota, pensando que había ayudado a los necesitados. Solo los había ayudado a robarle.

Se cubrió los ojos con sus manos.

—Oh, Jo, he sido tan tonta. ¿Podrás perdonarme alguna vez?

Él la rodeó con sus brazos y la abrazó. Su cabeza descansó sobre su pecho. Qué alto era ahora.

—¿Perdonarte? ¡Tonta! ¿Por qué tendría yo que *perdonarte*?

Ella enterró su cara en su chaleco y no respondió.

* * *

Sus baúles estaban todos empacados y atados, listos para ser cargados en el carruaje. Los sirvientes estaban agrupados a su alrededor en el Gran Salón con caras tensas. Elsie pasó caminando y le agradeció a Dios estar partiendo: dejando este lugar horrendo y todas las cosas espantosas que habían sucedido allí. Dejando a los acompañantes.

Estaban de cara contra la pared, como niños enviados al rincón por no aprender sus lecciones. ¿Los había colocado así Mabel? Elsie no podía permitirse mirar a Mabel, ni siquiera pensar en Mabel. El mero hecho de compartir el mismo espacio con ella le daba náuseas.

Temblorosa, se dirigió al espejo y se arregló el tocado y el velo sobre la cofia de viuda. El rostro reflejado bajo el ala estaba deformado, tensado por el temor. Se sentía horrible. Su cuerpo estaba en estado de flujo. Los pechos blandos presionaban con fuerza contra su corsé, confundidos sobre si madurar o desinflarse. Y mientras tanto, su bebé yacía amortajado en una iglesia en ruinas bajo un nombre que no era el suyo.

Era culpa de Mabel. Culpa de Helen. Y la señora Holt tenía su cuota de responsabilidad por no haberlas supervisado. O tal vez también se estaba riendo a espaldas de Elsie.

Las astillas. Ese pensamiento infernal daba vueltas y vueltas en su cabeza como el trompo de un niño. No encajaba con el resto. Asustarla y hacerla sobresaltarse era una cosa. Pero meterse con un bebé por nacer... Sabía que las criadas no harían eso.

¿Qué le había sucedido, por el amor de Dios?

Los pasos de Jolyon resonaron sobre las baldosas. No se dio vuelta, pero lo oyó ponerse los guantes.

—¿Pudo encontrar los diamantes de mi hermana, señora Holt?

—No, señor, me temo que no. Estoy segura de que aparecerán.

—No lo harán. —Tomó aliento—. Mabel los ha tomado.

Mabel se quedó sin aliento.

—¡Jamás hice eso!

Elsie se volvió de golpe, su furia saltando como una llama. —Oh, sí lo hiciste. Te vi con ellos una vez, ¿recuerdas?

—Los estaba calentando.

—Sin permiso.

—Dime, Mabel —dijo Jolyon. Estaba tranquilo, mantenía la situación bajo control—. ¿Quién más tiene acceso al joyero de mi hermana? ¿A parte de ti?

Los ojos de Mabel se deslizaron en dirección a la puerta.

—¿La señorita Sarah?

La boca de Sarah se abrió, pero Elsie no la dejó hablar.

—La señorita Sarah es de mi confianza.

—Estoy segura de que es todo una equivocación —intentó tranquilizar la señora Holt—. Estoy segura de que...

Jolyon alzó una mano, interrumpiéndola.

—*Yo* estoy seguro de que sus criadas han estado gastándole bromas a su ama. ¡Todas estas tonterías de los *acompañantes*! Mabel tiene acceso a la cocina, ¿no es así? ¿Acceso a los cuchillos más grandes?

La Señora Holt parpadeó.

—Señor, no está usted sugiriendo que la vaca...

—Se ha vuelto loco. —Mabel alzó la barbilla, pero era pura fanfarronada. Elsie podía ver sus labios temblar y el susto que le estiraba los ojos—. Si cree que me robé esos diamantes y maté a la vaca, entonces ha perdido la cabeza, señor.

Jolyon le lanzó una mirada larga y dura.

—¿Eso crees? Ya veremos. —Se colocó el sombrero sobre la cabeza. Lo hacía parecer más alto, más imponente—. La señora Bainbridge y yo volveremos en Pascua. Si los diamantes no han sido localizados para entonces, informaré de mis sospechas a la policía.

—¡Pero yo no sé dónde están!

—Por favor, señor. —La señora Holt se estrujó las manos—. Mabel ha trabajado aquí durante más de dos años. No puedo creer que sea una ladrona.

Jolyon adoptó un tono más suave.

—Querida señora Holt, usted es muy confiada. No vio lo que estaba sucediendo debajo de su nariz. Creo que usted y yo vamos a tener que sentarnos y discutir cómo contratar sirvientes más... aptos.

—Pero...

—No se alarme. Su empleo no está en riesgo.

—Pobre de mí. Pobre, pobre de mí. —La garganta de la señora Holt estaba funcionando en forma convulsiva.

Vieja tonta e inútil, pensó Elsie. Si hubiera supervisado correctamente a sus criadas, si hubiera *considerado* en primer lugar qué tipo de chica estaba tomando, todo este asunto desagradable podría haberse evitado. El bebé de Elsie aún podría estar vivo.

Jolyon levantó una valija, su expresión firme, impasible.

—Tranquilícese, señora Holt. Volveremos a hablar cuando regrese de Londres. Mientras tanto, la señorita Bainbridge estará a cargo de usted.

Pasó su valija a Peters y salió con el hombre para supervisar la carga del carruaje.

Sarah se adelantó. Apenas podía mirar a Elsie.

—Señora Bainbridge, esto es todo un gran lío. Yo...

—Cállate. No podías saberlo. Ambas nos dejamos llevar por el miedo y nuestro dolor. Ninguna de nosotras sospechó de las criadas.

Ella se mordió el labio.

—¿Usted... realmente cree que ellas hicieron todo? ¿Todo, todo?

Elsie tragó saliva.

—Eso cree Jolyon, y yo confío en él.

—Pero en el diario...

—Suficiente. No puedo soportar seguir hablando de esto más tiempo. Regrese a sus diarios y a su estudio del hogar de su familia. Apenas notará que me he ido.

Sarah tembló por un momento. Luego se inclinó hacia delante y la besó en la mejilla.

—Mucha suerte en su viaje. Lo siento mucho, señora Bainbridge.

—Bueno. Supongo que puedes llamarme Elsie ahora.

No fue hasta que Elsie se instaló en su asiento, despidiéndose de Sarah con la mano, que la vio: otra cara, vigilando su partida. En el segundo piso, mirando desde la ventana que pertenecía a su propia habitación, había una acompañante.

A esta la conocía. Anne Bainbridge. Inconfundible: el pelo trenzado con las mismas cintas de color coral que en el retrato; las mismas mejillas regordetas. Su vestido amarillo ondeaba y se fruncía donde descansaban sus brazos, cruzados sobre el pecho. Y allí, pintado en su garganta, había un collar. Un arco resplandeciente del que colgaban tres diamantes en forma de pera.

Los diamantes de Elsie.

THE BRIDGE, 1635

Cumpleaños de Hetta. Siguiendo con mi costumbre, fui a la Iglesia de Todos los Santos para dar gracias por la hija que me dijeron que nunca vendría.

Yo digo que doy gracias. Pero en el fondo me pregunto: ¿estoy alabando a Dios o sirviendo una penitencia? Porque cada vez que entro a la iglesia siento una culpa persistente en mi corazón. Cuando rezo, hay dos voces dentro de mi cabeza hablando una sobre la otra. Una grita "gracias"; la otra "perdóname".

Hoy sentí, más poderoso que nunca, el peso de la desaprobación de Dios aplastándome mientras me deslizaba en la iglesia desierta para tomar un banco. Una fuerza llena de amor pero triste, intolerablemente pesada.

Los santos me miraban desde los viejos vitrales que quedan del reinado de la reina Mary. Parecían sacudir la cabeza. Junté mis manos más fuerte. Y cuando cerré los ojos, las palabras vinieron a mí en un torrente: "¿Cómo te atreves?"

Mis párpados se abrieron de golpe. De repente me sentí muy pequeña. Pero incluso cuando me puse de rodillas la voz volvió a sonar. "¿Cómo te atreves?" Mi mirada voló al frente de la iglesia, a la cruz, elevándose ante el altar. "¿Quién eres tú para crear una vida donde la he rechazado?"

Supe entonces que era una respuesta a mis plegarias, a las noches que he pasado de rodillas preguntándome por qué nuestra familia ha sufrido tal humillación: era mi culpa.

Y lo veo ahora. Dios tiene un plan para todos y cada uno de nosotros que Él crea. Su plan para Josiah era brillante, colocado en el centro de la corte. Pero ese plan no tenía en cuenta un factor: Hetta.

Hetta se hizo amiga del gitano y yo, débil otra vez, cedí a sus demandas. Mi pecado se cierne tan grande que ha cambiado el sendero de mi vida.

Esta idea me persiguió todo el camino a casa. Mientras caminaba entre las hojas arremolinadas, mientras saboreaba el almizcle de finales de octubre en el aire, me preguntaba una y otra vez por qué lo había hecho. Tenía tres niños. ¡Tres! Mi madre habría dado su brazo derecho por tener solo uno. Pero yo había querido una niña. Otra Mary que se sentara a mi lado y caminara conmigo, un espejo de mi propia infancia que se alzara a mis pies. Y por malo que sea, la sigo queriendo.

Cuando regresé a The Bridge, fui directamente al cuarto de niños. Lizzy estaba sentada en su mecedora debajo de las enredaderas, zurciendo una de las medias desgarradas de Hetta.

Mi hija llevaba puesto el vestido de seda verde oliva que encargué para la visita real. Le sienta bien, realza un tinte cobrizo en su pelo. Ella me dejó besarla, pero no pude retenerla por más de un momento. Tan pronto como mis labios se encontraron con su mejilla, ella huyó otra vez, corriendo entre sus acompañantes.

Me dolió. Puse mi alma en peligro, pagué el precio de mi futuro, y lo único que recibí fue un magro beso.

Me senté pesadamente al lado de Lizzy.

—Espero que no se vea extraño que Hetta pase tanto tiempo con esos tableros de madera. Nunca fue una criatura ordinaria y ahora...

—No, no. —Lizzy cortó un hilo—. No te inquietes por eso. Es natural que ella adopte esas cosas, no teniendo amigos de su edad. Con los tableros no tiene que hablar.

Hetta no es como yo. Eso no es su culpa, por supuesto, pero cada diferencia que descubro es una pequeña mella en el sueño que tenía de mi hija. La confidente cercana, que sería la depositaria de todos mis secretos, no puede hacer ninguna confidencia propia. Ella no está a gusto conmigo. No soy para ella lo que soy para los chicos.

Tal vez es parte de mi castigo. Un freno a mi arrogancia. Con hierbas y palabras antiguas pude crear una hija, pero no puedo hacer que me ame.

—Recuerda cuando tenías la edad de Hetta —continuó Lizzy, dando vuelta la media—. Podías correr con la pobre Mary. Dios guarde su alma.

—Y después de eso, siempre te tuve a ti para hablar, querida Lizzy.

Ella me sonrió, sus viejas encías salpicadas de negro.

—Aunque hubo quienes pensaron que no era adecuado, ¿no es cierto?, debido a mi baja posición. Como ves, no hay nada de extraño en que Hetta juegue a las escondidas con seres de madera. —Comenzó una nueva puntada—. Lo que *sí* me resulta extraño es lo del señor Samuels, desapareciendo tan repentinamente de esa manera. ¿No has encontrado rastros de él en la ciudad?

Negué con la cabeza. Mark y Jane tenían razón: la tienda sencillamente no estaba allí. No logro imaginarme cómo pudo haber sucedido, pero sucedió. Hasta ese hombre y su local han huido de nosotros. Estoy atrapada con mi tesoro maldito.

Lizzy suspiró.

—Un misterio. Pensé que tal vez había noticias de Samuels cuando el amo se fue cabalgando tan rápido.

Me di vuelta para mirarla de frente.

—¿Josiah se ha ido?

—Sí. ¿No lo sabías?

—Estuve en la iglesia.

—Oh. —Sin mirarme, enhebró su aguja—. Se habrá ido hace una hora.

Un presentimiento me golpeó, tan intenso y agudo como el viento que se arroja sobre las colinas.

—¿Dices que cabalgaba rápido?

Apretó los labios.

—Como si lo persiguieran los perros del infierno.

* * *

Esperé en el Gran Salón. El día se consumió rápido. Las nubes índigo se sonrojaron por debajo a medida que el sol se escabullía.

Los mirlos cantaron hasta que la luz se extinguió, luego los búhos comenzaron a llorar.

Por fin la gravilla crujió. Oí voces en el patio del establo y ruido de pisadas. Momentos después, Josiah entró por la puerta, salpicado de barro.

Fui volando hacia él.

—Josiah, ¿qué sucede? ¿Qué ha ocurrido?

Su mirada era cautelosa. Retiró mis manos de su capa y las mantuvo a distancia.

—El chico ha sido encontrado.

—¿Merripen?

—Sí. Fue nuestro propio hombre, nuestro Mark, quien lo encontró.

—Gracias a Dios.

—Al fin tengo algunas noticias para enviar al rey.

¡Bendito alivio figurarse a ese espíritu malvado capturado y encadenado! Nunca hubiera imaginado que el diablo cenara con un niño tan pequeño. Recordé los ojos de Merripen, oscuros y llameantes como un brasero de brea ardiente, y me dio un golpe que me dejó helada.

Estúpidamente, pensé que eso le pondría un punto final al asunto; que Josiah y yo podríamos continuar como antes. Pero él soltó mis manos y se quitó la capa. Apartándose de mí, dijo:

—El chico quedará recluido en Torbury St. Jude esta noche, y será juzgado mañana. Asistiré.

—Mañana es el día de Todos los Santos.

—El día después, entonces —dijo irritado.

Sabía que debía dejar el asunto allí; felicitarlo y huir de su vista. Pero un crudo desasosiego en el alma me forzó a soltar:

—¿Qué sucederá con él?

Me miró fijamente. La barba puntiaguda le daba a su boca una expresión burlona, casi cruel.

—Eso dependerá del veredicto.

"Culpable". Tiene que ser culpable. Josiah no permitirá que fallen de otra manera. Está en juego su reputación. Si no puede capturar y castigar al malhechor que ofendió a la reina en su propia casa, su vergüenza no tendrá fin.

Mi garganta se puso tensa, tan tensa que me ahogó. Recordé al hombre al que le cortaron las orejas.

—¿La muerte de un traidor, entonces? ¿Realmente le aplicarán eso a un niño?

Su carcajada me hizo saltar. No había alegría en ello.

—¡Un niño! ¿Puede un niño humano hacerle *eso* a un animal? Oh no, mi señora. Recuerda mis palabras, está poseído por un demonio.

—Tiene que estarlo, de hecho. ¡A esa corta edad! —Era apenas un poco mayor que mi Hetta. Me lo imaginé, tan bajo al pie del cadalso. Cuán macizamente la cuerda apretaría su delgado cuello, cuán suave y liso yacería su pequeño vientre bajo la cuchilla. Un niño ahorcado, arrastrado y descuartizado—. ¿Esperas que el Rey muestre misericordia?

—¿Misericordia? —Escupió la palabra como algo vomitado—. ¿Le extenderías la misericordia al demonio?

Tartamudeé.

—No... No lo sé. Actos tan perversos no pueden quedar impunes, y sin embargo... ¿No hay algo dentro de ti que se opone a esto? ¿No sientes que la ejecución de un niño colgará pesadamente de tu alma?

—En absoluto. —Sus ojos brillaron. No me gustó el hilo de acero en su voz—. *Yo* no soy responsable de esto. La única responsable eres *tú*.

Me pegó como un golpe en la cara.

—*Tú* lo dejaste entrar en los establos, *tú* le pusiste el caballo en el camino. Esto no habría sucedido de no haber sido por ti. —Su mirada fulminante me inmovilizó en el lugar—. Si alguien tendrá las manos manchadas con la sangre de ese niño, esa eres tú, Anne, y solo tú.

LONDRES, 1866

El cambio en la textura del aire fue notable. Mientras el carruaje avanzaba por calles familiares, el smog descendió en una niebla color tabaco. Manchas negras de hollín salpicaban las ventanas. Elsie saboreó el penetrante olor a azufre en su lengua mucho antes de que invadiera sus fosas nasales.

Pronto se materializó la fábrica: una alta chimenea que escupía humo y detrás de ella, filas de gabletes inclinados, como aletas dorsales de tiburones. Barandas de hierro cercaban el patio. A través de los barrotes, Elsie vislumbró un vagón entregando madera de pino. Un niño, uno de sus vendedores, salió del edificio y pasó junto a los caballos con una bandeja colgando a la altura de la cintura. La mercadería parecía más pesada que el chico.

Un hombre abrió las puertas e ingresaron al complejo de la fábrica. Elsie escuchó el ruido del metal detrás de ella, encerrándola. Después de The Bridge, esto se sentía como otro mundo. Extraterrestre. Miró con los ojos de un extraño el lugar que alguna vez había sido su hogar. A través de las ventanas empañadas de la fábrica podía ver la máquina de corte destellando como un cuchillo para cortar heno mientras se deslizaba de un lado a otro; chispas de los fósforos petulantes que se negaban a cooperar. Las astillas de luz le lastimaron los ojos. Tuvo que mirar a otro lado.

—Bien —dijo Jolyon mientras se detenían en el patio—. Te llevaré a las habitaciones así descansas. Debes estar exhausta después del viaje.

—¿Pero qué hay de las chicas de Fayford? Cuando llegue su carreta, hay que ayudarlas a que se acomoden y mostrarles qué hacer.

—La señorita Baxter se encargará de todo eso. ¿Quién crees que ha estado corriendo detrás de las aprendices desde que te casaste?

Le molestaba ser suplantada. Esto era suyo. Podía casarse y marcharse, pero nunca soltaría la fábrica; aquí siempre sería el ama. Dios sabe que se había ganado ese título.

—Bueno, la señorita Baxter puede ocuparse de ellas hoy, porque realmente estoy fatigada. Pero una vez que haya descansado, comenzaré a dar una mano de nuevo.

Jolyon se mordió el labio.

—Me hará bien —explicó—. Necesito estar donde hay ruido, bullicio y vida. En The Bridge me sentía como una pieza de taxidermia bajo una campana de cristal.

—Veremos. Pero primero una taza de té y una recostada. —No podía discutir eso.

Firmemente asegurada al brazo de Jolyon, bajó del carruaje y giró a la izquierda, pasando por las salas de inmersión y los cobertizos de secado, hacia una pequeña casa de ladrillos grises que dominaba el lado oeste del patio. Mujeres polvorientas y desaliñadas con los flecos de sus chales deshilachados inclinaron la cabeza en señal de reconocimiento cuando pasó al lado de ellas. Un fino vapor blanco, con un pestilente olor a ajo, brotaba de sus hombros.

—A las ventanas no les vendría mal una fregada —le dijo a Jolyon, mientras miraba la casa—. Mira lo que pasa cuando te dejo solo. No quiero ni pensar en qué tipo de guarida de soltero me estoy metiendo.

Él sonrió.

—Lo encontrarás exactamente igual. Igual que siempre.

La puerta principal chilló cuando el ama de llaves de Jolyon la abrió para ellos. La señora Figgis tenía una figura regordeta y cara de torta, sin rastros de pómulos debajo de los grandes poros de su piel. Su pecho difícil de manejar iba delante de ella. Elsie se preguntó cuánto se estiraba su delantal para cubrirlo. Trató de no mirarla mientras entraba a su antigua casa.

La señora Figgis era una nueva incorporación, contratada después del casamiento de Elsie para hacerse cargo de esas tareas femeninas de las que siempre se había ocupado. La complació ver cuán amable y maternal se comportaba la mujer, escoltándolos hacia la sala, donde el fuego ya estaba encendido bajo las brasas antes de que corriera a buscar la bandeja del té.

Fue una extraña inversión de la llegada de Elsie a The Bridge. Encontró la repisa de la chimenea limpia. Los alféizares de las ventanas, también. No era poca cosa para una sirvienta trabajando en medio de la nube amarilla de una fábrica. Ese aserrín delgado, que no es exactamente polvo ni arena, se mete en todas partes, hasta debajo de las uñas y dentro de la nariz.

—Retiro lo dicho —dijo mientras se quitaba el sombrero y se sentaba frente al fuego—. Te están cuidando extremadamente bien aquí.

—Así es. La señora Figgis es un tesoro. Por supuesto que no compensa —agregó rápidamente, colgando su sombrero en el perchero y quitándole a Elsie el suyo de las manos— el no tenerte cerca.

—Adulador. No te creo nada.

Reclinándose hacia atrás, echó un vistazo al salón. Jolyon tenía razón, estaba todo igual. El empapelado con motivo de ramos de rosas desteñido, unos pocos adornos bien elegidos sobre los estantes y antimacasares tejidos a crochet cubriendo los respaldos de las sillas. El olor químico habitual de la fábrica, intensificado por la ausencia de ella. La habitación era la misma. Solo Elsie había cambiado.

No pudo evitar notar lo pequeño que era todo, después de The Bridge: las sillas demasiado juntas, el fuego débil e insuficiente. Como si se hubiera vuelto demasiado grande para estar contenida en un lugar así.

La señora Figgis trajo el té con un poco de pan y manteca, antes de dejarlos solos discretamente. Elsie se llevó la taza a los labios. Tenía una muesca en el borde.

—Quiero que tomes una gota de láudano y duermas por el resto del día —le dijo Jolyon. Tomó una rebanada de pan—. Mañana haré averiguaciones sobre tu tratamiento.

Casi se le cae la taza.

—Vi a un médico en The Bridge. Dijo que estaba lo suficientemente bien como para viajar.

—Pero eso no quiere decir que estés recuperada del todo, ¿no es cierto?

—Admito que todavía estoy débil, Jo, pero no necesito más que reposo y una copa de vino al día.

—Has tenido un shock nervioso. No es bueno ignorar esos episodios. Los médicos hoy tienen todo tipo de terapias que pueden calmarte: inhalaciones de vapor, baños de asiento fríos.

Sorbió el té, pero lo sintió agrio en la boca y lo tragó con dolor.

—Pensé que estábamos de acuerdo. Yo no estaba... Fue todo una broma espantosa.

—Sí. —Jolyon masticó su pan con manteca, esquivando su mirada deliberadamente—. No estoy sugiriendo lo contrario. Pero sigue siendo un tremendo golpe para los nervios. Sumado a todo lo demás, la muerte de Rupert, tan de repente.

—Jolyon...

—¡Y mira ahora lo que sucedió! La pérdida de tu hijo. Sería antinatural que *no* te afectara. No es ninguna vergüenza recibir ayuda, lo sabes. Simplemente algo para estabilizar tus nervios, reavivar tu ánimo.

—Lo sé. —Dejó su taza sobre el platillo—. Pero es bastante innecesario. Por favor, no malgastes tu dinero. He lidiado con cosas como esta toda mi vida. —Abrió la boca para hablar, pero ella le ganó de mano—. Esto es lo que siempre me ha sucedido, Jo. Confío en las personas y abusan de esa confianza. Es hora de que me recomponga y aprenda de ello. —Se dio cuenta de que estaba temblando y rápidamente cruzó las manos sobre su regazo.

—Al menos —dijo el Jolyon suavemente, sentándose en su silla—acepta algo de ayuda para "recomponerte". Es mi deber como tu hermano, Elsie, cuidar de ti. Eres tan valiente que a menudo me olvido de que perteneces al sexo débil. No fuiste creada para soportar estas cosas.

Se tragó su réplica, porque sabía que lo lastimaría. A los veintitrés años quería sentirse maduro, sentir que era el hombre a cargo.

—Ya has cumplido con ese deber.

—No, no lo he hecho. —Su ceño se contrajo; hablaba en serio ahora—. Estoy preocupado por ti, Elsie. Tenemos que ser cuidadosos. Después de... —Luchó por un momento, haciendo trabajar su garganta—. Después de lo que pasó con mamá.

Sus ojos quedaron fijos en los de él: los iris color avellana, oscilando ligeramente de un lado a otro, las pupilas encogidas. Pero no pudo penetrar lo suficientemente profundo. Él no entregó nada.

Se dio cuenta de que había olvidado respirar.

—¿Mamá? —susurró.

—Por cómo sufrió al final.

—Eras demasiado joven para recordar eso.

—Te aseguro que lo recuerdo vívidamente.

¿Cómo habría podido ocultarlo? Los temblores inexplicables en sus dedos, los espasmos profundos en sus huesos.

—No lo sabía. Lo siento, Jo. Fue un momento terrible. Te hubiera ahorrado el recuerdo.

Hubo una larga pausa.

—Recuerdo lo mal que se puso —dijo Jolyon, con cuidado—. Esas visiones de duendes y demonios que tenía. Y luego, al final, cosas tan terribles. Solía susurrarme en su cama y acusarte de todo tipo de cosas.

—¿A mí?

—Oh, estaba bastante loca. Entendí eso, joven como era. Pero era nuestra madre, Elsie, y esas cosas pueden ser hereditarias.

Su rostro se estremeció nuevamente en la vida.

—¡Tenía tifus! Una fiebre de esas puede enviar a cualquiera al manicomio.

—Su confusión empeoró con el tifus, pero no comenzó allí. Tú misma me lo dijiste. Dijiste que había sido así desde que murió papá.

—Sí. Dije eso. Por supuesto que el dolor la cambió. Pero no estaba loca, exactamente. Al menos, no es lo que yo creo.

¿Se daban cuenta las personas cuando se volvían locas?, se preguntó. ¿Sentían cómo se desgarraba el tejido de su mente? ¿O era como transitar hacia un apacible mundo de sueños? Nunca lo sabría, porque mamá y ella nunca habían discutido el tema. Y para ser sincera, en ese entonces no le importaba si mamá sufría; de hecho, más bien deseaba que lo hiciera.

—¿Vale la pena correr el riesgo? ¿No es mejor ver a un médico?

Un extraño letargo la inundó. ¿Qué podía saber Jolyon sobre riesgos?

—No puedes hacer la comparación, mi querido Jo, pero si hubieses conocido mejor a nuestros padres, te darías cuenta de que no comparto ningún rasgo con ellos. —El viejo dolor se instaló en su garganta—. Nada, ¿entiendes?

—Lo haces, Elsie. No puedes evitarlo. Ellos están siempre con nosotros, en nuestra sangre, en nuestro propio ser. Nos guste o no.

Ella se estremeció.

—Sí. Sí, supongo que lo están.

Su corazón latía demasiado rápido. Le nublaba los ojos, le secaba los labios. Un débil canto empezó. No sabía si eran sus oídos o las mujeres trabajando afuera.

La luz del día se filtraba a través del smog, perforando las cortinas y salpicando de amarillo la bandeja de té. En cuanto la sintió en su rodilla, se levantó bruscamente. Su taza y platillo tintinearon.

Jolyon la miró fijamente.

—Lo siento —dijo ella. Se llevó una mano a la frente. Estaba empapada de sudor—. Perdóname, Jo. El viaje me sentó terriblemente mal. Creo que será mejor que vaya y me acueste.

* * *

Enero dio paso a un febrero crudo y húmedo, con un viento que aullaba sobre los edificios de la fábrica y hacía salir el humo de la chimenea en una columna diagonal. Elsie apenas notaba el paso de los días. Ya fuesen las preparaciones somníferas prescritas por el médico de Jolyon o las gotas de lavanda roja que tomaba con su vino todas las noches, sentía un bienestar amortiguado, desconectado de las preocupaciones cotidianas.

Recorría la fábrica, pero no tenía verdaderas responsabilidades. Podía pasearse ociosa por la sala de inmersión y observar a los chicos revolviendo una mezcla fosforescente en el horno.

Frías ráfagas de viento arrastraban el humo más allá de las puertas, hacia el espeso smog de Londres. Ocasionalmente, sus fosas nasales chocaban con fragmentos del olor sulfuroso, pero no le molestaba como solía hacerlo. El olor era un pinchazo, una pequeña sacudida, no el cuchillazo de antes.

Cuando se ponía demasiado frío para mirar a través de las ventanas empañadas, entraba en la fábrica propiamente dicha, donde se hacían las varillas. Aquí se movía y respiraba libremente, como un pez arrojado de vuelta al agua. El vapor, el zumbido de la maquinaria, las astillas de madera y el cotorreo de la fábrica le resultaban tan familiares como la voz de Jolyon. Miraba desde lo alto a sus empleados correr de un lado a otro y el brillo furioso de la sierra, y sentía que había sido resucitada. Devuelta a la vida.

En marzo ya estaba recuperada y comenzó servir de mentora a las tres jóvenes que había rescatado de Fayford.

—Aquí —le dijo Elsie a la más pequeña, una niña pequeña con pecas que luchaba por atar su paquete—. Toma esta cubeta y ponlo debajo de la boca de la tolva. Cada uno está diseñado para contener mil ochocientas varillas. Esa es la cantidad justa para tu paquete.

La amiga parecía alarmada ante la perspectiva de tener que contar un número tan grande, pero Elsie la ayudó mientras la chica pecosa iba a llenar la cubeta, enseñándole el mejor nudo para atar el paquete.

—Esto solía hacerlo yo misma —sonrió—, cuando tenía tu edad. —Por supuesto, ya no era tan diestra, con sus manos llenas de cicatrices.

La niña no respondió, aunque era evidente por su cara que no le creyó ni una palabra. Tal vez *fuera* raro que la hija del propietario trabajara entre los empleados, pero papá decía que no conocías una fábrica hasta que no habías trabajado en ella.

Hasta donde Elsie alcanzaba a recordar, esa era la única cosa realmente útil que había dicho su padre alguna vez.

Cuando Elsie se alejó de las chicas, notó que sus zapatos habían dejado huellas en el suelo, como una persona caminando en la arena. La maquinaria zumbaba y la lluvia de varillas caía en la tolva, levantando una nube de polvo. La chica pecosa de Fayford tosió. De a poco, el polvo se fue despejando. Y en un abrir y cerrar de ojos, las huellas de Elsie habían desaparecido.

Era curioso pensar en todas las huellas ocultas, en todos los momentos que la fábrica había conocido, enterrados y luego barridos con una escoba.

Subió las escaleras que conducían a la oficina y se detuvo a mitad de camino, apoyada en la baranda de hierro, desde donde podía ver toda la fábrica. Mujeres llenando marcos y supervisando las máquinas, toda su vitalidad consumiéndose con el vapor. Chispas de fósforos indómitos que chasqueaban y se extinguían. Qué tan rápido sucedía, la efervescencia y la transformación de un estado a otro. En un momento, el fósforo era un palo con una orgullosa cabeza blanca; en el siguiente, un objeto carbonizado, malgastado, con un aspecto triste. Consumido.

Las carretillas de mano transportaban los paquetes hacia y desde la sala de inmersión. Más allá estaban los cobertizos de secado, no del todo visibles a través de las ventanas.

Allí. Esa área de allí, cerca de la sierra circular, apenas oculta a la vista. Si friegas hasta llegar a la superficie, la encontrarás negra y chamuscada. Allí fue donde comenzó el incendio. Donde papá corrió para apagarlo, frenético. Y hacia donde luego... fluyó la sangre. Copiosas cantidades de sangre. Rojo brotando del aserrín. Rojo derramándose entre las patas de la mesa. Un extraño rojo profundo, como un burdeos. Espeso.

El vinagre y las fregadas se ocuparon de lo peor, pero Elsie aún se imaginaba un resto resistiendo allí bajo el aserrín. Marrón, ya no rojo. Marrón como melaza.

Jolyon tenía solo seis semanas cuando sucedió. Papá ni siquiera había llegado a modificar su testamento para incluir a su hijo. Si Elsie hubiese tomado la determinación, podría haber encontrado la manera de retener la propiedad entera de la fábrica hasta que tuviera lugar su matrimonio. Pero no era natural excluir a Jolyon. Lo necesitaba para que la ayudara a soportar la carga de semejante herencia: un legado nacido de la sangre.

Lentamente, se aflojó y se sentó en los escalones, la mejilla apoyada contra la fría baranda. Sí, había habido momentos terribles en la historia de este lugar, pero de alguna manera el trajín de la fábrica los había erosionado, desgastándolos como el mar a una roca. En su lugar vino otro recuerdo, mucho más dulce.

Había estado caminando por estos mismos escalones — no vestida de negro, sino de un vívido magenta a la moda— cuando Jolyon entró por la puerta principal escoltando a tres caballeros. Uno llevaba un bombín; los otros dos, sombreros de copa. Tenían todos más o menos la misma edad —en sus años medios, o un poco mayores–, pero fue Rupert el que captó su atención con su rostro brillante y activo. Tenía más el aspecto de un hombre joven, dañado por una década difícil. Sus compañeros eran lo que mamá llamaba *mal conservados*, con la piel arrugada, curtida.

—Ah —había dicho Jolyon al verla. Estaba nervioso pero intentaba no mostrarlo. Una aureola oscura apareció bajo su axila cuando hizo un gesto—. Aquí está mi hermana que nos va a ayudar con la visita. Señor Bainbridge, señor Davies, señor Greenleaf, permítanme presentarles a la señorita Livingstone.

Los tres se inclinaron. Solo el señor Bainbridge sonrió. Bueno, ella asumió que ese era el caso: el señor Davies y el señor Greenleaf lucían tales monstruosidades de vello facial que no podía estar segura de que siquiera tuviesen bocas.

El señor Bainbridge fue su favorito instantáneo. Tenía un prolijo bigote entrecano y era más coqueto que los otros: hasta llevaba pantalones a cuadros, azul y verde. Tenía la costumbre de jugar con la cadena de su reloj al caminar.

Había tomado el brazo de Jolyon y paseado al trío por toda la fábrica, haciendo acotaciones cuando era necesario y explicando el trabajo de las mujeres. Jolyon habló sobre las máquinas y las tasas de producción. Lo habían ensayado entre ellos hasta la última palabra, como una obra de teatro. Los actos se sucedieron en el orden previsto; sus potenciales inversores asintieron en los momentos indicados, hicieron las preguntas que se suponía que debían hacer. Fue solo cuando fueron a la oficina, y Elsie se sentó frente a Jolyon en la cabecera de la larga mesa de caoba, que surgió el primer problema.

—Perdónenme, señores, pensé que nuestra intención era hablar de negocios —El señor Greenleaf había colocado su bombín sobre la mesa y miraba ora a Elsie, ora a una jarra llena de brandy.

—Es lo que nos disponemos a hacer —dijo Jolyon—. Por favor, procedan.

—No sería muy galante, en presencia de damas.

Elsie esbozó una sonrisa irónica.

—Le aseguro, señor Greenleaf, que la fábrica es un tema del que nunca me canso. No necesita temer aburrirme.

Él inclinó la cabeza. Por supuesto, aburrir a Elsie no era lo que temía, ella lo sabía, él lo sabía.

—Estimada señorita, déjeme ser claro. El lenguaje en estas reuniones puede volverse un poco rudo. Sería mucho mejor si su hermano simplemente le contara las partes adecuadas para sus oídos en un momento posterior.

La risa de Rupert fue una única exhalación.

—¡Caramba!, Greenleaf, no sé qué clase de reunión pretende tener. Yo había venido preparado para ser educado y civilizado.

Jolyon se sonrojó. Sus manos comenzaron a flotar sobre sus bolsillos.

—Deben entender que esta fábrica es la herencia de la señorita Livingstone, tanto como mía. Ella tiene derecho, en mi entender, a estar presente en cualquier...

—¡Bah!, nadie está discutiendo su derecho, hombre. ¿Pero hay necesidad? Ahórrele a la pobre dama los horrores formales.

Podía sentir el corazón palpitándole en el cuello, furioso con este viejo gordo, atiborrado de prejuicios y dinero. *Horrores.* ¿Qué sabía él del horror? Solo por consideración con Jolyon se mordió la lengua.

—Lenguaje grosero, horrores formales —comentó Rupert, balanceando su reloj—. Empiezo a dudar de si yo mismo deseo quedarme aquí.

—Bainbridge, sabe bien a lo que me refiero. Modos comerciales y formalidades de los negocios que nosotros damos por sentados podrían resultar chocantes, por no decir tediosos, para una dama.

Lo peor de todo era que Greenleaf nunca admitiría la verdad. No insultaría su intelecto. No discutiría su lugar. En cambio, montaba esta farsa degradante, fingiendo caballerosidad, pretendiendo objetar su presencia por su propio bien.

Greenleaf continuó.

—Realmente no veo la razón, Livingstone, por la que su pobre hermana deba verse obligada a sufrir esto. No hay ninguna razón en absoluto.

—A menos que sea usted mismo el que la requiera —aportó Davies astutamente—. Siendo tan joven, tal vez necesite la presencia de un hermano mayor.

Jolyon se puso escarlata. Ese fue el desencadenante. Elsie se levantó y agarró la jarra de brandy.

—Bueno, caballeros, han expresado su opinión y estoy segura de que han disfrutado haciéndolo. En cuanto al señor Livingstone y a mí, tenemos asuntos de los que ocuparnos. Cualquier persona que invierta en esta fábrica tendrá que tratar con un dueño y una *dueña*, y eso no es tema de debate. —Se sirvió un dedo de coñac y lo vació de un trago—. Si son demasiado quisquillosos para hablar de negocios con una dama, será mejor que se vayan ahora.

Fue como si las palabras se hubieran pronunciado solas. Elsie sintió una llamarada en el fondo de la garganta y se quedó mirando el vaso de brandy, incapaz de entender cómo había llegado a su mano.

Los señores Greenleaf y Davies se levantaron y se fueron. Rupert se quedó.

Después de todo ese alboroto, fue Jolyon el que habló durante la mayor parte de la reunión, detallando los planes para pasar de producir fósforos lucifer a fósforos de seguridad, así como las propuestas que habían elaborado juntos para mejorar el bienestar del personal. Fue Jolyon el que explicó los sistemas de ventilación, y argumentó la necesidad de una instalación de secado separada. Pero fue a Elsie a quien Rupert recordó.

—Una mujer extraordinaria —le dijo a Jolyon, cuando pensó que ya estaban fuera del alcance de su oído—. Tu hermana tiene perspicacia para este negocio, Livingstone, lo percibo en cada palabra que dice. Haces muy bien en involucrarla.

—Elsie.

Pero eso no fue lo que Jolyon había dicho en respuesta. No era una voz del pasado, sino del aquí y ahora.

—Elsie.

Parpadeó, haciendo un esfuerzo por regresar al presente. La imagen de Rupert y Jolyon dándose un apretón de manos se fundió. En el vacío que dejó se alzó otro Jolyon. No se parecía en nada al joven que acababa de ver; su cara estaba distorsionada, estremecida; su voz sonaba hueca e irreal.

—Elsie, ¿qué estás haciendo aquí? He estado buscándote por todas partes.

Ella se puso de pie, bajando los últimos escalones para tomar sus manos. Estaban resbaladizos y calientes.

—¿Qué sucede? Te ves terrible, Jo.

—Algo espantoso. Empaca tus cosas. Tienes que volver a The Bridge. Hoy.

Su estómago se agitó.

—¿Por qué? ¿Qué demonios ha sucedido?

—Es Mabel. —La agarró de sus guantes y los apretó—. Mabel está muerta.

THE BRIDGE, 1635

Mañana ha de morir.

Es mi culpa. Todo ello. Todas las mañanas me despierto con náuseas por el esfuerzo de digerir la culpa. Pero no he sufrido lo suficiente, nunca sufriré lo suficiente para complacer a Josiah. Necesita empujar mi cara contra ella, como se hace con un perro que ha ensuciado la casa de su amo. Así que estamos organizando una celebración.

Como Mark alcanzó al fugitivo, mi esposo ha decretado que los sirvientes sean recompensados con un festín. Los espetones han estado girando todo el día, inundando la planta baja con humo. Me arden los ojos.

Josiah les ha permitido usar el Gran Salón. Ahora están allí sentados, entrechocando vasos, arrancando la carne de los huesos con los dientes como si estuvieran desgarrando al propio Merripen.

Me he resignado a resguardarme en la cocina junto a Lizzy. Es mi penitencia estar sentada aquí en medio del humo asfixiante, el sudor goteando de mi frente, mirando las pieles de los animales ampollarse y burbujear a medida que giran sobre el fuego.

Intentamos conversar, pero resulta demasiado frívolo, un pasatiempo demasiado ordinario. ¿Cómo pueden continuar esas pequeñeces después de todo lo que ha sucedido?

—No parece correcto —suspiró Lizzy. Se secó la cara—. Celebrar así porque un muchacho va a ser descuartizado en la mañana. Aunque sea un muchacho malo.

Escuché la grasa gotear y chisporrotear. ¿Así se asaría Merripen en los fuegos del infierno?

—Fui tan estúpida al confiar en él. Y, sin embargo, no parecía un niño malvado.

—Sí. Pero el diablo toma muchas formas. La manera en que atacó a ese pobre caballo... —Se acercó a mí y acarició mi mano con su propia palma sudorosa y callosa—. Tal vez es mejor así. Acabar con él antes de que pueda volcar despecho sobre un alma humana.

Pero qué fin.

Nos quedamos contemplando el fuego juntas. Para mis ojos, los troncos eran extremidades carbonizadas; una pobre alma quemada en la hoguera. Dios quiera que nunca descubran la manera en que engendré a Hetta. Si ahorcan, arrastran y descuartizan a Merripen, ¿qué serían capaces de hacerme a mí?

—¿Cómo está Hetta? —pregunté al fin—. ¿Sabe lo que le sucederá a su amigo?

Lizzy se subió a un banco.

—No se lo dije, pero es perspicaz. Sabía que iba a haber una gran fiesta. Estuvo yendo y viniendo al jardín toda la mañana, recogiendo hierbas para Cook. Supongo que le hace bien mantenerse ocupada.

—¿Y ahora?

Echó un vistazo al reloj.

—Ahora debería ir a buscarla. No tuve coraje antes, así que la dejé en paz sentada donde estaba. Pero hay una fresca cruel en ese aire. No puedo dejar que se resfríe.

Alcé la mano mientras se levantaba.

—Deja que vaya yo, Lizzy.

Inclinó la cabeza dando su consentimiento.

El aire helado era inmisericorde viniendo del calor de la cocina. No me había dado cuenta de lo frío que se había puesto. Hacía el frío suficiente para que nevara. La escarcha brillaba sobre las ramas que se quebraban bajo mis pantuflas mientras me dirigía a la huerta de hierbas.

Mi otrora hermoso jardín se había convertido en una colección de ramas huesudas azotadas por el viento. El cielo se extendía arriba, incoloro como la sal. Ya no crecían lirios, ni sobrevivían rosas. Solo quedaban los arbustos podados, un espectro verde de mis esperanzas del verano. Y las hierbas de Hetta.

Pensaba que estaba helada antes de verla. Pero en el momento en que mis ojos se posaron sobre mi hija, mi corazón se congeló dentro de mí.

Estaba sentada en la tierra helada con sus faldas recogidas. Perfectamente inmóvil. Aunque sus manos enguantadas estaban vacías, las sostenía en su regazo con las palmas mirando hacia el cielo.

Su canasta había quedado sobre el sendero. Siguió sin alzar la vista cuando mis pies crujieron a su lado. Tenía la mirada en blanco clavada hacia delante.

—¿Hetta? Hetta, ¿qué estás haciendo? Te pescarás un resfrío mortal.

Tiré de su hombro. La sentí en mi mano como una muñeca, floja e inconsciente. Cristales de humedad centelleaban en su pelo. ¿Cuánto tiempo la había dejado Lizzy sentada aquí en la humedad?

—Hetta. Dame tu mano y ponte de pie.

El último destello del crepúsculo bailó sobre las hierbas heladas y enmudeció mis ojos. Me incliné y sentí que los guantes de Hetta estaban pegajosos, manchados con el jugo de las plantas. Despidieron una fragancia a tomillo y a algo más profundo, algo amargo, cuando los agarré y tiré de ellos para ponerla de pie.

—¿Has estado recogiendo hierbas con tus manos? —Miré en dirección a la canasta. Estaba llena de enredaderas y cardos—. ¿Dónde están tus pequeñas tijeras?

Buscó en su delantal. La luz fría se reflejó en las cuchillas cuando las movió, *¡chic, chic!* Parecían oxidadas, las agarraderas estaban embadurnadas de una sustancia marrón.

—Tendrás que pedirle al cuchillero que te las limpie.

La empujé hacia la casa. Parecía más muerta que viva; su piel como de cera y sus ojos de un verde apagado y chamuscado. Mi aliento salía expelido y se condensaba en el aire antes de desintegrarse, pero el suyo era superficial, apenas respiraba. Solo una vez brotó un hilo de su nariz, delgado como el humo de una vela ahogada.

Le cambié la ropa y tendí su cama con pieles. Avivé el fuego de su habitación con mis propias manos. Luego cubrí la jaula de su gorrión y coloqué una de las acompañantes de madera a su lado, como a ella le gustaba.

Con el gemido del viento en la chimenea de fondo, nos quedamos sentadas mirándonos la una a la otra, nosotras dos, cómplices en nuestra culpa. Juntas habíamos arruinado a la familia. Y el viento aún seguía aullando, advirtiendo de futuros tormentos por venir.

Hetta alzó una mano. Estaba buscándome, estirándose hacia mí, queriendo mi consuelo...

No. Ni siquiera me vio. Todo lo que quería era mi collar de diamantes.

Me alejé de ella.

Cuando por fin Hetta se durmió, regresé a la cocina. Lizzy estaba dormida sobre la mesa, la cabeza apoyada en los brazos. Estoy sentada en este momento junto a su querido y cálido cuerpo, escucho el aliento que silba por su nariz. Me doy cuenta de que esta anciana con líneas surcadas en su cara es la única conexión verdadera entre Hetta y yo. Después de todos mis esfuerzos para crear una hija preciosa y una amiga, esto es todo lo que compartimos: el amor de una sirvienta y la muerte de Merripen.

* * *

Estaba a punto de quedarme dormida cuando llegaron gritos desde el pasillo. Les siguieron pasos, pesados y desiguales. Toqué el hombro de Lizzy.

—Lizzy, despierta. Vuelven a la cocina.

El fuego había menguado. Un aire frío se filtró a través de las paredes de piedra. El viento era salvaje ahora, sacudiendo la puerta, golpeando la ventana. Levanté la vista y traté de ver afuera, pero el hielo jaspeaba el vidrio.

—Lizzy.

Ella gruñó y se movió.

—¿Qué hora es, señora?

—No lo sé. Hora de acostarnos. Ven, no soporto esperar aquí. En cualquier momento se ponen a cantar.

Estábamos casi en las escaleras de los sirvientes cuando un golpe impactó en la puerta del patio del establo. Me quedé helada. ¿Quién podría estar afuera en esta tormenta?

El vidrio repiqueteó en los marcos de las ventanas. La chimenea estalló.

El golpe se sintió de nuevo.

Lizzy avanzó hacia la puerta, sus hábitos de sirvienta arraigados. La agarré de la manga.

—Lizzy... —No podría decir a qué le temía. El pánico subió desde mi pecho a mi garganta.

El ruido de los sirvientes se hizo más fuerte.

—Tengo que responder, señora. ¡Un cuerpo podría morir congelado en esta ventisca! —Su manga de lana frotó mis dedos y se soltó.

Alcanzó la puerta del patio justo cuando los sirvientes irrumpieron desde la dirección contraria. Mark se abalanzó sobre el asador, el rostro enrojecido. Luego entró Jane, riéndose, y luego Cook junto a una hilera de lacayos que me resultaron desconocidos sin sus libreas. Siguiéndoles los talones flotaba una agria nube de alcohol.

—¡Qué diablos! ¿Qué es esto? ¿Un ama en la cocina?

Lizzy les lanzó una mirada fulminante antes de girar y abrir la puerta. El viento la empujó hacia adentro, azotándola contra la pared. Una ráfaga de nieve cayó sobre los azulejos, derritiéndose en un instante mientras el fuego crepitaba, proyectando sombras en el techo.

Los sirvientes borrachos soltaron rugidos de desaprobación.

—¿Por qué abriste esa puerta, maldita seas? —gritó Mark—. Está frío como teta de bruja ahí fuera.

No pude ver quién había estado llamando a la puerta; la nieve era muy densa. Entrecerré los ojos, temblando. Algo se movió en medio de las ráfagas. Algo que le llegaba a la cintura a Lizzy.

—¡Oh! Dios nos salve, ¿qué sucede?

Lizzy retrocedió, tropezando con Jane. Ahora lo vi: la criatura más extraña; negra como el diablo, pero toda salpicada de puntos blancos. Se tambaleó hacia delante, balbuceando en lenguas. Jane gritó.

—Piedad. —Una única palabra inteligible. Todo se detuvo. La criatura extendió sus manos oscuras; la atmósfera cosquilleaba a su alrededor—. P-p-piedad.

Entonces vi que no era un demonio, sino una niña enjuta, el cabello suelto y desgarrado por el viento, goteando por las puntas.

—¡Aquí no se admiten mendigos! —ladró Lizzy. Nunca la había visto tan asustada. —No queremos a tu calaña.

Abrí la boca para decir que podía dormir en los establos. Luego recordé lo que había sucedido la última vez que dejé entrar a un extraño a los establos.

La chica sacudió la cabeza. Algo en sus ojos negros me resultaba familiar.

—Josiah Bainbridge —tartamudeó al pronunciar el nombre; estaba claro que no era su lengua materna—. Ver a Josiah Bainbridge. Piedad.

Mark se adelantó, empujando a Lizzy detrás de él.

—No te acercarás ni un poco a mi amo. Ahora vete de aquí.

No pude contenerme. La pregunta se escapó de mí.

—Piedad... ¿Piedad para quién?

Los ojos oscuros se volvieron hacia mí. Diamantes de nieve pegados a las largas pestañas.

—Hermano.

El piso dio vueltas debajo de mis pies. La piel de gallina trepó por todo mi cuerpo y supe en ese instante lo que era realmente tener clarividencia. No mis extraños presentimientos y sueños, sino el poder en los ojos negros de esta chica. No necesitaba escuchar el nombre, pero ella lo dio.

—Hermano. Merripen.

Jane gritó de nuevo.

—¡Sangre de Dios! Es ese gitano —rugió Mark—. ¡Es pariente de ese chico vil!

—Llévala ante el amo —gritó Cook. Ella se afirmó contra la pared y eructó—. La hará colgar junto al otro, eso es lo que hará.

Los sirvientes se le abalanzaron en tropel. Eran menos de una docena, pero se habían convertido en legión: una masa de dedos tironeando y caras rojas enfurecidas.

Lizzy fue empujada a un lado. Su cuello negro arrancado. Se aferró a la chimenea de ladrillo, suplicándome con su mirada. "Detenlos". Hice un ademán, pero ya tenían agarrada a la niña, torpes y rudos en su ebriedad.

—¡Deténganse! —Lizzy se arrojó desde la chimenea e intentó abrir sus manos—. ¡Corre, niña! —gritó—. ¡Corre!

Sumé mi voz. Ellos no la escucharon. ¿Quién era yo para pararlos, ahora? El ama denigrada, la esposa a la que Josiah trataba como a desechos de una zanja.

Lizzy logró liberar una de las muñecas de la niña. Arañando y aullando, la niña pudo soltar la otra. En ese mismo instante, un puño perdido dio contra el costado de la cabeza de Lizzy. Cayó. No quedaba nada entre la niña y la turba.

Nunca, en toda mi vida, me había movido tan rápido. Sin hacer caso de los bancos, de mis faldas, me arrojé al espacio que Lizzy había dejado y tomé una decisión. No se atreverían a golpearme, pero no podría contenerlos por mucho tiempo. Tenía que alejar a la chica.

Colocando ambas manos sobre sus hombros huesudos, la empujé a través de la puerta, hacia las garras de la tormenta. Sus manos se agitaron y agarraron mi garganta; sentí el collar de diamantes separarse de mi piel. Nuestros ojos se encontraron de nuevo por un instante fugaz. Y al instante siguiente había desaparecido, tragada por una corriente de nieve.

Me volteé y cerré la puerta de un portazo detrás de mí. Mi columna vertebral estaba firme contra la madera, mis brazos abiertos para impedir el paso.

—¡Atrás! —grité—. ¡Retrocedan!

Mark se enfrentó a mi mirada. Su rostro se torció.

—Le contaré al amo de esto.

Uno a uno se dispersaron, retirándose a sus habitaciones. Jane quedó tendida en el piso y allí sigue, roncando frente a las brasas que sobreviven del fuego. Hace un frío de muerte. Pese a ello, Lizzy y yo permanecemos juntas aquí sentadas con una sola vela, sin poder movernos.

Todo lo que podemos hacer es escuchar al viento azotar el bosque. No se ve nada a través de la ventana: está cubierta de nieve, y estamos enterradas.

—Hace mucho frío —dice Lizzy, cada tanto—. Mucho, mucho frío.

* * *

FIN DEL PRIMER VOLUMEN

THE BRIDGE, 1866

Elsie se sentó firme como una roca en los asientos, con la vista al frente mientras el carruaje se dirigía hacia Fayford. Afuera, el clima era templado. La luz suave y pálida mostraba brotes en los setos y flores en cada árbol. Pero este año la primavera era una cruel burla.

Sentía las mejillas tensas, como cera endurecida. Un zorzal trinaba en el bosque y parecía el sonido más doloroso y discordante que alguna vez había escuchado.

¿Cómo pudo pasar esto?

Un accidente, dijo la Señora Holt. Mabel estaba lavando verduras para la cena de los sirvientes y no se tomó el tiempo para secarse las manos antes de preparar la carne. La cuchilla debía haberse resbalado.

Resbalado. Una palabra conveniente: fuera de control; difícil de sostener, incluso en la boca. Demasiado rápido. No podrías probar que algo se resbalaba. Elsie lo sabía bien.

Pero si la mano de Mabel se había resbalado, ¿por qué no corrió en busca de ayuda? ¿Por qué nadie la oyó gritar? ¿Cómo podría ser que nadie supiera del accidente hasta que Helen la encontró en un charco de sangre en el suelo de la cocina, con un corte vertical desde la muñeca hasta el codo?

Solo una respuesta se le aparecía: ella no quería ayuda. Lo había hecho adrede.

—Esto es mi culpa. —Jolyon había chupado un cigarro y exhalado con fuerza a través de la nariz mientras caminaba de un lado a otro de la oficina—. Yo estaba enojado. La acusé de esas cosas terribles. Se acerca la Pascua, debe haber tenido tanto miedo de regresar al asilo que ella...

—No creo que hayas estado equivocado en acusarla como lo hiciste.

—¿Cómo puedes hablar así?

—Piensa, Jolyon. Este suicidio, si fue suicidio, confirma, en lugar de refutar, tus sospechas. Muy a menudo, este tipo de cosas es un acto de remordimiento. Si ella me engañó y mató a mi bebé... Bueno, ¿quién podría vivir con eso?

Él inhaló otra bocanada profunda.

—De cualquier manera —dijo entre el humo—, mis palabras han empujado a una chica hacia el suicidio. Hay sangre en mis manos. —Y se había quedado mirando sus dedos, sacudiendo el extremo de su cigarro—. Debes volver de inmediato, Elsie. Tengo negocios que terminar aquí, pero te seguiré tan pronto como pueda.

Cualquiera fuera la verdad, mantendrían la conclusión de la señora Holt: un accidente. Lo menos que podían hacer era asegurarse de que Mabel fuera enterrada en tierra sagrada.

Pensar que toda esa vida y ese rostro audaz desaparecieron. La muerte le confería a la chica una dignidad que nunca había tenido. Se pararían alrededor de su ataúd en silencio, respetuosos, esperando que despertara en cualquier momento y les preguntara por qué estaban llorando.

Una mano fría le retorció las tripas cuando se acercaban al pueblo. La luz del sol de primavera no hacía nada para mejorar las cabañas. Las malas hierbas brotaban de la paja que se enmohecía en los tejados. Se removió en el asiento, sintiendo que algo se desataba en lo profundo de ella. Se retorcía entre todos sus viejos miedos, vistiendo las supersticiones como una vieja capa.

Se levantó el velo y miró hacia los castaños que se mecían sobre la iglesia. Flores blancas se marchitaban entre las nuevas hojas en las ramas. ¿Era esa Sarah, en la entrada sur? Miró por la ventana, pero las figuras detrás de la pared de piedra eran tan pequeñas y borrosas que no podía distinguirlas. Por supuesto, era posible que Sarah estuviera en la iglesia, haciendo arreglos. ¿Qué diría ella acerca de la muerte? ¿Qué diría el señor Underwood? Era un terrible desastre.

Su carruaje trotó sobre el puente. El agua gorgoteó debajo, parecía reírse de su desgracia. Había algo malo respecto a The Bridge. En Londres, había aprendido a burlarse de su miedo como si fuera una tontería, pero ahora que había regresado, podía sentirlo, arrastrándose, deslizándose. Algo oscuro e insidioso que bajaba todo el camino hasta las raíces de las plantas que crecían en el jardín. No era solo el pasado, esos extraños acontecimientos de los que Sarah hablaba en el diario de Anne Bainbridge. La estructura misma del edificio era mala. Elsie podría enfrentar la fábrica de fósforos donde había sufrido de niña, pero esto... este lugar la ponía nerviosa.

Cuando Mabel fuera enterrada, se llevaría a Sarah de vuelta a Londres con ella y cerraría la casa para siempre.

Cuando el carruaje giró y descendió por el camino, el sol se encendió sobre las colinas, abrillantando la hierba. Desde esta distancia todo estaba hecho de sombra y luz; los arbustos brillaban, los ladrillos se oscurecían, las ventanas flameaban.

No fue hasta que Peters acercó el carruaje a la fuente que las llamas murieron en las ventanas y Elsie vio una imagen que le dolió en el corazón.

No podía ser.

Abrió bruscamente la puerta del carruaje y tropezó al bajar, parpadeando, sobre la grava.

—¿Señora? —Peters sonaba ansioso—. Espere allí, iré a ayudarla.

—No —gimió Elsie—. No, estás muerto.

Observó, como ella siempre hacía, solo observó.

—¿Señora? —Hubo un crujido cuando Peters saltó de la caja.

Mamá no podría haberlo hecho, ¿no le gustaba *observar*?

—¿Está indispuesta?

Elsie no le hizo caso. Nunca antes lo había notado, pero ahora lo veía: ese parpadeo de excitación mórbida en las pupilas. Era el aspecto de alguien frente al patíbulo, que iba a ver un ahorcamiento. Sediento de sangre.

—Oh, no, mamá. —La idea era peor que cualquier otra cosa, peor que el acto en sí.

Ahora Peters estaba sacudiendo su brazo, su voz tensa.

—¿Señora Bainbridge? ¿Señora Bainbridge? ¿Qué pasa, qué está mirando?

—El acompañante. ¡Mira!

—¿Acompañante? No, señora. Yo los corté en pedazos, ¿recuerda?

—No ese. —Ella extendió su mano. Hubo una especie de satisfacción al señalarla, como una víctima al acusar a su atacante en la corte.

—Es mi madre.

—¿Qué?

—En la ventana. ¡Mire, hombre!

Pero Peters dio un paso atrás, sacudiendo la cabeza. —Ahí no hay... No hay nada en la ventana, señora.

No podía ser cierto. Se sujetó la frente con ambas manos.

—Mire de nuevo.

—Estoy mirando. La ventana está vacía. —Peters se movía lentamente, tendiéndole las manos, como si tratara de aplacar a un perro peligroso—. Déjeme buscar a la señora Holt, señora. Se sentará, tomará una buena taza de té.

—No. ¡No! Ella está allí, se la mostraré.

—¡Por favor, señora!

Ella estaba más allá de la razón, más allá del miedo. Subió corriendo los escalones hasta la puerta principal y entró como una tromba en el Gran Salón vacío. Olió el aserrín en el aire. Un fuego explotó y crepitó en la parrilla.

—¡Mamá! Mamá! —marchó a través del salón, llamando a su madre. Mil ecos resonaron en ese grito: súplicas de la infancia de años atrás. Ahora, como entonces, solo el silencio respondió.

La sala de música.

—¡Mamá! —Su voz rebotó en el techo alto y moldeado. No tenía por qué sorprenderse. Mamá nunca vino a ayudarla, ni siquiera cuando Elsie estaba sangrando y gritaba su nombre desesperadamente—. ¡Por favor, mamá, solo esta vez!

Las lágrimas ardían en sus ojos cuando entró dando tumbos en la sala de juego. Nunca debió haberlo hecho. Nunca debió *haber tenido* que hacerlo, si mamá solo hubiera...

Una voz estalló en lo profundo de ella, retumbante, brotó de su boca en un grito crudo. Cayó de rodillas.

—¡Señora Bainbridge! —Las botas de Peters en la alfombra a su lado.

—Señora Bainbridge, ¿qué ha...? ¡Dios mío!

Él se tambaleó contra la pared, sosteniéndose en busca de apoyo, cuando vio lo que ella había visto.

La cabeza del ciervo ya no colgaba de la pared. Se había caído, con la cornamenta hacia abajo. Pero no había caído directo sobre el suelo.

Helen yacía debajo. Empalada, ensartada, penetrada.

La sangre brotaba de un hueco donde antes estaba su ojo. Los músculos a su alrededor todavía estaban crispados, como si pudieran hacer parpadear la lanza de cuerno que sobresalía del globo ocular, inmovilizando a Helen sobre la alfombra.

Un fluido brotaba de sus labios. Se movían, trataban de moverse, pero ella se estaba ahogando. Emitió un horrible gorgoteo al mismo tiempo que Peters vomitaba.

Elsie se tambaleó. Las imágenes se borroneaban, desaparecían. O más bien, *ella* estaba desapareciendo, retirándose de la carnicería que tenía delante para esconderse en algún lugar, en el fondo.

HOSPITAL ST. JOSEPH

El lápiz estaba afilado. El doctor Shepherd le había sacado punta con su cortaplumas. A ella no le gustaba cómo escribía ahora: rasgaba al deslizarse por la página; se enganchaba; amenazaba con romper cuando presionaba demasiado. Tenía que sostenerlo con delicadeza, como si fuera de vidrio.

Pero no estaba hecho de vidrio, estaba hecho de madera. Olía a madera, después de haber sido afilado —ella reconoció el aroma inquietante de los árboles cortados.

Una y otra vez, las mismas palabras. Tal vez querían embotar su iniciativa. Haz que sea suave y brillante para que pueda retomar su historia. Se negaba a continuar mientras las letras se vieran así: crujientes y resplandecientes en su claridad.

¿Podría también ella embotar sus sentidos? Una vez las drogas lo habían logrado. Recordaba haber recorrido los pasillos con el doctor Shepherd, apenas capaz de mantenerse despierta. Pero ahora su cuerpo traidor se estaba acostumbrando, como ya se había acostumbrado a tantas pruebas.

Comenzó a sentir la tristeza arraigada en las paredes blancas y frías del hospital. Toda su existencia limitada a una celda solitaria, con barrotes. ¿Por qué los químicos fabricaban medicinas que despertaban a la gente, cuando la realidad era triste y sin esperanzas? Mejor los sueños de láudano, los tranquilizantes. Por ahora, se sentía como una mujer en la cama una ardiente noche de verano, desesperada por dormir pero dando vueltas y más vueltas, incapaz de descansar. Escribiendo las mismas dos palabras, una y otra vez.

Jolyon. Proteger a Jolyon.

Su conjuro desde el día en que él nació, en su duodécimo cumpleaños. *Proteger a Jolyon.* Sin embargo, él no estaba allí y no había venido de visita. Eso solo podía significar una cosa: le había fallado.

La abertura de observación se abrió.

—¿Señora Bainbridge? ¿La molesto? ¿Puedo pasar?

Vio las gafas del doctor Shepherd centelleando detrás de la abertura de la puerta. El lápiz se le cayó de los dedos.

Él abrió el cerrojo y entró en la celda, cerrando la puerta detrás de sí. La pila de papeles que llevaba era más gruesa que nunca.

—¿Por qué no se sienta en la cama, señora Bainbridge? Estoy dispuesto a permanecer de pie.

Hizo lo que le pidió. Las cobijas todavía conservaban el calor de su cuerpo, y retenían su propio olor. Qué extraño, cómo una cama había llegado a significar seguridad y escape para ella. No siempre había sido así.

—Pensé que era mejor que se sentara, señora Bainbridge, porque me temo que nuestra charla de hoy puede resultar molesta. Su historia ha progresado hasta el punto en que empiezo a entender el patrón de su mente. Ya hemos llegado al quid de la cuestión.

Sus palabras se hundieron en el fondo del estómago. Tenía ganas de salir de la cama y echar a correr. Sus ojos recorrieron la habitación, desde la ventana con barrotes hasta la pesada cerradura de la puerta. No había escapatoria.

—Usted ha escrito sobre estos "acompañantes", como los llama. Dice que les tenía miedo. ¿Pero sabe lo que realmente nos asusta? No son las cosas que hacen el sonido de un golpe, o incluso *tris*, en la noche. Nuestros miedos están mucho más cerca que eso. Tememos a las cosas que están dentro de nosotros, ya sean recuerdos, enfermedades o impulsos pecaminosos. —Él inclinó la cabeza. Sus gafas se deslizaron hacia la izquierda—. Usted, deduzco, tiene miedo de ser como cualquiera de sus padres.

Estaban destinados a venir, por supuesto: los pinchazos de luz en su campo visual y el ruido como de agua en sus oídos. Recuerdos infantiles, ideas infantiles, que si cerraba los ojos, de algún modo, el doctor Shepherd no podría verla.

—Entiendo lo que siente. Pero no puedo fingir ignorar los indicios que deja caer, por más que por natural delicadeza prefiera correr un velo sobre el tema. Y creo que eso es lo que ha hecho, señora Bainbridge: correr un velo. Primero a través de la coacción y luego a través de una especie de necesidad mental, ha ocultado el hecho de que sus padres la maltrataban.

Si todavía tuviera voz, gritaría: *No, no, hable de todo menos de eso.* ¿O no lo haría? Una parte de ella, una pequeña parte traicionera, debía querer que se supiera o no lo habría escrito, no se lo habría dicho.

Él se aclaró la garganta.

—Créame, señora Bainbridge, lo siento profundamente por usted. Una traición a la confianza a tan temprana edad, de quienes instintivamente nos vemos impulsados a querer... Y una madre, que debería nutrir y proteger, pero en cambio...

Había creído estar más allá de las lágrimas, en un paisaje árido donde nunca fluirían. Sin embargo, ahí estaban; calientes, deslizándose hacia su barbilla, cortándole la respiración. ¿Han estado acechando allí todo el tiempo, esperando el deshielo?

—Quería, más que nada, decirle que este es un acontecimiento positivo. Naturalmente, no se siente así: la está obligando a enfrentar un mundo de angustia. Sin embargo, *lo enfrenta*, señora Bainbridge. Ha tenido la fuerza suficiente para recordar estos abusos antinaturales de su confianza. Sé que también encontrará la fuerza para recordar lo que pasó en The Bridge la noche del incendio. Entonces podemos hacer nuestro informe. Podemos limpiar su nombre.

Sorprendida, se encontró con su mirada: ojos verdes como suaves brotes de primavera; flexibles, indulgentes. Y se dio cuenta, con un alivio tan agudo que casi era doloroso, que estaba de su lado.

THE BRIDGE, 1866

La habitación fue amable con Elsie al principio. Los objetos se retiraron a una distancia considerada, brumosos alrededor de los bordes, conteniendo todo su peso. El pánico flotaba en un lugar que podía percibir pero no sentir del todo.

La luz jugaba en el techo y formaba ondas. Agitó sus pestañas.

—Elsie. —Una presión sobre su mano—. ¡Señora Holt, tráigale una bebida caliente! ¡Rápido! ¡Está despierta!

Ruidos abajo. Eran demasiado agudos, y penetraban su delicado estado.

—Elsie, querida Elsie. Gracias a Dios. —Gradualmente, las fuertes facciones de Sarah se fueron definiendo.

—No soy... —Su boca sabía a metal. Lo intentó de nuevo—. Por qué estoy... —Ningún recuerdo permanecía quieto el tiempo suficiente para que pudiera aferrarlo. Vio un ciervo, luego un fósforo... Se alejaron de nuevo.

—No trates de hablar. El doctor dice que debemos mantenerte callada. He telegrafiado al señor Livingstone, vendrá de inmediato.

Ella miró a su alrededor. Todo estaba allí: los pesados postes de la cama tallados con uvas y flores; el lavabo; el espejo triple en el tocador. Características de The Bridge que regresaban como un sueño largamente olvidado. No podía procesarlas. Jolyon vendría.

Jolyon, tan leal, su ancla. Debía aferrarse a eso. Pero ¿por qué no estaba ahí con ella ahora? Estaba molesto, ¿no? De luto por algo. Mamá. No, Mabel. Mabel. *Helen.* Se sacudió de golpe, empapada en sudor frío.

—¡Helen! Ella estaba... estaba...

La mano de Sarah presionó su hombro, recostándola contra las almohadas.

—Silencio, silencio. Lo sé. —Tragó saliva—. Estábamos en la iglesia, la señora Holt y yo, hablando con el señor Underwood sobre el funeral de Mabel. Pero ahora parece... Ahora tendremos que tener dos.

Elsie cerró los ojos. Todavía estaba con ella: la cara de fresa de Helen mirando hacia arriba desde la alfombra en todo su horroroso desastre.

—¿Cómo? ¿Cómo pudo pasar esto?

Sarah tomó aliento, temblorosa.

—Hicimos bajar al agente desde Torbury St. Jude. Luego algunos inspectores. Peters dio una declaración. De lo que pueden conjeturar, fue algún tipo de accidente terrible. Helen debió haber estado limpiando el ciervo, dijeron, cuando...

Las luces brillaron detrás de sus párpados.

—Pero no lo crees, Sarah. Puedo escucharlo en tu voz. No crees ni una palabra de esto.

Sintió que Sarah se acercaba más.

—No, no lo creo.

—Dime.

Sarah estalló en lágrimas.

Los ojos de Elsie se abrieron de golpe. La cara de Sarah era un estruje de arrugas húmedo y rojo. Luchó por respirar a través de sus sollozos.

—¿Sarah? ¿Qué ocurre?

—Esto es mi culpa. Todo esto es mi culpa.

—¿Cómo puedes pensar eso?

La mandíbula de Sarah tembló.

—Yo… Oh, ¿cómo puedo decírtelo? Fui yo, señora Bainbridge. ¡Yo tomé sus… diamantes!

El vómito se elevó hasta la parte posterior de su garganta. Mabel no robó los diamantes: era inocente. Inocente y empujada a un acto desesperado por el error de Elsie.

—Solo quería algo de mi… mi familia. Entonces Mabel se metió en problemas y yo... no supe qué hacer. Nunca pensé que...

La sangre caliente corría por sus manos.

—Iba a decírselo en Pascua —balbuceó Sarah—. Iba a decirle a todos la verdad, lo juro. ¡Pero entonces Helen decidió que los acompañantes debían haber robado el collar! Ella... —Sarah frunció la boca, dolorida—. Quería quemarlos de nuevo. ¡Ella me quitó a Hetta y la arrojó al fuego de la cocina!

Débil y enferma, Elsie se presionó las sienes.

—No entiendo. ¿Por qué sospechaba de los acompañantes?

—Eso es lo que la señora Holt no le contó. Había un acompañante, Elsie, en la cocina con Mabel. Uno que nunca había visto antes, una especie de cocinera.

Los pinchazos subieron por los brazos de Elsie.

—Vi a un acompañante de mi propia madre, Sarah, de pie en la ventana. Justo donde estaba la huella de la mano.

—¿Lo ves? Se están multiplicando. Creo que el fuego solo los hace más poderosos. Y nunca habría habido un incendio, si no fuera por mi estúpido, estúpido...

—Podrías haberme pedido los diamantes —interrumpió Elsie—. No te los habría negado.

Sarah bajó la cabeza.

—Estoy tan avergonzada. Es casi como si... No pude evitarlo. Pero no soy solo yo. Hetta también estaba obsesionada con ellos, obsesionada con los acompañantes y con el collar de diamantes. He estado mirando los registros que trajo el señor Underwood, averiguando todo lo que puedo sobre Anne. Por lo general, hay poco material sobre una mujer del año mil seiscientos, pero encontré registros de Anne porque... por la forma en que murió.

Elsie no pudo obligarse a preguntar.

—Fue quemada —susurró Sarah—. Quemada en la hoguera por bruja.

—¿Bruja? ¿Es *ella* la bruja que los aldeanos aún temen?

—Sí. Y con buenas razones. Los registros dicen que mató gente, Elsie. Pero en el diario, ella no es malvada. Pensó que estaba usando magia blanca, los viejos remedios de hierbas de las mujeres sabias. Pero debió haber cometido un error. Su pobre hija nació sin lengua y algo más, algo *malvado*...

Elsie no quería creerlo. En la fábrica, se había convencido a sí misma de que no lo creía. Pero aquí, en esta casa donde Rupert había muerto, donde habían muerto sus hermanos, podía sentirlo. El viejo, viejo miedo. Ninguna cantidad de razón o lógica podría borrar esa sensación. Había conocido el mal de niña, reconocía su voz aterciopelada.

Un golpe sonó en la puerta. Ambas saltaron.

—La bebida caliente —era la señora Holt.

—Adelante —graznó Elsie.

El vapor entró primero, una mezcla de nuez moscada caliente y melaza. La señora Holt apareció con una bandeja y una taza que se derramaba entre nubes de calor. Nuevas líneas se arrastraban alrededor de su boca y la hacían parecer articulada. El blanco de sus ojos, siempre cargado de ictericia, ahora estaba cubierto de líneas de color rojo.

Elsie tomó la taza. Aromas lechosos y dulces tentaban sus fosas nasales. Su estómago suplicaba algo de sustento, pero no podía beber. No quería tragar nada de esa casa. No la quería dentro de ella.

—Señorita Sarah, creo que será mejor que deje a la señora por ahora. Recuerde, necesita descanso. El doctor así lo dijo.

—Pero… —comenzó a decir Sarah.

—Realmente debo insistir. Perdóneme, señorita, pero el señor Livingstone nunca me perdonará si llega y descubre que no he seguido las órdenes del médico.

Sarah acarició el cabello de Elsie. Apoyándose cerca de su oreja, susurró:

—Volveré más tarde. Deberíamos dormir en la misma habitación a partir de ahora. No me siento segura sola.

Elsie asintió. No preguntó a qué se refería Sarah con *sola*. Nadie estaba verdaderamente solo. Nunca, no en esta casa.

Sarah se recogió las faldas y salió de la habitación. Elsie oyó sus pasos, pisando las tablas familiares hacia la biblioteca. La señora Holt se quedó.

La mirada del ama de llaves tenía una dureza que Elsie no había detectado antes.

—¿Habrá algo más que necesite, señora? —el *señora* fue un sonido forzado, horrible.

—Oh, señora Holt. Lo siento mucho. No puedo imaginar lo que está sufriendo. Primero Mabel y ahora Helen.

—Quise a esas chicas como a mis propias hijas. No había maldad en ellas. Y ahora están tendidas muy rígidas en la despensa fría, y tendré que enterrarlas. ¡A las dos!

La señora Holt se quebró. Elsie desvió la mirada y la dejó llorar. Solo ruido ya era terrible.

—Me equivoqué al culparlas —se atrevió finalmente Elsie—. No me engañaron ni mataron a mi vaca. Lo sé ahora. Algo más está sucediendo, hay algo en esta casa.

Un espasmo cruzó la cara de la señora Holt.

—He servido en esta casa cerca de cuarenta años. Nunca tuvimos fantasmas ni muertes antes de que apareciera.

—Antes de que Rupert apareciera —Elsie la corrigió suavemente.

—Todavía estarían vivas si no fuera por usted. Si no hubiera irrumpido, a los tumbos, abriendo puertas que debían permanecer cerradas.

—¿Qué quiere decir?

—No importa. —La señora Holt apartó la mirada.

—¿Puertas que debían permanecer cerradas? No la entiendo. ¿Está hablando de la buhardilla?

La caja torácica de la mujer se elevó y bajó, haciendo tintinear su broche de camafeo.

—Estaba destinada a mantenerlo en secreto. El viejo señor Bainbridge me ordenó, desde el día en que llegué aquí, que cerrara el desván y nunca lo discutiera.

—¿Pero por qué?

—No lo sé. Dijo que había cosas allí, cosas que preocupaban a su esposa. Libros.

—¿Un diario?

Mientras decía eso, recordó que había dos diarios. Dos volúmenes. Sarah no mencionó si alguna vez había recuperado el segundo. Quizás todavía estaba allí.

—Tal vez. No recuerdo qué libros eran. Nunca tuve motivos para recordar hasta que apareció usted.

Las manos de Elsie apretaron más fuerte la taza.

—¿Qué? ¿Qué le pasó a la madre de Rupert? ¿Cómo murió?

—Ojalá lo supiera.

—Debe tener una idea. ¿Cuáles fueron sus síntomas?

—¡Le digo que no sé! Por todo lo que alguien me dijo, podría estar respirando todavía.

Elsie yacía aturdida.

—Usted estaba allí —dijo, incrédula—. Lo dijo. Usted habló de *cuando perdió a la amante.*

La señora Holt cerró los ojos, parecía luchar con sus recuerdos.

—No. No, ella no murió. Ella se...

—¿Qué?

—Perdimos a la señora Bainbridge, pero no fue por la muerte. Fue su mente. Su propia mente la atrapó al final.

Las manos de Elsie comenzaron a temblar. La taza chocó contra el platillo.

—¿Está diciendo que su marido la metió en un manicomio?

La señora Holt la miró largamente.

—Nunca le dijimos al amo Rupert. Solo le dije que ella había muerto, y era verdad, en cierto sentido. Esa lunática no era la señora Bainbridge, ya no lo era. He visto la histeria, señora. He visto a una mujer enloquecida por leer novelas y por las fiebres cerebrales. He visto esa mirada en sus ojos antes.

—¡Pero *yo* no estoy loca! —la señora Holt no respondió—. Sabe que no lo estoy. Usted estuvo allí, señora Holt. Vio a los acompañantes. Los vio reducirse a cenizas y reaparecer de la nada.

La señora Holt negó con la cabeza.

—Tal vez sea perder un hijo lo que desequilibra su pobre mente... Dios me ayude. No escuché los desvaríos de la última señora Bainbridge y ¡que me condenen si pienso escuchar los suyos!

Girando sobre sus talones, salió de la habitación y cerró la puerta. Elsie escuchó sus pasos agudos resonar a través del corredor y hacia abajo, hacia abajo, descendiendo por la escalera de caracol detrás de la pared.

***

La noche colgaba pesada e interminable. Sarah estaba tendida a su lado en la cama, su cabello pardusco se extendía sobre la almohada. Su pecho se subía y bajaba debajo de su camisón con volantes. ¿Cómo podía dormir?

Una ventana estaba entreabierta y dejaba pasar una bocanada de aire dentro de la habitación agobiante, pero no era refrescante; olía cálida y herbal. Fuera, una lechuza chilló a su pareja.

La madre de Rupert bailaba en círculos alrededor de la cabeza de Elsie. Había dormido en esa casa, caminado por los jardines. ¿Una lunática? ¿O una víctima como ella? Recordó esa cuna hecha jirones y saqueada en el cuarto de niños y se estremeció.

Sarah se movió en la cama. Su cuerpo volvía las sábanas demasiado calientes, pero Elsie no se movió. Mantuvo los ojos abiertos, esperando. Sabiendo que vendría.

Sí.

Trisss. Era tan suave, podría haber sido una brisa que pasaba por la habitación. Pero no había brisa esa noche.

Tris. No podía soportarlo más. Tenía que descubrir qué era. Tenía que conseguir el segundo volumen de ese diario olvidado de Dios y descubrir qué había averiguado la madre de Rupert.

Con cuidado, deslizó los pies por debajo de las sábanas y los colocó en la alfombra. La cama crujió, pero Sarah no se movió. Elsie buscó debajo de la almohada los fósforos que guardaba allí cada noche, como un talismán.

Había una vela apagada en el soporte del tocador. La recogió al pasar. Tenía más sentido encender la mecha cuando estuviera afuera en el pasillo, entonces podría dejar a Sarah dormida, a salvo del peligro en el que se estaba metiendo.

Tris, tris.

Movió una pierna tras la otra, forzándose a sí misma, su mano frente a ella, tanteando el camino. Esperando, en cualquier segundo, el contacto enfermizo de la madera.

Su palma colisionó con algo. Se estremeció, pero era la manija de la puerta del dormitorio, solo la manija de la puerta. Se reclinó contra ella y escuchó, aguzando sus sentidos para localizar el siguiente tris, pero no llegó nada.

Luchó para abrir la puerta, sus uñas golpearon contra la manija mientras lo agarraba. Empujó hacia abajo y abrió la puerta un poco.

Chocó con una pared de calor. Fue como abrir la puerta de una cocina. Los aromas de rosa y tomillo se entrelazaron alrededor de ella, insinuándose en la tela de su camisón. *Enciende la vela, enciende la vela.* Ni la luz ni el fuego la protegerían, pero ella los necesitaba, los necesitaba como el aire.

El fósforo ardió en su mano temblorosa, enviando sombras hacia el corredor. No iba a mirar hacia arriba, no hasta que la vela se encendiera. Necesitó cada milímetro de concentración para conectar la llama con la mecha. Por fin se detuvo; sacudió el fósforo y lo dejó caer al suelo aun lanzando vapor.

Rápido, rápido. Tuvo que moverse, pero su mano se negaba a levantar la vela, se negaba a hacer nada más que agarrar el soporte de metal hasta que sus nudillos se pusieron blancos. Al borde de las lágrimas, finalmente logró impulsar la vela delante de ella. La respiración se aquietó en su pecho.

El pasillo morado se extendía ante ella, cubierto por las sombras. Pozos plateados de luz de luna salpicaban el camino hacia las escaleras. Tres acompañantes esperaban, sus ojos brillaban con un hambre repugnante.

No iba a gritar, no iba a gritar. Eran solo pedazos de madera.

Trozos de madera que podían moverse.

Ella tendría que moverse más rápido, eso era todo. Podía hacerlo, podía hacerlo. Era como saltar, como encender un fósforo. *Uno. Dos. Tres.*

Su paso era constante, mucho más estable que sus latidos cardíacos. Cada vez que su pie tocaba el piso, la vela se elevaba y golpeaba en su soporte. La luz subía y bajaba, pero la llama no se apagaba.

El aserrín brotó de la alfombra cuando se acercó al primer acompañante. A través de la bruma iluminada por las velas, distinguió la figura de una mujer. Una mujer sin brazos.

Su garganta se apretó cuando se puso a su altura. La mujer tenía cabello largo y enmarañado y ojos de una vivacidad espantosa. Familiar, de alguna manera. Había visto esos ojos antes, los conocía bien...

Rupert.

La madre de Rupert, la otra señora Bainbridge. Un chaleco de fuerza ocultaba sus brazos. Ella estaba indefensa, suplicaba a Elsie con una expresión tan real que podía cortarle el corazón. Bajo el torpe ritmo del pulso de Elsie llegó un gemido, delgado y patético. Ella podía escucharla. Elsie podía oír a la madre de Rupert, llorando.

Su piel se estremeció, tensa ante la conmoción del contacto, que no llegó. De alguna manera, sus pies siguieron caminando; ella pasó, ilesa, y se movió hacia la siguiente acompañante.

Esta debía ser la cocinera de la que Sarah le habló: sujetaba una cuchilla de carne en sus sucias manos. La sangre manchaba su delantal y la cofia que le cubría el cabello. *Pintura roja, solo pintura*. Sin embargo, tenía el olor rancio de la sangre real. Combinado con el aroma de rosas y tomillo, era una mezcla nauseabunda, insoportable.

Otra vez Elsie adelantó a la acompañante, fue una puñalada de miedo más profunda que la anterior. El terror hizo que su visión se tornara oblicua. Apenas vio a la última acompañante, la anciana con la niña en su regazo. Guiada por la memoria, pasó por delante de la Galería de la Lámpara y se dirigió a las escaleras que conducían a la buhardilla.

La escalera estaba vacía. Aliviada, embriagada por su propio valor, echó a correr y subió los escalones de dos en dos. Las sombras se movieron a su alrededor, retrocediendo hacia las esquinas. Los había vencido. Iba a obtener ese diario.

Cuando dobló la esquina y llegó al final, un sonido la detuvo en seco. Sus ojos bajaron por la escalera. Estaban todos allí, todos los acompañantes junto a los que había pasado caminando, tambaleándose como niños jugando a dar pasitos de abuela; uno en los escalones, los otros dos a intervalos por el pasillo.

La habían seguido.

Tris.

Alzó la mirada: habían aparecido más acompañantes, atraídos hacia ella como moscas a un cadáver. Estaban custodiando el pasadizo que conducía a la buhardilla. *Tris.* Otra vez, el acompañante de las escaleras se había movido, muy ligeramente.

Pulgada a pulgada, paso a paso, venían por ella.

—Dios ayúdame, por favor, ayúdame.

No podía verlos a todos al mismo tiempo.

Con un grito de agonía, se apartó de la barandilla y corrió por el pasillo. La vela se apagó pero no se detuvo, no podía parar; continuó, abriéndose camino hacia delante. No la querían cerca del diario, y esa era exactamente la razón por la que debía leerlo. Lo leería así fuera lo último que hiciese.

Empujó a los acompañantes, golpeándolos al pasar con los hombros, haciéndolos estrellarse contra los azulejos holandeses. *Casi estaba ahí, casi estaba ahí.* Se golpeó el pie y casi gritó de alegría. Era un escalón, el primero de los que llevaban hasta la buhardilla.

Rebuscó para hallar otro fósforo. El paquete cayó al piso, pero se las arregló para agarrar uno, lo apretó fuerte en su puño. Lo frotó en la pared y volvió a encender la vela.

La puerta de la buhardilla estaba abierta.

Tris. El sonido la hizo sentir náuseas. No podía detenerse, se le acercaban por detrás. Subió los escalones, dio media vuelta y cerró la puerta de la buhardilla. Justo a tiempo. A través del espacio de cierre, vio una siniestra sonrisa pintada y ojos anchos y vulpinos.

Los pulmones le ardían en el pecho. Le costaba respirar con el polvo y ese olor húmedo y subterráneo que manchaba la atmósfera. Se sentía a punto de desmayarse, y todavía quedaba un largo camino hacia el dormitorio. Si pudiera llegar allí. ¿Qué pasaría si le impedían salir? ¿Qué pasaría si entraban por la puerta?

Dio vueltas frenéticamente, buscando el diario. El polvo voló como plumas en un gallinero. Cuando se aclaró, vio dos brillantes ojos esmeralda.

—¡Jasper!

Nunca había estado tan feliz de ver a una criatura en toda su vida. Corrió hacia la mesa donde yacía y bajó la vela. Con avidez, sus dedos se enterraron en su pelaje. La calidez de su piel, el latido de la sangre detrás de sus orejas, era reconfortante sin medida. Otra cosa viva: viva como las cosas de la naturaleza. No podía ayudarla, pero prefería enfrentar a los acompañantes con él que desafiarlos a solas.

Maullando, Jasper se levantó e hizo una reverencia con un largo y lujoso movimiento. Sus garras se extendieron y se retrajeron de nuevo. Al entrar, rasgaron la superficie debajo de él. Cuero. Desgastado y descolorido, pero el olor era inconfundible. Jasper saltó elegantemente al piso y reveló en qué había estado durmiendo: "El diario de Anne Bainbridge". Elsie lo agarró y lo presionó contra su pecho. Todavía estaba tibio.

Debía leerlo ahí, y en ese momento, mientras tuviera la oportunidad. Sus dedos hojearon las páginas pero no le sirvió de nada. No podía concentrarse, no podía leer. Todo era confusión.

En ese momento, lo sintió sobre su hombro: afilado como el roce de un cuchillo. Gritando, giró en redondo. En el instante antes de que se apagara la vela, vio una boca de madera que le sonreía.

—¡No! ¡Jasper!

Su maullido sonó al otro lado de la habitación; sus garras golpetearon mientras abría la puerta y se escabullía. Él podía ver en la oscuridad. Solo tenía que seguirlo.

Inclinándose hacia delante, agarró el diario en su mano y buscó a tientas por donde había venido, hacia la puerta y la escalera más allá. O al menos, pensó que era la forma en que había venido. No podía ver ni una pulgada más allá de su nariz. Los acompañantes debían estar reunidos alrededor de la puerta; los sintió en el aire: la fuerza presionando hacia abajo; malévola, llena de odio.

Su mano golpeó contra una mesa, los papeles se deslizaron al suelo. No podía ver, no podía respirar...

De repente, el suelo se inclinó debajo de ella. Se agarró del aire y sintió un grito que brotaba de sus labios. Entonces se cayó.

Una esquina del diario golpeó su caja torácica cuando se detuvo abruptamente. Sus piernas ardían, su pecho estaba apretado. ¿Qué ha pasado? Pataleó, gimiendo. Podía mover los pies. Estaban libres, pero ella estaba atrapada.

Se dio cuenta de repente: las tablas del suelo se habían abierto de nuevo. Estaba atrapada en el agujero en el que Mabel se había caído.

Tris, tris.

Atrapada, acorralada. Y mientras tanto, los acompañantes se acercaban.

Pataleó salvajemente. Trató de levantarse, pero una mano estaba presionada con fuerza contra su pecho, cuidando el diario, mientras que la otra se movía inútilmente en la oscuridad, incapaz de agarrarse de algo sólido.

Tris, tris. Más que verlos los escuchó: el raspado lento y doloroso de las bases de madera contra el suelo. Los pinchazos corrieron por su cuello. Algo duro presionaba contra la parte posterior de su cabeza.

—¡No, no, no!

Con una desesperada convulsión final, agitó las piernas.

Hubo un crujido largo y bajo. Entonces, de repente cayó y cayó, hasta que su columna vertebral chocó contra el suelo.

Quedó paralizada por la conmoción y el dolor.

Por fin, con gran dificultad, volvió la cabeza y vio el caballo de balancín a su lado. El piso había cedido. Estaba en el cuarto de niños.

HOSPITAL ST. JOSEPH

Comenzó con el estallido de un silbato: agudo, nasal, que la arrancó del sueño. El mundo se veía borroso mientras luchaba por ponerse en pie.

Sonó un eco: botas pateando contra el piso, gritos. Solo podía distinguir el chillido de ese silbato hasta que la puerta se abrió de golpe. Los asistentes se amontonaron en la habitación; ella no sabía quiénes eran. Eran difíciles de distinguir, todos con gestos duros y armados de gran resistencia. Sus musculosos brazos se apoderaron de los suyos y los colocaron detrás de su espalda.

—Señora Bainbridge. —La voz del doctor Shepherd. El alivio se posó en ella por un instante, pero sacudió su cabeza llena de arena—. Señora Bainbridge, no esperaba esto. ¿Qué ha sucedido?

¿Qué *había* sucedido?

Hizo un gesto hacia su izquierda.

—¿Qué le ha pasado al escritorio? —Ella se retorció bajo las manos de los asistentes y giró para ver. Su escritorio había implosionado. Los cajones yacían esparcidos en el piso; algunos boca abajo, algunos con el fondo perforado. Había muescas en la madera. ¿Marcas de dientes? Sí, marcas de dientes. ¿Pero de quién?

El doctor Shepherd se acercó y se puso en cuclillas, como si estuviera inspeccionando un espécimen científico. —Notable. Muy notable. ¿Cómo ocurrió esto?

Esa era la pregunta. ¿Se había metido otra paciente en su habitación mientras dormía? Seguramente lo hubiera escuchado. Tendría que ser alguien con una llave, y la capacidad de abrir y cerrar puertas, de moverse silenciosamente cuando...

Dios querido, no.

Madera; ellos siempre venían por la madera.

Una enfermera flaca con pómulos como cuchillas dio un paso adelante.

—Es lo que hace, doctor. Destroza todo en pedazos.

—No estoy seguro de que lo haya hecho —murmuró el doctor Shepherd.

—¿Qué?

La confusión aleteó sobre sus rasgos. Ella lo recordaba bien: el momento exacto en que comenzó a dudar de sus propios sentidos.

—Para empezar, no creo que la señora Bainbridge sea lo suficientemente fuerte como para hacer semejante daño. Y luego, mira sus brazos. No hay desgarros en su ropa, ni rastros de sangre ni astillas en sus manos. —Sacó un lápiz y presionó un cajón—. No comprendo cómo una persona podría hacer esto sin lesionarse a sí misma.

—¿Así que me está diciendo que el escritorio hizo todo esto por sí mismo?

—No. —Extendió las piernas y mordió el extremo de su lápiz—. No. Por supuesto, eso es imposible. ¿Pero has oído el golpe? ¿Qué fue lo que provocó el silbato que nos requirió aquí?

—Yo hice sonar el silbato —dijo la enfermera, levantando la barbilla—. Escuché un ruido extraño aquí, y generalmente ella es tan silenciosa como la muerte.

—¿Un ruido como de golpes? Debe haber estado aporreando esto un rato largo para dejar el escritorio en este estado.

—No, no un ruido de golpes. Solo lo escuché por unos minutos. Sonaba como... No lo sé. Un rasguño, como si tuviera algún tipo de sierra.

Él miró directo a Elsie.

—¿Diría usted —preguntó, todavía hablando a la enfermera—, quizás, que sonó como un *tris*?

Ella sintió que las rodillas se le aflojaban.

—Sí, eso es, doctor. Una especie de tris áspero.

Dios, ¿qué había hecho? Nunca debería haber escrito su historia, nunca debería haber intentado recordarla.

El doctor Shepherd frunció los labios.

—No importa. Solo haga que alguien venga y limpie este desastre. Hasta que la habitación vuelva a ser apta, tendremos que buscarle un alojamiento alternativo a la señora Bainbridge.

La respiración de uno de los asistentes ardió junto a su oído, desprendiendo un aroma a cerveza.

—¿Quiere que la quitemos de en medio, doctor?

—No, no —dijo—. Dejen tranquila a la señora Bainbridge. La llevaré a mi oficina.

—A su oficina— repitió el asistente con incredulidad.

—Sí. Quítele las manos de encima, por favor. Ella me tomará del brazo.

Ofreció su codo, prístino y blanco. Ella lo agarró como una mujer que se estuviera ahogando.

La enfermera y los asistentes murmuraron mientras la sacaba de la habitación.

Había pasado mucho tiempo desde que caminara como una dama, escoltada por un caballero. No podía apreciarlo ahora. El terror deshilachaba sus sentidos. Era una suerte que el doctor Shepherd fuera fuerte y joven, ya que prácticamente tenía que arrastrarla por los interminables pasillos hasta un pasaje donde los ecos se apagaban y la pintura se desprendía de las paredes.

—Justo aquí —dijo.

En su historia, ella había actuado de modo desafiante, luchando contra los acompañantes. Ahora el doctor Shepherd tuvo que empujarla por la puerta y acomodarla en una silla como si estuviera paralizada. No podía hablar y ahora apenas podía moverse. ¿Había algo dentro de ella más que el miedo?

La oficina del doctor Shepherd era más pequeña de lo que había imaginado. Las paredes eran del mismo color verde y blanco que impregnaba el resto del hospital. Tenía un escritorio bueno y resistente y una lámpara de bronce, pero poco más. Notó una campana debajo de la moldura, el tipo utilizado para convocar a los sirvientes. Debía haber un reloj en algún lugar también porque podía oír su tictac, medido, mucho más lento que su pulso martilleante.

—Lamento que esto haya sucedido, señora Bainbridge. Por favor, no se preocupe por eso. En retrospectiva, debería haberme dado cuenta de que algo de esta naturaleza podía ocurrir. —Se sentó al otro lado de su escritorio y exhaló. Estaba un poco más pálido estos días. Sus ojos se hundieron aún más en su cabeza. El hospital estaba pasando factura—. Los indicios están ahí en su archivo. Cuando ya no puede huir de recuerdos desagradables, su instinto natural es luchar contra ellos. Muy comprensible. Una descarga de ira, si se dirige adecuadamente, puede ser una limpieza. —Tamborileó con los dedos sobre la superficie de su escritorio—. Pero es preferible que usted y yo trabajemos juntos en sus sentimientos, en lugar de liberarlos. Debo incluir todas mis observaciones en mi informe y... bueno, los actos violentos no se presentan bajo una luz favorable.

Ella negó con la cabeza, incrédula. ¡El tris! ¿Cómo explicaba el tris? Y él mismo había dicho que ella debería tener arañazos o cortes si hubiera arruinado el escritorio. Extendió sus manos para decírselo, pero estaban vacías, la tiza y la pizarra habían quedado en su habitación.

—Sí —dijo, notando su acción—. Pensé que podríamos dejarlos atrás. Por lo que dice la enfermera Douglas, ha comenzado a articular. Incluso si solo son ruidos de su propia historia... Estoy comenzando a creer que este "tris" tiene más significado de lo que había anticipado en un principio. ¿Está en condiciones de repetirlo?

¿De verdad creía que iba a intentarlo? Haría cualquier cosa para no volver a oírlo nunca, pero incluso si se volviera sorda seguiría allí, esperando en sus sueños.

—¿Señora Bainbridge?

Para apaciguarlo, ella abrió la boca, exhaló y la cerró.

El doctor Shepherd suspiró.

—Bueno, tal vez todavía no. —Abrió un cajón que chirrió con un tremendo ruido a madera que la hizo apretar los dientes—. Mientras estamos aquí, tengo algo que quiero mostrarle, señora Bainbridge. Es un antiguo archivo nuestro que encontré al ubicar el suyo propio. En ese momento no consideré de ninguna importancia que hubiéramos tratado aquí a otro Bainbridge. Pero cuando su relato tocó a la madre de Rupert, lo vi de otra manera. —Sacó un informe y lo colocó en el escritorio. Su cubierta estaba manchada y parcialmente rasgada—. Esto, de hecho, era de ella. Julia Bainbridge.

Una pequeña explosión en su pecho. La mujer llorosa con los ojos de Rupert.

Ella extendió una mano temblorosa pero el doctor Shepherd colocó su palma firmemente sobre el informe.

—No hay fotografías, me temo. No era común en esos días. Pero lo he leído y estoy dispuesto a darle un resumen.

Él no quería que ella viera adentro. ¿Por qué?

Distraídamente, el doctor Shepherd comenzó a acariciar los bordes del informe.

—En su historia, parece preocupada por que la otra señora Bainbridge sufriera una enfermedad similar. Que las mismas circunstancias la preocuparan y, en última instancia, confirmaran los miedos fantasmales. Pero pensé que la ayudaría saber que Julia era, de hecho, un caso muy diferente. Ella estuvo plagada de melancolía toda su vida. Crecía especialmente cada vez que se encontraba en un lecho de niños.

El tenor de esos sollozos, tan diferentes de los de Sarah o incluso de la señora Holt. Ella cerró los ojos, tratando de olvidarlos.

—El quiebre fatal ocurrió un verano en The Bridge. Su hijo, un niño de cinco años, intentó saltar un seto en su poni. Era demasiado alto. El animal quedó malherido y tuvo que ser sacrificado. El niño demoró un poco más, pero había demasiada inflamación en su cerebro... Finalmente, falleció.

La colcha de retazos. Debió haber estado acostado debajo mientras Julia flotaba, torturada, a su lado.

—Fue un momento desafortunado. Julia había dado a luz a una hija solo tres meses antes. Su estado fue... inestable. Desarrolló una manía peculiar por el caballo de balancín. Lo había encontrado rasguñado, afirmaba, días antes del accidente, en los mismos lugares donde el poni recibió sus heridas.

Esto ya era bastante malo, pero había algo peor. Podía sentirlo colgando de los labios del doctor Shepherd. Lentamente, abrió los ojos.

Él estaba mirando el informe. Parecía estar mirando a través de él, contemplando el problemático pasado de Julia Bainbridge.

—Después de esto, los detalles son contradictorios. Tengo el informe oficial, la correspondencia un tanto forzada del esposo de la dama... y el registro de una conversación entre uno de nuestros médicos de admisión y Edna Holt.

Ella contuvo la respiración.

—Me animó a encontrar que la señora Holt confirmó muchos detalles de su historia. Por ejemplo, ella no estuvo presente en la muerte de ninguno de los dos niños, pero cuidó a Julia durante su enfermedad. Ese es, tal vez, el único consuelo que se puede encontrar en la lamentable historia. —El doctor Shepherd se encontró con su mirada. Sus labios se comprimieron, inseguros. Finalmente dijo: — Oficialmente fue asfixia. Los bebés se asfixian durante el sueño, de vez en cuando. Pero por las indirectas de la señora Holt y el señor Bainbridge, me doy cuenta de que Julia ahogó a su hija en la fuente.

Pulmones vacíos, presión sobre su pecho: ella también lo sentía. *Madre me lastimó.*

—Trágico —dijo—. Deduzco que el asunto fue silenciado con éxito hasta que, por supuesto, nació su tercer hijo, o sea, Rupert, quien fuera su marido. Tanto el padre como la servidumbre se preocuparon por el bienestar del niño. Julia habló de "protegerlo". Estas fueron las mismas palabras que ella había usado sobre la pequeña Alice. No puedes culparlos por tomar medidas drásticas.

Pensó en su bebé y en la cornamenta atravesando el ojo de Helen. Quizás ahogarse era más amable.

El doctor Shepherd se llevó el informe hacia él y cruzó sus brazos por encima. No había verdadera necesidad de abrirlo, parecía conocer su contenido de memoria.

—A pesar de los mejores esfuerzos del hospital, no hubo recuperación. Ella se quedó aquí por una veintena de años. Julia murió, al parecer, como su marido, a los cuarenta años de edad, por una enfermedad cardíaca.

Pobre mujer. Era una maravilla que le quedara algo de corazón para romper.

El doctor Shepherd se enderezó en su silla. Su actitud sombría se desvaneció.

—Por extraño que parezca, señora Bainbridge, en realidad le conté esta pequeña historia para levantarle el ánimo. Siento que es una prueba de que estamos obteniendo algunos auténticos recuerdos suyos, más allá de... —Agitó su mano—, los adornos que vengan con ellos. Se está progresando.

Ella pensó en el escritorio, el tris. Justo dentro de su habitación. Algo estaba progresando, sin duda.

Solo esperaba que fuera ella misma.

THE BRIDGE, 1866

Le dolía respirar. Por más que lo intentara, Elsie no podía hallar una posición cómoda. Cada vez que se movía, una daga se deslizaba entre sus costillas.

Sentía la nariz torcida. Uno de sus ojos se había hinchado hasta que solo pudo ver una delgada tira de luz a través de él. Ya no había dudas en su mente: no estaba loca. Algo estaba viniendo por ella, tan seguro como la marea que subía poco a poco por la orilla. Pero no vendría rápido. No. Disfrutaban haciéndola correr.

Volvió la cabeza. Una almohada hizo un ruido por debajo; no estaba en el cuarto de niños. Alguien debe haber escuchado el ruido y la encontró entre los escombros. No podía recordar. Todo se confundía bajo fragmentos de dolor.

Sonaron pasos en el pasillo, acompañados de una voz. Una voz masculina, que reconoció.

—¡Jolyon! —Su nombre fue un graznido, apenas audible. Hizo un intento agonizante de moverse. Las almohadas la sostenían por ambos lados, estaba apoyada en un ángulo.

Los pies se detuvieron frente a su puerta. Elsie esperó.

No pasó nada. Nadie entró.

Aguzando los oídos, escuchó conversar a Jolyon y Sarah.

—¿Todavía está dormida?

—Creo que sí. —Sarah sonaba agotada—. Dios sabe que ya estaba lo suficientemente drogada, señor Livingstone.

—Esto es mi culpa. Nunca debí dejar que vuelva aquí sola.

—No debe culparte a sí mismo.

Jolyon dijo algo que no pudo entender. Entonces Sarah habló de nuevo.

—El doctor dijo que se lastimó dos costillas y se distendió la rodilla izquierda. Es un milagro que no se haya roto nada. Hay algunos daños en la cara, pero solo cosméticos. Muchos rasguños y contusiones...

—No —dijo Jolyon, o tal vez era otra persona, porque sin duda el tono era demasiado duro—. Eso no es lo que quiero decir. No puedes fingir que este es un comportamiento aceptable, incluso después de todo lo que ha pasado. ¿En qué estaba pensando, dando vueltas por los áticos a medianoche?

Sarah murmuró algo incoherente. Debe haber sido algo en defensa de Elsie, porque Jolyon contestó:

—No debe alentarla, señorita Bainbridge.

La puerta crujió sobre sus bisagras. Elsie cerró los ojos, sabiendo que no sería capaz de ocultar el dolor que ardía dentro de ellos.

Los pasos recorrieron la alfombra.

—¿Elsie? ¿Estás despierta?

Ella murmuró y movió su cabeza en dirección a la puerta, pero no abrió los ojos.

—Es el señor Livingstone, señora Bainbridge, que vino a verla.

Extendió la mano a ciegas. No fue hasta que Jolyon la tomó que entendió que sus guantes habían sido reemplazados por vendajes.

—Elsie. ¿Cómo te sientes?

Ella se humedeció los labios. Estaban hinchados y resecos.

—Como si hubiera estado en el ring con Tom Sayers. Salí mejor parada, sin embargo. Deberías ver el estado del cuarto de niños. —Intentó usar un tono jovial, pero cayó al suelo como un pájaro muerto.

—Lo *he* visto —dijo—. Terriblemente dañado.

Con cuidado, abrió su único ojo bueno. Jolyon flotó dentro su visión. Se veía espantoso. El pelo sin peinar le tapaba las orejas y la barba le cubría la barbilla. Marcas moradas se asentaban debajo de cada ojo opaco.

—Oh, Jo —Una lágrima se deslizó por su rostro. Quiso extender la mano y acariciar su mejilla, pero había algo más debajo de su expresión preocupada, algo demasiado caliente para tocarlo—. Lamento que hayas tenido que venir aquí y lidiar con esto. No hemos tenido más que mala suerte desde el día en que Rupert murió.

—Así parece. —Sus labios se tensaron—. ¿Qué hacías en la buhardilla, Elsie?

—Buscando algo. Hubo un... —Se apagó cuando vio a Sarah detrás de él, sacudiendo la cabeza y señalando locamente con su mano vendada.

—¿Un qué?

Sarah tenía razón, no podía contarle sobre el diario. Se lo quitaría, diría que eso la excitaba demasiado, y que volvería a la lavanda roja, a los fríos baños de asiento.

—Un adorno —improvisó—. Helen lo vio allí y se encariñó con eso. Pensé que sería un gesto agradable si... si lo enterrábamos con ella, en el ataúd.

—Oh —un sonido frío, impersonal—. Ya veo. ¿Y eso no podía esperar hasta la mañana?

Le había mentido toda su vida. ¿Por qué le era tan difícil ahora? Tal vez las drogas que Sarah había mencionado la estaban frenando, entorpeciendo sus facultades.

—Yo... No podía dormir.

—¿No?

—Ninguno de nosotros puede dormir —interrumpió Sarah—. No con lo que sucede en esta casa.

—No. Supongo que no. —Soltó la mano de Elsie y se metió dos dedos en el bolsillo del chaleco. Él miró, pero no la vio. Su mirada era floja, insensible. ¿Qué estaba pasando en la mente de su hermano?

Hubo un tiempo en que lo conocía, de principio a fin. Su querido niño. Solo que ya no era un niño, ¿verdad? Era un hombre joven, seis años mayor que cuando mamá murió. Capaz de todas las cosas de las que ella había sido capaz en aquel entonces.

Guardar secretos de Jolyon era una segunda naturaleza. Pero, ¿y si *él* le ocultaba cosas a *ella*?

—Mira el reloj, pronto será la hora de la cena —dijo Sarah. ¿Tengo que pedirle a la señora Holt que traiga una bandeja para usted, señor Livingstone?

—No, bajaré y cenaré contigo. Solo un momento más. —Sus ojos se alzaron, de repente, y clavaron a Elsie en la cama. Por un momento macabro, se pareció a papá—. Elsie, necesito que me digas lo que pasó con Helen.

—Ella... No sé lo que pasó. Entré en el salón de cartas y ella estaba allí... así.

—Peters dijo que estabas actuando de manera extraña. Agitada.

—¿Lo estaba? No recuerdo.

—Debe haber sido inolvidable —dijo, con esa voz aún fría y muerta—. Peters quedó impresionado. Me ha puesto sobre aviso que piensa irse.

Bueno, Peters nunca fue estúpido. Con lo que estaba sucediendo con los sirvientes alrededor de The Bridge, sería un tonto si no quisiera abandonar el barco.

—¿Eso hizo? Lamentaré perderlo. Ha sido un excelente conductor.

Jolyon asintió.

—Sí. El señor Stilford y los jardineros también se han marchado. Con todas estas muertes, uno puede entenderlo. Nuestro personal está tristemente reducido desde el invierno.

—Señor Livingstone —Sarah se movió hacia la puerta, retorciendo un mechón de cabello ansiosamente alrededor de su dedo—. Acabo de escuchar a la señora Holt tocar el gong.

—Una palabra más, y habré terminado. Enterraremos a Mabel y Helen el viernes, Elsie. No podemos pensar en posponerlo por más tiempo. Deseo que te quedes aquí, descansando.

—Pero...

—No hay más *peros*. No dejaré que te sometas a una tensión innecesaria. —Movió la boca, ensayó una frase y la probó antes de hablar—. Tú eres mi hermana. Seré... obedecido.

Obedecido. La palabra se enrolló alrededor de su garganta.

—Duerme un poco, ahora. —Él se inclinó para besar su mejilla. Sus labios estaban fríos, secos—. Después la señora Holt te traerá algo para que comas. Se dirigió hacia la puerta y le ofreció el brazo a Sarah. ¿Verdad, señorita Bainbridge?

—Sí, ciertamente. Déjeme darle las buenas noches a la señora Bainbridge primero. —Sarah se adelantó y repitió su beso. Su aliento fue cálido contra la oreja de Elsie—. El diario está debajo del colchón. No tuve oportunidad de leerlo, solo lo escondí de la señora Holt cuando te encontré. Por favor, míralo mientras cenamos. Descubre cómo podemos detener esto antes de que sea demasiado tarde.

THE BRIDGE, 1635

Subí las escaleras para acostarme a eso de las cinco. Hasta ese momento la nieve seguía cayendo despiadadamente. No se detendría hasta haber cubierto todos los objetos con una mortaja blanca.

Se había puesto tan frío que ya no lo sentía. Entumecida por dentro y por fuera, trepé como en un sueño. Pensé que era parte de ese sueño cuando Josiah se materializó en el rellano con su camisa de dormir y los pies descalzos, mirando por la ventana como caía la nieve. Pero él era real; el aliento de vida salía de sus fosas nasales y empañaba el cristal congelado. Se dio vuelta al oír mis pasos.

—¡Sangre de Dios! Anne, ¿qué haces despierta a esta hora?

—No podía dormir —le dije. Su cabeza iba de un lado a otro, mirándome ora a mí, ora por la ventana. Con una punzada de dolor, leí su mente: estaba mirando la tormenta y preguntándose si yo la había llamado con un silbido—. ¿Te despertó el viento?

Evitó mirarme a los ojos.

—No. Estoy despierto con propósito. Salgo dentro de una hora. Tenía planeado partir un poco más tarde, pero este clima nos retrasará.

—¿Salir? —No había dormido y no estaba pensando con claridad. Mis sienes latían de agotamiento—. ¿Adónde piensas ir?

—Sabes bien adónde.

Recobré la noción: Merripen. Josiah iba a mirar al niño pender del extremo de una soga, iba a mirar cómo le cortaban el vientre para que humeara al contacto con el aire invernal. Tuve una visión de sus entrañas, podridas y negras como el carbón.

—Josiah, ¡no puedes irte! ¡No puedes viajar con este clima! Es una locura.

—Debo intentarlo. Ya he enviado hombres a cavar una zanja alrededor del puente. —Son los hombres que viajan con él, no los sirvientes de la casa que estaban invitados al banquete de anoche. Una circunstancia afortunada, porque estoy segura de que si hubiera enviado a Mark con una pala esta mañana, el hombre se habría caído en un banco de nieve—. Quiero ser el primero en comunicarle al rey que se ha hecho justicia.

Mi mano descansó en su hombro por un instante, antes de que retrocediera.

—De veras, esposo, no vale el riesgo para tu salud. Dudo que procedan con la ejecución un día como hoy.

—Eso te gustaría, ¿no es cierto? —El hielo que crujía en su voz se sentía infinitamente más frío que el clima—. Ya para de una vez, Anne. Iré y me aseguraré de que se lleve a cabo.

El miedo envolvió sus dedos alrededor de mi corazón. Algo terrible sucedería. Lo sentí, con la misma seguridad con la que lo sentía a mi lado.

—¡Josiah! —supliqué—. ¡No actúes tan precipitadamente! ¡Podrías morir!

Fue entonces cuando lo vi: el viejo gesto que he visto mil veces. Pero nunca de parte de él. Nunca imaginé que vería a mi propio esposo hacer la cruz con los dedos contra mí, como si fuera una bruja.

—No me desees el mal. Ya has hecho suficiente, mi señora.

Dio media vuelta y regresó a su habitación.

Mi propia habitación estaba notablemente fría. Ningún fuego había templado el hogar, con los sirvientes agasajándose en la planta baja. Hasta la tinta que uso para escribir mi diario se había congelado en su botella, así que la mecí entre mis palmas mientras trepaba, completamente vestida, a la cama. Las sábanas estaban tan frías que se sentían húmedas.

Debo haber dormido, porque me desperté con una sensación de caída que me sacudió el cuerpo. Una luz blanca y fría brillaba a través de las ventanas: había olvidado cerrar los postigos. El sol estaba saliendo pero ninguna sirvienta me alcanzó mi bebida matutina.

Con cansancio, me levanté de la cama, sabiendo que no volvería a dormirme. Algo estaba mal. Lo sentía, intranquilizándome, como un pedazo de piel arrancada. Tal vez debía ir a la cocina. De haber algún fuego encendido en algún lugar de la casa, sería allí.

Bajé con mi cara de sueño tratando de no tropezarme con los escalones. Estaba de suerte. Llamas naranjas bailaban en el fogón de la cocina y una olla colgaba suspendida sobre ellas. Jane ya no estaba tendida en el suelo, sino sentada a la mesa con uno de los hombres de Josiah. Los dos estaban pálidos como el suero de leche.

—¿Qué sucede? —exigí saber. Se pusieron de pie al oír mi voz—. Tú —le dije al hombre—, ¿por qué no estás cabalgando con tu amo?

Inhaló.

—Estaba —dijo—. El amo me envió aquí con un mensaje. Hay un asunto del que… hay que ocuparse.

Jane miró la mesa con marcas de cuchillo.

—¿Qué?

—Una circunstancia desagradable. No se preocupe, ama, nosotros nos encargaremos de…

Mi estómago se revolvió.

—¿Qué?

Intercambió una mirada con Jane. Estaba grabado en sus cejas: sus sospechas sobre mí. No sabían cuánto podían ocultar.

—Hay algo al lado del… algo *en* el río —dijo.

Entonces di con ello y algo pesado como el plomo cayó sobre mí.

—No —grité—. ¡No, no!

Me precipité hacia la puerta. Era inútil, lo sabía, pero tenía que verlo por mí misma.

Empujé la puerta contra la nieve y salí al patio. Nada se movía. No se oían sonidos. Un hechizo blanco había caído sobre todo.

Juntando coraje para enfrentarme al aire implacable, seguí el camino cortado por los hombres de Josiah y sus caballos. Ya estaba cubierto por una capa de nieve fresca, así que avancé con pasos trabajosos. Al cabo de unos minutos, mis zapatos estaban completamente mojados. Aunque llevaba mis faldas agarradas con la mano, recogidas por encima de mis tobillos, se empaparon con la nieve y empezaron a pesarme.

Me castañeteaban los dientes. Copos de nieve tan fríos que quemaban como brasas apoyadas contra mi cara. Un viento rencoroso tironeaba de mi pelo. Sabía que si me quedaba afuera mucho tiempo más, me atraparía la muerte.

Al fin, se alzaron los leones de piedra del puente. De sus bocas rugientes colgaban carámbanos. Alcancé a uno tambaleándome, los nervios tensos y preparados para el horror.

No había nada. Solo el puente vacío cubierto de escarcha y el río congelado.

Agotada, me apoyé en el león de piedra. Hacía tanto frío que mi guante se pegó a él.

Hice una pausa, jadeando, reuniendo las fuerzas para regresar a casa. Mis pulmones estaban en carne viva. Estaba demasiado cansada para sentir algo como alivio.

Fue entonces cuando algo captó mi atención. Parpadeé y volví a mirar el río. Miré detenidamente a través del hielo turbio y gris plateado.

Una cara me devolvió la mirada desde debajo del agua sólida.

Dos ojos oscuros vueltos hacia el cielo. Los cabellos negros desparramados como zarcillos alrededor de sus hombros. Debió haberse tropezado con las zarzas que se extienden junto al río y caer, porque aún la rodeaban, abrazándola. Sus labios y manos presionaban contra el hielo en una horrible imitación de un niño mirando por una ventana. La boca abierta queriendo tragar un aire que nunca llegaría. La oí hablar, mientras caía de rodillas en un banco de nieve.

—Piedad.

* * *

Fui una cobarde. Incapaz de soportar la visión de la pobre niña gitana, me arrastré de vuelta hacia el calor, la vida y la comodidad. No di instrucciones a ninguno de los míos de ir a recuperar el cuerpo. Con un silencio lleno de miedo, dejé que los acontecimientos me inundaran. Los hombres de Josiah hicieron lo que había que hacer.

—Regresaré a la cama —le dije a Jane. No a dormir; si cerraba los ojos, ese rostro deteriorado saldría a la superficie ante mí. Pero al menos en la cama podría esconderme, sumergirme bajo el calor de las mantas y cerrar la puerta.

Jane se levantó torpemente. Me di cuenta de que se agarraba a la mesa para sostenerse.

—¿Va a necesitar que la ayude a desatarse, señora?

—No, me arreglaré. A decir verdad, no creo que estés en condiciones de manejar un corsé. —Le toqué las manos, que se estremecían con pequeños temblores. No parecía poder controlarlos—. ¿Tanto frío tienes, Jane?

—Creo que sí, señora. Tengo las piernas entumecidas.

Fruncí el ceño. El fuego ardía bien atizado. El calor volvía a mi propia piel congelada en punzadas dolorosas.

—Siéntate junto al fuego y calienta un poco de vino con especias. No puedo permitir que te resfríes.

Me dio las gracias, me llamó un ama amable. Ojalá pudiera decir que mi amabilidad provenía de una reserva interior de buena voluntad, pero fue miedo puro lo que me hizo generosa. Miedo a haber dejado morir congelada a una niña, y a no poder soportar otra muerte más en mi conciencia.

Mis faldas dejaron un rastro resbaladizo sobre las losas al arrastrarlas por el Gran Salón y escaleras arriba. El agotamiento comenzó a vencerme. Afiebrada y temblando, crucé la casa vacía. Ningún sirviente se movía. Lo único que quedaba de las festividades de la noche anterior eran las toses secas que sonaban desde la buhardilla y el ocasional ruido de arcadas. Jane me había informado que uno o dos de los hombres habían vomitado durante la noche. Detecté el olor agudo, agrio y nocivamente cremoso. Una escoba y un balde estaban abandonados en el rellano del primer piso, pero no pude ver a su dueño.

Tal vez, en otra ocasión, me habría molestado. Después de todo, Josiah solo les había dado asueto el día de la fiesta; no los había eximido de sus obligaciones del día siguiente. ¿Pero quién soy yo para hablar de deberes ahora? Nuestra familia yace en ruinas y dos niños gitanos están muertos, todo por mi culpa. No puedo regañar a mis sirvientes.

Lamenté mi compasión con Jane en cuanto llegué a mi habitación. Fue un esfuerzo abominable liberar a mi cuerpo entumecido de la ropa empapada. Dejé caer al suelo las prendas en una pila y me quedé observando mi piel: aún húmeda, con un ligero lustre. Me sequé los brazos con una camisola limpia, alimenté y avivé el fuego, y luego me retiré a la cama con mi diario. Me he quedado aquí desde entonces.

El diario no me consuela como suele hacerlo. Pensé que sería capaz de escribir extensamente sobre el remordimiento que me consume centímetro a centímetro; explicar cómo los detalles lacerantes de la noche pasada dan vueltas y vueltas en mi cabeza. *Si solo hubiera hecho esto*. Pero ahora descubro que algunos remordimientos son demasiado profundos para las palabras. El lenguaje es insuficiente. No puedo hacer más que recordar esa cara. Es la *imagen* que necesito para confesar mi crimen. Toda mi extensa e insondable culpa se expresa en esos dos ojos vidriosos.

Debe haberse tropezado. Debe haberse tropezado con los cardos y caído al río. La veo al cerrar los ojos: trastabillando en la nieve, arrastrando las plantas enredadas en sus tobillos. ¿Se llevó mis diamantes con ella a su tumba acuosa? ¿Esas piedras que Josiah eligió con tanta esperanza y orgullo? Sería apropiado que lo hubiera hecho. El hombre que compró esos diamantes y la mujer que los usó se han ido. No los conozco más.

Un silencio inquietante llena la casa. Cada vez que se oye un sonido, se produce eco como si tuviera algún significado profundo. Las gotas caen de la ventana a medida que se derriten los carámbanos. Arriba mío, golpes esporádicos desde la buhardilla. Se oye un ruido en el piso de abajo: a Jane se le debe haber caído una sartén de sus dedos temblorosos, es lo que supongo.

Me pregunto qué estará haciendo Hetta en el cuarto de niños con sus compañías silenciosas. Debería ir a ver a Lizzy, lo sé, y contarle lo que le ha sucedido a la chica gitana. Merece que sea yo quien se lo cuente. Pero, querido Dios, no puedo soportar presenciar su consternación.

* * *

¿Realmente lo dejé allí? ¿A salvo y cansada en mi cama? Allí es donde debería haberme quedado. Mirando hacia atrás, era feliz entonces.

Daría reinos por no mirar por encima de mi hombro y ver los eventos de las últimas horas. Pero no tengo reinos; solo cargas de las que necesito liberarme. Aquí debe dejarse asentada la verdad.

Las imágenes se arremolinan y no puedo ordenarlas. Tengo que pensar. ¿Dónde estaba? ¿En la cama? Sí, dormida en la cama, porque la tensión de la última noche y el esfuerzo de la marcha por la nieve finalmente me alcanzaron. Me desperté con el ruido de sollozos; desgarradores en su extrema suavidad.

Salí de la cama. El aire gélido me despertó de inmediato. Tomando un manto seco del armario, lo arrojé sobre mis hombros y abrí la puerta. No se movía nadie. Los llantos subían y bajaban en una suave marea.

Con un vacío adentro que se iba contrayendo, llegué a la conclusión de que era Hetta. Llorando por Merripen, o solo por su propia existencia solitaria.

Una pequeña parte de mi corazón se agrietaba con cada jadeo que oía. Pero aun así fui demasiado egoísta, me dejé dominar por el miedo. No fui a consolar a mi hija, no podía enfrentarla. Regresé a mi habitación, me vestí con un camisón y bajé las escaleras.

Los sirvientes seguían sin moverse. Me preocupó. A juzgar por el sol, ya era después del mediodía. Nadie me había dado de comer o comprobado si necesitaba asistencia. No era la casa que conocía.

Antes de llegar a la cocina, oí golpes y un ruido como de ollas. Debe ser Cook, pensé. Mi estómago rugió; habían pasado muchas horas desde la última vez que había comido. Pero para mi sorpresa, cuando abrí la puerta y entré en el cálido fulgor del fuego, encontré la habitación vacía.

Un olor extraño y mohoso flotaba en el aire.

La cocina mostraba signos de ocupación reciente: una tabla con las hierbas de Hetta yacía a un costado, los tallos medio picados y el cuchillo todavía mojado, teñido de verde y reluciente. ¿Quizás Cook había bajado a la despensa?

Pasé por la puerta interior hacia un pasillo húmedo. Me sentí como si estuviera en una cueva. Había olvidado traer una lámpara y era difícil ver. Fui escogiendo el camino de una manera extraña y vacilante, incapaz de moverme con prisa.

La puerta de la despensa estaba abierta. No se oía ningún movimiento adentro. Golpee la puerta. Nada.

Asomé la cabeza. Era una habitación cavernosa con una hilera de ganchos de carne en el extremo más lejano. Los animales muertos me miraban con sus ojos apagados y había un olor tan fuerte, tan primitivo, que me puso la piel de gallina.

No veía a Cook.

Me adentré unos pasos.

—¿Hola?

El costillar abierto de una cierva ocupaba la mayor parte de la superficie de la mesa. Observé la cuchilla, aún hundida en un trozo de carne.

Di otro paso. Mi cabeza golpeó contra un pájaro muerto que colgaba del techo. Me estremecí y lo empujé, escupiendo plumas. La criatura estaba a medio desplumar, como si quien lo estaba haciendo se hubiera rendido. Y ahora que lo pensaba, había varias tareas así en la casa hoy: el balde abandonado, las hierbas parcialmente picadas.

Una res crujió al balancearse en su gancho.

—¿Hola? ¿Cook?

No hubo respuesta. Casi asustada ahora, caminé en dirección a los ganchos. No sé qué temía, que alguien me saltara encima desde detrás de un animal, o que uno de los animales reviviera de repente y se sacudiera. Concentrada en estos miedos, no pensé en mirar hacia abajo. Mi pie resbaló sobre algo blando y, en un santiamén, mi cuerpo golpeó contra el suelo de piedra.

Me dejó sin aire. Me quedé tumbada por un momento, desconcertada.

Una larga y abultada forma se extendía a mi lado. Asqueada por la idea de que pudiera ser una vaca muerta, caída de su gancho, pateé para apartarla. Pero la masa negra simplemente rodó, desplegando un brazo inerte.

Era humana.

Mi grito retumbó. Me incorporé con esfuerzo hasta una posición sentada y empecé a arrastrarme hacia atrás con los brazos. Entonces vi la cara: era Cook.

Tragándome la repulsión, extendí una mano temblorosa y apoyé mis dedos contra su mejilla. La piel estaba fría como el mármol. No habría salvación para ella.

Tenía que salir de la habitación. Agarrándome de la mesa manchada de sangre, logré ponerme de pie. Los pies me temblaron pero no cedieron. "Busca ayuda", gritó mi mente. "Jane, Mark, cualquiera".

Me precipité por los pasillos de piedra hacia la calidez de la cocina.

El olor ranció aún contaminaba el aire.

—¡Ayuda! —grité—. ¡Alguien, ayuda! Estoy en la cocina.

Reinaba el silencio.

¿Fue entonces cuando ese pensamiento insidioso y terrible trepó por mi mente? Alguna parte de mí debe haberlo sabido, porque mis pies me llevaron por el pasillo de la servidumbre hacia la parte trasera de la cocina.

El olor me golpeó primero: vómito y el hedor acre de un basurero. En un charco de fluido viscoso yacían pedazos rotos de vajilla, cuchillos manchados y, al lado, mis dos jóvenes criadas de cocina.

Los ojos inyectados en sangre miraban ciegamente al techo. Tenían restos de una sustancia oscura en los labios y unas manchas amarillas y rojas en la piel.

—No —jadeé—. No.

Apenas sabiendo lo que hacía, volví corriendo a la cocina. Y me detuve. La habitación ondulaba como agua a mi alrededor. A medida que mis ojos se despejaban, la tabla de cortar iba haciéndose más nítida. En las hierbas a medio cortar, vi con terror lo que no había notado antes.

—No. —Mis dedos voltearon los tallos mojados. Estaban llenos de manchas púrpuras.

Agarré el cuchillo y busqué a tientas la puerta. No podía ser cierto. Aunque tuviera que correr diez millas en la nieve con el viento implacable rasgando mi vestido, probaría que no era verdad.

El jardín de Hetta estaba sepultado bajo una capa de nieve y escarcha. Hundí mis manos desnudas en las hierbas. Los cardos enredaban todo. Desde un rincón de mi mente, me llegó un eco de las palabras de Harris: "avanza a costa de todo". Empuñé mi cuchillo y me abrí paso.

Rasguñada y sangrando, escarbé hasta apartar la nieve. Y allí, escondidas bajo los cardos azulados, crecían las plantas que no había podido ver yo; yo… que me enorgullecía de mi clarividencia. Beleño negro venenoso, acónito y solandra. Verbena para brujería. Y, por último, creciendo en la parte posterior, las bayas oscuras de la belladona.

Mis dedos se aflojaron; el cuchillo cayó en la nieve sin emitir sonido.

Era cierto. Y era peor de lo que jamás había imaginado.

La memoria me inundó con una fuerza irresistible. Las imágenes se sucedían como fogonazos: la poción, las tijeras oxidadas, el rostro frío e impasible de Hetta, el humo y las luces rojas de la antemascarada, y bailando en medio de todo, el diablo enmascarado de la estatura de un niño.

—¡Oh Dios! —susurré—. ¡Oh Dios!

* * *

No recuerdo cuánto tiempo me quedé arrodillada allí con las hierbas aciagas que mi hija había sembrado. Apenas sentí el frío pellizcando mi cara, o el hielo derritiéndose bajo mis faldas.

Josiah había tenido razón todo el tiempo. Por medio de mis pociones y hechizos había invocado algo malvado. Yo la *creé*. Soy peor que una bruja.

Mi bebé. Podrida hasta la médula. Cada recuerdo de su infancia adquiere ahora una apariencia sórdida e infame. ¿Era un demonio desde el útero? Por supuesto que sí. ¿Qué otra cosa podía ser, a la vez contranatural y monstruosamente concebida?

Ella tiene nueve años ahora, su poder está en su apogeo. La novena hora, la hora en que murió Cristo. Sin embargo, había estado tramando incluso antes de eso. Lo que confundí como amistad con el niño gitano debió haber sido un señuelo. Le tendió una trampa para luego echarle la culpa mientras mataba al caballo. Y ahora ha matado a mis sirvientas.

No sé si un niño creado por manos humanas posee un alma. Pero sí se esto: la pena por los pecados de Hetta recaerá sobre *mí* el día del Juicio Final. Asesiné a esos sirvientes cuando mezclé mi brebaje: fue solo una combinación diferente de hierbas.

Debo haber cometido un error. Alguna proporción en la mezcla, alguna palabra en el hechizo. No creé un niño. Hice un monstruo.

Ojalá pudiera decir que me armé de valor para entrar y enfrentarme a Hetta, pero el miedo ganó la partida. El sol se puso temprano, empolvando las nubes de rosa y gris como el nácar. Mis dedos temblorosos buscaron el cuchillo a mi lado.

Mis faldas se habían congelado. Fue como si arrastrara una cadena alrededor de mi cintura al regresar tambaleando a la casa. Mis pensamientos también se arrastraban, incapaces de trazar el rumbo que debía tomar. ¿Qué le diría a mi familia? Lizzy adoraba a la chica, nunca me creería.

El pensamiento me zarandeó.

Lizzy.

Corrí. Tambaleando, tropezando, incapaz de controlar mis extremidades, atravesé la puerta del patio. La casa apestaba a muerte. Tosiendo sobre mi manga, me arrastré hacia el Gran Salón.

Mis faldas iban arrojando fragmentos de hielo mientras subía las escaleras. El miedo se contrajo en mi pecho al acercarme al cuarto de niños.

Llegué a la puerta. El gorrión de Hetta graznó desde adentro. Alguna vez fue dulce oír cantar al pájaro, pero ahora estaba llamando, llamando a los muertos, llamando a sus almas para llevárselas.

Vacilé. Y entonces abrí la puerta.

Mis ojos no querían procesar lo que vieron. Registraron las hojas en el suelo, los acompañantes silenciosos acomodados por la habitación como el público en una obra, y Lizzy, yaciendo sobre su espalda. "Dormida", dijeron mis ojos. *Dormida*. Pero con algo enroscado en el cuello. Vides. Una cuerda hecha de vides y enredaderas.

Recordé los jadeos que había escuchado más temprano. No era Hetta la que lloraba y jadeaba, era Lizzy.

Hetta se volvió hacia mí. Cuando sus ojos se encontraron con los míos, todo se hizo nítido. Vi a mi amiga más antigua, la mujer a la que había amado como a una madre, estrangulada y sin vida, y de pie al lado de ella, al duende al que una vez llamé *hija*.

No había disculpas en su rostro, solo un despreciable regodeo en su triunfo.

Todavía sostenía el cuchillo en mi mano.

Perdóname, Dios.

Ahora todo está en silencio. El gorrión está quieto en su jaula. Alrededor de la casa, los cuerpos se ponen rígidos y se descomponen mientras la sangre de Hetta se esparce por el entablado del suelo hasta los pies de los acompañantes, sus únicos amigos verdaderos. Observo cómo el charco rojo se espesa entre las enredaderas y adquiere un color marrón oxidado: el mismo marrón que la poción que bebí tiempo atrás.

Sé lo que me sucederá: Josiah y sus hombres me encontrarán sola en una casa de muerte. Irán a buscar al cazador de brujas. Los rumores me han perseguido durante mucho tiempo. Moriré en la hoguera.

Es la más horrible de todas las muertes. Podría evitarlo: el cuchillo aún está afilado. Debería surcar mis muñecas con la hoja pegajosa y salvarme. Pero eso sería demasiado benévolo para mí.

Invoqué al demonio. Necesito el fuego purificador de la ira de Dios.

Necesito sentir las llamas.

THE BRIDGE, 1866

Llegó la mañana y el reloj del Gran Salón dio las diez antes de que Sarah regresara. La luz del sol fluía a través de las cortinas abiertas y estiraba su sombra, doblándola en la pared. En su vestido color lavanda, su figura parecía encogida. No sonrió cuando entró en la habitación, arrastrando los vendajes como si fuera una momia que salió de la tumba, y sosteniendo un recipiente con agua.

—Sarah, gracias a Dios. Pensé que nunca te vería.

—He venido a cambiar tus vendajes —respondió Sarah en voz muy alta—. Debe hacerse para evitar la infección. —Cerró la puerta de una patada y bajó la voz en un susurro—. Bueno, eso nos dará algo de tiempo.

Elsie la observó mientras dejaba las tiras de lino y el cuenco sobre el tocador.

—¿Qué pasa, Sarah?

Sarah miró hacia la puerta.

—En un momento. Ven, dame tu mano. —Se sentó al lado de la cama y tomó la mano de Elsie en su regazo.

Elsie hizo una mueca cuando Sarah retiró de su palma un pedazo de tela, lleno de sangre seca.

—Leí el diario —susurró.

—¿Y? ¡Dime!

Hizo una pausa, sabiendo que nunca sería capaz de transmitir la desesperación y la escalofriante culpa de esas últimas páginas. La voz que necesitaba le pertenecía a Anne, pertenecía a otra época.

—Tenías razón. Acerca de Anne. Nunca tuvo la intención de causar daño. Todo fue una cadena terrible de eventos que no pudo controlar. —Su aliento se enredó, pero no necesitó ocultarlo, al tiempo que el vendaje se desprendía exponiendo sus heridas al aire. La mayoría había cicatrizado, pero una o dos todavía estaban húmedas.

Era extraño que las manos de Elsie sanaran más rápido que el único corte de Sarah. Incluso debería haber una infección.

—Pero, ¿qué le pasó a la pobre Hetta?

—Anne... Anne mató a Hetta.

—¡Ella mató a su propia hija!

—¡Tuvo que hacerlo! —Una llamarada defensiva que no tenía nada que ver con Anne—. El mal del que hablaste. ¿Algo sobre una poción y un hechizo? Fue por Hetta. Enlazado con ella. Anne tuvo que matarla y salvar lo que quedaba de su familia. Tenía que salvar a sus hijos.

Sarah frunció el ceño, pensativa. Mojó un paño en el cuenco de agua y lo pasó suavemente sobre la palma de Elsie. Las heridas suspiraron de alivio.

—Entonces, ¿no es el fantasma de Hetta el que nos atormenta?

—No es exactamente eso. Es más que eso. Creo... Los acompañantes estaban allí cuando Hetta murió. Anne escribió que su sangre fluía a los pies de ellos. La absorbieron, ¿lo ves? Ellos absorbieron el mal.

— ¿Pero qué es lo que quiere?

—No tengo idea. —¿El mal tenía deseos y necesidades? Seguramente no, seguramente eso lo haría demasiado humano. Ya no sería un tirón desde las profundidades del abismo, sino algo sensible que podría aflorar en cualquier persona. En ella.

—Tal vez el mal está buscando algo. —La respiración caliente de Sarah impactó contra su piel—. Buscando... un alojamiento más permanente.

Se hizo un extraño silencio mientras consideraban las implicaciones de eso. Astillas. En Rupert, en el bebé. Algo tratando de entrar.

Sarah desenrolló un vendaje nuevo y lo presionó en el centro de la palma de Elsie.

—Mientras permanezca en los acompañantes, quedará atrapado dentro de la casa.

—Entonces tenemos que detenerlo, antes de que pueda escapar.

Sarah cubrió las heridas de Elsie y ató las vendas con un nudo. Entonces, finalmente, exhaló.

—No podemos detenerlo. No tenemos tiempo. Todo lo que podemos hacer es huir.

—¿Huir? —gritó Elsie—. ¡No podemos simplemente escaparnos! ¿Qué pasa si lastima a otras personas?

—¡Quizás *lastime* a otras personas, Elsie! Pero no estoy preocupada por otras personas. Solo estoy preocupada por ti. —Elsie quería retirar su mano. Había algo en los ojos de Sarah que exigía demasiado—. Escúchame, por favor. He estado sola toda mi vida. No se podía considerar familia a la señora Crabbly, no con sus regaños y sus modos horrendos. Y Rupert... Bueno, hubo un momento en que pensé que Rupert podría casarse conmigo. Pensé que podría llegar y salvarme de la vida de una dama de compañía. Pero bien sabes lo que pasó.

Elsie no sabía qué decir.

—Entonces te conocí. Y fuiste amable conmigo. Empecé a pensar que quizás... me permitieras ser tu amiga, después de todo. Que podría ser útil para ti.

—Y lo has sido, Sarah. Eres la única persona en el mundo que me cree, que me entiende. Has sido la mejor amiga posible.

—Nunca he tenido una amiga antes. —La presión en la mano herida de Elsie fue dolorosamente fuerte—. Y que me condenen si dejo que te alejen de mí.

—¿Los acompañantes?

—¡No los acompañantes! ¡Los doctores!

Su cuerpo se puso rígido debajo de las sábanas.

—Por qué lo harían... ¿Por qué los médicos me alejarían?

—Lo siento, Elsie. No quería decírtelo, pero el señor Livingstone ha tomado una decisión. Lo dijo él mismo, en la cena de anoche. Ha escrito a un manicomio.

El pánico estiró sus brazos profundamente en su pecho. Debía ser un error. Por supuesto, debe serlo, ¡Jolyon nunca la encerraría en un manicomio! Pero los profundos ojos marrones de Sarah contaban otra historia.

—¿Qué te dijo, exactamente?

—Que estabas muy enferma. —Suavemente, dobló la mano de Elsie sobre la cama—. Dijo que lo había sospechado por algún tiempo. Luego me pidió que empacara todas tus cosas porque vendrían hombres, unos médicos, a examinarte. Que te llevarían con ellos y que probablemente te irías por un largo tiempo.

Una caída, eso fue lo que sintió. Una caída en picada desde el borde de un acantilado con nada más que rocas debajo. ¿*Jolyon*, traicionándola? El chico por quien había sangrado, por quien había dado su juventud para criarlo. No, nunca lo haría... A no ser que. A no ser que no hubiera estado dormido después de todo.

—¿Estás segura de esto, Sarah? ¿Estás absolutamente segura?

Sarah asintió. Mechones de cabello, apáticos, cayeron de sus horquillas.

—Fui a la biblioteca. Vi las cartas que ha escrito.

—¡Pero *tú* sabes que no estoy loca!

—Por supuesto que sí. Y es por eso que lo he decidido. —Alzó la barbilla, desafiante—. Voy a sacarte de aquí. Esta noche.

Elsie tuvo un terrible impulso de reírse. Esa conmocionada e histérica risa que solo llega cuando toda la esperanza ha desaparecido.

—¿Cómo te propones hacer eso? Piensa en mi pierna.

—Encontré un bastón. Puedes usarlo para apoyarte.

—Hará ruido. Lo oirán en las escaleras.

Las rosas florecieron en las mejillas de Sarah.

—Hay algo... algo que puedo hacer en la cena. Solía hacérselo a la señora Crabbly, cuando se quejaba. —Elsie la miró fijamente—. Una pequeña gota en las bebidas, para que duerman profundo.

Elsie tenía la sensación de haber juzgado mal a Sarah todo ese tiempo.

—¿De verdad? ¿Realmente drogaste a la señora Crabbly solo para conseguir un poco de paz?

Una sonrisa pícara se extendió por la cara de Sarah.

—Todos hemos hecho cosas de las que estamos un poco avergonzados, señora Bainbridge.

***

La noche cayó rápidamente. Toda la tarde la lluvia golpeó contra las ventanas. Cada vez que Elsie despertaba de un sueño, las nubes estaban un poco más oscuras. Cerró los ojos cuando el cielo parecía de pólvora y los abrió para descubrir que se había vuelto más oscuro. Era hora.

Elsie salió tambaleándose de la cama antes de tener la ocasión de volver a dormirse. Con gran dificultad, se ató la capa que Sarah le había dejado y puso una caja nueva de fósforos en el bolsillo. Una bruma de láudano cubría su visión. Todos los músculos protestaban por esa locura. ¿Cómo podría siquiera bajar las escaleras?

El bastón era demasiado frágil, temblaba bajo su peso mientras cojeaba hacia la puerta. Si los acompañantes llegaban, no podría correr.

Pero, ¿qué opción tenía?

Dos golpes suaves en la puerta. La cabeza de Elsie se alzó.

—Adelante —susurró.

La puerta se abrió silenciosamente y Sarah se deslizó dentro, trayendo consigo un aura de luz dorada. Llevaba una lámpara de aceite en cada mano.

—Ten —Las sombras retozaban en su rostro mientras le entregaba una lámpara a Elsie. Sus pupilas reflejaban la luz.

—¿Ambos duermen?

—Hubo un pequeño problema —dijo Sarah—. El señor Livingstone fue a la biblioteca. Me temo que se ha quedado dormido allí. Tendrá el cuello rígido cuando se despierte.

La preocupación brotó en su pecho. Ahora que había llegado el momento, se sentía débil. No quería dejarlo atrás.

—Sarah... Tal vez deberíamos esperar. Necesitamos planearlo. ¿A dónde iremos? ¿Qué haremos?

Sarah la miró fijo.

—No hay tiempo. Tenemos suficiente dinero entre las dos para subirnos a un tren.

—Pero... No puedo simplemente abandonar a Jolyon. ¿Qué pasa si los acompañantes van tras él? ¿Y si lo usan para alojarse en él?

—¿Serás capaz de detenerlos si te quedas aquí?

—No... Pero...

—¿Serás capaz de protegerlo desde el interior de un manicomio?

Elsie cerró los ojos. No había forma de ganar. Cualquiera fuera la elección que hiciese, perdía a Jolyon. ¿Y qué sería de su vida, entonces?

—No puedo...

—No lo estás traicionando, Elsie. Es *él* quien se dio por vencido *contigo*.

A regañadientes, asintió. Era mejor arriesgarse con Sarah que pasar toda una vida atrapada detrás de altos muros. No dejaría que nadie la forzara, nunca más.

Sarah emprendió el camino. Elsie la siguió cojeando. Todo estaba en penumbra. Ni siquiera las luces de gas estaban prendidas.

Todo lo que podía oír eran los pasos de Sarah y el constante, *tap tap* de su bastón. La lámpara en su mano rebotaba con su paso desigual, iluminando destellos de alfombra morada.

De repente, Sarah se congeló. Elsie no pudo detenerse a tiempo. Hubo un ruido sordo, un sonido como de vidrios rotos y aceite derramado. Las sombras inundaron el pasillo que se oscureció un poco más. Sarah había dejado caer su lámpara.

—Rápido —Se dio la vuelta y le arrebató la luz restante a Elsie. En el momento en que la sostuvo en alto, se quedaron sin aliento.

Siete acompañantes se escondían al lado de las escaleras.

Estaba demasiado oscuro para distinguir sus caras. Solo las siluetas que se alzaban grandes contra la pared mientras la lámpara temblaba en la mano de Sarah. Elsie lanzó una mirada por encima de su hombro, recordando cómo habían venido antes, desde ambos lados, como una manada de lobos. No podía ver nada sólido, solo un haz de luz amarilla que bajaba del techo al final del pasillo.

—Sarah, qué... —Antes de terminar, oyó el ronquido de Jolyon. Imágenes confusas se unieron y luego se dio cuenta: la franja amarilla era una lámpara encendida en la biblioteca. La puerta de la biblioteca estaba abierta. Se agarró al vestido de Sarah—. Él está allí solo. No puedo dejarlo, no con ellos aquí afuera.

Los ojos de Sarah estaban fijos en los acompañantes.

—¿Qué quieres decir?

—¡Jolyon!

—¡Pero que estés en la casa no los detendrá!

Su pierna mala comenzó a temblar.

—Ha dejado la puerta abierta.

—¿Qué diferencia hay?

Ella tenía razón. Estaba la lógica, pero también estaba el corazón: el corazón de una mujer que había criado a un niño desde que tenía cinco años. Elsie no podía dejarlo. Por lo menos, tenía que cerrar la puerta.

—Sigue vigilándolos —gritó, y giró sobre su bastón. Pensando solo en Jolyon, se zambulló en el corredor.

Su bastón golpeteaba al ritmo de su pulso frenético. Escuchó el grito de alarma de Sarah, pero ya sonaba muy lejos. Se estaba ahogando en la oscuridad. Sus ojos volaron, buscando alivio del negro implacable. *Jolyon. Solo concéntrate en Jolyon.* A pesar del dolor que le quemaba las costillas, a pesar de la insensible debilidad de su pierna izquierda, siguió avanzando hacia la luz.

Pensó que se caería. El dolor, el miedo y el láudano la envolvieron. Solo el frío antinatural que salía de la biblioteca y el olor húmedo y a moho atravesaba la bruma. Atravesó el umbral a tropezones. Jolyon estaba desplomado sobre el escritorio, con la cabeza apoyada en la superficie pulida.

Trastabillando para acercarse, vio el movimiento de sus ojos debajo de sus párpados y el lento latido de un pulso en su cuello. Vivía. Solo estaba durmiendo. Su aliento agitaba el papel debajo de su mejilla.

Fue solo por casualidad que notó el membrete. Estaba a punto de darse la vuelta, cuando su mirada se detuvo en el escrito, impreso como un grito.

St Joseph's Hospital para locos

Por un momento todo se detuvo. Luego su corazón volvió a latir, enviando la sangre a su cabeza con un ritmo doloroso. Salió tambaleándose de la habitación.

Esa palabra sola rebotaba en su cabeza: *locos.*

No podía dudar de Sarah por más tiempo. Jolyon realmente pensaba que estaba loca. La había abandonado. El dolor de eso era peor que las costillas rotas. Cerró la puerta de golpe, se volvió y se abrió paso a través de la oscuridad, a lo largo del corredor.

—¡Por favor, Elsie! —La voz estrangulada de Sarah la llevó hacia adelante—. ¿Estás ahí? No puedo mirar estas cosas por más tiempo.

—¿Se han movido?

—Solo sus ojos. Te estaban observando.

Elsie se estremeció.

Si tan solo pudiera ver claramente. No podía volver a encender la lámpara rota, porque el aceite había empapado la alfombra. ¿Se atrevería a encender una lámpara de pared? ¿Seguro que la luz de una sola no despertaría a Jolyon?

Con su mano libre, tiró de la palanca.

—Ten, Sarah, toma mis fósforos. Sostendré la lámpara mientras enciendes el gas.

Sarah obedeció y la llama saltó a la vida. La luz salpicó el rebaño rojo del papel pintado, los bustos de mármol.

—Oh cielos. Se ven un poco más cerca.

—No podemos dejar de mirarlos —le dijo Elsie—. Bajaré las escaleras con la lámpara primero, para ver que no haya ninguno en el Gran Salón. Camina hacia atrás y vigila a estos.

Los dedos de Sarah se apretaron alrededor de la caja de fósforos.

—¿Hacia atrás? ¿Por qué yo?

Elsie golpeó su palo con impaciencia en el suelo.

—Ya será bastante difícil para mí avanzar.

Se pararon, espalda contra espalda. Gracias al cielo que estaban vestidas de forma sencilla, sin crinolinas aparatosas. Elsie sintió los hombros de Sarah contra los de ella, el sudor húmedo a través de su vestido.

—¿Lista?

Sarah tomó una bocanada de aire.

—Lista.

Recogió sus faldas con la mano que sostenía el bastón, y el material le dio firmeza a su palma resbaladiza.

—Entonces vamos.

Sus piernas temblaban, no solo la mala. Un paso. Dos. Lenta, lentamente, los talones de Sarah chocando con los de ella. La nube de luz de la lámpara se cernió sobre el hueco de la escalera, mostrando destellos de alfombra y papel tapiz. No había acompañantes.

—El último —susurró Elsie, y tropezaron con un pequeño rellano. Habían bajado un piso, faltaba otro.

Tris, tris.

Los hombros de Sarah se pusieron rígidos.

—Ya no puedo verlos. La lámpara de gas... está muy lejos.

—Enciende una cerilla. Falta poco.

Desde arriba llegó un rasguño lento. Elsie los imaginó, arrastrando sus monstruosas bases por el suelo.

El agotamiento amenazaba con hundirla, pero no podía rendirse. *Tap, tap*, resonaba su bastón en la escalera, su pierna casi a punto de ceder. Con cada paso, Sarah tropezaba con ella, y sentía un dolor que le atravesaba el pecho. Y mientras tanto, las sombras se acumulaban detrás de ellos.

Tris, tris.

Finalmente, la lámpara destelló sobre el metal y brilló sobre el escudo de armas azul y dorado de los Bainbridge. El Gran Salón estaba a la vista. Estaban casi allí.

—¡Elsie! ¡Elsie, siento *algo*!

Estaban en el último escalón. Elsie se apresuró a alcanzar la seguridad del piso, pero tropezó.

No, no. Su bastón patinó, la lámpara vaciló. El fuego se cayó en su pierna mala. Sarah gritó. Ahí estaba: el piso, duro y parejo debajo de sus zapatos. Elsie se tambaleó y de alguna manera logró recuperar el equilibrio.

Habían llegado al Gran Salón.

—¡Pobre de mí! ¡Señorita Sarah!

La luz entraba furtivamente desde el otro lado del Gran Salón.

El corazón de Elsie saltó a su garganta.

—¿Cómo pudiste?

Jadeando, entrecerrando los ojos, se volvió para enfrentar la voz. La puerta verde junto al sector de los sirvientes estaba abierta. La señora Holt se recortó contra el fuego, iluminada desde atrás. Buscó a tientas, hubo un estallido, y luego una lámpara cobró vida.

—Bueno, bueno. —Los pasos de la señora Holt sonaron recortados, sentenciosos—. ¿Quién lo hubiera pensado? Podría haberlo esperado de *usted* —asintió con la cabeza en dirección a Elsie—. ¡Pero de la señorita Sarah! Debería haberlo pensado mejor.

Desorientada, Elsie dejó caer la lámpara de su mano. La señora Holt encendió otra lámpara.

—¡Usted! —Sarah chilló detrás de ella—. Se suponía que... ¿Por qué no está dormida?

—Dios la perdone, niña, ¿no cree que reconozco el té de amapola cuando lo huelo? ¡Sabía que estaba tramando algo, pero nunca imaginé que trataría de *llevársela*! ¿Qué le ocurrió?

¿Dónde estaban los acompañantes? El Gran Salón se materializó a su alrededor. Trajes de armadura, espadas, la alfombra oriental. No había acompañantes. Solo estaba la señora Holt y el murmullo de las lámparas de gas.

—¡Está intentando alejarla de mí! —chilló Sarah. Su mano se aferró al brazo de Elsie—. No la dejaré. ¡No es una lunática! Estaban aquí, ¿no los vio? ¿No los *oyó*, vieja tonta?

Sarah todavía tenía fuerzas para pelear. Elsie no. La sensación había disminuido, dejándola como una cáscara vacía. Había desilusión. El miedo se acumulaba a sus pies. Lo último que quedaba era algo así como un alivio. Ahora, al menos no se alejaría de Jolyon.

—No escuché nada. No *había* nada. —La repugnancia torció las facciones de la señora Holt—. ¡Por todos los cielos! ¡Está tan loca como ella!

Sarah tensó la mandíbula. Por un momento, pareció como si fuera a golpear a la señora Holt, pero luego los muebles se movieron escaleras arriba y unos pasos se acercaron, vacilantes, hasta que Jolyon apareció en la galería. Parecía un hombre embriagado: enrojecido, con el pelo todo despeinado.

—¿Qué es esto? —Parpadeó, luchando contra las palabras de su ensueño drogado—. Escuché un grito y… ¿Elsie? ¿Eres tú?

—Son las dos señoras, señor Livingstone —anunció la señora Holt—. Las atrapé tratando de escapar.

—¡Escapar!

—Me temo que lo drogaron, señor Livingstone. Son astutas. Mucho más peligrosas de lo que temíamos.

Elsie nunca olvidaría la expresión de su rostro: la mezcla de miedo e ira. Porque ya no era Jolyon mirándola detrás de esos ojos color avellana con borde rojo. Su querido niño voló lejos con las palabras de la señora Holt. En su lugar había otra persona, alguien que había rezado no volver a ver mientras viviera.

Era papá.

***

—¡Déjenme salir! —La palma de Elsie se estrelló contra la madera una y otra vez, sacudiendo la puerta en sus goznes. Cada golpe vibraba a través de sus costillas con un dolor candente, pero no se detenía. No *podía* parar—. Jolyon, ¡abre la puerta en este instante!

—No puedo hacer eso.

—¡Por favor! ¡Déjame salir! ¡He estado aquí toda la noche! —Su voz se disparó fuera de tono. Histérica, enloquecida. Incluso para sus oídos, sonaba como la confirmación de su diagnóstico—. ¡Jolyon!

—No estás bien. Debería haberlo sabido. —Oyó que su hombro se movía contra la puerta—. Debería haberlo sospechado hace mucho tiempo.

Su mano flotaba a una pulgada de distancia de la madera. Se estaba llenando de humo; detrás de sus ojos, su estómago, debajo de su lengua. Un humo amargo y asfixiante que era el pasado y el presente, envolviéndola con vahos acres.

—¿De qué estás hablando? —Qué falso sonaba. Una línea dada a una actriz en una obra de teatro.

—Después de que mamá...

—¡No!

—Te vi, Elsie. Vi que pusiste la almohada sobre su cara...

—¡No fue así! —chilló, haciendo tintinear el picaporte de nuevo—. Escúchame, puedo explicarte...

—¡No puedo creer una sola palabra de lo que dices!

—Estaba demasiado dolorida. Ya estaba en las puertas de la muerte, no fue un pecado.

—¡No fue un pecado! —explotó él—. Buen Dios. Tal vez la pobre mamá estuvo en lo cierto todo el tiempo. Quizás ella no estaba loca. Las cosas de las que te acusó...

—Todo lo que hice, lo hice por ti.

Lo escuchó emitir un sollozo.

—No hiciste eso en mi nombre. No mataste a mi madre por mi bien.

—Jolyon, mira. Hay cosas que nunca te dije, cosas...

—¡Detente! —Su mano golpeó desde el otro lado—. Por favor, no me hagas escucharlo. Tus palabras me volverán loco a mí también. La ayuda está en camino. Solo necesito mantenerte a salvo hasta que lleguen los hombres.

—¿Hombres del Saint Joseph's?

—La señora Holt ha salido ahora con el telegrama. Es el mejor lugar para ti. Ellos pueden ser capaces de... —se apagó.

Las lágrimas corrieron por su rostro. ¿Cómo podía estar pasando esto?

Cada día lo imposible se convertía en realidad, pero era más fácil creer en los asesinos de madera que aceptar que Jolyon, su Jolyon, estaba en contra de ella.

Apretó su frente contra la puerta. Debajo de la pintura blanca, podía distinguir el patrón y los nudos de la madera, como si no fuera solo una barrera entre ellos, sino un ser vivo, completo, con venas y tendones.

—Jolyon, piénsalo de nuevo. —Luchó por mantener la respiración estable, para parecer una persona sensata—. Sabes que esto no concuerda con mi forma de ser. Con tus propios labios, le dijiste al señor Underwood que te jugarías la vida por mis nervios.

—Están rotos, y mi corazón con ellos.

Dejó caer su palma, imaginó la cabeza de él presionada contra la madera. Si tan solo la mirara. Si la miraba a los ojos, sabría que estaba diciendo la verdad.

—Te apresuras demasiado. Pregúntale a Sarah...

—¡He enviado a Sarah a su propia habitación! No puedo permitir que vaya contigo, alentándote con tus delirios.

Se deslizó hacia la alfombra, aterrizó dolorosamente en su rodilla herida.

—No puedes confinar a Sarah —intentó de nuevo—. No tienes autoridad sobre ella. No puedes tratarnos como prisioneras.

—Es por su propia seguridad. Sé lo que es mejor para ustedes.

Pero él ni siquiera sabía quién era ella.

Permaneció en el piso, vacía y agotada. En ese momento, los pasos de Jolyon resonaron en el pasillo. La puerta de la biblioteca se abrió y luego se cerró.

Las sombras de los árboles yacían en la alfombra junto a la ventana. Pulgada a pulgada, se alargaron por el suelo. Una parte distante de ella se preguntó qué la atraparía primero: los acompañantes o el asilo. Tal vez la señora Holt ya había sellado su destino; deletreando su perdición en alambres, crujidos y clics. Ya podía sentir el frío de un dormitorio del hospital cerrándose sobre ella.

¿Se lo merecía? Quizás sí. No por los acompañantes, sino por las otras cosas. Papá, mamá. Podría intentar borrarlos, pero nunca la abandonarían; corrían oscuros en su torrente sanguíneo. En el de Jolyon.

Quizás fuera una hora más tarde cuando oyó el ruido: suave al principio, un crujido como troncos cediendo ante una llama. Lanzó una mirada al fuego pero la madera se había apagado. Otra vez: susurros y arañazos. Justo afuera de su puerta.

Elsie ladeó la cabeza, atenta. Esta vez escuchó pequeños clics. Luego una puerta que se abría.

La exclamación sin palabras de Jolyon la hizo saltar. ¿Tal vez la señora Holt había vuelto? Pero no hubo pasos, ni voces. Solo ese lejano susurro, como ramas al romperse. O pequeños huesos.

Se acostó torpemente en el suelo. La franja de luz debajo de la puerta solo revelaba un tramo de alfombra granate.

Jolyon gritó.

Se incorporó de golpe, haciendo una mueca cuando el dolor le abrasó las costillas.

—¿Jo? —probó la manija de la puerta. Seguía trabada. Él gritó de nuevo, una palabra estrangulada que sonaba como su nombre—. ¡Jolyon! —Ahora los sonidos se amplificaron. Giraban, deslizándose. Pensó en los animales que se revolcaban en la maleza, atrapados por las ramas. Dios querido, ¿qué estaba pasando?

—¡Elsie! —. Un grito angustiado, burbujeante de líquido.

Furiosamente, empujó el picaporte y golpeó la puerta. No podía llegar a él. No podía salir.

Ninguna tortura podría ser más enloquecedora: escuchar y no ver; ser impotente mientras él aullaba. El aire se hizo sofocante, imposible de respirar, presionando más y más cerca.

Elsie echó a andar por la habitación buscando un objeto para golpear la puerta. Sus ojos vagabundos cayeron sobre el tocador y lanzó una oración de gratitud. ¿Por qué no había pensado en eso antes?

Se precipitó, ignorando el dolor en su rodilla, y agarró un puñado de horquillas para el cabello. Con las palmas sudorosas, dobló la primera y trató de meterla en el ojo de la cerradura. Se perdió. Nuevamente lo intentó, y nuevamente se salió de control. ¡Maldita sea! Sus manos temblaban como si tuviera fiebre.

Vidrios rotos.

—Vamos, vamos —. Finalmente, enhebró la horquilla en el agujero pero se sacudió y no podía sentir los tambores—. ¡Por favor!

Tris. La horquilla cayó de su mano. *Tris.*

Hubo otro grito, y la voz de Jolyon se apagó.

El silencio fue ensordecedor.

Tomando otra horquilla, la dobló con los dientes y la metió en la cerradura. El alivio aumentó cuando los tambores se movieron, y la puerta cedió bajo su mano.

En el corredor todo estaba inmóvil. Cojeó, apretando los dientes. Unos pasos resonaron a su izquierda. Cuando se volvió, vio a Sarah que se precipitaba en su dirección, con los ojos desorbitados, Jasper pisándole los talones.

—¡Elsie! ¿Qué pasó? Escuché gritos.

— Jolyon —jadeó ella—. Jolyon.

Los ojos de Sarah se agrandaron.

—¿No habrán sido *ellos*?

Un ruido estalló en sus labios: un lamento animal. Nunca había conocido un dolor como ese.

—¡No! Por favor, Dios, no.

Sin decir una palabra, Sarah colocó su hombro bajo la axila de Elsie y la ayudó a ir a la biblioteca.

Era un desastre. Los libros yacían en el suelo con las páginas sueltas. La alfombra era un cementerio de papel, vidrios y hojas arrugadas. Al adentrarse en la habitación, Elsie vio rasgaduras en las cortinas, que flameaban y bailaban con la brisa.

—¿Jolyon? —No sonaba como si fuera su voz, no sonaba como si fuera su nombre.

La tinta había salpicado el escritorio, astillado con fragmentos de vidrio verde de la lámpara, pero la silla detrás estaba vacía.

—¡Elsie! ¡Allí!

Giró en redondo. El chico gitano con su cayado se erguía ante el fuego. Algo inhumano brillaba en su cara plana. Sus ojos siguieron la dirección de su cayado.

La ventana del medio tenía una rotura como una telaraña. Las grietas irradiaban desde un agujero central y desigual. Había algo enganchado en uno de los puntos. Material. ¿Cabello?

Las cortinas hechas jirones ondearon, frenéticas, haciéndole señas para que se fuera. Pero sus pies se movían sin su permiso, atravesaron irremediablemente la alfombra, crujiendo sobre el vidrio, para pararse donde el viento podía golpear su rostro.

Decenas de Elsies la miraron desde la ventana destrozada, cada una de ellas con una forma diferente. Bocas alargadas, aplastadas y faltantes; su cara derretida. Y vio que las grietas estaban llenas de sangre.

Tomando aire profundamente, miró hacia abajo desde el alféizar.

Su Jolyon, su niño, yacía boca abajo sobre la grava, con el cuello en un ángulo imposible. Muerto.

Las cortinas flamearon alrededor, abrazándola mientras gritaba.

***

Una vez, cuando era muy joven, papá le había roto el tímpano. Creó un ruido, un ruido tan intenso que de alguna manera fue más que sonido, que ahogaba todo menos su insistente zumbido.

Después del ruido había venido un severo dolor. Penetraba en su cabeza, mareándola, relajando su rostro. Sentía todo y nada.

Debía haber sucedido de nuevo, porque no podía ver ni oír nada. El tiempo pasaba junto a ella como si ya no estuviera allí.

De repente, volvió en sí y se encontró apoyada detrás del escritorio en los restos de la silla de cuero. La crin hormigueaba entre los cortes de la tela, áspera contra su piel suave.

Sarah estaba a su izquierda, agitando una botella de sales aromáticas bajo su nariz. A la derecha estaba la señora Holt.

—¿Otro accidente terrible? —decía—. ¡Cielos! Es ella, niña tonta. No está bien de la cabeza. Voy por la policía.

—¡Fueron los acompañantes, señora Holt! Elsie acababa de salir de su habitación, la vi abrir la puerta. No hay manera de que ella haya podido entrar aquí y... —Sarah vio que Elsie volvía a la vida e hizo a un lado las sales aromáticas.

—Creo que el señor Livingstone perdió una oportunidad cuando escribió ese telegrama —murmuró la señora Holt—. Debería haberlas confinado a las dos.

Incluso su nombre fue como un golpe en el estómago. Ahora no había ningún señor Livingstone, nada bueno en que pensar: solo el horror de un apuesto joven tendido sobre la grava como un pájaro caído.

—Mi bebé —dijeron sus labios entumecidos—. Mi niño.

—¿Lo ve? —La señora Holt sacudió la cabeza—. Chiflada —Se inclinó hacia Elsie tanto que pudo ver las arrugas alrededor de sus ojos y oler su aliento viejo y picante—. Es posible que haya perdido un bebé, señora, pero eso no es nada comparado con perder a una hija crecida, la esperanza de su vida. ¡Verla ensartada como un pedazo de carne en un asador! —Su cara era aterradora, distorsionada por las lágrimas—. Dios sabe que debería sentir lástima por su enfermedad, pero no puedo. No puedo hacerlo. Solo rezo para llegar a verla balancearse por lo que le hizo.

En cualquier otro momento, su mente podría haber juntado las piezas. Pero Elsie se encontró mirando a la señora Holt con la misma confusión que rodeaba la frente de Sarah.

—¿De qué está hablando? ¿Qué hija?

La señora Holt se pasó una mano por la cara devastada.

—Supongo que ya no hay necesidad de guardar el secreto. Había una razón por la cual el señor Bainbridge me llamó su ángel. También había una razón por la que vine aquí en medio de la nada —.

—¡Oh! —murmuró Sarah—. Estaba esperando un hijo suyo.

Ella cerró los ojos y asintió.

—Así es. La señora estaba tan enferma y él necesitaba... Él no era un mal hombre. Solo quiso hacer lo correcto por los dos.

—Entonces él le dio algo. Una casa donde estaría libre de los chismes.

—Al principio escondí al bebé. Luego, le enseñé a trabajar junto a mí en la casa. No era tonta, nunca pensé que Helen se criaría con el amo Rupert.

—*Helen*. ¿Helen era su hija? Y entonces era... —Sarah colocó una mano sobre su pecho—. ¿Mi prima?

—Lo era. Esa miserable mujer sentada frente a nosotros también se ha llevado a su familia, señorita Sarah. Debe dejarme ir a buscar a la policía.

Elsie no temía el odio de la señora Holt. Anhelaba aferrarse a ella como alguien que había sentido ese mismo dolor y había sobrevivido. ¿O no? La mujer que reprendió a Sarah no era la misma señora Holt con la que se había encontrado esa primera noche. Era una versión endurecida, una versión de hierro, de corazón amargo.

—Vaya —dijo Elsie—. Por favor. Vaya por la policía.

La señora Holt parpadeó sus ojos llorosos.

—No —exclamó Sarah—. No, Elsie, no estás pensando bien. Tienes que salir de aquí antes de que los hombres del manicomio vengan y...

—Déjalos venir. ¿Qué importa, ahora?

—¡Me importa! ¡Te necesito!

Elsie apoyó su cabeza contra la silla.

—No dejaré a Jolyon. No habrá manos extrañas lavándolo y preparándolo. Estaré allí cuando sea enterrado como lo estuve cuando nació.

Sarah exhaló, con los hombros flojos.

—Entonces supongo que... la señora Holt tiene razón. Debemos ir por la policía, o los hombres del manicomio lo harán en cuanto lleguen. Será peor para todos si eso sucede.

—Tres cuerpos en la casa —dijo la señora Holt—. Tres.

—Uno de ellos afuera. Vamos, entrémoslo antes de que vaya a buscar al agente.

—¿Usted? —escupió la señora Holt—. ¿Por qué iba a confiar en usted para ir a buscar a la policía? ¡Anoche estaba tratando de dejarla escapar!

Sarah puso una mano sobre el hombro de la señora Holt y apartó a Elsie hacia la chimenea.

—Es un largo viaje a Torbury St. Jude. Hoy ya has estado allí y has vuelto.

—¿Pero lo harás, honestamente? —Su frase se cortó en forma abrupta. Algo estaba cambiando, modificándose bajo de su expresión—. ¿Usted hizo eso? —siseó.

—¿Hacer qué?

—¡Eso! —El brazo de la señora Holt golpeó la chimenea—. ¿Fue usted o fue ella?

—No entiendo.

Pero Elsie entendía. Vio el cambio que había tenido lugar mientras estaban de espaldas a la chimenea. Su piel se contrajo.

—No estaba así cuando entré en la habitación. ¡Míralo!

Frenéticas líneas blancas marcaban la madera. Cortes profundos y furiosos.

Los ojos del chico gitano habían sido tajeados.

***

Agujas de lluvia entraban volando por la puerta abierta. El aire de la tarde olía extraño: turboso y rico. Elsie trató de concentrarse en el aroma, perderse en él; cualquier cosa para distanciarse de la terrible escena que se desarrollaba ante sus ojos.

Ni la señora Holt ni Sarah eran fuertes. Medio empujaron, medio arrastraron el cuerpo de Jolyon por el umbral. Su cabeza colgaba grotesca. Manchas de grava pegadas a sus mejillas y las pestañas enmarcando sus ojos abiertos color avellana.

Siempre había tratado de salvarlo. Dios, cómo lo había intentado.

Lo tendieron como una marioneta rota en la misma alfombra oriental donde habían colocado el ataúd de Rupert. La señora Holt dobló los brazos extendidos de Jolyon de modo que las manos descansaron, superpuestas, sobre su estómago. Frunció el ceño.

—Hay astillas en sus dedos.

Elsie se estremeció.

—Había astillas sobre Rupert —dijo Sarah—. Y en el bebé.

Los labios del ama de llaves se crisparon. Elsie podía verla luchando con la desagradable verdad: creer, no querer creer; tratando de demostrarse que estaba equivocada.

—¿Mabel o Helen tienen astillas? —preguntó Sarah.

—No vi. No me fije. —La señora Holt dio un paso. Se detuvo—. Podría… ir a ver. —Lanzó otra mirada a Elsie.

Elsie lo entendió. El ama de llaves quería odiarla. Prefería encontrar las huellas sangrientas de Elsie alrededor del cuello de Helen que una lluvia de astillas.

Pobre señora Holt. Era mucho mejor creer que su hija había sido asesinada rápidamente en lugar de acosada, y vivido sus últimos momentos en un paroxismo de miedo. Vio a la mujer desaparecer detrás de la puerta y su corazón se fue con ella.

—No entiendo —Sarah mordió un mechón de su cabello, agitada—. ¿Qué quiere esta cosa? ¿Qué es lo que no pudo encontrar en Rupert, o el bebé? ¿Qué necesita exactamente?

Se tambaleó sobre sus pies.

—No lo sé, Sarah, y no quiero saberlo. Solo estoy agradecida de que Jolyon esté libre de eso ahora. No le daré otra oportunidad. Traiga un poco de agua, por favor. Voy a lavarlo.

Sarah vaciló.

—No estoy segura de que deba. Si la policía viene a investigar, querrán verlo... como estaba.

—¡Como estaba! —Brotó un sollozo seco—. Querido Dios, todos querríamos eso.

Sarah bajó la cabeza.

—Quiere... ¿Todavía quiere que vaya por la policía?

—¡Sí! Alguien tiene que ayudarnos. No podemos enfrentar esto solas.

—¡Pero no creerán en los acompañantes! ¿Y si nos arrestan?

La prisión, el manicomio. Era todo lo mismo, sin Jolyon.

—Entonces dejemos que nos arresten. Al menos saldremos de esta maldita casa.

Sarah fue a buscar su sombrero y ató las cintas apresuradamente debajo de su barbilla. Mientras se ponía sus mitones, Elsie miró la puerta de paño. La señora Holt no había hecho ningún ruido desde que entrara.

—No se preocupe, señora Bainbridge. Soportaremos todo esto, usted y yo. Parece imposible ahora, pero... De alguna manera, reconstruiremos nuestras vidas. Juntas. —Sarah apretó el hombro de Elsie—. Creo que a Rupert le hubiera gustado.

Sin duda, Sarah lo dijo amablemente, pero Elsie no pudo soportar sus palabras de consuelo. Se alejó.

Sarah abrió la puerta de nuevo, dejando entrar un buen chorro de lluvia. Los jardines estaban empapados. Los setos goteaban y el agua caía en cascada desde la quijada del perro de piedra como baba. Sarah puso un pie fuera de la puerta.

—¡Espere!— Elsie metió la mano en su bolsillo y le dio a Sarah su bolso—. Tome esto, por si se encuentra en problemas. Pagará un alojamiento o el traslado a casa.

Tras echarle una última mirada, Sarah se aventuró bajo la lluvia. Elsie la miró irse: una figura encorvada, gris, crujiendo sobre la grava, cada vez más oscura a medida que la sombra de la casa caía sobre ella. Cruzó las colinas y desapareció de la vista.

Menos de diez minutos después, la niebla descendió.

Se dejó caer junto a la chimenea y se sentó con las piernas estiradas, al lado de Jolyon. O lo que quedaba de Jolyon: una cruel parodia azul grisácea. No quería guardar esa imagen de su niño, cerúlea e hinchada; facciones con el horror impreso en ellas; crueles cortes en la piel querida. Pero sabía que sigilosamente invadiría y sobrescribiría los tiempos más felices. La muerte, una vez concebida, era rapaz. Se llevaba todo con ella.

Cada tic-tac del reloj del abuelo resonó en el Gran Salón. La lluvia tamborileaba en contrapunto. Elsie percibió las nubes presionando hacia abajo, borrando el sol. Tomó su cabeza entre sus manos vendadas, y esperó.

No se atrevía a cerrar los ojos. De espaldas a la pared, se mantuvo en vigilia. Los acompañantes podrían tomar la vida de Jolyon, pero que los condenen si profanaban su cuerpo con más astillas. Sabía cómo se sentía eso: ser invadida, en contra de tu voluntad. Nunca, nunca dejaría que eso le sucediera.

El tiempo pasó lentamente. Nada se movió. Todo lo que veía era quietud gris; todo lo que oía era el constante golpeteo en las ventanas. Era una especie de tortura.

Su mente vagó por los brumosos caminos hacia Torbury St. Jude; vio a Sarah perderse, caer al río, arrastrada por la corriente con sus faldas empapadas como la gitana del diario de Anne. Abofeteó sus mejillas y trató de dirigir sus pensamientos por una dirección mejor. Se dio vuelta un momento y luego, mareada, avanzó a tropezones hacia Jolyon. *No.*

Después de que hubieran pasado dos horas, pensó que iba a perder la cabeza. Con las articulaciones rígidas, se puso en pie con un gemido. Aun así, la lluvia caía, ligera pero insistente. Todo se veía igual que en la mañana. Sintió que había vivido diez vidas desde entonces.

El aire estaba cambiando. El olor se elevaba lentamente, como una bruma del cadáver de Jolyon, quitándole el olor a hojas de laurel y lima que siempre había sido parte de él. Parecía tan sucio y descuidado: vetas de barro en sus manos, fragmentos de vidrio que brillaban en su pelo enmarañado. Al diablo con la policía: iba a lavar a su niño.

Cojeó por la puerta de paño hasta los aposentos de los criados. Crujió detrás de ella, envolviéndola en la fría piedra.

La última vez que había ingresado a este pasaje había un equipo de cinco personas. Ahora los pasillos tenían un aire de abandono. Había desaparecido el sonido de la cocina y el olor a jabón. No brillaban las lámparas de aceite.

Mientras se dirigía hacia la cocina para buscar agua, pasó frente a la habitación del ama de llaves. La puerta estaba cerrada. ¿Habría estado la señora Holt allí sola, todo ese tiempo, en la oscuridad?

Su mano se cernió sobre los paneles, insegura. Si la señora Holt quería estar sola, no tenía derecho a molestarla. Acababa de decidirse a alejarse cuando escuchó un sonido desde adentro.

No un sollozo, como ella esperaba. Algo más bajo, prolongado. Un gemido o crujido, como de huesos viejos.

Tomó el pomo de la puerta, pero no lo giró. El pulso tamborileó en su garganta.

Criiik. Una corriente de aire se deslizó debajo de la puerta y le tocó los tobillos. Tenía que volver a Jolyon, tenía que...

Justo cuando se alejaba, Jasper maulló.

La inmovilizó. Ese sonido patético y agudo, tan parecido al gemido de un bebé. Trató de apartarlo y endurecer su corazón, pero volvió a aparecer, más fuerte esta vez. La perforó. Y luego el mismo crujido.

—Maldición, Jasper —. Amonestándose a sí misma, giró la perilla y empujó.

La habitación apareció ante su vista. Elsie apretó sus dedos heridos alrededor de la jamba, clavando sus uñas en la madera.

Todos los cajones del escritorio de la señora Holt estaban abiertos. Los papeles cubrían la mesita con la tela floreada. Jasper se sentaba allí, maullando, mientras los diversos recibos y recetas revoloteaban debajo de él. Diamantes de lluvia brillaban en su pelaje negro. La ventana estaba abierta de par en par.

—Qué... —Una de las sillas había desaparecido—. Jasper, ¿dónde está la señora?

El crujido sonó, junto a su oído. Volteó. El aire se atascó en su garganta.

Fue el movimiento lo que vio primero, gentil, como un árbol meciéndose en el viento. Solo entonces comenzó a darle sentido: el crujido, no de madera, sino de cáñamo; los pies oscilantes. Su mirada recorrió el vestido negro hasta los hombros caídos y una cara que no pertenecía a nadie: azul rojiza; los ojos desorbitados, la lengua colgando. El ama de llaves había pasado una soga alrededor de un gancho en el techo. Todo lo que una vez había sido la señora Holt colgaba allí, suspendida como un saco de grano.

La náusea trepó por su estómago. Mientras las faldas ondeaban de un lado a otro, vio destellos de una cara de madera detrás de ellas, la cara de una doncella vuelta terrible por el miedo. Helen.

Extendió la mano y tomó a Jasper de la mesa.

El miedo dominó su dolor mientras se deslizaba por la puerta, a través de los pasillos, hacia la cocina. *Tris, tris.* Oh sí, venían ahora. Solo habían esperado que viera la pesadilla de la señora Holt antes de comenzar la suya propia.

Su mano buscó a tientas la puerta del patio.

—Vamos, vamos.

Jasper rascó con ella.

Crujió y gimió, pero no se movió. La puerta estaba cerrada. *Tris.*

La habitación del ama de llaves, la señora Holt tenía el manojo de llaves. Solo necesitaba entrar allí y, no, maldita sea, no podía robar llaves de un cadáver, podía salir por la ventana abierta de la habitación. ¿Por qué no había pensado en eso antes?

Tris, tris. Dentro de su cerebro, zumbando a lo largo de sus pensamientos. *Tris.*

—¡Cállate! —gritó—. ¡Cállate, maldita sea!

Se vio obligada a inclinarse y colocar a Jasper a sus pies. Un dolor terrible como agujas calientes arriba y abajo de su pierna, llamas ardientes en su pecho. Luego esa sensación dentro de su cabeza cuando el silbido volvió, como un petardo que explota.

Jasper maulló y trotó hacia delante, volteándose para ver si ella lo seguía. Con gran dificultad, cojeó tras él.

Tris, tris. Diferente del sonido que atormentaba sus sueños, ahora escuchaba el vapor de la fábrica en él. Una sierra también, pero no una que cortaba madera. Destrozaba otra sustancia, esparcía líquido.

—No.

Las letras en pintura blanca que ponían *Ama de llaves* aparecieron a la vista. Esas cartas estaban en el frente de la puerta, pero ¿no la había dejado abierta?

Tris.

Cerrada. Otra puerta, cerrada. Pegó con su hombro contra los paneles, gritando de dolor y frustración. Sus puños inútiles golpearon la madera.

Tris, tris.

Jasper siseó de vuelta. Avanzó por el pasaje de piedra. De cacería.

—Espera.

Tropezó detrás de él. El dolor estalló y arrojó formas negras ante sus ojos. Tenía que ignorarlo, no podía rendirse ahora. Esta agonía no era nada en comparación con...

Tris.

El shock la pateó en el estómago, luego en el pecho. Reconoció el sonido. Estaba en ella, era parte de ella, pero su cerebro lo sofocaba y se negaba a dejar que el recuerdo apareciera.

Tris.

Objetos que golpeaban el refectorio. No varillas. Más suave, más húmedo.

Llegaron a la puerta de paño.

Jasper se contrajo y se abalanzó. La puerta se abrió de golpe, magnificando el sonido y el olor, no rosas esta vez, sino fósforo, madera quemada y metal chamuscado. Una nota aguda y enfermiza que se elevaba por encima de todo. Sangre.

Entró tambaleándose al Gran Salón. El viento silbaba, arrojando alegremente la lluvia contra las ventanas. La luz se desvanecía rápidamente. El fuego moribundo tocaba la cara de Jolyon con rayas anaranjadas, y junto a él...

—¡No! —La palabra brotó llevándose sus entrañas con ella.

Jasper chilló y arqueó su espalda.

Otro acompañante, uno que ella había llevado demasiado tiempo. Su rostro lascivo, sus músculos fuertes y brutales.

Papá.

Tris.

No podía aguantar el dolor en sus costillas por más tiempo. Otras sensaciones tomaron el control. Era mucho peor de lo que recordaba; no solo el terror sino la ira, la impotencia y el disgusto.

Tris.

—¡No puedes tenerlo! ¡Aléjate!

Ella se movió, pero su pierna mala se desplomó y cayó de rodillas, retorciéndose.

—¡Aléjate de él!

Tris.

Se miró las manos, extendidas sobre las banderas grises y negras. Sus vendas se estaban desprendiendo. Allí, bajo las heridas recientes, se encontraban las antiguas cicatrices, el pecado grabado en su piel.

Tris.

La presa cedió. Lo recordaba todo.

Y no se arrepentía.

Ella estaba allí en la fábrica, tenía doce años, agachada con su caja de fósforos, sus venas bombeaban con el latido de su corazón. Encendió el fuego, demasiado apresurada, toda dedos y pulgares. Una vez más sintió su calor vengativo respondiendo a la furia que bramaba dentro de ella. Y no le importó haberse quemado las manos porque luego se convirtió en fuego, se convirtió en las llamas, se convirtió en un blanco para su padre que corrió como loco para tratar de apagarlo.

¿La vio? Esperaba que la hubiera visto, como la vio mamá, un segundo antes de que él cayera. La niña de la que había abusado, golpeando la pierna y empujándolo directamente contra la sierra circular.

Tris, tris. La maquinaria que luchaba para seguir, las cuchillas obstruidas. La sangre bañando el canal. Una especie de chisporroteo cuando la sangre salpicaba el suelo, haciendo que las muchachas de la fábrica chillaran. Pero luego el ruido se convirtió en un zumbido, un chasquido cuando los huesos se atascaron entre los dientes. Brotó vapor desde la máquina. La sierra hizo un sonido de muerte. Todo se detuvo, y Jolyon estaba a salvo.

Hasta ahora.

—¡Tú... no... puedes... tenerlo!

Jasper saltó antes que ella, las garras brillantes junto a las brasas del fuego. El acompañante Papá cayó, inmóvil pero aún lascivo, hacia la chimenea.

Una bocanada de humo, un chasquido, y luego estuvo envuelto en llamas.

Jasper se escabulló del fuego. Iba demasiado rápido, serpenteando a lo largo del acompañante, arrojando chispas como pulgas luminosas. Ningún fuego natural podría arder así.

El humo le hacía arder los ojos. Agarró a Jasper y se irguió, inestable sobre sus pies.

Un tronco saltó y encendió la alfombra oriental.

—¡Jolyon!

Pero lo tenía a su alcance. Las lenguas naranjas saltaron y se retorcieron, reflejadas en las espadas que colgaban de la pared. Lo vio bailar, fascinada, consternada, hasta que comenzó a toser.

Dio media vuelta y vio los contornos vacilantes de los acompañantes en todas partes: en las escaleras, mirando hacia abajo desde la galería, de pie en cada puerta. Obstruyendo su camino.

Hacía calor. Mucho calor. El pelaje de Jasper hizo que sus brazos sudaran.

Copos de nieve carbonizados revolotearon en el aire. Ya no podía distinguir qué acompañante era cuál; ni siquiera podía ver la puerta de entrada.

No había nada más que las llamas.

Una ventana. Dificultosamente, se abrió paso hacia un rectángulo que brillaba a través del humo. La ventana que miraba hacia la entrada. Ahí era donde habían estado, Hetta y el chico gitano, mirándola. Sabiendo que esto pasaría.

Acunando a Jasper en un brazo, golpeó la ventana con su mano libre. Vidrio caliente, insoportablemente caliente.

—¡Vamos!

Ese viejo y familiar ardor en sus palmas. Así era como había ganado antes, luchando contra el dolor. Podía hacerlo. Podría hacer que su cuerpo hiciera cualquier cosa. Había aprendido de la manera difícil.

Golpeó el vidrio de nuevo. Otra vez. Sus nudillos chillaron y los contrajo, gotearon sangre. De nuevo. El cristal se resquebrajó.

El fuego rugió detrás de ella. Sintió su aliento, hacía brotar el sudor de la parte posterior de su cuello. Por supuesto, había dejado que el aire entrara. Lo había empeorado.

—¡Rápido, Jasper, rápido!

Era un enredo de miembros y garras que se agitaban, tratando de trabar sus patas contra cada lado de la abertura y evitar que lo arrojara. Pero fue ruda, impermeable a él. El vidrio se rajó de nuevo y ella lo empujó afuera con él, aullando furiosamente.

El calor le subió por la espalda. Sintió que su piel se erizaba y se tensaba. El dolor. El dolor hurgando entre su ropa con sus puños ardientes.

No pensó. No había tiempo para pensar, retrocedió unos pasos y corrió, como debía haberlo hecho Jolyon, directamente hacia el cristal. Con los brazos protegiéndose la cara, se precipitó por la ventana y la hizo añicos.

Un tridente de fuego arremetió contra ella, pero ya estaba en el suelo, palmeando su vestido, rodando por la grava y sofocando las llamas. La lluvia cayó y extinguió el resto. Demasiado tarde. El daño ya estaba hecho; podía sentir su piel ampollarse y explotar en el aire despiadado.

Jasper había subido rápidamente al árbol más cercano. Sus ojos verdes la miraron mientras se arrastraba, humeante y medio muerta, hacia los húmedos jardines. Tenía que alejarse del fuego. De la casa.

Sus músculos gritaban. Puntos negros bailaron en su visión y amenazaron con tomar control. Ese era el límite: la fuente. Su cuerpo no iría más allá. Se desplomó sobre el borde, con sus brazos enrojecidos dentro del agua.

Una ráfaga de viento soplaba sobre las colinas. Lo olía en la brisa: rosas y tomillo salpicaban el humo. Tosió.

—¡Señora Bainbridge!

¿Sarah?

Miró a través del jardín resplandeciente y lleno de calor. Pero no fue Sarah a quien vio. Había una acompañante junto a los arbustos modelados. La que comenzó todo: Hetta.

—¡Señora Bainbridge! ¡Buen Dios!

Sonaba como la voz de Sarah, parecía venir del otro lado de los jardines, aunque no podía estar segura. Podía oír dos voces a la vez, una cubriendo a la otra.

Mientras miraba fijamente la forma oscura de Hetta, una forma más alta corrió por los jardines, sobre la grava, hacia ella. Humana. Si era hombre o mujer, no podía decirlo. Le parecía que las dos se movían, no una. Ambas extendían sus manos hacia ella.

—¡Señora Bainbridge!

Cuando volvió en sí había otra voz que la llamaba por su nombre, una enfermera con cara de rata. Su entorno era blanco y estéril. Olía a jabón carbólico. Orina. El dolor estaba cosido en su piel.

Abrió violentamente su boca reseca para hablar, pero solo un graznido sobrevoló sus labios. Su voz se había ido, desaparecida con el recuerdo y el humo.

HOSPITAL ST. JOSEPH

Cuando él terminó de leer, permaneció inclinado sobre el escritorio, mirando la última palabra. Luego se echó hacia atrás y se apoyó en su silla, haciendo un sonido hueco con la garganta. Ese sonido pareció caer dentro de ella, como una moneda en un pozo, haciendo eco al golpear los bordes y aterrizó con un ruido sordo en la boca del estómago.

Fracaso. Todo ese trabajo, despertando recuerdos y emociones hasta que fueron semillas sobre la tierra para que los cuervos picotearan, y aun así, fracaso.

¿O no lo era? Ella lo miró minuciosamente, alerta ante el más mínimo cambio en su rostro. Sus ojos verdes no se movieron, fijos en el papel. Pasaron unos buenos tres minutos. El espacio entre ellos se espesó, denso de expectativa.

Imaginó su mente como una gran máquina: los pistones bombeando, ensamblando su pasado... ¿Cómo? ¿Acaso ella quería saber?

—Bueno —suspiró—. Bien. Debe haber sido el señor Underwood a quien escuchó, pronunciando su nombre. Él la encontró.

Solo una migaja de información, pero ella se inclinó hacia delante, ansiosa de recogerla.

—Aunque —continuó, moviéndose en su silla—, fue considerablemente más tarde de lo que ha escrito aquí. Noche cerrada. Vio el brillo de su casa en el horizonte y dio la voz de alarma.

Nadie se lo había dicho. Nadie le había dicho nada.

Los destellos de dolorosos recuerdos llegaron: no solo fotografías sepia de personas sino sus voces, sus aromas, los sentimientos que inspiraban. El señor Underwood, Sarah, Jasper. ¿Qué había *ocurrido* con ellos?

Había considerado esa historia como su secreto. Ahora la vio ante ella sobre el escritorio, páginas y páginas cubiertas de su letra grande y cuadrada, y se dio cuenta de que estaba incompleta. El final no estaba en su poder. El doctor Shepherd guardaba el último acto, encerrado dentro de sí.

Vacilante, tomó su lápiz y escribió una palabra al pie de la última página.

"¿Sarah?"

—Esa es la pregunta. ¿Qué le pasó a Sarah Bainbridge?

Ella inclinó su cabeza, tratando de ver la mirada en sus ojos, pero la luz no era buena. Las lentes de sus gafas eran opacas, lo protegían de su vista.

—Lo que ha escrito... Creo que tal vez pueda usarlo. Pero posiblemente no de la manera que usted esperaba. No prueba su inocencia, o de hecho nada más que una gran facilidad para la invención. Y si la imaginación fuera una enfermedad, el señor Dickens sería un residente permanente aquí.

¡Imaginación! Al menos *locura* sonaba poderosa. No la hacía parecer pueril, como una niña soñando con hadas y unicornios.

"¿Sarah?" Subrayó la palabra, casi rasgando el papel.

—Sí. Ella es la única persona capaz de corroborar su historia. Si lo que escribió es cierto, ella puede confirmar su paradero en el momento de la muerte de Jolyon Livingstone.

Una lágrima humedeció su mejilla ante la mención del nombre de Jolyon.

—Aquí llegamos a nuestra dificultad, señora Bainbridge. Desde que empezó a escribir, he estado revisando los registros en busca de Sarah Bainbridge. ¿Se atreve a adivinar lo que encontré? —Extendió sus manos, las mostró vacías—. Nada. No puedo hallar una inscripción en el censo, una muerte, nada. Incluso saqué un anuncio solicitando información. Sarah Bainbridge ha desaparecido.

Otra lágrima cayó para unirse y acelerar el trayecto de la primera. La pobre Sarah nunca llegó a la policía. No habían encontrado su cuerpo. Podría estar en alguna zanja, pudriéndose, con moscas entrando y saliendo de entre sus labios. Oh, Sarah. Ella se merecía algo mucho mejor que eso.

El doctor Shepherd tosió, no una verdadera tos, sino que se aclaró ligeramente la garganta. Un heraldo. Ahora venía su teoría.

—Una cosa queda clara para mí a partir de su escrito, señora Bainbridge. Tiene una tendencia a reprimir las emociones desagradables. Es su defensa, su estrategia para resistir. Los "incidentes" con su padre, por ejemplo. Luego, los episodios que faltan en la historia. Elsie, es decir, la Elsie de estas páginas se desmaya en varias ocasiones. No puedo evitar creer que cada una representa una parte del pasado que se niega a recordar.

Una campana sonó en el pasillo.

—Consideremos, por un momento, que está sumergiendo activamente sus recuerdos dañinos. Su ira contra sus padres, la culpa que siente por sus muertes, ya sea que corresponda o no, no puedo decirlo en este momento. Todas esas emociones oscuras deben ir hacia algún lado. He leído que pueden volcarse sobre el cuerpo del paciente y hacer que se enferme. Pero también hay casos en que se escinden, por así decirlo, en lo que solo podemos llamar una doble conciencia.

—¿Consideraría esta posibilidad por mí, señora Bainbridge? Sin duda suena alarmante, pero quiero que se abra a la posibilidad de que Sarah Bainbridge no exista en absoluto. Que ella sea, en realidad, un aspecto de usted misma.

Agarró el lápiz e intentó mantener la mano firme.

"La gente la vio. Hablaron con ella".

—Eso cree usted. —Su voz era suave, pero no amable. Insinuante, cosquilleaba dentro de sus orejas—. Pero no podemos verificarlo. El elenco de su historia se ha ido. Las únicas personas que podrían dar fe de la existencia de Sarah Bainbridge ahora yacen muertas y sepultadas.

"El señor Underwood".

—Ah. —Cruzó las piernas—. Lamento decir que el señor Underwood también murió.

Sus dedos se movieron pero todo lo que sintió fueron las vibraciones del lápiz. "¿Cómo?"

—Por el incendio. Parece que cuando el grupo de rescate llegó desde Fayford, el señor Underwood envió a algunos aldeanos a Torbury St. Jude en busca de ayuda. Pero no esperó su regreso.

Los testigos dicen que habló de otras personas atrapadas dentro del edificio. Eso no concuerda con su historia: él no sabría sobre la muerte del señor Livingstone o la señora Holt, los imaginaría dentro. Corrió hacia The Bridge para tratar de rescatarlos, pero por desgracia... Pobre hombre.

"¿Jasper?"

Una sonrisa de alivio se reflejó en su rostro.

—Al menos allí, tengo buenas noticias. El pequeño no la abandonó herida. La protegió bastante. Al amanecer, nuestra gente ya había llegado en respuesta al telegrama del señor Livingstone. Dada su condición, la policía estuvo dispuesta a dejarnos llevarla a nuestra enfermería, y el pequeño gato intentó seguirla. Uno de los ordenanzas se compadeció de él y lo trajo aquí. Ha estado viviendo con nuestro superintendente en jefe desde entonces. Lo he visto. Muy gordo, parece, y muy feliz también.

"Nueve", escribió ella.

—¿Cómo?

"Nueve vidas".

—¡Ah! Sí, así parece. —El doctor Shepherd descruzó las piernas y se inclinó para apoyar las manos en el escritorio. Tenía uñas cortas y parejas. Vellos rubios crecían en sus nudillos. A su lado, su propia mano quemada parecía la garra de un monstruo.

—Afortunadamente, no tenemos nueve vidas para dar cuenta. Solo dos. El señor Livingstone y la señora Holt.

Por fin, sus ojos se enredaron con los de ella.

—Señora Bainbridge, no creo que los haya matado. Nunca lo creí. Y aunque tampoco puedo creer todos los aspectos de su historia, sí creo en su amor por el señor Livingstone. No lo lastimaría. Me parece que el incendio fue un accidente, como tantos incendios. Consumió la vida de dos personas y casi la consumió a usted hasta que la Providencia la ayudó a escapar. Pero debe comprender, mi creencia es inmaterial. Un jurado analizará esto y verá a una mujer cuyo padre murió en circunstancias sospechosas, y cuyo esposo murió al inicio de su matrimonio, para su considerable ventaja. Dos sirvientes muertos en misteriosos accidentes. Luego, el mismo día en que se envía un telegrama a un asilo para decirle que es inmanejable y que necesita ser recluida... Bueno, ya ve cómo luce.

Asesina. El nombre no coincidía con el de Elsie en la historia, pero ahora tenía un rostro para ella: la carne rosada y brillante; el pelo recortado; ojos que parecían haber sido hundidos en las cuencas. Un monstruo, entregado a la opinión pública. Cómo la engullirían, escribirían sobre ella, se deleitarían con pequeños chillidos afectados mientras ella avanzaba tambaleante hacia adelante por el muelle.

—Tengo muy pocas opciones, señora Bainbridge. Debo hacer mi informe, y pronto. —Sus dedos se crisparon. Escribirían las siguientes palabras, las palabras que decidirían su destino. Ella los miró, cautelosa. ¿Podrían esos dedos delgados y afilados resguardar su vida?—. Por lo que puedo ver, solo hay dos formas en que puedo mantenerla alejada de la cárcel. La primera es que se someta a mi teoría. Que acepte que es una persona perturbada, dañada por un par de padres crueles e insensibles. Me permitirá decir que Sarah es una parte separada de su subconsciente, que puede haber matado pero no puede aceptar que lo ha hecho, así que ha inventado esos fantasmas, esos *acompañantes*, para echarles la culpa a ellos. Sin dudas, el veredicto será culpable, pero al menos tenemos la posibilidad de declarar locura criminal. Eso significa Broadmoor en lugar de Newgate.

¿Dejar que todos crean que ella asesinó a Jolyon? ¿Dejar su nombre registrado como la destructora de su vida? Ella negó con la cabeza, vehemente.

—Debe considerarlo, señora Bainbridge. Prométame que lo hará. Puede que no sea toda la verdad sino... Es nuestra mejor esperanza.

El lápiz se deslizó en su mano sudorosa. "¿Otra opción?"

Su boca se torció.

—Bueno, hay una, pero me temo que no es muy probable. "¿Cuál?"

—Mi querida señora Bainbridge, su única otra opción es rezar para que Sarah Bainbridge entre por esa puerta, lista para jurar su inocencia.

✳✳✳

Ella soñó con Sarah esa noche. Vestido color lavanda, capa gris, agitándose bajo la lluvia. Las ramas se retorcían sobre su cabeza, extendiéndose hacia ella en una súplica muda. Sus botas se apresuraron alrededor de los charcos que burbujeaban en el suelo.

El paisaje se extendía delante de ella; zanjas, hileras negras y la masa ingobernable de setos vivos. Detrás estaba el pueblo de Fayford en tonos plateados y grises, un daguerrotipo del lugar que Elsie había conocido. No había luz.

Sarah tropezó. El barro cubría el borde de su falda. Sus tobillos estaban empapados y el vestido mojado, pegado a sus piernas. Parecía completamente perdida, completamente sola. Se ahogaba.

Un crujido; largo y bajo, como un gemido de dolor en la oscuridad. Dos golpes fuertes: *bum, bum.* Luego el crujido de nuevo.

Elsie parpadeó. ¿Era el sonido de su sueño? ¿O estaba en la habitación? Todavía podía ver a Sarah, intimidada por las agujas de plata que caían sobre ella, pero no podía oler el césped húmedo o el olor metálico de la lluvia; un olor más dulce y pesado llenó su nariz. *Rosas.*

Se sacudió para despertarse. Instintivamente, crispó sus brazos. Estaban inmovilizados a los costados, pesados bajo las sábanas apretadas. Trató de mirar a su alrededor, pero solo vio negro.

Las tablas del suelo gimieron. Elsie lo escuchó subir y bajar por su columna vertebral. Pequeñas palmadas, como las pisadas de un animal.

¿Jasper?

Pero no, Jasper no estaba allí. Ella no estaba en The Bridge. Soltó el aire, aliviada por ese único hecho: no estaba allí.

Bang, bang. Saltó. Había alguien en la puerta.

No respondería, pensó salvajemente, no podían forzarla a hacerlo. Trató de esconderse bajo las sábanas, pero estaban apretadas, muy apretadas. El golpe sonó de nuevo.

¿Quién podría ser? Enfermeras, asistentes, doctores, ninguno de ellos *llamaba* antes de entrar.

Las tablas bajo sus pies gimieron. El sonido provenía de dentro de la habitación.

El miedo le apretó la garganta. No podía llamar a nadie, no podía gritar; solo podía agitar sus piernas al final de la cama mientras el crujido se acercaba cada vez más. Aun así, las sábanas se negaban a ceder y hacía calor; un calor abrasador como el aliento del infierno.

Se sintió enferma. Ella quería llorar. Fortalecida por la desesperación, soltó los brazos de entre las sábanas y buscó a tientas debajo de la almohada. *Por favor, que esté allí, por favor que esté allí.* Pero no, eso era parte del pasado. No le permitían tener fósforos allí.

Algo le tocó el pie.

Quemaba como un hierro al rojo vivo. Flecha rojas perforaron su piel, recorrieron sus venas. Atravesaron la garganta bloqueada de Elsie y soltaron su grito.

Afuera sonaron pasos. Voces, gente real, que venía a ayudar. Ella mantuvo los ojos cerrados y gritó más fuerte. No podían venir lo suficientemente rápido.

Los escuchó sacudir la cadena, soltar los cerrojos. ¿Por qué les tomaba tanto tiempo?

Otra marca en su pierna. Ahora hasta la pantorrilla.

Bang. La puerta golpeó contra la pared. Había lámparas de gas en el pasillo; su luz rebotó en la habitación.

Fue solo un atisbo, atrapado entre las sombras, pero Elsie lo vio: Sarah. De madera pintada.

Ella gritó de nuevo.

—Tengan cuidado. —La voz grave de una cuidadora.

Algo siseó con un *tris*, luego una franja de luz atravesó su visión. Ella cerró los ojos, cegada. Era la lámpara de su habitación, la habían encendido. Lento, muy lento, logró abrir sus ojos apretados. Sarah se había ido. En su lugar había dos cuidadoras corpulentas y un hombre con mangas terminadas en puños de papel.

—¡Ahora!

Se abalanzaron, agarrando la tierna carne de sus muñecas. Otras dos cuidadoras le tomaron los tobillos. Las sábanas cayeron ahora fácilmente, ya no estaban tensas y sofocantes.

Pateó y se revolvió, pero sus agarres no cedieron. Eran insensibles a sus golpes, sordos a sus gritos. Trató de morder. Un gusto acre y seco llenó su boca cuando la rellenaron con un trapo. Ahogándose, trató de escupirlo, pero algo le cubrió la cara, y pasó delante de sus ojos; algo tosco y rígido que apestaba a terror.

Sentía una fuerte presión alrededor de sus costillas. Sus manos tensas se hundieron en mangas sin fin. Por un momento, fue una figura macabra con brazos largos que se arrastraban, sin manos. Luego, las mangas se cruzaron sobre su pecho y se cerraron firmemente detrás de su espalda. Un cadáver: estaba atada en la posición de un cadáver.

El hombre con puños de papel le dirigió una horrible sonrisa. Sus dientes estaban podridos.

—Mejor buscar al doctor. Dile que es un maldito milagro. La asesina puede hablar.

Ella lo intentó. Las palabras estaban todas allí, en fila en su garganta, clamando por salir: *corre; Sarah; acompañantes; vienen*. Pero su lengua seca e hinchada se negó a moverse.

Emitió un silbido y eso fue todo. Un eco patético del tris de los acompañantes.

—A mí no me parece que puede hablar —dijo una cuidadora.

El hombre la miró. Su sonrisa se convirtió en una mirada maliciosa.

—Bueno, en cualquier caso, puede gritar.

***

Otra vez la habitación acolchada. Debía ser eso. Podía oler paja bajo el sucio lienzo de las paredes. Paja, olor corporal y miedo: un olor penetrante que no se olvida fácilmente.

El piso impermeable chirriaba mientras sus pies descalzos se movían de un lado a otro, de ida y de vuelta. Podía escucharlo. Podía sentir las hebillas del chaleco estrecho contra su torso. ¿Atacaron a la madre de Rupert también? *No, no, no.* Todo lo que quería era volver a la época en que el mundo estaba tranquilo y a salvo. ¿Por qué comenzó a escribir en primer lugar?

En algún lugar dentro del hospital sonó una campana. Demasiado fuerte, demasiado real, incluso a través de la paja.

Necesitaba ver al doctor Shepherd. Si la había despertado, entonces tal vez él podría volverla a dormir. Entonces no tendría esas pesadillas horribles sobre Sarah, o se vería obligada a soportar los próximos pasos del procedimiento. ¿Un interrogatorio? ¿Un juicio? Iba a pararse en una plataforma y hablar de ella como si fuera una especie rara de planta, exponiendo todo lo que había escondido debajo del suelo. Hombres como ese potencial inversor de la fábrica, el señor Greenleaf —gordo, privilegiado y cubierto de vello facial— se sentarían a escucharlo y decidirían su destino entre ellos.

¿Y qué destino era ese? El doctor Shepherd dijo que lo mejor que podía esperar era Broadmoor: una fortaleza para criminales locos. Tenía la idea de que hacía parecer al St. Joseph como el hotel Claridge.

Tal vez si la medicina fuera lo suficientemente fuerte, como lo era antes, podría soportarlo. Pero para sobrevivir como estaba ahora, ¿alerta, recordando? Imposible.

Una cerradura golpeó. El doctor Shepherd ingresó de golpe en la habitación.

Algo le había sucedido. No llevaba chaqueta ni chaleco, solo en mangas de camisa y mostrando un par de tirantes de color beige. Su cabello no estaba peinado. Notó una huella digital en la lente de sus gafas y manchas de tinta en las yemas de sus dedos.

—Señora Bainbridge, discúlpeme. Debería haber venido mucho antes, cuando me enteré de su pequeño estallido, pero los acontecimientos me han superado bastante. —La miró de arriba abajo, viéndola realmente por primera vez—. ¿El chaleco de fuerza? No me di cuenta de que habían hecho eso. Mis disculpas, señora Bainbridge, haré que se lo saquen y la lleven a una habitación adecuada. ¿Por qué pensarían que todo esto es necesario? Según lo que entendí, ¿solo tuvo un mal sueño?

Él la miró. Ella le devolvió la mirada.

—Oh, por supuesto, no puede escribir, sus brazos. Le ruego me disculpe. No estoy pensando de forma coherente.

Casi como una ocurrencia tardía, cerró la puerta detrás de sí. Tenía los ojos enrojecidos: no parecía que hubiera dormido. Pero en realidad, ella no podía estar segura del tiempo en esta celda sin ventanas. Todavía podría ser la mitad de la noche.

—Estaba escribiendo mi informe —le dijo el doctor Shepherd. Al darse cuenta de sus dedos manchados de tinta, los secó distraídamente contra las paredes—. ¡Ve las marcas de eso! Estaba planteando la teoría que discutimos sobre sus padres y la señorita Bainbridge cuando... Bueno, tendré que volver a hacerla. O no escribirla en absoluto, no puedo saber aún. Esto es muy, muy irregular.

Nunca había extrañado tanto su voz. Anoche gritó, pero parecía que eso era todo lo que podía hacer. Recordó el diario de Anne, el demonio conteniendo la lengua de Hetta. Así era como se sentía: un chaleco ajustado en la lengua sin nadie para aflojar los lazos.

El doctor Shepherd se quitó las gafas y las limpió en su camisa.

—Debo decir que es un duro golpe para mi orgullo. Pensé que lo había resuelto, y el informe sonaba muy bien. Pero en estos casos, uno se alegra de haber demostrado estar equivocado. Usted me observa. Pero, por supuesto, ni siquiera he empezado a explicarme. —Volvió a ponerse las gafas, todavía manchadas—. Le pediría que se sentara, pero parece que mis irreflexivos colegas no me han prestado una silla. No importa. Tendré que pedirle, señora Bainbridge, que se prepare para algo maravillosamente extraño.

¿Hablaba en serio? *¿Maravillosamente extraño?* ¿Había leído su historia?

—A última hora de la noche, o mejor dicho, temprano esta mañana, recibí un telegrama. Fue en relación con el anuncio que puse buscando información sobre Sarah Bainbridge.

La habitación pareció dilatarse. Ella contuvo la respiración.

—No lo creería, después de todo este tiempo, pero fue *de* Sarah. Ella existe, está viva.

Viva. Tantas posibilidades en una palabra: era una puerta que se abría desde su celda, que se abría desde la cripta.

Debió de ponerse pálida, porque él le agarró el hombro con fuerza.

—Sí, puedo ver lo que está sintiendo. Es milagroso. Estoy tan, tan contento por usted, señora Bainbridge. Felicitaciones.

Sarah hubiera jurado que la muerte de Jolyon fue un accidente. Y aunque no estuvo allí para ver a la señora Holt ahorcada, podía dar fe de su estado de ánimo en ese momento, la ira y la consternación que había mostrado tras la pérdida de su única hija.

Nadie podría llamar a Elsie criminalmente loca después de eso. Ella no era una asesina. O al menos, no respecto de eso. ¿Revelaría el doctor Shepherd su extraña narrativa y la confesión sobre la muerte de sus padres? No lo creía. Estaba sonriendo de oreja a oreja, mirando a todo el mundo como si la hubiera salvado personalmente de la soga.

—La comunicación por telegrama es, naturalmente, bastante difícil. No pude hacerle muchas preguntas a Sarah, pero puedo hacerlo en persona. Ella vendrá, pasado mañana. El hospital le concedió una entrevista con nosotros. Entiendo que tiene la intención de presentarse a la policía, pero que quería verla primero.

Sarah. Ya no era solo un personaje en su historia, sino una persona de carne y hueso que se preocupaba por ella. La idea la asfixió de alegría.

¿Qué había dicho antes de partir hacia Torbury St. Jude? Algo sobre reconstruir sus vidas juntas. Sí, realmente podrían. Con las pruebas de Sarah, Elsie podría ser liberada. Habría alguien a quien cuidar, alguien por quien vivir. No trataría a Sarah como lo había hecho la señora Crabbly, una simple dama de compañía paga. Comenzarían de nuevo como iguales.

—Ahora —dijo el doctor Shepherd—, será mejor que me ponga presentable antes de comenzar mis rondas. Quédese tranquila, señora Bainbridge, y haré que alguien venga a desatarla. El personal no tiene excusas ahora, no hay más excusas para tratarla como a una criminal.

A ella no le importó cuando él cerró la puerta, sumergiéndola nuevamente en la oscuridad. Ni siquiera le importaba el chaleco estrecho que restringía el flujo de sangre a sus brazos. Podría soportar cualquier cosa ahora. Era solo temporal.

**

La habían bañado. El doctor Shepherd incluso persuadió a las enfermeras de cambiar su vestido de hospital por uno más nuevo, que aún no se había desteñido por la colada. Llevaba un pañuelo azul atado alrededor del cuello, de aspecto respetable, como iban los lunáticos. Pero Elsie no pudo contener su angustiosa ansiedad. ¿Cómo reaccionaría Sarah cuando finalmente llegara?

Con su suelo de baldosas y luz acuosa, la larga habitación le recordó a Elsie un depósito de cadáveres. Una mesa de metal había sido colocada en el centro. Ella y el doctor Shepherd se sentaron a un lado; una silla estaba lista para Sarah por el otro. Elsie podía ver la puerta en la esquina izquierda de la habitación y, frente a ella, un espejo redondo que colgaba justo debajo del techo. Estaba inclinado para que un médico o un asistente pudieran ver las esquinas más alejadas, podían ver, en resumen, si un lunático estaba a punto de abalanzarse sobre ellos.

El espejo no mostraba una imagen distinta de la cara de Elsie. Solo reflejaba el color de la piel, como carne de salchicha. Parecía disminuida, un desastre comparado con la mujer que Sarah había conocido. Una gorra blanca cubría su cabeza, escondiendo los mechones de su pelo.

¿Habían preparado a Sarah para la sorpresa de verla?

El doctor Shepherd puso una mano sobre la de ella.

—Coraje, señora Bainbridge. Ella estará aquí en un momento.

Su estómago se revolvió de nervios. Temía a medias que Sarah la mirara y gritara. Pero Sarah se preocupaba por las mujeres mayores, incluso se compadecía de Hetta. Ella era amable. Vería más allá de la desfiguración. Una vez que terminara el malestar inicial, continuarían como antes, solo que esta vez no tendrían miedo.

¿Qué había dicho Sarah una vez? *El fuego los hace más poderosos.* No fue así. The Bridge se quemó y desapareció, y el mal junto con él. No se encontraron acompañantes en los escombros, el doctor Shepherd lo confirmó. Solo huesos y cenizas.

Las juntas de las puertas gimieron. El doctor Shepherd se levantó de un salto. Elsie no podía confiar en que sus piernas se parasen, simplemente se aferró al borde de la mesa.

—Es la señorita Bainbridge para usted, doctor —dijo una cuidadora.

Elsie estaba tan preocupada por su propia apariencia que no se había detenido a pensar cómo se veía Sarah. Esperaba a la misma chica mal vestida y anodina de la que se había despedido. Pero la dama que entró en la habitación llevaba un vestido de seda verde arsénico abrochado hasta la garganta. Un bullicio de flecos crujió detrás de ella. El pelo abundante que siempre se le caía de las horquillas estaba limpio y arreglado, peinado en una pila de rizos apretados en cascada. Encaramado a un lado de su cabeza, tenía un sombrero negro con una pluma verde y un velo de red.

Una impostora.

Pero no, la cara era la misma. Un poco más regordeta, tal vez, y mejorado con cosméticos, pero los pómulos aún estaban demasiado altos y la boca, que sonreía para saludar al doctor Shepherd, todavía era demasiado ancha.

—¡Oh! ¡Señora Bainbridge! —se adelantó para tomar las manos de Elsie. Eran suaves, envueltas en apretados guantes de niña—. Dios mío, no tenía idea de que fuera tan malo. ¡Tu pobre rostro! ¡Por lo que debes haber pasado!

Había una nota en su voz que Elsie no había captado antes, más aniñada ahora, y cantarina. Pero tal vez ella no lo recordaba correctamente.

Apretó las manos de Sarah, tratando de transmitir toda su emoción a través de la presión. No podía mirar a Sarah a la cara, todavía no. No quería ver la compasión y la repugnancia en ella.

—Creo que quizás le mencioné, señorita Bainbridge, que mi paciente ha tenido dificultades para hablar desde el incidente. Actuaré como su intérprete, si le parece bien.

—Sí, por supuesto. —Sarah retiró las manos y tomó la silla que el doctor Shepherd le tendió. El armado de su vestido le dio una postura erguida—. No me sorprende después de todo lo que ha sucedido.

El doctor Shepherd regresó a su asiento. Elsie echó un vistazo a la cara de Sarah, pero estaba mirando al doctor.

—De hecho, es común cuando un paciente ha sufrido un trauma —dijo el doctor Shepherd—. Pero en este caso, ha resultado bastante inconveniente. Sin poder interrogar a la señora Bainbridge, la policía ha estado algo rezagada en la investigación. Las especulaciones sobre lo que ocurrió en The Bridge se han agotado.

—Es por eso que estoy aquí. Para decir lo que sé. —Sarah le ofreció una sonrisa. De algún modo resultaba espeluznante.

—¡Y no es demasiado tarde! La investigación está casi sobre nosotros. Puedo preguntar, señorita Bainbridge, perdone la impertinencia, qué fue lo que le impidió venir durante tanto tiempo.

—Pensé que sería obvio, doctor. Tenía miedo.

—¿Miedo? ¿De qué?

—Oh, sin duda le parecerá tonto a un hombre tan inteligente como usted. —Ella acomodó un rizo sobre su hombro—. ¡Pero hubo tanta muerte en The Bridge! Cuando el señor Livingstone decidió poner a su hermana en el manicomio, me pareció que debía alejarme del lugar.

El aire se reordenó a su alrededor. ¿Qué...? ¿Qué había dicho?

El doctor Shepherd hizo una pausa, su boca ligeramente entreabierta.

—Usted... ¿se escapó, entonces? ¿No se perdió o resultó herida yendo a buscar a la policía?

—Sé lo que debe pensar de mí, doctor. He sido una terrible cobarde. Pero estoy dispuesta a ser valiente ahora. Después de todos estos años, finalmente encontré mi voz.

Elsie la miró. Su rostro titubeó, vacilando bajo las lágrimas que cubrieron los ojos de Elsie.

¿Sarah la había abandonado? *¿A propósito?* ¿Le había mentido a la cara, tomado su bolso y huido para dejarla a los acompañantes? ¿De todas las personas, *Sarah*?

La sensación de traición se hizo tan oscura y fuerte que casi podía saborearla. Sus propias palabras volvieron a ella. *Esto es lo que me sucede, Jo. Confío en las personas y abusan de esa confianza.*

El doctor Shepherd estaba hurgando en sus notas, nervioso.

—Pero, usted... ¿no creyó que era su deber darse a conocer después del incendio? ¿Cuándo la policía buscó obtener información?

—No estaba claro en ese momento si la señora Bainbridge iba a sobrevivir o no. Leí sobre las terribles heridas de la pobrecita.

Otro golpe. Ella lo sabía. Y a pesar de que los periódicos habían dicho que The Bridge había sido incendiado, que se había librado para siempre de los acompañantes, no se había molestado en visitarla. Elsie había estado luchando por su vida y Sarah no había movido un dedo.

¡Esta era la chica a la que ayer Elsie había esperado cuidar y con la que había esperado vivir! ¿Cómo pudo haber estado tan equivocada respecto de Sarah?

—Bueno, sí, pero seguramente que no... Quiero decir, sin importar la supervivencia de la señora Bainbridge, tenía información. Información sobre la muerte del señor Livingstone.

—Sí, que Dios me ayude. —Sarah sacó un pañuelo y se secó los ojos. Su vestido era tan brillante que se reflejaba en sus iris, dándole un tinte verde al marrón—. No quería decirlo a menos que tuviera que hacerlo. Pero ahora es mi deber, lo veo. Otras personas pueden estar en peligro.

—¿En peligro de...?

Sarah miró a Elsie. Su rostro se arrugó.

—¡Oh, perdóname! ¡Sabes que debo decirles!

¿Decirles? ¿Acerca de los acompañantes, querría decir? Intercambió una mirada desconcertada con el doctor Shepherd, cuyas mejillas se estaban volviendo más rojas a cada momento.

—Parece que podemos estar hablando con propósitos contradictorios, señorita Bainbridge. No di mucho crédito, pero la señora Bainbridge me había hablado de un mobiliario que parecía temer, algo a lo que ella llamaba acompañantes. ¿Es esto a lo que se refiere?

—Pobrecita —susurró—, pobrecita.

—¿Señorita Bainbridge?

—Esa fue la razón por la que el señor Livingstone le escribió a su hospital en primer lugar, doctor. Seguía viendo a esos acompañantes en todas partes, cuando nadie más podía verlos.

El doctor Shepherd ladeó la cabeza.

—Pensé que... Ella escribió que usted podía.

—Puede que lo haya aceptado, doctor, para tranquilizarla. —Sarah torció el pañuelo—. No sabía qué más hacer. Tenía tanto miedo de que, si la enojaba, fuera la próxima.

—¿La próxima?

—Aquellos... accidentes. Estaba tan claro lo que realmente estaba sucediendo, pero nadie quería admitirlo. La vaca, el bebé Edgar, Helen. El señor Livingstone no se atrevió a enfrentar la verdad hasta que fue demasiado tarde para él.

—Usted... usted... —El doctor Shepherd comenzó a tartamudear. Elsie vio su propia confusión y consternación escrita sobre él—. Está diciendo...

—Yo la vi. La vi empujarlo desde esa ventana con sus propias manos. Y no tengo ninguna duda de que mató a la pobre señora Holt también, antes de encender el fuego.

No. ¿Cómo no podían oírlo? ¿Cómo era que su lengua no lo decía? La palabra resonó tan fuerte en su cabeza que impactó en las paredes, rebotando por los pasillos. *¡No!*

No era verdad, ¡nunca lastimaría a Jolyon! ¡Ella no era una asesina!

Pero entonces, ¿por qué Sarah la miraba así?

Ella vio la certeza del doctor Shepherd derrumbarse, su coraje se perdió.

—¡Oh! Oh ya veo...

Todavía estaban sentados en el mismo lado de la mesa, pero ahora no eran un equipo. El espacio entre sus hombros se erizó como con estática. Su mente debía estar atareada con los mismos pensamientos que Elsie: ¿Por qué confié en ella? ¿Cómo pude ser tan tonto? ¿Por qué me traicionaría así?

—Entiende ahora por qué me contuve —dijo Sarah—. Amé a la señora Bainbridge, realmente lo hice, y me horroricé cuando... No quería hablar en contra de ella si podía evitarlo. Pero ahora ese momento ha llegado.

—Sí —El doctor Shepherd se quitó las gafas y se frotó los ojos. Él no podía mirar a Elsie—. Sí, creo que la investigación se debe realizar la próxima semana. Debemos consultar a la policía. ¿Usted podría...?

—Estoy preparada para testificar. Debo dejar de lado mis sentimientos personales por la justicia. —Ella dejó escapar un pequeño suspiro—. Incluso si eso significa ver que cuelguen a la viuda de mi pobre primo.

—¡Que la cuelguen! —repitió el doctor Shepherd.

Elsie lo sintió alrededor de su cuello: cáñamo apretado bien fuerte. Madera, siempre madera, bajo sus pies hasta que tiraran de una palanca y la trampilla se abriera con un chasquido.

—Es una posibilidad, ¿no es así, doctor? Cuatro personas están muertas.

—Bien... sí, en teoría la sentencia de muerte podría ser dada. Pero dijo que ella no estaba en su sano juicio. Sin duda, un jurado la declararía no culpable por demencia.

—Ese es mi más querido deseo —Sarah miró por encima de su larga nariz a Elsie. Su mirada la congeló—. Pero supongo que eso depende de lo que se diga en el juicio.

Nada de eso era real. Eran actores de pie y estrechándose las manos, su conversación girando alrededor de los bordes. El chirrido de las patas de la silla contra las baldosas; Sarah sonando entrecortada:

—Dios te salve, querida señora Bainbridge —Estas cosas no deberían estar sucediendo. No aquí. No a ella.

Miró hacia el espejo en la esquina de la habitación. Una mujer escuálida y de piel moteada estaba encorvada sobre la mesa, sola. Sus manos parecían pezuñas hendidas. Ella parecía una asesina.

Jolyon. En los ataques más violentos, con las drogas más fuertes, sabía que nunca podría hacerle daño. La señora Holt, Mabel... bueno, tal vez. In extremis. Pero nunca, nunca a Jolyon.

El doctor Shepherd y Sarah caminaron hacia la puerta. Se quedaron allí conversando.

—Puedo acompañarla a la estación después de mis rondas aquí. Estoy seguro de que no querrá ir sola.

—Eso es muy amable de su parte. Aprecio su tiempo, doctor Shepherd.

—No es molestia. Y es posible que desee un poco de apoyo cuando la interroguen. Los inspectores pueden ser pesados. Podrían ponerse un poco toscos cuando le pregunten dónde ha estado todo este tiempo.

—Es una pregunta válida. Solo puedo culparme a mí misma. — Sarah deslizó un dedo debajo del cuello de la camisa. Algo brilló allí.

—Comprensible, teniendo todo en cuenta.

—Espero que la trate con amabilidad, doctor. Por el tiempo que pueda. Sé que ella ha hecho cosas terribles, pero... No me gusta pensar que sufrirá innecesariamente.

Diamantes. Había diamantes en la garganta de Sarah.

—Haré todo lo posible. No puedo responder por Broadmoor, ni por Newgate, ni a donde la envíen próximamente.

Sarah se volvió a dirigir a la habitación.

—Adiós, señora Bainbridge. Dios le conceda un descanso. Rezo para que con el tiempo entienda lo que he hecho. No puedo permanecer en silencio para siempre. Debo ser libre. Ella suspiró.— ¿Al menos me dirás adiós, mi querida?

Pero Elsie no estaba mirando a Sarah. Sus ojos estaban enfocados en el espejo y las dos figuras que se reflejaban en la entrada.

Todo estaba al revés. El vestido verde arsénico, el bullicio de los flecos, el sombrero. Sin embargo, la cara que asomaba por debajo del borde no era una imagen especular de la de Sarah. La nariz era más corta, las mejillas más llenas.

Una melena de un rojo dorado reemplazaba la pila de cabellos pardos de Sarah.

No se parecía a Sarah en absoluto. Se parecía a…

—Bueno, adiós, señora Bainbridge. Gracias por todo lo que ha hecho por mí.

Cuando se volvió y cerró la puerta, Elsie recordó dónde había visto esa cara antes.

Hetta.

AGRADECIMIENTOS

Hay muchas "compañías silenciosas" ocultas detrás del nombre en la portada de este libro. Me gustaría aprovechar esta oportunidad para hacerles llegar mi sincero agradecimiento a todas ellas.

A Juliet Mushens, mi maravillosa agente, a quien está dedicado el libro. Creíste en mi idea desde el primer momento. No podría haber llegado tan lejos sin tu apoyo y tus consejos. Gracias, gracias, gracias.

Al equipo de Raven Books, en particular a mis editoras Alison Hennessey y Imogen Denny. No podría haber deseado trabajar con personas más inteligentes y encantadoras. Su entusiasmo por el libro me mantuvo a flote e hizo muy disfrutable el proceso de su publicación. A David Mann, ¡esta tapa! Te estaré siempre agradecida por haberle dado a mi escritura una presentación tan bella.

A Hannah Renowden por llamar mi atención sobre la existencia de estas extrañas figuras de madera y darle cuerda a mi imaginación. A Anne Drizen, Laura Terry, Sarah Hiorns y Jonathan Clark, lectores de las primeras versiones del libro. Sus sugerencias fueron invalorables.

Estoy en deuda con Mimi Matthews y Past Mastery por sus blogs exhaustivos, que ayudaron y complementaron mi investigación. También al equipo del Harris & Hoole de Colchester, por brindarme religiosamente mi dosis diaria de café.

Por último, el agradecimiento más importante, a mi esposo Kevin. Me ayudaste con elementos de la trama, aportaste ideas y me apoyaste en numerosas crisis relacionadas con el libro. Te amo con todo mi corazón.

UNA NOTA SOBRE LA AUTORA

Laura Purcell es una ex librera, vive en Colchester con su esposo y sus cobayas. Su segunda novela para Bloomsbury, el thriller gótico The Corset, se publicará en 2018.

LAURAPURCELL.COM
@SPOOKYPURCELL

Impreso en Buenos Aires Print
Pte. Sarmiento 459 – Lanús – Buenos Aires
Abril de 2018